Eternidade Mortal

J. D. ROBB

SÉRIE MORTAL

Nudez Mortal
Glória Mortal
Eternidade Mortal
Êxtase Mortal
Cerimônia Mortal
Vingança Mortal
Natal Mortal
Conspiração Mortal
Lealdade Mortal
Testemunha Mortal
Julgamento Mortal
Traição Mortal
Sedução Mortal
Reencontro Mortal
Pureza Mortal
Retrato Mortal
Imitação Mortal
Dilema Mortal
Visão Mortal
Sobrevivência Mortal
Origem Mortal
Recordação Mortal
Nascimento Mortal
Inocência Mortal
Criação Mortal
Estranheza Mortal
Salvação Mortal
Promessa Mortal
Ligação Mortal
Fantasia Mortal

Nora Roberts
escrevendo como
J. D. ROBB

Eternidade Mortal

Tradução
Renato Motta

9ª edição

Rio de Janeiro | 2022

Copyright © 1996 *by* Nora Roberts

Título original: *Immortal in Death*

Capa: Leonardo Carvalho

Editoração: DFL

2022
Impresso no Brasil
Printed in Brazil

CIP-Brasil. Catalogação na fonte
Sindicato Nacional dos Editores de Livros, RJ

R545e 9ª ed.	Robb, J. D., 1950- Eternidade mortal / Nora Roberts escrevendo como J. D. Robb; tradução Renato Motta. – 9ª ed. – Rio de Janeiro: Bertrand Brasil, 2022. 386p. Tradução de: Immortal in death ISBN 978-85-286-1087-1 1. Romance americano. I. Motta, Renato. II. Título.
04-3162	CDD – 813 CDU – 821.111(73)-3

Todos os direitos reservados pela:
EDITORA BERTRAND BRASIL LTDA.
Rua Argentina, 171 – 3º andar – São Cristóvão
20921-380 – Rio de Janeiro – RJ
Tel.: (21) 2585-2000 – Fax: (21) 2585-2087

Não é permitida a reprodução total ou parcial desta obra, por quaisquer
meios, sem a prévia autorização por escrito da Editora.

Atendimento e venda direta ao leitor
sac@record.com.br

A dádiva fatal da beleza.

— BYRON

Torne-me imortal com um beijo.

— CHRISTOPHER MARLOWE

Capítulo Um

Preparar-se para o próprio casamento era algo de matar! Para começar, Eve nem sabia como foi que aquilo acontecera. Ela era uma policial, pelo amor de Deus! Durante todo o período em que esteve na força, ela acreditara firmemente na teoria de que os policiais deviam permanecer solteiros, sem ficar sobrecarregados, para conseguir concentrar a atenção no trabalho. Era loucura acreditar que alguém seria capaz de dividir o seu tempo, a sua energia e as suas emoções entre a lei cheia de nuances entre o certo e o errado e uma família, com todas as suas exigências e diferenças de personalidade.

As duas carreiras (e, pelo que ela podia observar, o casamento era uma espécie de emprego) impunham necessidades impossíveis e infernais horas de trabalho. Não importa que o ano fosse 2058, uma época gloriosa e iluminada para o avanço tecnológico, porque casamento ainda era casamento. E para Eve ele se traduzia em terror.

No entanto, ali estava ela, em um lindo dia de verão (era um dos seus raros e preciosos dias de folga) preparando-se para ir às compras. Não conseguia evitar os calafrios.

E não eram compras comuns, lembrou a si mesma, sentindo o estômago se repuxar. Era a aquisição de um vestido de noiva.

Ela só podia ter enlouquecido.

Aquilo tudo tinha sido idéia de Roarke, é claro. Ele a pegara em um momento de fraqueza. Os dois estavam sangrando naquele momento, feridos e sentindo-se com sorte por estarem vivos. Quando um homem é esperto e conhece a sua presa bem o bastante para escolher a hora e o lugar certos para propor casamento, bem, então a mulher não tem escapatória.

Pelo menos no caso de uma mulher como Eve Dallas.

— Você está com cara de quem vai prender uma quadrilha de traficantes de drogas químicas sozinha e desarmada.

Eve enfiou o sapato, levantou os olhos e olhou para trás. Ele era atraente demais, pensou. Tinha uma beleza quase criminosa. O rosto forte, a boca que inspirava poesia, os olhos azuis arrasadores. A juba de cabelos pretos e pesados que a enfeitiçava. E quando a gente conferia o resto do corpo ficava igualmente impressionado. Para dar um toque final, era só acrescentar o leve traço de um sotaque irlandês e pronto! Um tremendo presente!

— O que eu vou ter que enfrentar é pior do que qualquer traficante! — Ao ouvir o tom estridente de sua voz, Eve fez cara de quem não gostou. Ela nunca falava assim, com a voz esganiçada. A verdade, porém, é que ela preferia brigar corpo a corpo com um viciado enfurecido a ficar discutindo o comprimento e a bainha de um vestido.

Bainha! Ai, doce Cristo!

Ela engoliu uma maldição pouco antes de lançá-la e ficou olhando para Roarke com os olhos apertados, enquanto ele atravessava o quarto espaçoso. Ele tinha o poder de fazê-la se sentir tola nos momentos mais estranhos. Como agora, ao se sentar ao lado dela na cama alta e larga que dividiam.

Ele tomou o queixo dela em sua mão e disse:

— Estou perdidamente apaixonado por você.

Eternidade Mortal

Pronto! Aquele homem com olhos pecaminosos, o olhar forte e lindo que lhe fazia lembrar um anjo caído a amava.

— Roarke... — ela fez força para não soltar um suspiro. Era mais fácil e dava menos medo enfrentar um laser engatilhado nas mãos de um mercenário mutante enlouquecido, situação que ela já enfrentara, do que encarar uma emoção inabalável como aquela. — Eu vou até o fim. Já lhe disse que sim.

As sobrancelhas dele se apertaram, escuras, convergindo para o centro da testa. Ele se perguntou como é que ela podia se manter tão inconsciente do próprio encanto enquanto ficava ali com cara de irritada, os cabelos em tom castanho-claro, muito mal cortados, espalhando-se em tufos e pontas, agitados pelas mãos inquietas, além das linhas de aborrecimento e dúvida que apareciam por entre seus olhos grandes com a cor do mel.

— Querida Eve — ele beijou de leve seus lábios franzidos e a seguir tornou a fazê-lo, dessa vez mirando a covinha de seu queixo. — Eu jamais duvidei disso. — Embora duvidasse o tempo todo. — Preciso resolver várias coisas hoje. Você voltou tarde para casa. Não tive chance de lhe perguntar quais eram os seus planos.

— A emboscada que preparamos para o caso Bines só terminou às três da manhã.

— Vocês o pegaram?

— Ele caiu direto nos meus braços, embalado por sonhos e uma maratona de realidade virtual. — Ela sorriu, mas era um sorriso de caçador, sombrio e feroz. — O assassino canalha veio até mim como um robozinho de estimação.

— Que bom! — Roarke deu um tapinha no ombro dela, antes de se levantar. Descendo da plataforma elevada onde ficava a cama, ele foi até o quarto de vestir e começou a escolher um dentre inúmeros paletós. — E para hoje? Você tem relatórios para preencher?

— Não, estou de folga.

— Ah, é? — com ar distraído ele se virou para trás, segurando um maravilhoso paletó preto de seda na mão. — Posso remarcar os meus compromissos da parte da manhã, se você quiser.

O que seria o mesmo, avaliou Eve, que um general remarcar batalhas. No mundo de Roarke, os negócios eram uma guerra complicada e rentável.

— Eu já marquei hora — a expressão fechada voltou ao rosto de Eve, antes que ela conseguisse impedir. — Vou às compras — murmurou — para comprar meu vestido de noiva.

Ao ouvir isso, ele exibiu um sorriso rápido e espontâneo. Vindo dela, aquilo era uma declaração de amor.

— Não é à toa que você está com essa cara emburrada! Eu lhe disse que podia cuidar disso.

— Eu escolho o meu próprio vestido de noiva. E eu mesma quero pagar por ele também. Não estou me casando com você por causa da porcaria do seu dinheiro!

Tranqüilo e tão elegante quanto o paletó que vestiu, Roarke continuava a sorrir.

— E por que está se casando comigo, tenente? — a cara emburrada de Eve se fechou ainda mais, mas Roarke era, acima de tudo, um homem paciente. — Quer que eu lhe dê várias opções?

— Porque você jamais aceita um não como resposta — ela se levantou e enfiou as mãos nos bolsos.

— Humm... Só meio ponto por essa resposta. Tente outra.

— Porque eu pirei de vez.

— Hã-hã... Isso não vale uma viagem para dois até o Mundo Tropical no Satélite Star 50.

— Talvez eu ame você. — Um sorriso relutante transpareceu em seus lábios.

— Pode ser. — Satisfeito com isso, ele atravessou o quarto até onde ela estava e colocou as mãos em seus ombros fortes. — Comprar um vestido não deve ser assim tão difícil. Você pode pesquisar algumas páginas de compras no computador, escolher entre dezenas de modelos interessantes e encomendar o que lhe agradar mais.

— Essa era a minha idéia — e levantou os olhos —, só que a Mavis me fez descartar isso.

Eternidade Mortal

— Mavis? — ele empalideceu um pouco. — Eve, diga que você não vai comprar esse vestido com a Mavis!

— Ela tem um amigo. — A reação dele a deixou mais animada. — Ele é estilista de moda.

— Meu santo Cristo!

— Mavis diz que ele é o máximo! Está só precisando de uma chance para estourar no mundo *fashion*. Tem um pequeno ateliê no Soho.

— Vamos fugir, só nos dois. Agora! Você está muito bem assim mesmo.

— Assustado? — o sorriso de Eve se abriu.

— Aterrorizado.

— Que bom, estamos empatados! — Adorando o fato de estar sobre a plataforma e acima dele, ela se inclinou e o beijou. — Agora você vai ter bastante com o que se preocupar, imaginando o que eu vou usar na hora da cerimônia, no grande dia. Tenho que ir — e deu um tapinha em sua bochecha. — Vou me encontrar com ela em vinte minutos.

— Eve! — Roarke agarrou a mão dela. — Você não vai fazer nenhum papel ridículo, vai?

— Eu vou me casar, não vou? — e puxou a mão para livrar-se dele. — O que pode ser mais ridículo do que isso?

Eve tinha esperança de que Roarke fosse ficar encucado com aquilo pelo resto do dia. A idéia do casamento já era assustadora, mas uma cerimônia completa com roupas, flores, música e convidados era horripilante.

Seguindo em alta velocidade pela Avenida Lexington, ela teve que frear de repente e resmungou xingamentos para o vendedor ambulante com seu carrinho de cachorros-quentes fumegantes que se espremia na pista, junto da calçada. A violação já era péssima, mas o nauseante cheiro das salsichas de soja cozidas demais atingiu o seu estômago como se fosse chumbo.

O motorista do táxi expresso que parou bem atrás dela violou as leis antipoluição sonora apertando a buzina e berrando palavrões pelo alto-falante. Alguns turistas, carregados com pequenas câmeras, mapas computadorizados e binóculos, olhavam com cara apalermada para o tráfego incessante. Eve balançou a cabeça ao ver um trombadinha se infiltrar no meio deles.

Ao chegarem de volta no hotel, eles iam descobrir que estavam várias fichas de crédito mais pobres. Se ela estivesse com tempo e conseguisse estacionar, ia perseguir o pequeno larápio. Só que ele se perdeu na multidão e já estava na outra esquina montado em seus skates aéreos antes mesmo de Eve ter tempo de piscar.

Nova York era assim mesmo, pensou ela, com um sorriso tênue. É tudo por conta e risco do freguês.

Eve amava as multidões, o barulho, a correria frenética daquela cidade. Você quase nunca estava sozinho, mas jamais conseguia intimidade com alguém. Foi por isso que ela escolhera vir para Nova York, tantos anos atrás.

Não, ela não era um ser social, mas espaço demais e solidão em excesso a deixavam nervosa.

Ela viera para Nova York para ser uma policial, pois acreditava na ordem e precisava dela para sobreviver. Sua infância miserável e cheia de abusos, com todos os seus espaços em branco e cantos escuros, não podia ser modificada. Mas ela mudara. Adquirira controle sobre a própria vida e se transformara na pessoa que alguma assistente social anônima batizara de Eve Dallas.

Agora, ela estava mudando novamente. Dentro de poucas semanas não ia mais ser apenas Eve Dallas, tenente da Divisão de Homicídios do Departamento de Polícia de Nova York. Ela seria também a esposa de Roarke. Como conseguir manter as duas identidades era algo tão misterioso quanto o pior dos casos que já pousara em sua mesa.

Nem ela nem Roarke sabiam o que era ter parentes ou formar uma família. Só conheciam crueldade, abuso e abandono. Ela se perguntava se não era por causa disso que os dois estavam juntos. Ambos sabiam o que era não ter nada, não ser nada; os dois conhe-

Eternidade Mortal

ciam o medo, a fome e o desespero; e os dois haviam reconstruído as próprias vidas.

Ou será que era apenas a necessidade mútua que os atraía? A necessidade de sexo, de amor e a combinação desses dois elementos que ela jamais imaginou ser possível antes de Roarke.

Questões para a doutora Mira, refletiu Eve, pensando na psiquiatra da polícia com quem às vezes se consultava.

Por ora, no entanto, Eve estava determinada a não pensar sobre o futuro nem sobre o passado. O presente já trazia complicações suficientes.

A três quarteirões da Rua Greene, ela aproveitou uma vaga e estacionou. Depois de remexer nos bolsos, encontrou algumas fichas de crédito para enfiar no parquímetro decrépito que estalava e chiava com ruídos de estática, e colocou o bastante para cobrir um período de duas horas.

Se levasse mais tempo do que isso, ela já estaria pronta para ir para o hospício, e uma multa de trânsito seria o menor dos problemas.

Respirando fundo, deu uma olhada na área em volta. Ela não era chamada para aquela região da cidade com muita freqüência. Assassinatos aconteciam em toda parte, mas o Soho era um baluarte para jovens aficionados por arte que lutavam pela vida, e normalmente resolviam suas diferenças com a ajuda de copos de vinho barato ou xícaras de café bem forte.

Naquele momento, o Soho estava vestido para o verão. Vendedores de flores explodiam, cercados de rosas; havia as clássicas, vermelhas e claras, e havia as híbridas, listradas. O tráfego se arrastava, barulhento, sobre as ruas, e ribombava acima, alimentado pelo êxodo vacilante das pessoas. Os pedestres, em sua maioria, se amontoavam nas calçadas tradicionais, embora as passarelas deslizantes também estivessem lotadas. As roupas largas e soltas, que estavam na última moda na Europa, também se destacavam ali, e havia sandálias trabalhadas, adornos de cabeça e cordões entrelaçados e brilhantes que pendiam das orelhas até os ombros.

Pintores de quadros a óleo e aquarelas, bem como artistas de pinturas por computador, exibiam suas obras pelas esquinas e na frente das lojas, competindo com vendedores de frutas híbridas, iogurtes gelados ou combinados vegetais naturais, sem conservantes.

Membros da Seita Pura, típicos do Soho, desfilavam em seus mantos brancos como a neve e sujos na barra, com os olhos brilhando e as cabeças raspadas. Eve ofereceu algumas fichas de crédito a um deles que tinha o olhar particularmente devoto e suplicante, e foi recompensada por um sorriso beatífico e um pequeno cristal brilhante.

— Amor puro — desejou-lhe o devoto — e alegria pura.

— Sim, tá legal! — murmurou Eve, e passou de lado.

Ela tinha que voltar a pé para achar o ateliê de Leonardo. O figurinista promissor alugara o último piso de um prédio de três andares. A janela que dava para a calçada estava cheia de manequins, explosões de cores e formas que fizeram Eve engolir em seco, de nervoso. Seu gosto para roupas tendia para o insípido e o banal, de acordo com Mavis.

Pelo jeito, Eve notou enquanto tomava a passarela até o nível da vitrine para dar uma olhada. O estilo de Leonardo não tinha nada a ver com ela.

O aperto no estômago voltou com força redobrada quando ela analisou as roupas mais de perto pelo lado de fora do vidro e viu as plumas, as contas e os terninhos emborrachados tingidos. Por mais que adorasse imaginar a cara que Roarke ia fazer ao vê-la em uma daquelas vestimentas, ela não podia se casar usando uma roupa de borracha fluorescente.

Havia mais, muito mais. Pelo visto, parecia que Leonardo era adepto da arte de chamar a atenção. Seu modelo mais importante, exibido em um manequim sem rosto com ar fantasmagórico, era uma elaborada roupa toda drapeada feita de inúmeros lenços transparentes que brilhavam com tamanha intensidade que o material parecia vivo.

Eve começou a sentir uma comichão insinuar-se sob a pele.

Hã-hã, pensou ela. *De jeito nenhum!*, e se virou, pensando apenas em escapar dali, mas deu de cara com Mavis.

— Essas roupas são tão formais! — Mavis enlaçou a cintura de Eve de modo amigável e olhou com ar sonhador para a vitrine.

— Escute, Mavis...

— Mas ele é incrivelmente criativo. Eu já o vi trabalhando e criando roupas na tela do computador. É demais! É selvagem!

— Selvagem... Olhe, eu estive pensando...

— Ele realmente compreende a alma da gente — Mavis saiu correndo na frente. Ela compreendia a alma de Eve, e sabia que a amiga estava pronta para ir embora dali. Mavis Freestone, magra como uma ninfa, vestida com um macacão branco e dourado, usando sapatos de salto alto com uma camada de ar de oito centímetros de altura, jogou para trás seus cabelos pretos encaracolados com faixas brancas, avaliou Eve e sorriu. — Você vai se transformar na noiva mais quente de Nova York!

— Mavis! — Eve apertou os olhos para evitar outra interrupção. — Eu só queria alguma coisa que não me fizesse parecer uma idiota.

Mavis abriu ainda mais o sorriso, e a nova tatuagem que mostrava um coração alado em seu bíceps tremulou quando ela levou a mão ao seio, dizendo:

— Dallas, confie em mim.

— Não! — replicou Eve quando Mavis a puxou de volta para a passarela deslizante. — Estou falando sério, Mavis. Vou encomendar alguma coisa pelo computador.

— Nem morta! — resmungou Mavis, forçando a passagem até a entrada que dava para a rua e puxando Eve pela mão. — O mínimo que você pode fazer é dar uma olhada, conversar com ele. Dar uma chance ao cara — e lançou para fora o seu lábio inferior, uma arma formidável, ainda mais pintada de magenta. — Não seja uma estraga-prazeres, Dallas!

— Droga, tudo bem... Já estou aqui mesmo...

Corando de alegria, Mavis saltitou até a câmera de segurança, que zumbia.

— Mavis Freestone e Eve Dallas. Viemos ver Leonardo — anunciou ela.

A porta externa se abriu com um som metálico. Mavis foi em linha reta até o antigo elevador de grade.

— Este lugar tem um estilo assim meio retrô. Acho que Leonardo é capaz até de ficar por aqui, mesmo depois de fazer sucesso. Sabe como é, estilo artista excêntrico e tudo o mais.

— Certo. — Eve fechou os olhos e começou a rezar, enquanto o elevador ia subindo, aos pulos. Na volta, ela ia descer de escada, com certeza.

— Olhe, mantenha a cabeça aberta — ordenou Mavis — e deixe que Leonardo cuide de você. Querido! — e quase flutuou para fora do apertado elevador, saindo em um espaço apertado e muito colorido. Eve tinha que admirá-la.

— Mavis, minha pombinha!

Então, Eve perdeu a fala. O homem com nome de artista tinha quase dois metros de altura e a compleição de um ônibus. Imenso, com bíceps ondulados que emergiam como montanhas por baixo de um manto sem mangas que exibia as cores fluorescentes de um pôr-de-sol marciano. Seu rosto era largo como a lua, e a pele em tom acobreado revestia como o couro de um tambor as bochechas pontudas. Tinha uma pequena pedra incrustada no rosto, ao lado do sorriso generoso, e os olhos pareciam duas moedas de ouro.

Ele pegou Mavis nos braços, levantou-a do chão e fez um círculo gracioso no ar com ela. A seguir, beijou-a de uma forma demorada, com energia e de um modo que fez Eve compreender que os dois tinham muito mais em comum do que o amor pela moda e pela arte.

— Leonardo! — sorrindo como uma tola, Mavis enfiou as pontas dos dedos com as unhas pintadas de dourado dentro do cabelo encaracolado dele, que descia até a altura dos ombros.

— Bonequinha!

Eternidade Mortal

Eve conseguiu segurar o riso ao vê-los arrulhando abraçados, mas lançou os olhos para cima. Agora ela tinha certeza. Mavis estava novamente apaixonada.

— Seu cabelo, querida! Está maravilhoso! — e Leonardo correu os dedos amorosos do tamanho de salsichas de soja por dentro da cabeleira listrada de Mavis

— Estava torcendo para você gostar. Esta... — e fez uma pausa dramática, como se estivesse prestes a apresentar o seu cão premiado — é a Dallas!

— Ah, sim, a noiva! Muito prazer em conhecê-la, tenente Dallas — mantendo uma das mãos em volta de Mavis, ele esticou a outra para cumprimentá-la. — Mavis já me contou tantas coisas a seu respeito!

— Sei. — Eve lançou um olhar de lado para a amiga. — Só que ela não foi tão generosa com os detalhes a seu respeito.

Ele riu com um som de trovão, fazendo com que os ouvidos de Eve estremecessem, o que a fez repuxar os lábios.

— Minha rolinha sabe ser discreta. Vou buscar refrescos! — afirmou ele, enquanto girava o corpo e desaparecia com agilidade inesperada em uma nuvem de cores.

— Ele é maravilhoso, não é? — sussurrou Mavis, com os olhos dançando de paixão.

— E você está dormindo com ele.

— Nossa, você não ia acreditar no quanto ele é... criativo. Como ele é... — e Mavis soltou um sopro, dando tapinhas no seio. — Esse homem é um artista sexual!

— Não quero ouvir falar. Definitivamente, não quero saber dos detalhes. — Juntando as sobrancelhas, Eve deu uma olhada em volta da sala.

Era ampla, com teto alto, e estava entulhada com rios e rios de tecidos. Buquês coloridos, cascatas de ébano e nuvens amarelo-esverdeadas pendiam do teto, desciam pelas paredes e se espalhavam pelos tampos das mesas e braços das cadeiras.

— Minha nossa! — foi tudo o que Eve conseguiu falar.

Tigelas e bandejas cheias de laços brilhantes, fitas e botões estavam empilhados por toda parte. Sachês, cintos, chapéus e véus se amontoavam ao lado de trajes semiprontos feitos de tecidos cintilantes e corpetes ornados com pequenos pinos.

O lugar tinha um aroma que era uma mistura de incenso com loja de flores.

Eve estava apavorada.

Um pouco pálida, virou-se para trás e disse:

— Mavis, eu amo você. Talvez eu nunca lhe tenha dito isso, mas eu a amo de verdade. Agora vou embora!

— Dallas! — com um riso rápido, Mavis agarrou-a pelo braço. Para uma mulher baixa, até que Mavis era surpreendentemente forte. — Relaxe! Respire fundo! Eu garanto que Leonardo vai ajeitar tudo para você.

— É disso que eu tenho medo, Mavis. Muito medo.

— Chá gelado, com limão — anunciou Leonardo com voz cantada, entrando na sala através de uma cortina de seda artificial e carregando uma bandeja e copos. — Por favor, por favor, sentem-se. Primeiro vamos relaxar, temos que nos conhecer melhor.

Olhando para a porta, Eve foi na direção de uma cadeira e disse:

— Escute, Leonardo, acho que Mavis não explicou as coisas direito para você. O caso é que eu...

— Você é uma detetive da Divisão de Homicídios. Já li a seu respeito — disse Leonardo com voz suave, aninhando-se em um pequeno sofá em curva com Mavis no colo. — Seu último caso foi manchete em toda a mídia. Devo confessar que fiquei fascinado. Seu trabalho é resolver enigmas, tenente, assim como o meu.

— O seu trabalho é resolver enigmas em que sentido? — Eve experimentou o chá e quase piscou ao descobrir que ele era forte, tinha um cheiro muito bom e um sabor maravilhoso.

— Naturalmente. Quando vejo uma mulher, imagino de que forma gostaria de vê-la vestida. Então, tenho que descobrir quem ela é, o que ela é e como leva a vida; quais são os seus sonhos, as suas fantasias, a visão que tem de si mesma. Depois, tenho que

Eternidade Mortal

pegar tudo isso e juntar cada uma das partes para compor uma imagem. Embora, a princípio, ela seja um mistério, sinto-me impelido a solucioná-lo.

Sem se mostrar envergonhada, Mavis soltou um suspiro de luxúria:

— Ai, Dallas, ele não é demais?

— Sua amiga está preocupada, minha pombinha — afirmou Leonardo, rindo e esfregando o nariz na orelha de Mavis. — Está achando que vou cobri-la de rosa-choque com lantejoulas.

— Ué, me parece lindo!

— Para você! — e sorriu de volta para Eve. — Então, você vai se casar com o esquivo e poderoso Roarke.

— Parece que sim — murmurou Eve.

— Você o conheceu quando estava investigando um caso. O caso DeBlass, não foi? E o deixou fascinado pelos seus olhos castanho-amarelados e o sorriso sério.

— Eu não diria que...

— Não diria — continuou Leonardo — porque você não se vê como ele a vê. Ou como eu a vejo. Forte, corajosa, atormentada, confiável.

— Você é um figurinista ou um analista? — quis saber Eve.

— Não se pode ser um sem ser o outro. Diga-me, tenente, como foi que Roarke ganhou você?

— Ganhou? Eu não sou um prêmio! — retrucou, ríspida, e colocou o copo de lado.

— Maravilha! — ele apertou as mãos uma contra a outra e quase chorou. — Calor e independência, e apenas um pouquinho de medo. Você vai dar uma noiva magnífica! Agora, ao trabalho! — e se levantou. — Venha comigo!

— Olhe, não vale a pena você desperdiçar o seu tempo, nem o meu — e se levantou também. — Eu vou só...

— Venha comigo! — repetiu ele, levando-a pela mão.

— Dê uma chance a ele, Eve...

Por Mavis, ela permitiu que Leonardo a guiasse por baixo e em volta das cascatas de tecidos, até chegar a uma mesa de trabalho igualmente entulhada de objetos, na parede dos fundos do salão.

Diante daquilo, rosa-choque e lantejoulas lhe pareceram uma coisa trivial.

Os manequins com corpos exageradamente esguios pareciam mutantes. Uns vestiam plumas, outros pedrarias. Alguns usavam o que pareciam roupas, mas em um estilo tão extravagante (golas pontudas, saias do tamanho de panos de prato, ternos colantes em estilo unissex) que mais pareciam participantes de uma parada de Halloween.

— Aqui estão alguns dos modelos da minha primeira coleção. Alta-costura é uma distorção da realidade, como você pode ver. O ousado, o incomparável, o impossível.

— Adorei! — disse Mavis.

Eve torceu os lábios olhando para a amiga e cruzou os braços, explicando:

— Vai ser uma cerimônia simples, em casa.

— Humm... deixe ver... — Leonardo já estava no computador, usando o teclado com uma agilidade impressionante. — Isto, por exemplo... — e trouxe para a tela uma imagem que fez o sangue de Eve congelar.

O vestido tinha uma cor de urina fresca, era drapeado com babados cor de barro que iam da gola recortada até a barra de pontas agudas que terminavam em gotas feitas com pedras do tamanho da mão de uma criança. As mangas eram tão apertadas nos braços que Eve pensou que a pessoa que as usasse ia perder toda a sensibilidade dos dedos.

Enquanto a imagem girava na tela, ela foi brindada com uma visão das costas, onde se via um decote que terminava abaixo da cintura e era todo enfeitado dali para baixo com plumas leves.

— ... Evidentemente não serve para alguém como você — completou Leonardo, e se divertiu soltando uma gargalhada profunda diante da palidez de Eve. — Desculpe, eu não pude resistir. Para

Eternidade Mortal

você tem que ser... isso é apenas um esboço, certo? Esbelto, longo, simples. Apenas uma linha de corte reto. Não muito delicado.

Ele continuava a falar enquanto trabalhava. Na tela, as linhas e formas começaram a se formar. Enfiando as mãos nos bolsos, Eve observou.

Parecia tão fácil, refletiu ela. Linhas longas, um toque sutil no busto, mangas que acabavam em pontas suaves e arredondadas nas costas das mãos. Ainda se sentindo pouco confortável, ela ficou esperando que ele começasse a colocar rodelas coloridas nas pontas do vestido.

— Agora, vamos dar um pouco de movimento — disse ele distraído e novamente fez a imagem girar para exibir as costas, tão lisas e elegantes quanto a frente, com uma pequena fenda que vinha da bainha até a altura dos joelhos. — Você não vai querer uma cauda, vai?

— Uma cauda?

— Não — e apenas sorriu, olhando de relance para trás —, você não ia querer... Agora, quanto à cabeça... Seus cabelos.

— Posso cobri-los, se for preciso. — Acostumada a ouvir comentários desagradáveis, Eve passou os dedos por eles.

— Não, não, não. Eles combinam com você.

— Combinam? — e deixou a mão cair, chocada.

— Certamente! Precisam só de um pouco de forma. Eu conheço uma pessoa... — e lançou a idéia de lado. — A cor deles, porém, com todos esses tons de castanho e dourado, e o estilo, muito curtos e meio selvagens... eles ficam muito bem em você! Só precisam de uns repiques — com os olhos apertados, ele a estudava. — Não, não, definitivamente sem adornos de cabeça, nem véus. Seu rosto é o bastante. Agora, a cor e o material do vestido. Ele tem que ser de seda, com um bom caimento — e fez uma careta. — Mavis me disse que não é Roarke que vai pagar.

— Não, o vestido é meu — e levantou os ombros.

— Ela insiste nisso! — comentou Mavis. — Como se Roarke fosse sentir a falta de alguns milhares de fichas de crédito.

— Não se trata disso...

— Não, claro que não. — Leonardo sorriu novamente. — Bem, podemos lidar com isso. E a cor? Não acho que o branco sirva, é muito simples para o seu tom de pele.

Apertando os lábios, ele pegou a paleta de tintas do programa e experimentou. Sem conseguir esconder o fascínio, Eve observou o esboço ir do branco total ao creme, depois ao azul, verde vivo e um arco-íris de cores intermediárias. Apesar de Mavis exclamar "Ohs" e "Ahs" em várias das opções, ele simplesmente balançava a cabeça.

Acabou escolhendo um tom de bronze.

— Este! — exclamou. — Sim, ah, esse sim! Combina com a sua pele, seus olhos, seus cabelos. Você vai ficar radiante, majestosa! Uma deusa! Vai precisar apenas de um colar com, pelo menos, oitenta centímetros de comprimento. Melhor ainda, duas fileiras, uma com sessenta e outra com oitenta centímetros. De cobre, acho, com algumas pedras coloridas. Rubi, topázio-citrino, ônix. Sim, sim, e calcedônia, talvez algumas turmalinas. Você pode falar com Roarke a respeito dos acessórios.

Roupas jamais haviam significado nada para ela, mas Eve sentiu um desejo por aquele vestido.

— É lindo — disse ela com cautela, enquanto começava a calcular o custo. — Só que não estou muito certa. Sabe, seda... fica um pouco fora do meu orçamento.

— O vestido vai ser por minha conta, quero apenas uma promessa sua — e se divertiu com o ar de cansaço que apareceu em seus olhos. — Você vai deixar que eu desenhe o vestido de acompanhante para Mavis e vai usar outros modelos meus no seu enxoval.

— Eu nem pensei em fazer enxoval! Tenho algumas roupas...

— A tenente Dallas tem roupas — corrigiu ele —, mas a esposa de Roarke vai precisar de outras.

— Talvez a gente possa entrar em acordo. — Eve queria muito aquele vestido, compreendeu então. Já dava até para senti-lo no corpo.

— Maravilha! Agora, tire a roupa.

— Certo, engraçadinho! — revidou ela, saltando como uma mola.

— É para tirar as medidas! — explicou Leonardo, falando depressa enquanto se levantava e dava um passo para trás ao ver o olhar que ela lhe lançou. Ele era um homem que adorava as mulheres e compreendia suas fúrias. Em outras palavras, ele as temia. — Você pode me considerar como um profissional de saúde. Não dá para cortar o vestido de forma apropriada, a não ser que eu conheça o seu corpo. Sou um artista e um cavalheiro — encerrou ele, com dignidade. — Mavis pode ficar na sala, se você se sentir pouco à vontade.

— Olhe, sei como lidar com você, meu chapa — Eve virou a cabeça um pouco para o lado. — Saia da linha comigo e vai descobrir por você mesmo...

— Tenho certeza. — Com cautela, ele pegou um aparelho. — Este é o meu *scanner* — explicou. — Ele vai tirar todas as suas medidas com precisão absoluta, mas você tem que estar despida, para uma leitura correta.

— Pare com esses risinhos, Mavis. Vá pegar mais um pouco mais de chá.

— Tudo bem, já vi você pelada mesmo — e lançando beijos para Leonardo saiu da sala.

— Tenho outras idéias para você... estou falando de roupas — explicou Leonardo quando Eve apertou os olhos. — As idéias básicas para o seu vestuário, é claro. Roupas para o dia e para a noite, estilo formal e casual. Sua lua-de-mel vai ser onde?

— Não sei. Ainda não pensei nisso. — Resignada, ela tirou os sapatos e abriu os jeans.

— Então Roarke vai lhe fazer uma surpresa. Computador, crie um arquivo novo. Dallas, primeira vez, medidas, cores, altura e peso. — Depois que ela tirou a blusa, ele se aproximou com o *scanner*. — Mantenha os pés juntos, por favor. Altura, um metro e setenta e cinco. Peso, cinqüenta e cinco.

— Há quanto tempo você anda dormindo com a Mavis?

— Há umas duas semanas — e ficou murmurando outras medidas. — Ela é uma pessoa muito querida. Cintura, sessenta e seis e meio.

— Você começou a sair com a Mavis antes ou depois de ela contar que a melhor amiga dela ia se casar com Roarke?

Ele parou na mesma hora, com olhar frio, e seus brilhantes olhos dourados brilharam de raiva.

— Não estou usando Mavis para fins profissionais, e você a insulta ao pensar isso.

— Estou só conferindo. Ela é uma pessoa muito querida para mim também. Se nós vamos entrar em acordo, quero ter certeza de que todas as cartas estão viradas para cima, apenas isso. Então...

A interrupção foi repentina e furiosa. Uma mulher com roupa colante preta e sóbria irrompeu na sala como um cometa, com os dentes arreganhados e as unhas vermelhas e letais curvadas como se fossem garras.

— Seu safado, traidor, duas caras, filho-da-puta! — e lançou-se em um vôo, mais parecendo um míssil teleguiado para o alvo. Com uma agilidade criada por puro medo, Leonardo se desviou.

— Pandora, eu posso explicar...

— Então explique isto! — e desviando toda a sua fúria para Eve, a mulher lançou um soco no ar que, se a tivesse atingido, teria lhe arrancado os olhos das órbitas.

Havia apenas uma coisa a fazer. Eve a nocauteou.

— Ah, meu Deus! Ah, meu Deus! — Leonardo encolheu os ombros largos e começou a torcer as mãos imensas, de aflição.

CAPÍTULO DOIS

— Você teve mesmo que bater nela?

— Tive! — Eve olhou os olhos da mulher, que rolavam para trás e para a frente.

— Ela vai transformar a minha vida em um inferno! — Leonardo guardou o *scanner* e deu um suspiro.

— Meu rosto, meu rosto! — enquanto recobrava a consciência lentamente, Pandora tentava se levantar, apalpando o queixo. — Ficou roxo? Dá para perceber? Tenho uma sessão de fotos para daqui a uma hora!

— Azar o seu! — Eve sacudiu os ombros.

Trocando de expressão como uma gazela enlouquecida, Pandora soprou por entre os dentes:

— Vou acabar com você, sua piranha! Você jamais vai arrumar trabalho, nem no cinema, nem na televisão, nem em disco! E pode ter certeza de que não vai nem conseguir emprego. Sabe quem eu sou?

Estar nua naquelas circunstâncias só serviu para afiar o espírito de Eve, que respondeu:

— Acha que eu me importo de saber quem você *é*?

— O que está havendo? Droga, Dallas, ele está só tentando arrumar a sua... Oh! — correndo com copos nas duas mãos, Mavis parou na mesma hora. — Pandora!

— Você! — Obviamente, o estoque de veneno de Pandora não diminuiu com o soco. Pulando em cima de Mavis, ela fez os copos se quebrarem e o chá voar pela sala. Em segundos, as duas mulheres estavam atracadas no chão, puxando os cabelos uma da outra.

— Ai, pelo amor de Deus! — se estivesse com a arma de atordoar, Eve a teria usado nas duas. — Parem com isso! Droga, Leonardo, me dê uma ajuda para separá-las, antes que se matem! — Eve mergulhou sobre elas, puxando braços e pernas. Aproveitou a chance e deu uma cotovelada extra nas costelas de Pandora, só para se alegrar. — Vou colocar você em uma jaula, juro por Deus! — Por falta de outro recurso, ela se sentou sobre as costas de Pandora, apanhou a calça jeans e pegou o distintivo no bolso. — Dê uma olhada com atenção, sua idiota! Eu sou uma policial! Até agora, você já tem duas acusações de agressão. Quer uma terceira?

— Tira esse rabo pelado e magro de cima de mim!

Não foi a ordem, mas a relativa calma com que ela foi dada que fez Eve sair de cima dela. Pandora se levantou, limpou as mãos meticulosamente nas pernas de seu terninho colante, fungou, atirou a luxuriante cabeleira cor de fogo para trás e então fixou os gélidos olhos de esmeralda com cílios imensos sobre o figurinista.

— Então, uma de cada vez já não serve mais para você, Leonardo! Você é escória! — Com o queixo esculpido empinado para o ar, lançou um olhar de escárnio para Eve e depois para Mavis. — Seu apetite pode estar aumentando, querido, mas o bom gosto está se deteriorando!

— Pandora. — Abalado, ainda com medo de ser atacado, Leonardo umedeceu os lábios. — Eu já disse que posso explicar. A tenente Dallas é uma cliente.

— É esse o nome que você dá para elas agora? — e cuspiu as palavras como uma cobra. — Você acha que pode me jogar fora

Eternidade Mortal

27

como se eu fosse o jornal de ontem, Leonardo? Sou eu que decido quando acabar.

Mancando um pouco, Mavis foi até onde Leonardo estava e enlaçou sua cintura, dizendo para Pandora:

— Ele não precisa de você e nem quer você.

— Não ligo a mínima para quem ele quer. Quanto a precisar... — seus lábios cheios se curvaram para cima, formando um sorriso cruel. — Ele vai ter que lhe explicar os fatos da vida, garotinha. Sem mim, não vai haver nenhum desfile no mês que vem para as roupas de segunda classe que ele faz. E, sem desfile, não vai haver vendas, e sem vendas ele não vai conseguir pagar por todo aquele material, todo o estoque e o dinheiro gordo que pegou emprestado com os agiotas.

Ela respirou fundo e olhou atentamente para as unhas que se lascaram na briga. A raiva combinava tanto com ela quanto a roupa colante preta.

— Isso vai lhe custar muito caro, Leonardo! — continuou. — Estou com a agenda apertada nos próximos dias, mas vou achar um meio de espremer um tempinho a fim de bater um papo com os responsáveis pelo seu apoio financeiro... O que acha que eles vão fazer quando eu lhes disser que não posso baixar meus padrões para pisar em uma passarela usando roupas suas, de qualidade tão baixa?

— Você não pode fazer isso comigo, Pandora! — o pânico estava estampado em cada palavra, um pânico, Eve sabia, que era para a ruiva exuberante o que a droga é para o viciado. — Você vai me arruinar! Investi tudo o que tinha nesse desfile. Tempo, dinheiro...

— Que pena você não ter pensado nisso antes de agarrar esse pedacinho de chumaço de umbigo — os olhos afiados de Pandora se estreitaram. — Acho que posso marcar um almoço com os homens da grana até o fim da semana. Você tem alguns dias, querido, para decidir como é que vai ser esse jogo. Livre-se do brinquedinho novo ou sofra as conseqüências! Você sabe onde me achar.

E saiu deslizando com exagero, no caminhar típico de uma modelo, marcando a sua saída ao bater a porta com toda a força.

— Ai, que merda! — Leonardo se sentou em uma cadeira e cobriu o rosto com as mãos. — Ela chegou na hora mais apropriada para ela, como sempre.

— Não! Não deixe que ela faça isso com você! Conosco. — Quase às lágrimas, Mavis se colocou de cócoras diante dele. — Você não pode mais deixar que ela governe a sua vida ou que faça chantagens... — Inspirada, Mavis se levantou de repente. — Isso é chantagem, não é, Dallas? Vá até lá e prenda aquela mulher!

Eve estava acabando de abotoar a blusa, que tornara a vestir.

— Não posso prendê-la por dizer que não vai usar as roupas dele. Poderia enquadrá-la por agressão, mas ela vai ser libertada assim que eu acabar de fechar a porta da cela.

— Mas isto *é* chantagem! Tudo o que Leonardo tem na vida depende desse evento! Ele vai perder tudo se o desfile não acontecer!

— Sinto muito. De verdade. Isso não é um caso de polícia ou uma questão de segurança pública. — Eve passou as mãos pelos cabelos. — Olhe, ela estava de cabeça quente e pau da vida. Devia estar sob o efeito de alguma droga, pelo brilho em seus olhos. Pode ser que ela se acalme, mais tarde.

— Não. — Leonardo se recostou na cadeira. — Ela vai querer que eu pague caro pelo que fiz. Você deve ter percebido que nós éramos amantes. As coisas estavam esfriando entre nós. Ela esteve fora do planeta por algumas semanas e considerei o nosso relacionamento terminado. Então, conheci Mavis. — Suas mãos alcançaram as dela e as apertaram. — E então soube que estava tudo acabado. Conversei com Pandora rapidamente, disse tudo isso a ela. Pelo menos tentei dizer.

— Já que Dallas não pode ajudar, há apenas uma coisa a fazer — o queixo de Mavis tremeu. — Você tem que voltar para ela. É a única saída — e acrescentou, antes de Leonardo ter chance de falar. — Nós não nos veremos mais, pelo menos até o dia do desfile. Talvez, depois disso, possamos recolher os pedaços. Você não pode permitir que ela vá às pessoas que estão financiando tudo para falar mal dos seus modelos.

Eternidade Mortal

— E você acha que eu poderia fazer isso? Ficar com ela? Tocá-la, depois do que aconteceu? — e se levantou. — Mavis, eu amo você.

— Oh... — seus olhos se encheram de lágrimas e transbordaram. — Oh, Leonardo, agora não. Eu amo você demais para deixar que ela arruíne a sua vida. Vou embora. Para salvá-lo.

E saiu, apressada, deixando Leonardo seguindo-a com o olhar.

— Estou sem saída — disse ele. — Piranha vingativa! Ela tem o poder de tirar tudo de mim. A mulher que eu amo, o meu trabalho, tudo! Seria capaz de matá-la por ter colocado aquele ar de tristeza nos olhos de Mavis! — Respirou bem fundo e olhou para as mãos. — Um homem pode ser atraído pela beleza e não enxergar o que há por baixo dela.

— E o que ela disser a essas pessoas vai importar tanto assim? Eles não teriam investido em você se não acreditassem no seu trabalho.

— Pandora é uma das modelos mais importantes do planeta. Tem poder, prestígio, contatos. Algumas palavras dela sussurradas na orelha certa podem erguer ou derrubar um homem na minha posição — e levantou a mão, tocando em uma elaborada fantasia de malha e pedras que estava pendurada ao lado. — Se ela abrir a boca para falar mal do meu trabalho, dizendo que meus modelos são inferiores, as projeções de vendas vão despencar. Ela sabe exatamente como conseguir isso. Trabalhei a vida inteira para esse desfile. Ela sabe disso, também, e sabe como fazer para tirar tudo de mim. E isso não vai parar por aí.

Sua mão caiu para o lado, e ele continuou:

— Mavis ainda não compreendeu. Pandora pode manter essa arma a *laser* sobre o meu pescoço pelo resto de sua vida profissional ou da minha. Jamais vou conseguir me livrar dela, tenente, até que ela decida que já acabou comigo.

* * *

Quando Eve chegou a casa, estava exausta. Uma sessão adicional de lágrimas e recriminações com Mavis minou sua energia. Por ora, pelo menos, Mavis estava se sentindo confortada por uma embalagem grande de sorvete e várias horas diante do vídeo, no antigo apartamento de Eve.

Querendo esquecer os cataclismos emocionais e o mundo da moda, Eve entrou direto para o quarto e mergulhou de cara na cama. Galahad, o gato, pulou ao seu lado, ronronando sem parar. Depois de perceber que algumas cabeçadas carinhosas na mão de Eve não provocaram reação, ele se acomodou e dormiu. Quando Roarke a encontrou, ela ainda não havia movido um músculo sequer.

— E então, como foi o seu dia de folga?

— Detesto fazer compras!

— É que você ainda não desenvolveu o gostinho pela coisa.

— E nem quero! — Curiosa, ela rolou o corpo e ficou olhando para ele. — Você gosta disso. Adora comprar coisas.

— Claro. — Roarke se esticou ao lado dela, fazendo carinhos na cabeça do gato, quando ele chegou pisando devagar sobre o seu peito. — Comprar é quase tão satisfatório quanto ter as coisas. Ser pobre, tenente, simplesmente não presta!

Ela pensou sobre o assunto. Como já tinha sido muito pobre e conseguira lutar e se erguer na vida, não discordava daquilo.

— De qualquer modo — voltou ela —, acho que o pior da tortura das compras já passou.

— Então foi rápido! — e essa rapidez o deixou um pouco preocupado. — Sabe, Eve, você não precisa abrir mão de nada para resolver isso.

— Na verdade, acho que Leonardo e eu chegamos a um acordo — olhando para cima, através da claraboia por onde se via o céu empalidecido pelas luzes da cidade, ela franziu as sobrancelhas. — Mavis está apaixonada por ele.

— Hã-hã... — Com os olhos semicerrados, Roarke continuava a acariciar o gato, pensando em acariciar Eve, em vez disso.

Eternidade Mortal

— Não, estou falando do grande amor! — e suspirou. — O dia não correu exatamente às mil maravilhas.

Ele estava com os números de três grandes acordos ainda dançando na cabeça. Colocando-os de lado, chegou-se mais para perto dela e pediu:

— Conte-me tudo.

— Leonardo é um sujeito corpulento, com um charme especial, estranhamente atraente. É... não sei explicar... um cara marcante. Parece ter um bocado de sangue indígena nas veias. Pelo menos, tem a estrutura óssea e o tom de pele de um índio, bíceps que parecem torpedos e uma voz com um toque sutil de magnólia. Não sei julgar as pessoas muito bem, mas quando ele se sentou para fazer o esboço do meu vestido me pareceu muito concentrado e talentoso! Enfim, lá estava eu esperando em pé ao lado dele, nua...

— Você estava nua? — perguntou Roarke com naturalidade, e, tirando o gato do caminho, rolou o corpo e se colocou em cima dela.

— Para tirar as medidas — explicou ela, com olhar de desprezo.

— Continue.

— Certo. Mavis tinha ido pegar um pouco de chá...

— Quanta mordomia!

— De repente, uma mulher entrou como um furacão na sala. Ela era de cair o queixo, mais de um metro e oitenta, magra como um raio *laser*, cabelos ruivos com quase um metro de comprimento e um rosto... bem, vou usar a imagem das magnólias de novo. Entrou berrando com Leonardo, e ele, aquele touro de homem, recuou com covardia, e ela resolveu pular em cima de mim. Tive que nocauteá-la.

— Você deu um soco nela?

— Dei, antes que ela fatiasse a minha cara toda com aquelas unhas pontiagudas.

— Querida Eve — ele beijou uma das bochechas dela, depois a outra e então a covinha do queixo. — O que será que você tem que faz surgir o lado animal das pessoas?

— Apenas sorte, eu acho. Enfim, a tal Pandora...

— Pandora? — sua cabeça se elevou e os olhos se estreitaram.
— A modelo?

— Essa mesmo! Parece que é uma figura graúda no mundo da moda.

Roarke começou a rir, apenas um sorriso a princípio, que foi crescendo e se transformou em uma gargalhada tão alta que ele caiu de costas na cama novamente.

— Você deu um soco no precioso rosto de um bilhão de dólares de Pandora? E ela caiu durinha em cima daquela bunda linda?

— Para falar a verdade, sim — e então a suspeita floresceu, acompanhada por uma surpreendente e inesperada fisgada de ciúme. — Você a conhece!

— Pode-se dizer que sim.

— Isso quer dizer...

Ele levantou uma sobrancelha, um pouco desconfiado, mas ainda se divertindo. Ela já estava sentada na cama, olhando para ele com cara feia. Pela primeira vez no relacionamento deles, ele sentiu uma pontada de imaturidade no jeito dela.

— Estivemos juntos por algum tempo... um período curto — e coçou o queixo. — Não me lembro muito bem.

— Mentira!

— Mais tarde, é possível que eu me lembre. Mas você estava dizendo...

— Existe alguma mulher excepcionalmente bonita com a qual você não tenha dormido?

— Vou lhe fazer uma lista. E então, você a nocauteou.

— Foi. — Eve sentiu-se arrependida por não ter batido mais.
— Ela ficou lá, gemendo, chorosa, até que Mavis entrou na sala e Pandora voou em cima dela. Em um segundo, as duas já estavam engalfinhadas no chão, arrancando os cabelos uma da outra e se arranhando; Leonardo ficou de lado, torcendo as mãos de nervoso.

— Você leva uma vida muito interessante. — Roarke a virou de lado, colocando-a por cima dele.

Eternidade Mortal

— Para encurtar a história, Pandora ameaça Leonardo: ele tem que dar um fora em Mavis e voltar para ela, senão ela vai destruir esse tal desfile do qual ele precisa tanto para decolar na carreira. Pelo jeito, ele enterrou tudo o que tinha nesse evento, chegou até a pegar dinheiro com agiotas. Se ela acabar com o desfile, ele está arruinado.

— Isso é a cara dela.

— Depois que Pandora saiu, Mavis...

— Você ainda estava pelada?

— Estava acabando de me vestir. Mavis resolveu fazer o supremo sacrifício. Foi tudo muito dramático. Leonardo declarou o seu amor, ela começou a chorar e foi embora. Puxa, Roarke, nessa hora eu me senti como um *voyeur* pervertido, olhando tudo de binóculo. Levei Mavis para ficar no meu antigo apartamento, só por esta noite. Ela não vai ter que ir para a boate, pelo menos até amanhã.

— Fique ligada — murmurou ele, e sorriu quando ela olhou para ele sem entender. — É como nas novelas antigas. Isso sempre acaba na beira de um abismo. O que o nosso herói vai fazer agora?

— Que herói! — murmurou Eve. — Droga, eu gostei dele, mesmo sendo um covarde. O que ele gostaria de fazer é esmagar a cabeça de Pandora, mas provavelmente vai desmoronar. É por isso que eu pensei em trazer Mavis para cá por alguns dias, se ela precisar.

— Claro.

— Sério?

— Esta aqui, como você sempre diz, é uma casa grande. Eu gosto de Mavis.

— Eu sei — e lançou-lhe um dos seus sorrisos rápidos, tão raros. — Obrigada. E o seu dia, como foi?

— Comprei um pequeno planeta... Brincadeira! — apressou-se em acrescentar, quando a boca de Eve se abriu de espanto. — Na verdade, completei as negociações para a reconstrução de uma comunidade agrícola no Satélite Taurus Cinco.

— Uma fazenda?

— As pessoas têm que comer. Com um pouco de reestruturação, essa comunidade vai ser capaz de fornecer grãos para as fábricas das colônias de Marte, onde tenho investimentos consideráveis. Assim, uma mão lava a outra...

— Sei. Agora, quanto a Pandora...

Ele tornou a rolar o corpo dela e puxou a blusa que ela já desabotoara, soltando-a dos ombros.

— Não adianta tentar, que você não vai me distrair — disse ela. — Esse caso que rolou com ela, em um período curto... Esse período foi de quanto tempo?

Ele balançou os ombros e veio dando pequenas mordidas em Eve, da boca até a garganta.

— Vamos lá... — voltou ela. — Foi assim tipo uma noite, uma semana... — Seu corpo esquentou quando ele fechou a boca sobre o seu seio. — ... Um mês... — Tudo bem, agora você está conseguindo me distrair, Roarke...

— E posso fazer ainda melhor... — prometeu ele.

E fez.

Visitar o necrotério era um jeito horrível de começar o dia. Eve caminhou lentamente através do silêncio e ao longo das paredes revestidas por azulejos brancos, tentando não se sentir aborrecida por ter sido chamada para reconhecer um corpo às seis da manhã.

E, o que é pior, um corpo que flutuava no rio, ao ser encontrado.

Ela parou em uma das portas, segurou o distintivo, levantou-o na direção da câmera de segurança e ficou aguardando, enquanto o seu número de identificação era acessado e aprovado.

Do lado de dentro, um técnico já estava esperando por ela ao lado de uma parede cheia de gavetas refrigeradas. A maioria devia estar ocupada, pensou Eve. O verão era sempre uma estação quente para as mortes.

— Tenente Dallas?

— Certo. Você tem um desses para mim.

Eternidade Mortal 35

— Acabou de chegar — com o tom desinteressado próprio da profissão, ele foi até uma das gavetas e digitou um código para que ela se abrisse. As travas e o controle de refrigeração se desligaram com um pequeno ruído, e a gaveta, com o ocupante, deslizou suavemente para fora, envolta em uma pequena nuvem de gelo seco. — A policial que estava no local o reconheceu e acha que ele é um dos seus.

— Certo. — Como defesa, Eve inspirou fundo e expirou pela boca. Ver a morte, e morte violenta, não era novidade para ela. Ela não conseguia explicar a sensação que tinha de que era mais fácil, talvez menos pessoal, analisar um corpo no local da morte. Ali, no ambiente imaculado e quase virginal do necrotério, a imagem lhe parecia muito mais obscena.

— Carter Johannsen — reconheceu Eve. — Era mais conhecido como Boomer. O último endereço conhecido é um quarto em Beacon. Ladrão barato, informante profissional, traficante eventual de drogas ilegais, um tipo lamentável de ser humano — e suspirou, enquanto olhava o que havia restado dele. — Que diabos, Boomer, como foi que fizeram isso com você?

— Instrumento não pontudo — respondeu o técnico, levando a pergunta de Eve a sério. — Possivelmente um cano ou um bastão não muito grosso. Temos que terminar os testes. Uma força muito grande por trás de cada golpe. Estava há umas duas horas no rio, no máximo; as contusões e lacerações são claras.

Eve balançou a cabeça e o deixou continuar as explicações, com ar importante. Ela conseguia ver tudo por si mesma.

Boomer jamais fora um sujeito bonito, mas eles haviam deixado muito pouco do seu rosto. Ele fora severamente golpeado, o nariz se quebrara e a boca estava irreconhecível, devido aos golpes e inchaços. As marcas escuras na garganta indicavam estrangulamento, bem como os vasos arrebentados que pontilhavam o que sobrara do seu rosto.

O torso estava arroxeado e, pelo jeito com que o corpo estava, Eve desconfiou que o braço havia sido esmagado. O dedo que faltava na sua mão esquerda era resultado de um velho ferimento de guerra, do qual Eve sabia que ele tinha grande orgulho.

Alguém muito forte, furioso e determinado atacara o pobre e patético Boomer.

Do mesmo modo fizeram os peixes, mesmo no pequeno período em que ele ficara na água.

— A policial encarregada já levou o que restou das impressões digitais para identificação, agora só falta a sua confirmação visual.

— Está confirmado. Envie-me uma cópia da autópsia. — Eve se virou e começou a se encaminhar para a porta. — Quem foi a policial que fez a conexão da vítima comigo?

O técnico pegou o *notebook* e começou a martelar as teclas.

— O nome é Delia Peabody.

— Peabody. — Pela primeira vez desde que chegara, Eve exibiu um pequeno sorriso. — Ela roda um bocado por aí. Se aparecer alguém aqui perguntando por ele ou em busca de informações, eu quero ser avisada.

A caminho da Central de Polícia, Eve entrou em contato com Peabody. O rosto calmo e sério da policial apareceu na tela e Eve se identificou:

— Aqui é a tenente Dallas.

— Sim, tenente.

— Você encontrou o corpo de Johannsen.

— Sim, senhora. Estou acabando de fazer o relatório. Posso enviar uma cópia para a senhora.

— Eu agradeceria. Como foi que você conseguiu identificá-lo?

— Há um identificador portátil em meu kit de trabalho, senhora. Tirei as digitais dele. Os dedos estavam muito danificados e eu só consegui uma resposta parcial, mas tudo indicava que era Johannsen. Sabia que ele era um dos seus informantes.

— Sim, era mesmo. Bom trabalho, Peabody.

— Obrigada, senhora.

— Peabody, você tem interesse em ser assistente da investigadora principal desse assassinato?

Eternidade Mortal

— Sim, senhora! — Peabody perdeu o controle das emoções em seus olhos apenas por um segundo e deixou transparecer um brilho de interesse. — A senhora é a investigadora?

— Ele trabalhava para mim — disse Eve, simplesmente. — Vou solucionar o caso. Esteja em minha sala em uma hora, Peabody.

— Sim, senhora. Obrigada, senhora.

— Dallas — murmurou Eve. — Pode me chamar de Dallas, simplesmente. — Mas Peabody já havia desligado.

Eve olhou para o relógio com cara feia, xingou o tráfego e avançou três quarteirões, cortando caminho por um café *drive-through*, onde parou. O café era um pouco menos repugnante do que o da Central de Polícia. Alimentada por uma xícara daquilo e pelo que parecia ser um bolinho de canela, ela estacionou o carro e se preparou para fazer o relatório do ocorrido ao comandante.

Enquanto subia pela carroça que funcionava como elevador, sentiu os músculos das costas se retesarem. Dizer a si mesma que os problemas com o comandante eram uma bobagem e que ela devia deixar aquilo para trás não adiantou muita coisa. O ressentimento e a mágoa deixados nela pelo caso anterior pareciam não querer desaparecer.

Entrou no saguão da administração, que era cheio de consoles movimentados, paredes escuras e carpetes gastos. Anunciou sua presença no balcão da recepção do comandante Whitney, e um policial com voz arrastada pediu-lhe que esperasse.

Ela ficou parada ali mesmo, em vez de circular em volta da sala a fim de olhar pelas janelas ou passar o tempo assistindo a discos de revistas antigas. O canal de notícias do telão atrás dela estava ligado sem emitir som, mas a programação também não a interessou.

Algumas semanas antes, Eve tivera uma porção exagerada de mídia envolvendo o seu nome. Pelo menos, pensou, alguém tão baixo na cadeia alimentar de notícias, como era o caso de Boomer, não ia atrair muita publicidade. O assassinato de um informante não aumentava os pontos do ibope.

— O comandante Whitney vai recebê-la agora, tenente Eve Dallas.

Ela ouviu o zumbido das portas de segurança sendo destravadas, passou por elas e virou à esquerda, entrando na sala de Whitney.

— Tenente.

— Comandante. Obrigada por me receber.

— Sente-se.

— Não, obrigada. Não vou tomar muito do seu tempo. Acabei de vir do necrotério, onde fiz o reconhecimento de um corpo não identificado que foi encontrado boiando no rio. Era Carter Johannsen. Um dos meus informantes.

— Boomer? — Whitney, um homem imponente, com feições duras e olhar cansado, se recostou na cadeira. — Ele costumava fornecer explosivos para ladrões de rua. Perdeu o dedo indicador da mão direita.

— Esquerda — corrigiu Eve. — Senhor.

— Esquerda. — Whitney cruzou as mãos sobre a mesa e olhou para ela com atenção. Ele cometera um erro grave com Eve, um erro em um caso em que estivera pessoalmente envolvido. Compreendeu naquele instante que ela ainda não o perdoara. Ele tinha a sua obediência e respeito, mas a tênue amizade que existira certa vez entre eles desaparecera.

— Imagino que tenha sido um caso de homicídio — continuou ele.

— Ainda não recebi o resultado da autópsia, mas parece que a vítima foi espancada e estrangulada, antes de ser atirada no rio. Eu gostaria de investigar o caso.

— Você estava trabalhando com ele em alguma investigação no momento?

— No momento não, senhor. Ocasionalmente, Boomer fornecia dados aos investigadores da Divisão de Drogas Ilegais. Preciso saber o nome da pessoa para quem ele trabalhava naquele departamento.

Eternidade Mortal

Whitney concordou, perguntando:

— Como está a sua carga de trabalho no momento, tenente?

— Gerenciável.

— Isso significa que você está atolada. — Levantou os dedos e os fechou novamente. — Dallas, pessoas como Johannsen vivem em busca de desastre e normalmente o encontram. Nós dois sabemos que as taxas de assassinato se elevam muito em uma época de calor como o que tem feito. Não posso usar uma das minhas investigadoras mais importantes nesse tipo de caso.

— Ele era um dos meus. — Eve apertou os maxilares. — Não importa o que ele fizesse, comandante, Boomer era um dos meus.

Lealdade, refletiu ele, era um dos valores que a tornavam uma das melhores que ele tinha.

— Você pode pesquisar o caso superficialmente pelas próximas vinte e quatro horas — disse a ela — e manter as investigações em aberto, nos seus arquivos, por setenta e duas. Depois disso, vou ser obrigado a transferir o caso para um investigador iniciante.

Aquilo era simplesmente o que ela já esperava.

— Gostaria de ter a policial Peabody trabalhando comigo nessa investigação.

Ele olhou para Eve com ar contrariado e replicou:

— Você quer que eu aprove a designação de uma ajudante para um caso como esse?

— Eu quero Peabody. — Eve retornou o olhar sem piscar. — Ela já provou que é excelente em campo. Está planejando se tornar detetive. Acredito que, se tiver um pouco de treinamento com casos reais, conseguirá seu objetivo mais depressa.

— Você pode ficar com ela por três dias. Se alguma coisa mais importante surgir nesse meio-tempo, as duas estão fora do caso.

— Sim, senhor.

— Dallas — começou ele a falar no momento em que ela se virou para ir embora e engoliu um pouco do orgulho. — Eve... Eu ainda não tive a oportunidade de congratular você, pessoalmente, pelo casamento que se aproxima.

— Obrigada. — Um lampejo de surpresa oscilou em seus olhos antes que ela conseguisse impedir.

— Espero que seja muito feliz, Eve.

— Eu também.

Pouco à vontade, ela atravessou o labirinto que era a Central de Polícia e foi até a sua sala. Precisava pedir outro favor. Como queria privacidade, fechou a porta atrás de si antes de ligar o *tele-link*.

— Capitão Ryan Feeney, por favor, da Divisão de Detecção Eletrônica. — Ficou aliviada ao ver o rosto amarrotado que encheu a tela. — Você chegou cedo hoje, Feeney.

— Droga, não tive tempo nem de tomar o café da manhã! — reclamou ele, a boca cheia com a massa de um bolinho recheado. — Quando um dos terminais começa a vazar dados, ninguém consegue consertar, só eu.

— Ser indispensável é um problema! Dá para você encaixar uma pesquisa para mim... um trabalho extra-oficial?

— Esses são os meus favoritos! Pode mandar!

— Alguém apagou Boomer.

— Sinto muito saber disso — e deu mais uma mordida no bolinho. — Ele era um merda, mas normalmente dava conta do recado. Quando aconteceu?

— Não tenho certeza; ele foi pescado no lado leste do rio, hoje cedo. Eu sei que ele passava informações para alguém na Divisão de Drogas Ilegais. Você pode descobrir quem é, para mim?

— Rastrear as ligações entre informantes e seus receptores é um trabalho meio arriscado, Dallas. Você tem certeza de que quer mesmo que eu faça isso?

— Sim ou não, Feeney?

— Tudo bem, tá legal, eu procuro! — murmurou ele. — Mas não vá fazer isso respingar em mim depois. Os tiras detestam ter os seus arquivos vasculhados.

— Eu que o diga! Obrigada, Feeney. Quem fez isso com Boomer queria mesmo acabar com ele. Se ele sabia de alguma coisa que valia a sua cabeça, acho que não tinha relação com nenhum dos meus casos.

— Então, tinha relação com o caso de outra pessoa. Eu lhe dou retorno.

Eve se recostou na cadeira após desligar a tela do *tele-link* e tentou limpar a mente. Na sua cabeça apareceu o rosto massacrado de Boomer. Um cano ou um bastão, ponderou. Mas punhos também. Ela sabia o que mãos desarmadas eram capazes de fazer em um rosto. E sabia o quanto doía.

Seu pai tinha mãos muito grandes.

Aquela era uma das coisas que ela tentava fingir que não lembrava. Mas ela sabia bem o quanto doía, o choque cruel do golpe explodindo antes mesmo que o cérebro registrasse a dor.

O que tinha sido pior? Os espancamentos ou os estupros? Os dois estavam completamente misturados um com o outro em sua cabeça e em seus medos.

Aquele ângulo estranho em que o braço de Boomer estava. Quebrado, refletiu ela, e deslocado. Teve uma vaga e terrível lembrança do som frágil que um osso fazia ao se quebrar, da náusea que surgia acima da agonia e do gemido fininho que substituía o grito quando a mão se apertava com força sobre a sua boca.

O suor frio e o terror tão forte que era capaz de fazê-la borrar as calças ao lembrar que aqueles punhos iam voltar e continuar voltando até que ela estivesse morta. Até ela desejar que Deus Todo-Poderoso a levasse.

A batida na porta a fez dar um pulo da cadeira e ela engoliu um grito. Através do vidro, viu Peabody com o uniforme impecável e os ombros rígidos.

Eve passou a mão sobre os lábios para se recompor. Estava na hora de trabalhar.

Capítulo Três

O lugar em que Boomer morava era melhor do que alguns que Eve já vira. O prédio fora, no passado, um motel barato de alta rotatividade que servia de subsistência para prostitutas, antes de a profissão ter sido legalizada e licenciada. Tinha quatro andares e ninguém jamais se dera ao trabalho de instalar um elevador ou uma esteira rolante; havia um saguão escuro e a portaria exibia a segurança dúbia de uma andróide com cara amarrada.

Pelo cheiro, o Departamento Sanitário exigira recentemente a exterminação de insetos e roedores.

A andróide tinha um problema no olho direito, devido a um chip defeituoso, mas focou o olho bom na identificação de Eve.

— Estamos em dia com a legislação — avisou ela, levantando-se atrás do sujo vidro de segurança. — Aqui não temos problemas.

— Johannsen. — Eve guardou o distintivo. — Alguém o visitou nos últimos dias?

O olho defeituoso da andróide piscou e rolou para cima.

— Não fui programada para monitorar as visitas dos moradores, mas apenas para cobrar o aluguel e manter a ordem.

— Eu posso confiscar os seus discos de memória e assisti-los com toda a calma.

A andróide não respondeu nada, mas um leve zumbido indicou que ela estava rodando o próprio disco.

— Johannsen, ocupante do apartamento 3-C, saiu daqui há oito horas e vinte e oito minutos. Foi para a rua sozinho. Não teve visitantes nas últimas duas semanas.

— Comunicou-se com alguém?

— Ele não utiliza o nosso serviço de comunicações. Possui um sistema próprio.

— Nós vamos dar uma olhada no quarto dele.

— Terceiro andar, segunda porta à esquerda. Não assuste os outros inquilinos. Aqui não temos problemas.

— Sei... é um paraíso! — Eve seguiu em frente e subiu as escadas, reparando na madeira gasta, roída pelos ratos. — Comece a gravar, Peabody.

— Sim, senhora. — Com eficiência, Peabody prendeu a câmera na blusa. — Se ele esteve aqui há pouco mais de oito horas, não durou muito tempo depois de ter saído. Provavelmente umas duas horas.

— Tempo suficiente para ficar todo arrebentado. — Vagarosamente, Eve avaliou as paredes. Estavam todas grafitadas com várias propostas ilegais e sugestões anatômicas especificadas graficamente. Um dos autores das obras soletrava com deficiência e sistematicamente se esquecia de colocar o hífen em "foda-se". Apesar disso, a mensagem era bastante clara.

— Que delícia de lugar, hein?

— Isso me faz lembrar a casinha de minha avó — disse Peabody. Já na porta do apartamento 3-C, Eve olhou para trás.

— Ora, Peabody. Acho que você acaba de fazer uma piada.

Enquanto Eve ria e pegava o seu cartão-mestre de códigos, Peabody ficou vermelha como um pimentão. Conseguiu se recompor no momento em que as fechaduras se abriram.

— Ele se trancava todo aqui dentro, não é? — murmurou Eve no momento em que o último dos três fechos de segurança modelo

Keligh-500 se abriu — e não usava coisas baratas não. Cada uma dessas crianças custa o equivalente a uma semana do meu salário. E, com tudo isso, eles o apagaram — e suspirou — Aqui é a tenente Eve Dallas, entrando na residência da vítima — e empurrou a porta, escancarando-a. — Caramba, Boomer, você era um porco!

O calor estava forte. O controle de temperatura do apartamento consistia em fechar ou abrir a janela. Boomer optara por deixá-la fechada, e um pouco do verão ficou preso lá dentro.

O cômodo cheirava a comida de má qualidade e estragada, roupas fedorentas e uísque entornado. Deixando a varredura inicial por conta de Peabody, Eve foi até o centro do aposento, que era pouco mais do que um caixote, e balançou a cabeça.

Os lençóis da cama estreita estavam manchados por substâncias que ela não estava muito disposta a analisar. Caixas de comida entregue em casa estavam empilhadas ao lado da cama. Pelas pequenas montanhas de roupas empilhadas nos cantos do quarto, Eve descobriu que a lavanderia não era muito importante na lista de tarefas domésticas de Boomer. Suas botas estavam coladas no piso e faziam pequenos sons de sucção enquanto ela andava em volta.

Por questão de autodefesa, Eve forçou a pequena janela até que ela se abriu. Os sons do tráfego da rua e dos veículos aéreos se derramaram pelo ar como se uma represa tivesse sido aberta.

— Meu Deus, que lugar! Ele ganhava um bom dinheiro como informante. Não precisava viver desse jeito...

— Vai ver, ele queria morar assim.

— É... — torcendo o nariz, Eve abriu uma porta e analisou o banheiro. Havia uma privada em aço inox, uma pia e um boxe construídos para pessoas baixas. O fedor embrulhou-lhe o estômago. — Isso é pior do que um defunto de três dias — e respirou pela boca, virando-se na direção do quarto. — Ah... era ali que ele empregava o dinheiro!

Balançando a cabeça, Peabody se juntou a Eve, diante de uma bancada resistente. Sobre ela estava um caríssimo centro de comu-

Eternidade Mortal

nicações e dados. Instalado na parede acima dele estavam um telão e uma estante lotada de discos. Eve pegou um deles ao acaso e leu o título.

— Estou vendo que Boomer se ligava em obras culturais. *Piranhas com Peitos Poderosos.*

— Vencedor do Oscar do ano passado.

Eve prendeu o riso e colocou o disco de volta na estante.

— Essa foi boa, Peabody. É melhor manter esse senso de humor ativado, porque nós vamos ter que assistir a todo esse lixo. Encaixote os discos para numerá-los e etiquetá-los. Vamos pesquisar tudo quando voltarmos à central.

Eve ligou o *tele-link* e vasculhou todas as ligações que Boomer fizera. Passou por pedidos de comida e uma sessão com uma videoprostituta que lhe custara cinco mil dólares. Havia também duas chamadas de um suspeito de tráfico de drogas, mas os dois homens conversaram apenas a respeito de esportes, especialmente beisebol e luta livre. Com um pouco de curiosidade, Eve notou que ele ligara duas vezes para a sua sala nas últimas trinta horas, mas não deixara mensagem.

— Ele estava tentando entrar em contato comigo — murmurou. — Desligou sem deixar recado. Isso não é do feitio dele. — Tirando o disco, ela o entregou a Peabody, para ser guardado como prova.

— Não há nada aqui que indique que ele estava com medo ou preocupado, tenente.

— Não, ele era um informante esperto. Se achasse que alguém estava querendo pegá-lo, teria acampado na minha porta. Certo, Peabody, espero que a sua carteira de vacinas esteja em dia. Vamos começar a vasculhar essa bagunça.

* * *

Quando acabaram todo o trabalho, elas estavam sujas, suadas e com cara de nojo. Por ordem direta de Eve, Peabody desabotoou o colarinho do uniforme e arregaçou as mangas. Mesmo assim, o suor lhe escorria pelo rosto e fazia com que os seus cabelos se enroscassem, desarrumados.

— E eu achava que os meus irmãos eram porcos...

— Quantos irmãos havia em sua casa? — Eve chutou para o lado uma cueca suja.

— Dois. E uma irmã.

— Vocês eram quatro, então?

— Meus pais não são partidários do controle populacional, senhora — explicou Peabody, com vestígios de constrangimento e um pedido de desculpas na voz. — Eles curtem a vida rural e a propagação da espécie.

— Você vive me surpreendendo, Peabody! Uma pessoa implacavelmente urbana como você, vindo de uma família anticontrole populacional. Como foi que você não ficou no campo, plantando alfafa, tecendo tapeçarias e cuidando de um monte de filhos?

— É que eu gosto de botar pra quebrar, senhora.

— Bom motivo. — Eve deixara o que considerava o pior para o fim. Com repugnância não disfarçada, ela olhou para a cama. A imagem de minúsculos vermes circulando por ali lhe apareceu na cabeça. — Vamos ter que levantar o colchão.

— Sim, senhora — Peabody engoliu em seco.

— Não sei quanto a você, Peabody, mas vou direto para a câmara de descontaminação quando acabar com isto aqui.

— E eu vou estar logo atrás da senhora, tenente.

— Certo. Vamos resolver logo isso, então.

Os lençóis foram retirados primeiro. Não havia nada, a não ser mau cheiro e manchas. Eve ia deixá-los para os técnicos analisarem, mas ela já descartara qualquer possibilidade de que Boomer tivesse sido morto em casa.

Mesmo assim, ela observou tudo com cuidado, balançando a fronha e manipulando o enchimento. A um sinal dela, Peabody

Eternidade Mortal

47

levantou um dos lados do colchão e Eve o outro. Era pesado como uma pedra, mas elas conseguiram virá-lo ao contrário, depois de alguns gemidos.

— Talvez Deus exista mesmo! — murmurou Eve.

Presos no fundo do colchão havia dois pequenos pacotes. Um estava cheio com um pó azulado, e o outro era um disco lacrado. Eve despregou os dois. Lutando contra a pressa de abrir o pacote com o pó, estudou primeiramente o disco. Não estava etiquetado, mas, ao contrário dos outros, tinha sido cuidadosamente embrulhado para mantê-lo livre de poeira.

Normalmente, ela rodaria o disco de imediato, na própria unidade de Boomer. Ela podia agüentar o fedor, o suor e até mesmo a sujeira. Mas não agüentava ficar pensando nem mais um minuto sobre os parasitas microscópicos que poderiam estar passeando por sua pele.

— Vamos dar o fora daqui, Peabody!

Esperou até que Peabody levasse a caixa com as provas até o corredor. Dando uma última olhada e pensando na vida que seu informante levava, Eve fechou a porta, lacrou-a e deixou a luz vermelha de segurança brilhando.

A descontaminação não causava dor, mas não era nada agradável. Aquilo tinha uma única virtude: era rápido. Eve estava sentada com Peabody, as duas completamente despidas, em uma câmara com dois lugares, com paredes curvas imaculadas que refletiam a quente luz branca.

— Pelo menos é um calor seco — afirmou Peabody, e Eve caiu na risada.

— Eu sempre achei que é assim que o inferno deve ser — e fechou os olhos, tentando relaxar. Ela não se considerava claustrofóbica, mas espaços fechados a deixavam com o corpo formigando.

— Sabe, Peabody, eu usei os serviços de Boomer pela primeira vez há uns cinco anos. Ele não era exatamente o tipo refinado, mas eu nunca poderia imaginar que ele vivia daquele jeito — ela ainda estava com o fedor nas narinas. — Ele era uma pessoa bem limpa. Diga-me o que viu no banheiro.

— Sujeira, mofo, lixo, toalhas sem lavar. Dois sabonetes. Um ainda fechado, meio frasco de xampu, gel dental, uma escova de dentes ultra-sônica e um barbeador. Um pente também, quebrado.

— Artigos de higiene. Ele se mantinha em forma, Peabody. Gostava até de pensar em si mesmo como um conquistador. Meu palpite é que o pessoal do laboratório vai me dizer que a comida, as roupas e os resíduos já têm duas, talvez três semanas. O que me diz disso?

— Que ele estava escondido... ou preocupado, apavorado... ou envolvido demais para descuidar das coisas.

— Exato. Não desesperado o bastante para chegar e se desabafar comigo, mas preocupado o bastante para esconder dois objetos importantes embaixo do colchão.

— Onde ninguém jamais ia pensar em procurar — disse Peabody, com ironia.

— Ele não era muito brilhante a respeito de certas coisas. Tem idéia do que seja a substância?

— Algo ilegal.

— Eu nunca vi nenhuma substância ilegal daquela cor. É alguma coisa nova — refletiu Eve. — A luz apagou e um apito soou. — Acho que já estamos limpas. Vamos trocar de roupa para rodar aquele disco.

— Que diabos é isso? — Eve estava com a testa franzida diante do monitor. De forma inconsciente, começou a brincar com o pesado diamante que usava em volta do pescoço.

— É uma fórmula.

— Isso dá para perceber, Peabody.

— Sim, senhora — meio sem graça, Peabody se afastou da mesa.

Eternidade Mortal 49

— Droga, eu detesto química! — Esperançosa, Eve olhou para trás, por cima do ombro. — Você é boa nisso?

— Não, senhora. Não me lembro nem do básico.

Eve estudou a mistura de números, figuras e símbolos, e girou os olhos. Meu computador não está programado para entender essa porcaria. Vou ter que mandar para o laboratório, para análise. — Impaciente, ela tamborilou os dedos por sobre a mesa. — Meu palpite é que isso é a fórmula do pozinho que a gente encontrou, mas como é que um ladrão de segunda classe como Boomer conseguiu colocar as mãos nisso? E quem era o outro policial para quem ele trabalhava? Você sabia que ele era um dos meus informantes, Peabody. Como descobriu?

Mostrando embaraço, Peabody olhou para a fórmula na tela, por cima dos ombros de Eve.

— A senhora citou o nome dele em vários relatórios interdepartamentais, em casos antigos, tenente.

— E você tem o hábito de ler relatórios interdepartamentais, policial?

— Os seus sim, senhora.

— Por quê?

— Porque a senhora é a melhor.

— Está dizendo isso porque é puxa-saco ou você está de olho no meu cargo?

— Vai abrir vaga no seu posto quando a senhora for promovida a capitão, senhora.

— E o que a leva a pensar que eu quero ser promovida?

— Seria burrice se a senhora não quisesse, e a senhora não é. Quero dizer, não é burra, senhora.

— Certo, vamos deixar esse assunto de lado. Você costuma estudar outros relatórios?

— De vez em quando.

— Tem algum palpite de quem era o policial que usava os serviços de Boomer na Divisão de Drogas Ilegais?

— Não, senhora. Jamais vi o nome de Boomer ligado a nenhum outro policial. A maioria dos informantes tem ligação com apenas um policial.

— Boomer gostava de variar. Vamos investigar as ruas. Podemos visitar alguns dos buracos que ele freqüentava para ver o que aparece. Temos só dois dias para resolver isso, Peabody. Se você tem alguém em casa esquentando a cama para você, é melhor ligar para ele e avisar que você vai estar muito ocupada.

— Não tenho namorado, senhora. Não tenho problemas para trabalhar horas extras.

— Que bom! — Eve se levantou. — Então, vamos cair dentro! E Peabody, nós já estivemos nuas juntas. Deixe todos esses "senhoras" de lado, tá legal? Chame-me apenas de Dallas.

— Sim senhora, tenente.

Já passava das três da manhã quando Eve chegou cambaleando de cansada pela porta da frente, tropeçou no gato que resolvera ficar de guarda na entrada do saguão, xingou e se virou, às cegas, na direção das escadas.

Em sua cabeça havia dezenas de imagens: bares escuros, clubes de strip-tease, ruas enfumaçadas onde acompanhantes autorizadas de baixo nível negociavam o seu corpo. Todas essas visões iam e vinham, fundindo-se em um caldo desagradável que representava a vida que Boomer Johannsen levava.

Ninguém sabia de nada, é claro. Ninguém vira coisa alguma. A única informação corroborada por todos, conforme Eve descobriu em seu passeio pela parte mais desagradável da cidade, era que ninguém ouvira nem pusera os olhos em Boomer há uma semana, talvez mais.

Só que alguém pusera muito mais do que os olhos em cima dele. Seu prazo para descobrir quem e por que estava se esgotando.

As luzes do quarto estavam quase apagadas. Ela já despira a blusa e a atirara para o lado quando reparou que a cama estava vazia.

Sentiu um rápido lampejo de desapontamento e um leve sentimento de pânico.

Ele devia ter viajado, pensou. *Estava naquele exato momento se dirigindo para algum ponto do universo colonizado. Talvez ficasse fora durante dias.*

Olhando para a cama e sentindo-se infeliz, chutou as botas e começou a tirar as calças. Remexendo em uma gaveta, pegou uma camiseta de algodão e a enfiou pela cabeça.

Nossa, ela era uma pessoa patética, sentindo tristeza daquele jeito só porque Roarke tinha ido cuidar dos negócios. Só porque ele não estava na cama para ela se aninhar junto dele. Só porque ele não estava ali para protegê-la dos pesadelos que pareciam atormentá-la com mais intensidade e freqüência à medida que as suas lembranças do passado aumentavam e a assombravam.

Ela estava cansada demais para sonhar, disse a si mesma. Ocupada demais para ficar remoendo aqueles pensamentos. E forte o bastante para não se lembrar de nada que não quisesse lembrar.

Eve se virou, pensando em subir para o seu escritório no andar de cima para dormir lá quando a porta se abriu. O alívio percorreu-lhe o corpo como uma onda de vergonha.

— Eu achei que você tinha viajado.

— Estava trabalhando — Roarke atravessou o quarto e foi até ela. À meia-luz, a sua camisa preta contrastava com o branco da camiseta dela. Ele pegou o queixo de Eve, levantou-o e olhou para os seus olhos.

— Tenente, por que você sempre trabalha até cair?

— É que eu tenho um prazo para resolver este caso. — Talvez ela se sentisse esgotada demais ou talvez o amor estivesse começando a parecer mais fácil, o fato é que ela levantou as duas mãos e as colocou no rosto dele. — Fiquei superfeliz por você estar aqui. — Quando ele a levantou no colo e a carregou em direção à cama, ela sorriu. — Não foi isso que eu quis dizer...

— Estou colocando você na cama, mas é para dormir.

— Você recebeu o meu recado? — para ela, era difícil argumentar com os olhos quase se fechando.

— A elaborada mensagem que dizia "Vou chegar tarde"? Recebi — e beijou-lhe a testa. — Agora, pode se desligar.

— Em um minuto. — Ela estava lutando contra o sono. — Só preciso entrar em contato com Mavis. Ela quer ficar onde está por mais uns dois dias. Não está querendo aparecer no Esquilo Azul também. Ligou para lá e lhe disseram que Leonardo passou uma meia dúzia de vezes procurando por ela.

— A trilha do verdadeiro amor.

— Humm... Vou tentar tirar uma hora de folga amanhã para passar lá e ver como ela está, mas pode ser que eu só consiga fazer isso depois de amanhã.

— Ela vai ficar bem. Se quiser, posso dar uma passada por lá.

— Obrigada, mas ela não vai conversar sobre esse assunto com você. Vou cuidar do caso dela assim que descobrir o que Boomer estava armando. Sei muito bem que ele não conseguia entender o que havia naquele disco.

— É claro que não — Roarke a tranqüilizou, na esperança de fazê-la adormecer.

— Não que ele não fosse bom com números. Quer dizer, números relacionados com dinheiro. Fórmulas científicas, porém... — e se levantou de um salto, quase atingindo o nariz de Roarke com a cabeça. — O seu computador consegue analisar aquilo!

— Consegue?

— O laboratório está me enrolando. Eles estão fazendo isso porque esse caso não tem alta prioridade. Não tem prioridade nenhuma — acrescentou, saltando da cama. — Preciso sair na frente deles. Você tem um programa de análises científicas em seu computador de comunicações não licenciado, não tem?

— Claro. — Ele suspirou e se levantou. — Agora mesmo, eu imagino?

— Podemos acessar os dados do computador do meu escritório. — Agarrando a mão dele, ela o empurrou em direção ao painel falso que escondia o elevador. — Não vamos levar muito tempo.

tenho atualização automática para este programa. Não existe nada que ele não consiga identificar.

— Uma substância desconhecida. Ora, ora. Isso pode ser alguma coisa pela qual valha a pena matar. O que mais ele informa, sem ser isso?

— Faça uma identificação pelos dados conhecidos — ordenou Roarke.

A FÓRMULA POSSUI UM ESTIMULANTE COM PROPRIEDADES ALUCINÓGENAS. BASE ORGÂNICA. ENTRA NA CORRENTE SANGUÍNEA RAPIDAMENTE E AFETA O SISTEMA NERVOSO.

— E o resultado? — quis saber Roarke.

DADOS INCOMPLETOS.

— Droga! Resultado provável a partir de dados conhecidos.

A SUBSTÂNCIA CAUSA SENSAÇÃO DE EUFORIA, PARANÓIA, AUMENTO DO APETITE SEXUAL, ILUSÃO DE PODERES FÍSICOS E MENTAIS. O EFEITO DE UMA DOSE DE 55 MG EM UM SER HUMANO COM UMA MÉDIA DE 70 QUILOS DURA DE QUATRO A SEIS HORAS. UMA DOSE DE MAIS DE 100 MG CAUSA MORTE EM 87,3% DOS USUÁRIOS. É UMA SUBSTÂNCIA SIMILAR AO THR-50, TAMBÉM CONHECIDO COMO ZEUS, COM ADIÇÃO DE UM ESTIMULANTE PARA AUMENTAR A POTÊNCIA SEXUAL E UM REGENERADOR CELULAR.

— Não é assim tão diferente — murmurou Eve. — E nem tão importante. Já temos traficantes misturando Zeus com Erótica. É uma combinação terrível, responsável pela maioria dos estupros na cidade, mas não tem uma fórmula secreta, nem é especialmente lucrativa. Qualquer viciado pode misturar as duas drogas em um laboratório portátil.

— Exceto pelo fator desconhecido. Regenerador celular. — Suas sobrancelhas se encontraram. — A célebre Fonte da Juventude.

— Qualquer pessoa com bastante dinheiro pode fazer bons tratamentos de rejuvenescimento.

— Mas os efeitos são temporários — assinalou Roarke. — Você tem que voltar lá em intervalos regulares. *Bio peelings* e injeções antienvelhecimento são caras, tomam muito tempo e são desconfortáveis. E nenhum desses tratamentos-padrão proporciona a força extra disso aqui.

— Qualquer que seja o fator desconhecido, ele faz a substância funcionar melhor ou se tornar mais letal. Ou, como você disse, mais comercializável.

— Você tem um pouco do pozinho — lembrou Roarke.

— Tenho, mas pode ser que os técnicos do laboratório tenham que ralar a bunda na cadeira para desvendar isso. De qualquer modo, vai levar mais tempo do que eu tenho disponível.

— Dá para você me conseguir uma amostra disso? — fazendo o corpo rodar de leve sobre a cadeira giratória, ele sorriu para ela. — Não quero desmerecer o laboratório da polícia, tenente, mas pode ser que o meu seja um pouquinho mais sofisticado.

— Isso é uma prova de propriedade da polícia.

As sobrancelhas de Roarke se levantaram.

— Roarke — disse Eve —, você sabe o quanto eu já passei dos limites aceitáveis só por envolver você nisto? — e soprou o ar com força, lembrando-se do rosto de Boomer e do estado de seu braço. — Droga, que se dane, vou tentar conseguir!

— Ótimo. Desligar. — O computador se apagou silenciosamente. — E agora, você vai dormir?

— Só por umas duas horas. — Eve deixou que a fadiga se infiltrasse de volta em seu corpo e enlaçou os braços em volta do pescoço dele. — Você vai me colocar na cama novamente?

— Vou. — Ele a levantou pelos quadris, de forma que suas pernas se enroscaram nele. — Só que dessa vez você tem que ficar na cama, direitinho.

Eternidade Mortal

— Sabe, Roarke, meu coração dispara quando você fica assim, mandão...

— Então espere só até eu colocar você na cama. Ele vai disparar mais do que nunca.

Ela riu, enfiou o nariz no ombro dele e já estava dormindo antes de o elevador acabar de descer.

Capítulo Quatro

O quarto já estava completamente escuro quando o *tele-link* ao lado da cabeça de Eve tocou. A policial que carregava dentro de si acordou primeiro, ligou o aparelho e se levantou na cama.

— Aqui é Dallas falando.

— Dallas, ah, graças a Deus! Dallas, eu preciso de ajuda!

A mulher que havia dentro dela se juntou à policial em um estalar de dedos e Eve olhou para a imagem de Mavis na tela.

— Luzes! — ordenou ela, e o quarto ficou claro o suficiente para que ela pudesse enxergar as coisas em volta. O rosto de Mavis estava pálido na tela, com uma marca roxa embaixo de um dos olhos. Um dos lados da face estava todo arranhado e os cabelos estavam em desalinho.

— Mavis! O que aconteceu? Onde você está?

— Você tem que vir até aqui. — Sua respiração estava ofegante e o ar saía por entre os dentes. Seus olhos estavam vidrados demais devido ao choque para permitir o aparecimento de lágrimas.

Eternidade Mortal

— Corra, venha depressa, por favor! Acho que ela está morta, e eu não sei o que fazer!

Eve não tornou a perguntar pela localização, e em vez disso digitou um código para que a ligação fosse rastreada. Reconhecendo o endereço de Leonardo, quando ele apareceu sob o rosto de Mavis, ela manteve a voz calma e firme:

— Fique onde está. Não toque em coisa alguma. Você entendeu o que eu disse? Não toque em nada, e não deixe ninguém entrar, a não ser eu. Entendeu, Mavis?

— Sim, sim, entendi, eu faço isso. Não deixo ninguém entrar, mas venha rápido. Isso é horrível!

— Estou indo! — Ao se virar para o lado, viu que Roarke já tinha se levantado e estava colocando as calças.

— Vou com você.

Ela não discutiu. Em menos de cinco minutos, eles já estavam na rua, rodando em alta velocidade em meio ao período mais escuro da noite. As ruas desertas foram substituídas pelo burburinho constante de turistas que circulavam pelo centro, e o brilho dos anúncios luminosos oferecia todos os prazeres e artigos conhecidos pelo homem; então, entraram na área do Village, cheia de badalação e notívagos que se reuniam em torno de minúsculas xícaras de café aromatizado, discutindo fatos relevantes, para, finalmente, alcançarem as sonolentas ruas onde moravam os artistas.

A não ser para perguntar o endereço, Roarke não fez perguntas e Eve se sentiu grata por isso. Ela ainda estava com a imagem de Mavis na cabeça, pálida e aterrorizada. Pior, muito pior, ela vira as mãos de Mavis tremendo, e a mancha que estava espalhada em seu rosto era de sangue.

Um vento forte que anunciava a formação de uma tempestade chicoteou o ar através das gargantas formadas pelos prédios da cidade. Ele bateu forte no seu rosto quando Eve saltou do carro, antes mesmo de Roarke ter parado por completo, junto ao meio-fio. Atravessando os quase trinta metros de calçada que a separavam da entrada do prédio em uma corrida vertiginosa, ela se dirigiu à câmera de segurança.

— Mavis, é Dallas. Mavis, droga! — Eve estava em tal estado que levou mais de dez frustrantes segundos para perceber que a câmera tinha sido destruída.

Roarke entrou pela porta destravada e seguiu Eve até o elevador, entrando logo atrás dela.

Quando a porta se abriu, ela viu que a situação era tão ruim quanto ela temia. Em sua visita anterior, o ateliê de Leonardo lhe parecera alegremente entulhado, desorganizado, mas colorido. Agora, estava cruelmente destruído. Havia longas tiras de material rasgado, mesas viradas de pernas para o ar, com os objetos espalhados e quebrados.

Havia sangue em grande quantidade, manchando as paredes e as sedas como zangadas pinturas de dedo feitas por uma criança mal-humorada.

— Não toque em nada! — Eve alertou Roarke, por puro reflexo. — Mavis? — ela deu dois passos para a frente e então parou ao ver uma das cortinas de pano brilhante inflar e ondular. Mavis apareceu por trás dela; estava em pé, mas oscilava para a frente e para trás.

— Dallas! Dallas, graças a Deus!

— Tudo bem. Está tudo bem. — No instante em que Eve a puxou para perto, sentiu um alívio imenso. O sangue não era de Mavis, embora estivesse espalhado nas roupas e nas mãos. — Você está ferida... Está muito machucada?

— Estou tonta, enjoada. Minha cabeça..

— Vamos fazer com que ela se sente, Eve. — Tomando Mavis pelo braço, Roarke a levou até uma cadeira. — Venha, querida, sente-se aqui. Isso! Ela está em estado de choque, Eve. Pegue uma coberta. Coloque a cabeça para trás, Mavis. Isso, garota! Feche os olhos e respire fundo por alguns instantes.

— Está frio!

— Eu sei. — Ele esticou o braço, pegou no chão o pedaço rasgado de uma peça de cetim cintilante e a envolveu com ele.

— Respire fundo, Mavis. Devagar, respire de novo, bem fundo — e olhou para Eve. — Ela precisa de cuidados médicos.

— Não posso chamar os paramédicos antes de saber qual é a situação. Faça o que puder por ela. — Sabendo perfeitamente o que poderia encontrar, Eve foi para trás da cortina.

Ela morrera de forma terrível. Foi o cabelo cheio de gloriosas chamas encaracoladas que confirmou a Eve quem aquela mulher tinha sido. O rosto, com a sua perfeição impressionante e quase estranha, desaparecera, esmagado e mutilado pela força de golpes cruéis e repetidos.

A arma ainda estava ali, jogada ao lado, de forma descuidada. Eve imaginou que se tratava de algum tipo de bastão sofisticado, ou bengala, um acessório de moda. Por baixo das manchas e do sangue coagulado, o objeto era de prata brilhante e tinha quase três centímetros de espessura, exibindo um cabo trabalhado no formato de um lobo com os dentes arreganhados.

Ela vira aquele bastão há apenas dois dias, encostado em um canto da área de trabalho de Leonardo.

Não era necessário verificar o pulso de Pandora, mas Eve o fez. Então, deu um passo para trás com todo o cuidado, para não prejudicar a cena do crime ainda mais.

— Meu Deus! — murmurou Roarke atrás dela, e então colocou as duas mãos em seus ombros. — O que você vai fazer?

— O que tiver que ser feito. Mavis jamais faria uma coisa dessas.

— Você não precisa dizer isso para mim — e a virou, colocando-a de frente para ele. — Ela precisa de você, Eve. Precisa de uma amiga, e vai precisar de uma boa policial.

— Eu sei.

— Para você, não vai ser fácil fazer os dois papéis.

— É melhor começar logo — e voltou até o lugar onde Mavis estava sentada. O rosto dela parecia cera derretida, com a marca roxa e os arranhões contrastando com a pele branca como cera. Eve se agachou e colocou as mãos geladas de Mavis entre as dela.

— Preciso que você me conte tudo o que aconteceu. Pense com calma, mas conte-me tudo.

— Ela não estava se mexendo. Havia todo aquele sangue, e o jeito que o rosto dela estava. E... e ela não estava se mexendo...

— Mavis. — Eve deu um apertão forte e rápido nas mãos da amiga. — Olhe para mim. Conte-me exatamente tudo o que aconteceu desde o momento em que chegou aqui.

— Eu vim... Eu queria... Achei que devia conversar com Leonardo. — Tremeu e, com as mãos ainda manchadas de sangue, apertou um pouco mais para junto do corpo o pedaço de tecido que a protegia. — Ele estava aborrecido quando apareceu na boate a última vez, procurando por mim. Chegou até mesmo a ameaçar o segurança, e ele não costuma fazer isso. Não queria vê-lo estragar a carreira. Então achei que devia conversar com ele. Vim até aqui e notei que alguém havia quebrado a câmera de segurança. Então eu subi direto. A porta não estava trancada. Às vezes ele se esquece de trancar — murmurou, e parou de falar.

— Mavis, Leonardo estava aqui?

— Leonardo? — Enfraquecida pelo choque, seus olhos percorreram toda a sala. — Não, acho que não. Eu chamei por ele, porque vi que estava tudo bagunçado. Ninguém respondeu. E havia... havia sangue. Eu vi sangue. Tanto sangue! Fiquei com medo, Dallas, com medo de que ela talvez tivesse se matado, ou feito alguma loucura desse tipo, e então corri e fui olhar atrás da... ali atrás. Eu a vi. Acho que... fui até lá. Acho que eu fiz isso, porque de repente eu já estava ajoelhada ao lado dela, tentando gritar. Mas eu não conseguia gritar. Dentro da minha cabeça eu estava gritando muito, e não conseguia parar. Então, acho que alguma coisa me atingiu. Acho que... — Vagamente, ela tocou a parte de trás da cabeça com os dedos. — Está doendo! Mas tudo estava na mesma quando eu acordei. Ela ainda estava ali, e o sangue ainda estava todo ali. E eu liguei para você.

— Certo. Você tocou nela, Mavis? Você tocou em alguma coisa?

— Não me lembro... Acho que não.

Eternidade Mortal

— Quem arranhou o seu rosto?

— Pandora.

— Querida — Eve sentiu uma fisgada de medo —, você me contou que ela já estava morta quando você chegou aqui.

— A briga aconteceu antes. No início da noite. Eu fui até a casa dela.

Eve respirou fundo para contrabalançar a reviravolta que sentiu no estômago.

— Mavis, então você foi até a casa dela hoje à noite? A que horas?

— Não sei exatamente. Eram mais ou menos onze horas, talvez. Queria dizer a ela que eu ia me afastar de Leonardo para fazê-la prometer que não ia estragar tudo para ele.

— Você brigou com ela?

— Ela estava ligada, tinha ingerido alguma coisa. Havia algumas outras pessoas lá, era uma espécie de festa. Ela foi cruel, me disse coisas ruins. Eu respondi. Saímos no tapa. Ela me deu um soco e me arranhou toda. — Mavis afastou o cabelo para trás para revelar outros arranhões no pescoço. — Duas pessoas da festa nos separaram e eu fui embora.

— Para onde você foi?

— Andei por alguns bares — deu um sorriso fraco —, um monte de bares, eu acho. Estava sentindo pena de mim mesma. Só circulando. Então, me bateu a idéia de conversar com Leonardo.

— A que horas você chegou aqui? Sabe informar que horas eram?

— Não, era tarde, bem tarde. Três, quatro horas da manhã.

— Você sabe onde Leonardo está?

— Não. Ele não estava aqui. Queria que ele estivesse aqui, mas ela... o que vai acontecer agora?

— Vou cuidar disso. Tenho de dar o alarme do que aconteceu, Mavis. Se não fizer isso, vai parecer estranho. Vou ter que gravar tudo isso, e vou ter que levar você para interrogatório.

— Inte.. Interro.. Você não acha que fui eu que...

— Claro que não. — Era importante manter a voz firme para disfarçar os próprios temores. — Só que nós vamos ter que esclarecer isso o mais rápido que pudermos. Deixe as preocupações por minha conta agora, certo?

— Não dá para raciocinar direito.

— Fique sentadinha aqui, enquanto eu agito as coisas. Quero que você tente se lembrar dos detalhes. Com quem você conversou ontem à noite, onde esteve, o que viu. Tudo o que conseguir lembrar. Vamos repassar tudo mais uma vez daqui a pouco.

— Dallas. — Com um ligeiro tremor, Mavis se recostou. — Leonardo. Ele jamais faria uma coisa dessas com alguém...

— Deixe as preocupações por minha conta — repetiu Eve. Ela lançou um olhar para Roarke, que, compreendendo o sinal, chegou mais perto para se sentar com Mavis. Eve pegou o comunicador e se virou para o outro lado:

— Aqui fala a tenente Dallas. Tenho um homicídio.

A vida de Eve jamais fora fácil. Em sua carreira como policial, ela já vira e fizera tantas coisas de provocar pesadelos que não dava nem para lembrar. Nada, porém, havia sido tão difícil até então do que levar Mavis para interrogatório.

— Você está se sentindo bem? Não precisa fazer isso agora, se não quiser.

— Não, os paramédicos me deram um analgésico — Mavis levantou a mão e tocou o galo que se formara atrás da cabeça — e isso deu uma aliviada. Eles andaram me dando outros remédios também, acho que isso me colocou esperta novamente.

Eve olhou demoradamente para os olhos de Mavis, para a cor dela. Tudo parecia estar normal, mas isso não aliviou a sua apreensão.

— Olhe, Mavis, não seria má idéia se você fizesse um *checkup* no hospital e ficasse lá por um ou dois dias.

— Não, você está só adiando o problema. Quero resolver logo isso. E Leonardo? — Mavis engoliu em seco. — Alguém já encontrou Leonardo?

Eternidade Mortal

— Ainda não. Mavis, você pode ter um advogado, ou um representante, presente no interrogatório.

— Não tenho nada a esconder. Eu não a matei, Dallas.

Eve deu uma olhada na câmera, ainda desligada. Ela podia esperar mais um ou dois minutos.

— Mavis, vou ter que fazer isto seguindo todas as regras. Ao pé da letra. Eles podem me tirar do caso se eu não agir desse jeito. Se eu não for a investigadora principal, não vou ser de muita ajuda para você.

— Então vai ser duro, não é? — Mavis umedeceu os lábios com a língua e sentiu sede.

— Pode ser muito duro sim, muito mesmo. Você vai ter que agüentar.

Mavis tentou dar um sorriso, e quase conseguiu.

— Bem — disse então —, nada pode ser pior do que entrar lá e dar de cara com Pandora. Nada.

Ah, pode ser ainda pior, sim, pensou Eve, mas simplesmente balançou a cabeça. Ligando a câmera, informou o seu nome, deu o número de sua identidade e, oficialmente, recitou os direitos de Mavis. Com todo o cuidado, levou Mavis pela mesma linha de interrogatório que já havia seguido na cena do crime, especificando os horários tanto quanto possível.

— Quando você entrou na casa da vítima para falar com ela, havia outras pessoas presentes.

— Algumas. Parecia uma pequena festa. Justin Young estava lá. Você sabe quem é, o ator. Jerry Fitzgerald, a modelo, também. E havia outro cara que eu não reconheci. Parecia um executivo. Você sabe, de terno e tudo.

— A vítima atacou você?

— Ela me deu um soco — disse Mavis com ar de lamento, levando a mão até a marca roxa no rosto. — No início, ela estava só cheia de onda. Pelo jeito com que os olhos estavam se mexendo de um lado para outro, saquei que ela estava ligada.

— Você acredita que ela estava sob o efeito de uma droga ilegal?

— De montão. Quer dizer, os olhos dela pareciam bolinhas de cristal, e aquele soco que ela me deu... Eu já tinha me atracado com ela antes, você viu — continuou Mavis enquanto Eve fazia uma careta. — Ela não estava com aquela força toda da outra vez não.

— E você reagiu?

— Acho que acertei um soco nela, pelo menos um. Ela me arranhou... Aquelas unhas afiadas! Voei nos cabelos dela! Acho que foi Justin Young e o sujeito de terno que nos separaram.

— E depois?

— Acho que continuamos nos xingando por mais uns dois minutos, e então eu fui embora. Fui beber de bar em bar.

— Para onde você foi? Quanto tempo ficou em cada bar?

— Fui a vários lugares. Acho que o primeiro foi o ZigZag, aquela espelunca na Rua Sessenta e Um, esquina com Avenida Lexington.

— Você falou com alguém?

— Não queria conversa com ninguém. Meu rosto estava doendo e eu estava me sentindo péssima. Pedi um Zumbi triplo e fechei a cara.

— Como foi que você pagou pelo drinque?

— Acho... Acho que digitei o código da minha conta na tela de pedido.

Ótimo, pensou Eve. Haveria um registro da hora e do lugar.

— E depois, Mavis, para onde você foi?

— Circulei por aí, fui em mais umas duas espeluncas. Estava muito injuriada.

— E continuou a beber?

— Devo ter bebido. Estava muito bêbada, quando tive a idéia de ir até o ateliê de Leonardo.

— Como você chegou no centro?

— Fui andando. Tinha que espalhar o porre, um pouco, então resolvi caminhar. Peguei uma passarela rolante, umas duas vezes, mas na maior parte do tempo andei a pé.

Eternidade Mortal

Na esperança de fazer surgir alguma lembrança, Eve repetiu todas as informações que Mavis fizera até então e continuou:

— Depois de sair do ZigZag, para que direção você foi?

— Eu tinha acabado de entornar dois Zumbis triplos. Não estava nem andando, estava cambaleando. Não sei para que lado fui. Dallas, não sei nem o nome dos outros bares onde entrei, nem o que mais eu bebi. Tudo é um borrão na minha memória. Música, pessoas rindo... alguém dançando em cima de uma mesa.

— Homem ou mulher?

— Um cara. Fortudo, bem-dotado, com uma tatuagem, eu acho. Podia ser tinta de corpo. Tenho certeza de que era a figura de uma cobra ou talvez um lagarto.

— Como é que era a cara dele, desse cara dançando em cima da mesa?

— Droga, Dallas, eu não olhei nem uma vez para cima da cintura!

— E você falou com ele?

Mavis pousou a cabeça nas mãos e lutou para conseguir trazer os fatos de volta. Tentar lembrar de tudo era como segurar água por entre os dedos.

— Eu simplesmente não sei — disse por fim. — Estava seriamente afetada. Só me lembro de andar e andar, sem parar. Lembro-me de chegar no ateliê de Leonardo e pensar que era a última vez que eu ia vê-lo. Não queria estar bêbada quando isso acontecesse. Então tomei um pouco de Sober Up para curar o porre, antes de entrar. Foi quando a encontrei, e foi muito pior do que se eu estivesse bêbada.

— Qual foi a primeira coisa que viu quando entrou?

— Sangue. Um monte de sangue. Coisas derrubadas, rasgadas, mais sangue. Fiquei com medo de que Leonardo tivesse se ferido, corri direto para a sua área de trabalho, e foi quando eu a vi. — Aquela era uma lembrança que ela conseguia trazer de volta com toda a nitidez. — Eu a vi. Só a reconheci por causa do cabelo e porque ela estava usando a mesma roupa de antes. Só que o seu rosto...

na verdade, ele não estava nem mesmo lá, tinha desaparecido! Não consegui gritar. Ajoelhei ao lado dela. Não sei o que foi que pensei em fazer, mas eu tinha que fazer alguma coisa. Nesse momento, algo me atingiu, e quando eu acordei chamei por você.

— Você viu alguém na hora em que estava entrando no prédio, ou na calçada, lá fora?

— Não. Já era muito tarde!

— Fale-me sobre a câmera de segurança.

— Estava quebrada. Às vezes, os vagabundos da rua se divertem arrebentando uma câmera dessas. Não achei nada estranho.

— Como foi que você conseguiu entrar no ateliê?

— A porta não estava trancada. Eu simplesmente entrei.

— E Pandora já estava morta quando você chegou lá? Você não falou com ela, vocês não discutiram?

— Não, já lhe disse. Ela estava lá, caída.

— Você já tinha brigado com ela duas vezes antes. Tornou a brigar com ela esta noite, no ateliê de Leonardo?

— Não. Ela estava morta. Dallas...

— Por que brigou com ela nas outras duas vezes?

— Ela ameaçou arruinar a carreira de Leonardo. — As emoções começaram a aparecer no rosto machucado de Mavis. Mágoa, medo, pesar. — Ela não queria que ele fosse embora. Nós estávamos apaixonados um pelo outro, mas ela não queria largá-lo. Você viu o jeito como ela estava, Dallas.

— Leonardo e a carreira dele são muito importantes para você?

— Eu o amo — respondeu Mavis, baixinho.

— E faria qualquer coisa para protegê-lo, para ter certeza de que ele não ia ser prejudicado, nem pessoal nem profissionalmente.

— Eu resolvi ficar fora da vida dele — afirmou Mavis, com uma dignidade que comoveu Eve. — Ela o teria machucado se não fosse assim, e eu não podia deixar que isso acontecesse.

— E ela não podia machucá-lo, e nem a você, se estivesse morta.

— Eu não a matei!

Eternidade Mortal

— Você foi até a casa dela, vocês brigaram, ela a atingiu, você revidou e as duas brigaram. Você foi embora e encheu a cara. Resolveu ir até o ateliê de Leonardo e a encontrou novamente lá. Talvez vocês tenham discutido novamente, talvez ela tenha atacado você novamente. Você se defendeu e as coisas acabaram escapando ao seu controle.

Os olhos cansados de Mavis mostraram, a princípio, surpresa e depois mágoa.

— Dallas, por que está dizendo essas coisas? Você sabe que nada disso é verdade.

Com os olhos impassíveis, Eve se inclinou na direção de Mavis e completou:

— Ela estava transformando a sua vida em um inferno, ameaçando o homem que você ama. Ela a machucou fisicamente. Era mais forte do que você. Quando viu você entrando no ateliê, veio com tudo em cima de você mais uma vez. Ela a derrubou, e foi nessa hora que você bateu com a cabeça. Então, como ficou com medo, pegou a primeira coisa que conseguiu agarrar. Para se defender. Você a atingiu com o objeto para se defender. Talvez ela tenha continuado a vir em sua direção. Em seguida, você a atingiu de novo. Para se defender. Então, perdeu o controle e continuou a atingindo, batendo sem parar, sem parar, até que reparou que ela estava morta.

Mavis soluçou com força, com os lábios abertos. Balançou a cabeça e continuou balançando-a enquanto o corpo começou a tremer violentamente.

— Não, eu não fiz isso! Eu não a matei! Ela já estava morta! Pelo amor de Deus, Dallas, como é que você pode achar que eu poderia fazer aquilo com alguém?

— Talvez não tenha sido você. — Continue forçando, ordenou Eve a si mesma, com o coração sangrando. Force ao máximo, para ficar registrado. — Talvez Leonardo tenha feito isso, e você o está protegendo. Você viu o instante em que ele se descontrolou, Mavis? Ele pegou a bengala de metal e atingiu Pandora com ela?

— Não, não, não!

— Ou você só chegou lá depois que ele já tinha feito isso, quando ele estava em pé ao lado do corpo dela? Em pânico. Você quis ajudá-lo a encobrir tudo, então fez com que ele saísse dali e deu o alarme.

— Não, não foi nada disso! — Ela deu um pulo da cadeira, com as bochechas pálidas e os olhos arregalados. — Ele nem mesmo estava lá! Eu não vi ninguém. Ele jamais poderia fazer algo assim. Por que você não está me escutando?

— Eu estou escutando você, Mavis. Sente-se. Sente-se — repetiu Eve, com mais gentileza. — Estamos quase acabando. Há alguma coisa que você gostaria de acrescentar à sua declaração ou alguma mudança que gostaria de fazer neste momento?

— Não — murmurou Mavis, e olhou sem expressão para um ponto além do ombro de Eve.

— Isto conclui o interrogatório um, de Mavis Freestone, arquivo de Homicídio, vítima, Pandora. Aqui fala a tenente Eve Dallas — anotou a data e a hora, desligou a câmera e respirou fundo. — Desculpe, Mavis. Eu sinto muito.

— Como é que você pôde fazer aquilo? Como é que pôde dizer aquelas coisas para mim?

— Eu tive que falar tudo aquilo para você. Tive que fazer aquelas perguntas e você teve que respondê-las — e cobriu com firmeza a mão de Mavis com a dela. — Pode ser que eu tenha que fazer aquelas perguntas novamente, e você vai ter que respondê-las mais uma vez. Olhe para mim, Mavis — e esperou até que Mavis desviasse o olhar de volta para ela. — Não sei o que os técnicos vão encontrar, nem o que os relatórios do laboratório vão dizer, mas, se a gente não tiver muita sorte, você vai precisar de um advogado.

A cor desapareceu do rosto de Mavis, até dos lábios, e ela ficou parecendo um cadáver com olhos tristes.

— Você vai me prender?

— Não sei se vamos precisar chegar a esse ponto, mas gostaria que estivesse preparada. Agora, quero que você vá para casa com

Eternidade Mortal

Roarke e durma um pouco. Quero que você tente com força, de verdade, mesmo, se lembrar dos horários, dos lugares e das pessoas. Se você se lembrar de alguma coisa, quero que grave tudo para mim.

— E o que vai fazer agora?

— Vou fazer o meu trabalho. Sou muito boa no que faço, Mavis. Quero que você se lembre disso também e confie em mim para tirar tudo a limpo.

— Tirar tudo a limpo — repetiu Mavis, com amargor na voz. — Tirar e limpar a mim, você quer dizer. Eu achei que era "inocente até prova em contrário".

— Essa é uma das grandes mentiras do nosso tempo. — Levantando-se, Eve levou Mavis, com gentileza, até o corredor. — Vou fazer o melhor que puder para fechar esse caso bem depressa. Isso é tudo o que eu posso lhe dizer.

— Você poderia me dizer que acredita em mim.

— Isso eu posso lhe dizer também. — Ela só não podia deixar que isso atrapalhasse as investigações.

Havia a papelada de sempre para preencher e procedimentos a seguir. Em uma hora, Eve já conseguira liberar Mavis e fazê-la assinar uma declaração de que ficaria voluntariamente à disposição da polícia na casa de Roarke. Oficialmente, Mavis Freestone estava ligada ao caso como testemunha. Extra-oficialmente, Eve sabia que ela era a principal suspeita. Pretendendo resolver esse problema de imediato, entrou de volta em sua sala.

— Tudo bem, agora me conte que história é essa de Mavis detonar uma modelo de cara bonita?

— Oi, Feeney. — Eve ficou com vontade de beijar cada pedaço daquela cara amarrotada. Ele estava sentado atrás da mesa dela; o indefectível saquinho de nozes com cobertura doce estava apoiado no colo e a cara enrugada tinha um ar sério e soturno. — As notícias voam.

— Foi a primeira coisa que eu ouvi quando fiz a parada matinal na lanchonete. Quando uma das amigas da policial mais famosa da cidade vai presa, a notícia causa rebuliço.

— Ela não foi presa. É apenas testemunha. Por enquanto.

— A mídia já caiu em cima. Eles ainda não têm o nome de Mavis, mas já espalharam o rosto da vítima em todos os canais. Minha esposa foi me tirar do chuveiro só para ouvir a notícia. Pandora sempre foi uma NPP.

— Sei. Notícia de Primeira Página. Viva ou morta. — Cansada, Eve encostou o quadril na quina da mesa. — Quer um resumo das declarações de Mavis?

— E por que você acha que eu vim até aqui? Para ver a decoração da sala?

Eve entregou a folha com as informações taquigrafadas no jargão policial, que os dois entendiam, e o deixou com a testa franzida.

— Que droga, Dallas, acho que esta história não vai ser muito boa para ela! Você mesma já tinha visto pessoalmente as duas se pegando.

— Ao vivo e em cores. Por que foi que ela enfiou na cabeça essa idéia de se confrontar com Pandora novamente?... — Levantando-se, começou a circular pela sala. — Isso piora as coisas. Estou com a esperança de que o laboratório pesque alguma coisa, qualquer coisa, mas não posso contar com isso. Como é que está a sua carga de trabalho, Feeney?

— Nem queira saber! — e balançou a mão para o lado. — O que você precisa de mim?

— Preciso de uma varredura na conta bancária de Mavis. O primeiro lugar em que ela se lembra de ter ido é o ZigZag. Se a gente conseguir provar que ela estava lá ou em um daqueles inferninhos da região na hora da morte, ela fica limpa.

— Dá para pesquisar isso sim, mas veja só... temos alguém que ainda estava na cena do crime e golpeou Mavis na cabeça, quando ela chegou. Não temos muita chance de achar uma janela de tempo entre o momento da morte e a chegada de Mavis.

Eternidade Mortal

— Eu sei, mas temos que cercar por todos os lados. Vou procurar pelas pessoas que Mavis reconheceu na festa na casa da vítima e pegar declarações. Temos também que encontrar um dançarino de boate com um pinto grande e todo tatuado.

— Oba! A diversão não pára!

Eve quase riu.

— Tenho que encontrar pessoas que possam testemunhar que ela já estava andando com a roupa toda rasgada. Mesmo com uma dose de Sober Up, ela não ia estar tão sóbria a ponto de conseguir matar Pandora, depois de ter bebido por todo o caminho até o Village.

— Ela afirma que Pandora estava doidona.

— Essa é outra coisa que eu tenho de confirmar. E temos também o escorregadio Leonardo. Onde é que ele se meteu naquela hora? E onde está agora?

Capítulo Cinco

Leonardo estava esparramado no chão, no meio da sala de Mavis, no mesmo lugar em que caíra horas antes, em estado de total embriaguez, provocada por uma garrafa inteira de uísque sintético e uma dose ainda maior de autopiedade.

Estava voltando a si pouco a pouco e receava ter perdido metade do rosto em algum lugar no meio da noite miserável que passara. Quando levou a mão para apalpar a face, com cautela, sentiu-se aliviado de ver que tudo estava no lugar, só um pouco dormente devido à queda no chão.

Ele não se lembrava de muita coisa. Essa era uma das razões pelas quais Leonardo raramente bebia, e jamais se permitia exageros. Tinha tendência a sofrer perdas de consciência e lapsos de memória sempre que entornava um pouco mais do que devia.

Ele se lembrava vagamente de ter entrado cambaleando no prédio onde Mavis morava, de ter digitado a senha da porta, que ela lhe dera ao descobrir que eles não eram apenas amantes e estavam realmente apaixonados.

Eternidade Mortal

Só que Mavis não estava lá. Ele tinha quase certeza disso. Sentiu uma vaga lembrança de ter andado sem rumo pela cidade, bebendo direto do gargalo de uma garrafa que comprara... ou talvez tivesse roubado. Que inferno! Com a vista ardendo, tentou se colocar sentado e forçou os olhos para que ficassem abertos. Tudo o que sabia com certeza é que estava com a maldita garrafa na mão e o uísque na barriga.

Devia ter apagado. O que o deixou desgostoso. Como é que ele podia esperar que Mavis fosse aceitar as coisas se ele mesmo entrava todo torto pelo apartamento, completamente bêbado?

Ele tinha mais é que agradecer por ela não estar lá.

Agora, é claro, estava com uma bruta ressaca que o fazia ter vontade de se deitar curvado como uma bola e chorar, pedindo perdão. Não, ela poderia voltar, e ele não queria que ela o visse em um estado tão deplorável. Conseguiu se levantar e saiu à procura de algum remédio para dor de cabeça, antes de programar o AutoChef para fazer um café bem forte.

Foi quando reparou no sangue.

Estava seco. A mancha descia pelo braço e ia até a sua mão. Havia um corte longo e profundo no antebraço, que já estancara. Sangue, ele olhou novamente, sentindo um embrulho no estômago ao notar que a camisa também estava toda manchada. Será que ele andara brigando? Será que ele havia machucado alguém?

A náusea subiu-lhe pela garganta e sua mente tentava achar um rumo por entre imensos espaços vazios e lembranças borradas.

Ah, Deus! Será que ele matara alguém?

Eve estava olhando com ar muito sério para o relatório preliminar da autópsia quando ouviu um barulho curto e agudo na maçaneta da porta de sua sala, que se abriu antes que ela pudesse se virar de todo.

— Tenente Dallas? — O homem tinha a aparência de um caubói curtido pelo sol, do sorriso provocador até as botas com saltos gastos. — Caramba, é uma honra me encontrar com a lenda viva em pessoa! Já a conhecia de fotos, mas você é muito mais bonita pessoalmente.

— Estou lisonjeada. — Com os olhos se fechando um pouco, Eve se recostou. Ele também era muito bonito, com cabelos louros encaracolados que emolduravam um rosto bronzeado e alerta e que se espalhava de modo atraente em volta de olhos verde-garrafa. Tinha um nariz reto e longo e uma leve covinha ao lado da boca sorridente. E um corpo que parecia se dar muito bem com a vida ao ar livre. — E quem é você, afinal?

— Jake T. Casto — e pegou o distintivo no bolso amarrotado na parte da frente da calça jeans. — Sou da Divisão de Drogas Ilegais. Soube que você estava me procurando.

— Soube? — Eve olhou com atenção para o distintivo. — E você também soube o motivo de eu estar à sua procura, tenente Jake T. Casto?

— Temos um informante em comum. — Ele se aproximou e encostou o quadril na quina da mesa de Eve, mostrando camaradagem. Isso o fez ficar tão perto que Eve conseguiu sentir o perfume que vinha de sua pele. Sabonete e couro. — Foi uma tremenda pena o que aconteceu com o velho Boomer. Ele era um cara inofensivo.

— Se você sabia que Boomer trabalhava comigo, por que levou tanto tempo para vir me procurar?

— Estive atrapalhado, resolvendo outras coisas. E, para falar a verdade, não achei que houvesse muito a dizer ou fazer. Foi quando ouvi dizer que o Feeney, da Divisão de Detecção Eletrônica, andava farejando na minha área. — E os olhos sorriram novamente, com um leve toque de sarcasmo. — Feeney também trabalha para você, não é?

— Feeney trabalha por conta própria. Em que caso você estava usando o Boomer?

— O de sempre. — Casto pegou um ovo de ametista trabalhado que havia sobre a mesa de Eve e ficou analisando a jóia, passando-a

Eternidade Mortal

de uma das mãos para a outra. — Informações sobre drogas ilegais. Nada importante. Boomer gostava de achar que ele era o maioral, mas, na verdade, as informações vinham sempre incompletas, em cacos soltos.

— Cacos e pedaços soltos podem construir um quadro que faça sentido.

— Eu sei, é por isso que eu usava os serviços dele, meu amor. Ele era muito confiável para uma batida aqui e outra ali. Em uma ou duas vezes, consegui até pegar um traficante de nível médio, com as dicas dele — e sorriu de novo. — Alguém tem que fazer isso.

— É... e então, quem é que bateu nele até transformá-lo em geléia?

O sorriso se apagou. Casto colocou o ovo de volta sobre a mesa e balançou a cabeça, dizendo:

— Não faço a mínima idéia. Boomer não era exatamente um tipo adorável de pessoa, mas não sei de ninguém que o odiasse tanto ou estivesse tão injuriado com ele a ponto de arrebentá-lo daquela forma.

Eve analisou o visitante. Ele lhe pareceu determinado, e ela sentiu um tom em sua voz, ao falar de Boomer, que a fez se lembrar do próprio sentimento de afeição cautelosa que ela nutria pelo informante. Mesmo assim, ela gostava de jogar sempre com as cartas junto do corpo, e perguntou:

— Boomer estava trabalhando em algum caso em particular? Alguma coisa diferente? Algo grande?

— Grande como? — As sobrancelhas de Casto se levantaram.

— Eu é que estou perguntando. Drogas ilegais não são a minha praia.

— Não estava rolando nada que eu soubesse. Na última vez em que falei com ele, sei lá, talvez umas duas semanas antes de ele aparecer boiando, Boomer me disse que andava farejando algo escandaloso. Você conhecia o jeito como ele costumava falar, Eve.

— Sim, eu conhecia o jeito de ele falar. — Estava na hora de colocar uma das cartas na mesa. — Sei também que recolhi uma substância não identificada que estava escondida no apartamento dele. Está no laboratório, sendo analisada. Até agora, tudo o que descobriram é que se trata de uma mistura nova, e é muito mais potente do que qualquer coisa que anda atualmente pelas ruas.

— Uma mistura nova... — as sobrancelhas de Casto se juntaram. — Por que diabos ele não me deu nenhuma dica sobre isso? Se ele estava tentando jogar para os dois lados... — Casto soprou por entre os dentes. — Você está achando que ele foi apagado por causa disso?

— É a minha melhor teoria.

— Sim. Que furada, hein? Provavelmente ele tentou sacudir o fabricante ou o distribuidor. Olhe, vou conversar com o pessoal do laboratório para ver se há algum bochicho pelas ruas a respeito de alguma droga nova no pedaço.

— Eu agradeço.

— Vai ser um prazer trabalhar com você — ele se mexeu, deixou que o olhar ficasse por um instante a mais sobre a boca de Eve, com um tipo de talento que não era nem um pouco ultrajante e acertava em cheio na lisonja. — Talvez você aceite ir comer alguma coisa comigo, a fim de discutirmos estratégias ou qualquer outra coisa que pinte.

— Não, obrigada.

— Por você não estar com fome ou porque vai se casar?

— Os dois.

— Tudo bem então. — Ele se levantou e, sendo humana, Eve não pôde deixar de apreciar o jeito com que o tecido da calça se ajustava em suas pernas compridas e esbeltas. — Se você mudar de idéia a respeito de uma dessas duas coisas, sabe onde me achar. Vou manter contato. — Foi caminhando bem devagar em direção à porta, deu uma parada e se virou. — Sabe, Eve, seus olhos têm a cor de uísque envelhecido de boa qualidade. Isso provoca a maior sede nos homens.

Ela franziu a testa quando ele fechou a porta, chateada por sentir que seu pulso se acelerara um pouco e estava irregular. Balançando a cabeça, passou as duas mãos pelos cabelos e olhou de volta para o relatório, que continuava na tela.

Eve não precisava que lhe dissessem como foi que Pandora morrera, mas era interessante descobrir que o legista acreditava que os três primeiros golpes na cabeça tinham sido fatais. Tudo o que veio depois foi pura satisfação da pessoa que a assassinara.

Ela tentara se defender antes dos golpes na cabeça, reparou Eve. Lacerações e arranhões em outras partes do corpo eram condizentes com uma briga.

A morte estava assinalada no relatório como tendo ocorrido às duas e cinqüenta da manhã, e o conteúdo do estômago indicava que a vítima apreciara uma última refeição de alta qualidade, mais ou menos às nove da noite, composta de lagosta, salada de escarola, creme bávaro e champanhe de boa safra.

Havia também altos índices de substâncias químicas em sua corrente sanguínea que ainda precisavam ser analisados.

Portanto, Mavis provavelmente tinha razão. Parecia que Pandora estava doidona com alguma coisa, algo possivelmente encontrado na lista de substâncias ilegais. Olhando o caso como um todo, aquilo poderia ou não fazer diferença.

Os fragmentos de pele debaixo das unhas da vítima, esses iam fazer diferença. Eve estava terrivelmente certa de que, quando o laboratório acabasse a análise, ia descobrir que aqueles eram pedaços da pele de Mavis. Da mesma forma que os fios de cabelo que os técnicos haviam recolhido junto do corpo iam ser de Mavis.

Para quem queria armar algo, pensou Eve enquanto fechava os olhos, *aquilo era perfeito. Mavis entrara lá na hora errada, estava no lugar errado e o assassino viu nela um bode expiatório feito sob medida.*

Será que o assassino ou assassina já tinha conhecimento do conflito entre Mavis e a vítima ou aquilo foi apenas mais um golpe de sorte?

De qualquer modo, ele golpeia Mavis, deixa-a ali, apagada, planta algumas provas no local, até mesmo acrescenta um toque de mestre, passando as unhas da morta pelo rosto de Mavis. Mais fácil ainda é apertar os dedos dela na arma do crime e depois sair de volta para a rua com a satisfação de um trabalho bem-feito.

Não era nem preciso ser um gênio para fazer isso, avaliou Eve. Só que exigia mente fria, calculista e prática. Como é que isso se encaixava com a raiva incontrolada e a insanidade do ataque a Pandora?

Ela ia ter que fazer com que encaixasse, disse Eve a si mesma. E ia ter que achar um meio de livrar Mavis e encontrar o tipo de assassino que seria capaz de transformar o rosto de uma mulher em purê e depois arrumar tudo com a maior calma.

Quando Eve se preparava para se levantar, sua porta se escancarou. Com os olhos esbugalhados, Leonardo irrompeu.

— Eu a matei. Eu matei Pandora, que Deus me ajude!

E, depois de dizer isso, seus olhos assustados giraram para cima e os seus cento e vinte quilos caíram desmaiados no chão, com um baque surdo.

— Nossa! — Em vez de tentar ampará-lo, Eve havia se desviado do corpo quando este caíra. Foi como ver uma sequóia desabar. Agora, ele estava ali, estirado, com os pés na soleira da porta e a cabeça quase encostada na parede oposta. Ela se agachou, empurrou-o para o lado com o traseiro, e conseguiu tirá-lo do caminho. Deu umas duas bofetadas leves e rápidas para reanimá-lo e esperou. Resmungando baixinho, ela o empurrou de novo e bateu em seu rosto com mais força.

Ele gemeu e seus olhos vermelhos se abriram trêmulos.

— O quê... onde...

— Cale a boca, Leonardo! — Eve cuspiu as palavras enquanto se levantava, foi até o portal e chutou os pés dele para dentro da sala. Depois de fechar a porta com firmeza olhou para baixo, na direção dele.

— Vou ler os seus direitos.

— Meus direitos? — Ele pareceu atordoado, mas conseguiu elevar o corpo ligeiramente, até ficar sentado no chão, em vez de deitado.

Eternidade Mortal   81

— Agora ouça bem. — Eve recitou os direitos padronizados e revisados, que deviam ser lidos para as pessoas no momento da prisão, e então levantou a mão, antes mesmo de ele conseguir falar. — Entendeu bem todos os seus direitos e opções?

— Entendi. — Com ar cansado, ele passou a mão sobre o rosto. — Eu sei perfeitamente o que está acontecendo.

— Quer fazer alguma declaração?

— Eu já lhe falei que...

— Sim ou não? — Com os olhos parados, ela levantou a mão novamente. — Responda apenas sim ou não.

— Sim, sim. Quero fazer uma declaração.

— Levante-se do chão. Vou gravar isto — e se virou na direção da mesa. Ela poderia tê-lo arrastado para a sala de interrogatório. Provavelmente devia ter feito isso, mas era algo que podia esperar. — Você compreende que tudo o que disser a partir de agora vai ser gravado?

— Sim. — Ele se levantou e em seguida se atirou sobre uma cadeira que rangeu debaixo de seu peso. — Dallas, eu...

Ela balançou a cabeça para cortá-lo. Depois de ligar a câmera de gravação, ela anotou todas as informações necessárias e recitou novamente todos os direitos dele, para ficar gravado.

— Leonardo, você compreendeu todos esses direitos e opções, desistiu neste instante do direito judicial de ter um advogado a seu lado e está preparado para fazer uma declaração completa?

— Quero apenas acabar com isso, logo.

— Sim ou não?

— Sim, sim, que droga!

— Você conhecia Pandora?

— Claro que conhecia.

— Tinha um relacionamento com ela?

— Tinha. — Ele cobriu o rosto novamente, mas ainda conseguia ver a imagem que surgira no telão de Mavis quando ele o ligou para dar uma olhada no noticiário. O saco preto e comprido que apareceu, sendo carregado para fora do prédio onde ficava o seu ateliê. — Não posso acreditar que isto tenha acontecido...

— Qual era a natureza do seu relacionamento com a vítima?

Parecia tão frio, pensou ele, *o jeito com que ela dizia aquilo*. "A vítima." Leonardo deixou as mãos caírem no colo e olhou para Eve, respondendo:

— Você sabe que nós fomos amantes. Sabe que eu estava tentando terminar com ela por causa de...

— Vocês já não tinham mais contato íntimo — interrompeu Eve — no momento da sua morte?

— Não, não estávamos mais juntos há várias semanas. Ela esteve fora do planeta. As coisas já haviam começado a esfriar entre nós dois, antes mesmo da sua viagem. E então conheci Mavis, e tudo mudou para mim. Dallas, onde está Mavis? Onde ela está?

— Não estou autorizada a informá-lo do paradeiro da senhorita Freestone neste momento.

— Diga-me apenas se ela está bem. — Seus olhos se encheram de lágrimas. — Diga-me apenas isso.

— Ela está sendo bem tratada. — Aquilo era tudo o que Eve ia dizer. Era tudo o que podia dizer. — Leonardo, é verdade que Pandora estava ameaçando destruí-lo profissionalmente? Que ela exigiu que você continuasse a manter o relacionamento com ela e que, caso se recusasse, ela conseguiria cancelar o desfile de seus modelos? Um desfile que já estava marcado e no qual você investiu uma grande quantidade de tempo e dinheiro?

— Você estava lá, você a ouviu. Ela não dava a mínima para mim, mas não conseguia aceitar o fato de que fui eu que terminei o nosso caso. A não ser que eu parasse de sair com Mavis, a não ser que voltasse a ser o cachorrinho de madame dela, Pandora ia providenciar para que o desfile fosse um fracasso, se ele chegasse a acontecer.

— E você não queria deixar de se encontrar com a senhorita Freestone.

— Eu amo Mavis — disse ele, com muita dignidade. — Ela é a coisa mais importante que existe na minha vida.

— E, no entanto, se você não cedesse às exigências de Pandora, provavelmente ficaria com uma quantidade imensa de dívidas e a reputação profissional manchada, e isso seria intolerável. Estes fatos estão corretos?

— Sim. Coloquei tudo o que possuía nesse desfile. Peguei emprestada uma grande soma em dinheiro. Mais do que isso, coloquei o meu coração no projeto. Minha alma.

— Ela poderia ter estragado tudo isso.

— Ah, sim — seus lábios se retorceram —, e teria adorado fazer isso!

— Você a convidou para ir ao seu ateliê na noite passada?

— Não. Eu nunca mais queria vê-la.

— E a que horas ela chegou lá, na noite passada?

— Não sei.

— Como ela conseguiu entrar? Você a recebeu?

— Acredito que não. Eu não sei. Ela tinha o cartão com o código para abrir a fechadura eletrônica. Não me lembrei de pedir o cartão de volta, nem de trocar a senha. Tudo tem corrido de forma tão louca...

— Você discutiu com ela.

— Não sei — seus olhos ficaram vidrados e assumiram um ar inexpressivo. — Não me lembro. Mas devo ter discutido. Pode ser que sim.

— Recentemente, Pandora foi até o seu ateliê sem ser convidada, o ameaçou e atacou fisicamente a sua companheira atual.

— Sim, sim, exatamente. — Ele conseguia se lembrar daquilo. Era um alívio conseguir se lembrar daquilo.

— Qual era o estado de espírito de Pandora quando chegou em seu ateliê dessa última vez?

— Devia estar furiosa. Devo ter dito a ela que não ia desistir de Mavis. Isso deve tê-la deixado ainda mais enfurecida. Dallas... — seus olhos se focaram novamente e um brilho de desespero surgiu neles. — Eu simplesmente não me lembro. Não me lembro de nada. Quando acordei esta manhã, estava no apartamento de Mavis. Acho que me lembro de ter usado o meu cartão com a senha para entrar lá. Andei bebendo, caminhando pelas ruas e bebendo. Eu quase nunca bebo, porque tenho tendência a perder a noção de tempo e fico com buracos negros na memória. Quando acordei, vi o sangue.

Ele esticou o braço, mostrando a ferida sobre a qual fizera um curativo, às pressas.

— Havia sangue nas minhas mãos, nas roupas. Sangue seco. Devo ter lutado com ela. Eu devo tê-la matado...

— E onde estão as roupas que você estava usando ontem à noite?

— Deixei-as no apartamento de Mavis. Tomei um banho e troquei de roupa lá. Não queria que ela voltasse para casa e me encontrasse naquele estado. Estava esperando por ela, tentando descobrir o que fazer, e liguei a TV para assistir ao noticiário. Foi quando ouvi... e vi. Então eu soube.

— Você está me dizendo que não se lembra de ter visto Pandora ontem à noite. Não se lembra de ter discutido com ela. Não se lembra de tê-la matado.

— Mas deve ter sido eu — insistiu ele. — Ela morreu no meu ateliê.

— A que horas você saiu do seu ateliê ontem à noite?

— Não tenho certeza. Eu já andara bebendo. Muito. Estava aborrecido e zangado.

— Você viu alguém, falou com alguma pessoa?

— Comprei mais uma garrafa. De um vendedor ambulante, eu acho.

— Você se encontrou com a senhorita Freestone na noite passada?

— Não. Tenho certeza disso. Se eu tivesse me encontrado com ela, se tivesse conversado com ela, tudo teria ficado bem.

— E se eu lhe dissesse que Mavis esteve em seu ateliê na noite passada?

Eternidade Mortal

— Mavis foi até lá para me ver? — seu rosto se iluminou. — Ela resolveu voltar para mim? Não, isso não pode ser verdade... Eu não teria me esquecido disso...

— Mavis estava lá no momento em que você brigou com Pandora? No momento em que você matou Pandora?

— Não. Não.

— Então ela chegou logo depois de Pandora ter morrido, depois de você tê-la assassinado? Você ficou apavorado, então, não foi? Ficou aterrorizado.

— Não, Mavis não pode ter estado lá... — Havia pânico em seus olhos naquele momento.

— Mas esteve. Ela me ligou de lá mesmo, do seu apartamento, depois de ter achado o corpo.

— Mavis viu o corpo? — Apesar do tom bronzeado, sua pele pareceu empalidecer. — Ah, meu Deus, não!

— Alguém golpeou Mavis na cabeça e colocou-a sem sentidos. Foi você, Leonardo?

— Alguém a golpeou? Ela está ferida? — Ele já estava em pé, fora da cadeira, passando as mãos pelos cabelos. — Onde ela está?

— Foi você?

— Eu preferia cortar as mãos fora a ferir Mavis... — e estendeu os braços. — Pelo amor de Deus, Dallas, diga-me onde é que ela está. Deixe-me ver se ela está bem.

— Como foi que você matou Pandora?

— Eu... o repórter disse que eu bati nela até matá-la — e estremeceu ao dizer isso.

— E como foi que você a agrediu? Que objeto usou?

— Eu... minhas mãos? — mais uma vez, ele as estendeu. Eve reparou que não havia marcas roxas, nem cortes nem arranhões nos dedos. Elas estavam em perfeito estado, como se tivessem acabado de ser entalhadas em madeira sólida e brilhante.

— Pandora era uma mulher forte. Ela deve ter reagido.

— Isso explica o corte no meu braço...

— Gostaria de que esse corte fosse examinado, bem como as roupas que você diz ter deixado no apartamento de Mavis.

— Você vai me prender agora?

— Não, você não está sendo acusado de nada no momento. Porém, vai ser detido até que saiam os resultados dos testes.

Ela o conduziu pelas mesmas perguntas mais uma vez, tentando forçá-lo a fornecer horários, lugares e descrever cada um dos seus movimentos. Todas as vezes ela batia na parede que bloqueava a sua memória. Longe de estar satisfeita, encerrou o interrogatório, levou-o para a detenção e começou a fazer os preparativos para os testes.

A próxima parada era a sala do comandante Whitney.

Ignorando a cadeira que lhe foi oferecida, ela ficou em pé, olhando para ele, que continuou sentado atrás da mesa. De modo rápido e objetivo, Eve lhe entregou os resultados dos interrogatórios iniciais. Whitney cruzou os braços e olhou para ela. Ele tinha olhos aguçados, olhos de policial, e reconhecia uma pessoa nervosa.

— Você está com um homem que confessou o assassinato. Um homem que tinha os motivos e a oportunidade.

— Um homem que não se lembra nem mesmo de ter estado com a vítima na noite em questão e muito menos de tê-la golpeado implacavelmente até matá-la.

— Não seria a primeira vez que um assassino confessa o seu crime de um modo que o faz parecer inocente.

— Não, senhor. Mas eu não acredito que ele seja o nosso assassino. Pode ser que os testes provem que eu estou errada, mas o tipo de sua personalidade não se encaixa com o crime. Fui testemunha da outra altercação, quando a vítima atacou Mavis. Em vez de tentar acabar com a briga, o suspeito deu um passo para trás e ficou torcendo as mãos de aflição.

— De acordo com a declaração, ele estava sob a influência do álcool na noite do assassinato. A bebida pode induzir mudanças na personalidade.

— Sim, senhor. — Era um argumento razoável. No fundo do coração, ela queria enquadrá-lo, considerar a sua confissão como definitiva e levar o caso adiante. Mavis ia ficar arrasada, mas estaria a salvo. Seria liberada. — Não foi ele! — afirmou Eve com firmeza.

— Minha recomendação é que ele fique detido pelo maior prazo possível e que seja novamente interrogado, a fim de sacudir sua memória. Mas não podemos acusá-lo formalmente por achar que cometeu um assassinato.

— Vou seguir a sua recomendação, Dallas. O restante dos testes do laboratório deve chegar logo. Espero que os resultados ajudem a esclarecer tudo. Você sabe que eles podem incriminar Mavis Freestone ainda mais.

— Sim, senhor, estou ciente disso.

— Você tem uma antiga amizade com ela. Não causaria demérito algum no seu currículo o fato de você se retirar do posto de investigadora principal neste caso. Na verdade, isso até seria melhor para você e seria certamente mais racional tomar esta atitude.

— Não, senhor. Não vou desistir do posto de investigadora principal deste caso. Se o senhor me retirar do cargo, vou solicitar licença no trabalho para acompanhar o assunto em meu tempo pessoal. Se for necessário, peço demissão da polícia.

Por um instante, ele esfregou as duas mãos sobre as sobrancelhas e disse:

— Sua demissão não seria aceita. Sente-se, tenente. Mas que droga, Dallas! — explodiu ao ver que ela continuava em pé. — Sente-se! Isto é uma ordem!

— Sim, comandante.

Whitney suspirou e tentou manter o mau humor sob controle.

— Eu a magoei, Dallas, não faz muito tempo, com um ataque pessoal que não foi apropriado e nem merecido. Por causa disso, prejudiquei o relacionamento que havia entre nós. Compreendo que você não se sinta mais à vontade sob o meu comando.

— O senhor é o melhor comandante sob o qual eu já servi. Não tenho problema algum em tê-lo como superior.

— Mas não somos mais amigos... Nem de longe — e assentiu com a cabeça, aceitando o silêncio dela. — Entretanto, devido ao meu comportamento durante a investigação de um caso que lidava com pessoas ligadas a mim, pessoalmente, você deve saber que eu compreendo perfeitamente tudo pelo que você está passando agora. Sei bem o que é se ver dividido entre duas lealdades, Dallas. Apesar de você não se sentir apta a discutir comigo os seus sentimentos relacionados com este caso, sugiro com insistência que você faça isso com alguém em quem confie. O meu erro na investigação passada foi não dividir o fardo com ninguém. Não cometa o mesmo erro agora.

— Mavis não matou ninguém. Não há provas suficientes que consigam me convencer do contrário. Vou continuar com o meu trabalho, comandante, e, ao fazer isso, vou encontrar o verdadeiro assassino.

— Não tenho dúvidas de que você vai continuar a desempenhar bem o seu trabalho, tenente, mesmo que sofra para conseguir realizá-lo. Você tem todo o meu apoio, quer o aceite, quer não.

— Obrigada, senhor. Agora, tenho uma requisição a fazer, relacionada com outro assassinato.

— Qual é?

— O caso Johannsen.

Desta vez, o suspiro do comandante foi mais longo e profundo.

— Você parece um cão terrier, Dallas. Nunca desiste da presa.

Ela não podia argumentar com esta opinião.

— Comandante, o senhor recebeu o meu relatório sobre o que foi encontrado no apartamento de Boomer. A substância ilegal ainda não foi identificada por completo. Fiz algumas pesquisas por conta própria em cima da fórmula que descobrimos — e pegou um disco da bolsa. — É uma nova mistura, com alta potência, e o seu efeito é comparativamente mais duradouro em relação ao que se encontra nas ruas. Cada dose dura de quatro a seis horas. Uma quantidade um pouco maior poderia ser fatal em 88% dos casos.

Com os lábios apertados, Whitney virou o disco de um lado para outro nas mãos.

— Pesquisas por conta própria, Dallas?

Eternidade Mortal

— Eu tinha um contato e o utilizei. O laboratório ainda está trabalhando nisso, mas eu já identifiquei vários dos ingredientes da fórmula e os seus índices. O que quero dizer é que esta substância poderia se tornar imensamente rentável, e é necessária uma quantidade muito pequena dela para produzir efeito. Causa dependência com muita rapidez e produz sensações de força, ilusões de poder e uma espécie de euforia que não traz tranqüilidade, mas sim uma sensação de controle sobre si mesmo e os outros. Ela também contém uma espécie de regenerador celular. Já calculei os resultados do vício a longo prazo. O uso diário da droga por um período de cinco anos vai, em 96,8% dos casos, resultar em uma interrupção súbita e completa do sistema nervoso, levando à morte.

— Santo Cristo! É um veneno?

— Em resumo, sim. Os fabricantes certamente sabem disso, o que os torna culpados não apenas de distribuição de uma droga ilegal, mas também de assassinato premeditado.

Ele remoeu as informações por um momento e percebeu a dor de cabeça que aquilo ia lhe trazer quando a mídia colocasse as garras naqueles dados.

— Boomer podia ou não ter conhecimento de todos esses aspectos da droga — continuou Dallas —, mas sabia o bastante para ser morto por isso. Quero investigar este caso e, como tenho consciência de que posso me deixar distrair por outros assuntos, requisito a policial Peabody para ser designada como minha ajudante até o caso ser resolvido.

— Peabody tem pouca experiência com drogas ilegais ou homicídio, tenente.

— Mas compensa este ponto fraco com um bom cérebro e muita disposição para o trabalho. Gostaria de contar com a assistência dela e a sua ajuda para coordenar o caso junto ao tenente Casto, da Divisão de Drogas Ilegais, que também utilizava Boomer como informante.

— Vou providenciar. Quanto ao assassinato de Pandora, use os serviços de Feeney — e levantou uma sobrancelha. — Vejo que você já está usando. Vamos fingir que fui eu que ordenei isto, para tornar oficial. E você vai ter que lidar com a mídia.

— Já estou ficando acostumada com isso. Nadine Furst acabou de voltar de licença. Vou fornecer a ela os dados que achar mais adequados. Ela e o Canal 75 estão em débito comigo — e se levantou. — Agora, preciso entrar em contato com algumas pessoas. Vou chamar Feeney e levá-lo comigo.

— Vamos ver se conseguimos esclarecer estes casos antes da sua lua-de-mel. — O rosto de Eve exibiu uma mistura tão grande de contradições, constrangimentos, prazer e medo que o comandante deu uma gargalhada. — Ora vamos, você vai sobreviver a isto, Dallas! Posso lhe garantir que sim.

— Claro, ainda mais agora que o sujeito que está preparando o meu vestido de noiva está detido para averiguações — murmurou ela. — Obrigada, comandante.

Ele observou com atenção enquanto Eve saía da sala. Ela podia não ter notado que deixara cair as barreiras que os separavam, mas ele percebeu.

— Minha esposa vai adorar isso! — mais que satisfeito por deixar a direção do carro por conta de Dallas, Feeney se recostou no banco do carona. O tráfego estava tranqüilo, enquanto eles rumavam para a Park Avenue, lado sul. Feeney, nova-iorquino de nascença, há muito tempo se desligara dos barulhos e ecos emitidos pelos pequenos dirigíveis para turistas e os ônibus aéreos que lotavam o céu acima deles.

— Eles me disseram que a barulhada desse carro ia acabar! Aqueles palhaços da oficina! Está ouvindo, Feeney? Consegue ouvir esse zumbido infernal?

Para agradá-la, ele prestou atenção no som que vinha do painel de controle do carro e respondeu:

— Parece um enxame de abelhas africanas.

— Três dias! — reclamou Eve. — Três dias na oficina e escute só. Está pior do que antes!

Eternidade Mortal

91

— Dallas — e colocou a mão no braço dela. — No fim, você vai ter que encarar esta realidade, vai ter que lidar com o fato de que este seu veículo é uma lata velha, pronta para o lixo. Requisite um carro novo.

— Eu não quero um carro novo! — Com a parte de dentro do punho, ela golpeou o painel de controle. — Quero este aqui mesmo, só que sem os efeitos sonoros. — Ao parar em um sinal, Eve tamborilou com os dedos no volante. Pelo barulho que os sensores estavam fazendo, não dava para confiar no sistema de direção automática. — Onde fica essa bosta de lugar, Avenida Central Park, lado sul, número 582? — O painel continuou a zumbir, ela deu mais uns tapas nele e repetiu a pergunta: — Eu quero saber onde fica essa bosta de número 582 da Avenida Central Park, lado sul!

— Olhe, peça com jeitinho — sugeriu Feeney. — Assim, veja: computador, você poderia nos apresentar o mapa e a localização exata do número 582 da Avenida Central Park, lado sul?

Quando a tela do painel se iluminou e lançou no ar um mapa holográfico da área solicitada, com destaque para a rota mais rápida, Eve resmungou:

— Eu não paparico as minhas máquinas.

— Talvez seja por isso que elas vivem deixando você na mão. Como eu estava dizendo — continuou, antes que Eve pudesse lhe responder algo desagradável —, minha mulher vai adorar isso. Justin Young. Ele era o protagonista de *Quando a Noite Cai.*

— Que é isso, uma novela? — e lançou um olhar penetrante sobre Feeney. — Você anda vendo novela?

— Ei, eu ligo o telão de vez em quando no canal de novelas, só para relaxar, como todo mundo. Enfim, minha mulher é louca por ele. Ele está fazendo filmes agora. Pelo menos uma vez por semana ela programa um dos filmes dele para passar lá em casa. E o cara é bom ator, sabia? E ainda por cima tem a Jerry Fitzgerald — e Feeney sorriu, com ar sonhador.

— Guarde suas pequenas fantasias para si mesmo, meu chapa...

— Pois eu lhe digo, aquela garota tem um corpaço! Não é como algumas daquelas modelos que são só pele e osso — e fez o som de um homem que estava prestes a saborear uma imensa tigela de sorvete. — Sabe qual é a melhor coisa de trabalhar com você ultimamente, Dallas?

— Meu jeito charmoso e o espírito sagaz.

— Claro — e girou os olhos. — Mas o melhor é chegar em casa e contar para a minha mulher quem eu interroguei. Um bilionário, um senador, alguns aristocratas italianos, estrelas de cinema. Pode crer, isso está contribuindo para aumentar o meu prestígio.

— Que bom que estou podendo ajudar — e espremeu o surrado carro de polícia entre um míni Rolls-Royce e um clássico Mercedes. — Pelo menos tente controlar a tietagem enquanto a gente acusa o grande ator de crime em terceiro grau.

— Eu sou um profissional, Dallas! — mas ele estava rindo enquanto saltava do carro. — Olhe só para este local. Que tal morar em um lugar como esse? — Então, deu uma risada e desviou o olhar da brilhante fachada do prédio, toda em mármore. — Oh, eu já estava esquecendo... Isso para você é favela agora.

— Vá à merda, Feeney!

— Vamos lá, garota, relaxe um pouco — e colocou um braço em volta do ombro dela, enquanto iam em direção às portas de entrada. — Ficar caidinha pelo homem mais rico de todo o mundo conhecido não é algo para se ter vergonha.

— Não tenho vergonha disso. Só não quero tirar vantagens do fato.

O edifício era tão seleto que tinha um porteiro de carne e osso, além da segurança eletrônica de praxe. Eve e Feeney exibiram os distintivos e foram encaminhados para um saguão todo em mármore e ouro, ornado com samambaias exuberantes e flores exóticas plantadas em imensos vasos de porcelana.

— Quanta ostentação! — murmurou Eve.

— Viu como você já está ficando cansada dessas coisas? — Feeney saiu do alcance dela e se aproximou da tela de segurança interna. — Tenente Dallas e capitão Feeney. Viemos nos encontrar com Justin Young.

— Um momento, por favor. — A voz suave do computador fez uma pausa enquanto as identificações eram confirmadas. — Obrigada por aguardar. O senhor Young está à espera dos senhores. Por favor, sigam até o elevador 3 e informem em voz alta o seu destino. Tenham um bom dia.

Capítulo Seis

— E então, como é que vai ser? — Feeney falava entre dentes, olhando para a microcâmera que estava no canto do elevador, enquanto subiam. O velho esquema "tira bom/tira mau"?

— É espantoso como isso sempre funciona.

— Civis são alvos fáceis.

— Vamos começar com o velho papo do "Desculpe incomodá-lo, agradecemos a sua colaboração". Se a gente perceber que ele está de gracinha, pode mudar de tática.

— Se for o caso, quero ser o tira mau.

— Você, como tira mau, não convence ninguém, reconheça isso, Feeney.

— Mas sou mais graduado do que você, Dallas — e lançou-lhe um olhar magoado.

— Só que eu sou a investigadora principal deste caso, e sou melhor no papel de tira má. Aceite isso.

— Eu tenho sempre que ser o tira bonzinho... — resmungou ele no momento em que saíam em um corredor muito iluminado, com mais mármore e mais detalhes dourados.

Eternidade Mortal

Justin Young abriu a porta em frente com um senso perfeito de tempo. E, avaliou Eve, estava vestido para o papel de testemunha rica e disposta a cooperar, usando um par de calças de linho em um estilo casual, mas muito caro, além de uma camisa em seda pura toda pregueada, no mesmo tom das calças. Em seus pés, as sandálias da moda, com sola grossa e um trabalho elaborado feito com contas na parte de cima.

— Tenente Dallas, capitão Feeney — o seu rosto maravilhosamente esculpido apresentava rugas de seriedade e os sedutores olhos pretos estavam sombrios, formando um contraste dramático com a abundante cabeleira, que tinha a mesma cor dourada do corredor. Estendeu a mão adornada com um anel largo incrustado com ônix. — Por favor, vamos entrar.

— Agradecemos por nos receber tão depressa, senhor Young. — Talvez o seu olhar estivesse ficando cansado de ostentação, mas a avaliação inicial de Eve a respeito da sala a deixou pensando nas palavras *exagerado, enfeitado demais e excessivamente caro.*

— É uma tragédia, um horror! — Ele lhes indicou um imenso sofá em forma de L, cheio de almofadas em cores berrantes e tecidos finos. Ao fundo da sala, um telão para meditação estava programado para apresentar uma praia tropical ao pôr-do-sol. — É quase impossível de acreditar que ela está morta, muito menos saber que morreu de forma tão súbita e violenta!

— Desculpe-nos por interromper — começou Feeney, preparando o seu papel de tira bom e lutando para não ficar de queixo caído diante das borlas, franjas e cristais trabalhados. — Este deve ser um momento muito difícil para o senhor.

— De fato. Pandora e eu éramos amigos. Posso lhes oferecer algo para beber? — e se sentou, elegante e esguio, em uma poltrona tão grande que dava para engolir uma criança.

— Não, obrigada. — Eve estava tentando se acomodar melhor no meio da montanha de almofadas.

— Eu vou tomar algo, se os senhores não se importam. Não comi quase nada desde que soube da notícia, de tão abalado que fiquei. — Inclinando-se para a frente, apertou um pequeno botão na mesinha que estava entre eles. — Café, por favor. Apenas um. — Recostando-se de volta, sorriu ligeiramente. — Vocês devem estar querendo saber onde é que eu estava na hora em que ela morreu. Já desempenhei um bocado de papéis policiais em minha profissão. Já fiz o tira, o suspeito e até mesmo a vítima, quando estava em início de carreira. Devido à minha estampa, sempre era inocente.

Lançou um olhar para uma andróide doméstica que apareceu e estava vestida, Eve notou com um horror quase divertido, com o uniforme clássico das empregadas da aristocracia francesa, e trazia uma bandeja de cristal com uma xícara. Justin pegou a xícara de café e usou as duas mãos para levá-la aos lábios.

— A mídia não especificou o momento exato em que Pandora foi morta, mas acredito que posso lhes fornecer os meus movimentos durante toda aquela noite. Jerry e eu..., estou falando de Jerry Fitzgerald, saímos juntos e resolvemos tomar um drinque em uma boate exclusiva que fica próxima dali, o Ennui. Está muito na moda agora, e a casa nos paga para aparecermos por lá e sermos vistos. Imagino que já passava um pouco de uma hora quando saímos. Pensamos por um instante em dar uma circulada e agitar por outras boates, mas confesso que já tínhamos bebido demais e aparecido demais socialmente. Assim, viemos para cá e ficamos juntos até as dez horas da manhã seguinte, mais ou menos. Jerry tinha um compromisso. Só depois que ela já havia saído e eu estava tomando a minha primeira xícara de café foi que liguei o telão no noticiário e soube da morte de Pandora.

— Isso certamente cobre todo o período da noite — disse Eve. Ele recitara todo o texto, pensou ela, como se estivesse representando um ato bem ensaiado. — Precisamos conversar com a senhorita Fitzgerald para confirmar as informações.

— Certamente. Os senhores gostariam de fazer isso agora? Jerry está na sala de relaxamento. A morte de Pandora a deixou um pouco abalada.

Eternidade Mortal

— Então vamos deixá-la relaxando por mais algum tempo — sugeriu Eve. O senhor disse que Pandora e o senhor eram amigos. Vocês também foram amantes?

— De vez em quando. Não era nada sério. Simplesmente freqüentávamos os mesmos círculos. Para ser bem franco, nesse instante devo dizer que Pandora preferia homens que eram facilmente dominados e intimidados — e lançou um sorriso como que para provar que ele não era nenhum dos dois. — Ela preferia ter casos com homens que estavam tentando subir na vida em vez daqueles que já haviam alcançado o sucesso. Não gostava muito de dividir os refletores.

Feeney aproveitou o ritmo e perguntou:

— Com quem ela estava romanticamente envolvida quando morreu?

— Havia vários homens, eu acho. Um deles, acho que ela conheceu no Satélite Estação Starlight. Um empresário, era assim que ela se referia a ele, com um tom sarcástico. E havia também um figurinista emergente, que Jerry me disse que é brilhante. Michelangelo... Puccini... Leonardo... Seu nome é algo desse tipo. E havia Paul Redford, o produtor de vídeo, que estava conosco na casa dela, naquela noite.

Tomou um gole do café e piscou.

— Leonardo — afirmou. — Sim, era Leonardo o nome. Aconteceu uma espécie de desavença, então. Uma mulher apareceu na reunião quando ainda estávamos lá. Pandora e ela brigaram por causa do figurinista. Uma briga de mulheres daquele tipo bem antiquado. Seria divertido se não fosse pelo constrangimento que provocou em todos os presentes.

Esticou os dedos elegantes e pareceu ligeiramente divertido pelo caso, apesar de se declarar embaraçado. *Muito bem*, pensou Eve. *Bem ensaiado, com um bom ritmo e um texto profissionalmente recitado.*

— Foi preciso que Paul e eu nos juntássemos para separar as duas.

— Essa mulher foi até a casa de Pandora e a atacou fisicamente? — perguntou Eve, tendo o cuidado de manter o tom neutro.

— Ah, não, nada disso! A pobrezinha estava arrasada, quase suplicante. Pandora a chamou por alguns nomes impublicáveis e bateu nela. — Justin demonstrou a ação fechando o punho e golpeando o ar. — Socou-a de verdade. A mulher era pequena, mas muito valente. Levantou-se na mesma hora e partiu para cima da oponente. Depois, foi uma sucessão de empurrões, puxões de cabelo e arranhões. A mulher estava sangrando um pouco quando saiu. Pandora tinha unhas letais.

— Pandora arranhou o rosto da mulher?

— Não. Se bem que ela deve estar com o rosto todo roxo. O pior foi no pescoço, pelo que eu me lembro. Quatro arranhões bem profundos na lateral do pescoço da moça, onde Pandora conseguiu acertar. Quanto ao nome dela, receio não saber informar. Pandora só a chamou de piranha e variáveis do mesmo título. Ela estava tentando segurar o choro quando saiu, e avisou Pandora, de forma dramática, que ela ia se arrepender de ter feito aquilo. Então, infelizmente, a moça estragou sua saída triunfal ao começar a fungar e anunciar que o amor vence tudo.

Dizer isso era a cara de Mavis, pensou Eve, que perguntou:

— E depois que a mulher foi embora, como Pandora ficou?

— Estava furiosa, excitada demais com tudo. Foi por isso que eu e Jerry fomos embora tão cedo.

— E Paul Redford?

— Ele ficou; não sei dizer por quanto tempo mais. — Com um suspiro que significava arrependimento, Justin colocou o café de lado. — É injusto falar coisas negativas a respeito de Pandora, agora que ela não pode mais se defender, mas a verdade é que ela era muito dura e, freqüentemente, áspera. Quem se colocava no caminho dela pagava por isso.

— E alguma vez o senhor se colocou no caminho dela, senhor Young?

— Tinha todo o cuidado para não fazer isso — e sorriu, com charme. — Eu aprecio a minha carreira e a minha aparência, tenente. Pandora não era ameaça para a primeira, mas eu vi e soube de danos terríveis que ela causava ao rosto das pessoas quando ficava aborrecida. Pode acreditar, ela não usava as unhas pontiagudas como facas só para lançar moda não.

— Ela tinha inimigos.

— Um monte, e a maioria deles morria de medo dela. Não consigo imaginar quem é que finalmente resolveu revidar e atacá-la. E pelo que eu soube pelo noticiário, acredito que nem mesmo Pandora merecia morrer de forma tão brutal.

— Apreciamos a sua sinceridade, senhor Young. Se for conveniente, gostaríamos de conversar com a senhorita Fitzgerald agora. A sós.

— Sim, é claro — e levantou a sobrancelha fina e elegante. — Sem histórias combinadas.

Eve apenas sorriu e disse:

— Vocês já tiveram bastante tempo para combinar as histórias um com o outro. É que eu realmente gostaria de conversar com ela a sós.

Eve teve a satisfação de ver o seu rosto suave estremecer ligeiramente ao ouvir sua observação. Mesmo assim, ele se levantou e caminhou na direção de um corredor ao lado da sala.

— O que acha? — perguntou Feeney, baixinho.

— Acho que ele encenou uma apresentação magnífica.

— Nisso nós concordamos. Mesmo assim, se ele e Jerry Fitzgerald estiveram agitando os lençóis a noite toda, isso o deixa limpo.

— Um serve de álibi para o outro, e isso deixa os dois limpos. Vamos pegar os discos de segurança na administração do prédio para confirmar a hora em que chegaram e ver se tornaram a sair.

— Eu nunca mais confiei nessas coisas depois do que nos aconteceu no caso DeBlass.

— Se eles adulteraram os discos, você vai conseguir descobrir.

— Eve olhou para Feeney ao ouvir o som que ele fez ao sugar o ar.

Seu rosto de cão servil estava parecido com o de um terrier em ação. Seus olhos ficaram vidrados. Notando que Jerry Fitzgerald havia entrado na sala, Eve ficou se perguntando como foi que a língua de Feeney não ficou pendurada para fora da boca.

Ela tinha um corpaço, era verdade, avaliou Eve. Seus seios exuberantes mal estavam cobertos por uma peça de seda marfim que descia da região próxima aos mamilos e vinha agarrada ao corpo, terminando poucos milímetros abaixo da virilha. Uma das pernas longas e bem desenhadas exibia junto do joelho a imagem de uma rosa vermelha totalmente aberta.

Jerry Fitzgerald parecia definitivamente estar florescendo.

E havia o rosto, que estava suave e descansado, como se ela tivesse acabado de fazer sexo. Os cabelos negros estavam cortados bem curtos e acompanhavam o formato do rosto com perfeição, emoldurando um queixo redondo, bem feminino. Sua boca era carnuda, úmida e vermelha; seus olhos eram de um azul penetrante e exibiam cílios compridos pintados de dourado.

Quando ela deslizou na direção de uma cadeira, como se fosse algum tipo de deusa pagã do sexo, Eve encostou de leve na perna de Feeney, não para se apoiar, mas sim para segurá-lo.

— Senhorita Fitzgerald — começou Eve.

— Sim — respondeu ela em um tom de voz que tinha um ar de fogo de sacrifício. Os olhos atraentes mal olharam para Eve antes de se agarrarem como mariscos no rosto amigável e deslumbrado de Feeney. — Capitão, isso é tão terrível! Já tentei a banheira anti-estresse, o ativador de bem-estar, até mesmo programei o sistema holográfico para caminhadas na campina, pois isso sempre consegue me deixar relaxada. Só que nada adiantou, não consigo arrancar da cabeça o que aconteceu!

Ela estremeceu de leve e levou as duas mãos para o rosto inacreditavelmente belo, completando:

— Devo estar parecendo um trapo...

— A senhorita está linda! — gaguejou Feeney. — Atordoante. A senhorita parece...

Eternidade Mortal

101

— Controle-se! — murmurou Eve, baixinho, e deu-lhe uma cotovelada. — Nós imaginamos o quanto deve estar abalada, senhorita Fitzgerald. Pandora era sua amiga, não era?

Jerry abriu a boca para responder, mas mudou de idéia e sorriu timidamente. Afinal, disse:

— Eu poderia dizer que ela era uma amiga, mas os senhores iriam descobrir bem depressa que nós não tínhamos um relacionamento amigável. Tolerávamos uma à outra, já que trabalhávamos no mesmo ramo; porém, para ser franca, mal conseguíamos nos suportar.

— Mas ela a convidou para ir à casa dela.

— Só porque desejava que Justin fosse lá, e nós estamos sempre juntos, no momento. Pandora e eu nos dávamos bem, socialmente, e até tínhamos alguns projetos juntas.

Ela se levantou, talvez para exibir o corpo ou porque preferisse se servir. Em um bar no canto da sala, pegou uma garrafa com o formato de um cisne e despejou algo da cor de safira em um copo.

— Em primeiro lugar, deixem-me dizer-lhes que fiquei sinceramente abalada pela maneira como ela morreu. É terrível descobrir que alguém pode sentir tanto ódio. Eu tenho a mesma profissão que ela, e temos uma imagem pública. Somos uma espécie de símbolo, era isso que Pandora era. E se uma coisa assim aconteceu com ela... — parou de falar e bebeu quase tudo de uma vez — ... poderia acontecer comigo também. Essa é uma das razões de eu ter vindo ficar aqui com Justin até tudo ser solucionado.

— Indique-nos todos os seus movimentos na noite em que ela foi morta.

— Eu sou suspeita? — os olhos de Jerry se arregalaram. — Isso é quase um elogio! — e voltou para a cadeira com o drinque na mão. Depois de se sentar, cruzou as pernas perfeitas, de um modo que fez Feeney vibrar ao lado de Eve. — Eu nunca tive coragem de fazer nada além de lançar-lhe uns ataques verbais. Na maior parte do tempo, ela nem reparava que eu estava debochando dela.

Pandora não possuía exatamente uma inteligência gigantesca e jamais compreendeu minhas sutilezas. Tudo bem, então.

Ela se recostou, fechou os olhos e contou basicamente a mesma história que Justin relatara, embora, aparentemente, tenha dado mais importância à briga entre Pandora e Mavis.

— Tenho que admitir que estava torcendo para ela. Para a menorzinha, não Pandora. Ela tinha um estilo próprio — refletiu Jerry —, um estilo único, memorável, algo assim entre um bichinho sem dono e uma amazona. Estava se defendendo muito bem, mas Pandora ia acabar limpando o chão com a cara da visitante se Justin e Paul não tivessem separado as duas. Pandora era muito forte. Vivia na academia, trabalhando a tonicidade muscular. Uma vez eu a vi literalmente atirar uma assistente de desfiles do outro lado da sala, só porque a coitada tinha trocado as etiquetas dos seus acessórios antes de uma apresentação. Enfim...

Balançando a mão para o lado, Jerry abriu uma das gavetas da mesinha de metal ao lado e pegou uma pequena caixa laqueada. Tirou lá de dentro um cigarro vermelho brilhante, acendeu-o e soltou uma baforada aromática.

— Como eu dizia — retomou ela —, a mulher tentou entrar em entendimento com Pandora, oferecendo-lhe uma espécie de acordo a respeito de Leonardo. Ele é um figurinista. Imagino que Leonardo e a pobrezinha estavam juntos, mas Pandora não estava aceitando que ele fosse embora. Leonardo está com um desfile marcado.

Abrindo o sorriso de gata mais uma vez, completou:

— Agora que Pandora se foi, vou ter que dar o meu apoio a ele.

— Você não estava envolvida com o desfile antes?

— Não, Pandora é quem estava à frente daquilo. Eu falei que Pandora e eu desenvolvemos alguns projetos juntas, alguns vídeos. O problema é que ela era muito bonita, tinha presença e carisma; porém, quando se tratava de ler alguma coisa escrita por outra pessoa, ou então lançar um charme dizendo alguma coisa para as câmeras, ela era uma anta. Uma besta. Simplesmente terrível! Eu, por outro lado, sou boa nisso — e fez uma pausa para deixar um

Eternidade Mortal

pouco de fumaça escorrer por entre os lábios. — Sou boa, mesmo, e estou me concentrando cada vez mais no meu trabalho como a-triz. Porém... assumir como estrela desse desfile, com esse figurinista, vai me proporcionar um bom empurrão da mídia. Parece insensível de minha parte falar desse modo — e encolheu os ombros —, mas a vida é assim.

— A morte de Pandora aconteceu em um momento muito oportuno para você.

— Sim, só que quando eu vejo uma oportunidade, eu a agarro. Não mato por ela — e balançou os ombros novamente. — Esse era mais o estilo de Pandora.

Nesse momento, ela se inclinou para a frente, e o decote se abriu de modo generoso e descuidado.

— Escutem — voltou ela —, vamos deixar de brincadeiras. Eu estou limpa. Estive com Justin a noite inteira, não a vi mais depois de meia-noite. Estou sendo honesta, dizendo para vocês que não conseguia aturá-la e que tínhamos uma rivalidade profissional, além de saber que ela adoraria tirar Justin de mim só por despeito. E talvez ela até acabasse conseguindo isso. Mas eu também não mato ninguém por causa de homens — e lançou um olhar sedutor para Feeney. — Há tantos espécimes charmosos por aí... E a verdade pura e simples é que neste apartamento não caberiam todas as pessoas que a detestavam. Eu era só mais uma na multidão.

— Como estava o estado de espírito dela na noite em que morreu?

— Agitada e ligadona. — Em uma rápida mudança de atitude, Jerry atirou a cabeça para trás e riu com entusiasmo. — Não sei o que Pandora andou tomando, mas, seja o que for, deixou-a com um brilho intenso no olhar. Ela estava a mil por hora!

— Senhorita Fitzgerald — começou Feeney, em um tom lento, quase como se estivesse pedindo desculpas —, a senhorita acredita que Pandora havia ingerido alguma substância ilegal?

Ela hesitou por um momento antes de responder, e então moveu os ombros que pareciam esculpidos em alabastro, respondendo:

— Nenhuma substância legal faz você ficar tão bem, meu amor. Ou tão cruel. E Pandora estava se sentindo muito bem e muito cruel. Fosse o que fosse, ela estava ingerindo aquilo junto com baldes de champanhe.

— Foi oferecida alguma substância ilegal à senhorita ou aos outros convidados enquanto estavam lá? — quis saber Eve.

— Não, ela não me chamou para tomar droga alguma. Também, ela sabia que eu não uso drogas. Meu corpo é um templo — e sorriu ao ver o olhar de Eve se focar no copo que segurava. — Isto é um drinque feito de proteínas, tenente. Proteína pura. Quanto a isto... — balançou o fino cigarro — ...é feito de vegetais simples, com um traço de calmante, em dose perfeitamente legal. É para os meus nervos. Já vi muita gente levar o tombo final, fazer a viagem rápida e sem volta. Prefiro ficar aqui por mais tempo. Permito-me fumar apenas três cigarros feitos com ervas por dia e, ocasionalmente, tomar um cálice de vinho. Nada de estimulantes químicos, nada de pílulas da felicidade. Por outro lado... — e colocou o drinque de lado — ...Pandora era uma campeã no uso das drogas. Experimentava qualquer coisa.

— A senhorita sabe o nome do fornecedor dela?

— Nunca pensei em lhe perguntar. Simplesmente não estava interessada. Como palpite, no entanto, eu diria que é alguma substância nova. Eu jamais a tinha visto tão energizada, poderosa, e embora me custe reconhecer isso, tão bonita, parecendo mais jovem. A pele estava tonificada, com uma textura ótima. Ela estava, assim, com um brilho muito especial. Parecia até que acabara de sair de um tratamento de beleza completo. Só que nós duas freqüentamos o Salão Paradise e sei que ela não havia estado lá naquele dia, porque eu estive. De qualquer modo, perguntei a ela a respeito, e Pandora simplesmente sorriu e me disse que havia descoberto um novo segredo de beleza e que ia fazer fortuna com aquilo.

* * *

Eternidade Mortal

— Interessante — comentou Feeney ao se jogar de volta no banco do carro de Eve. — Conversamos com duas das três pessoas que estiveram socialmente com a vítima na última noite, e nenhuma delas a suportava.

— Eles podem ter cometido o crime juntos — avaliou Eve. — Jerry Fitzgerald conhecia Leonardo e queria trabalhar com ele. A coisa mais fácil do mundo para o casal era um servir de álibi para o outro.

— Vamos dar uma olhada nisto aqui e ver o que encontramos — Feeney apalpou o bolso onde colocara os discos de segurança do prédio. — Mesmo assim, está faltando o motivo. Quem quer que a tenha assassinado não queria simplesmente matá-la, queria apagar a sua existência por completo. Estamos lidando com um tipo de fúria muito poderosa aqui. Nenhum daqueles dois me pareceu disposto a suar a camisa tanto assim.

— Quando alguém lhe pisa nos calos, todo mundo fica pronto para suar a camisa. Quero passar no ZigZag para ver se conseguimos provar os movimentos de Mavis naquela noite. E também temos que entrar em contato com o produtor para marcar uma entrevista. Será que você não pode colocar um dos seus cupinchas para pesquisar nas companhias de táxi, Feeney? Não consigo imaginar a nossa heroína tomando o metrô ou entrando em um ônibus para ir até o ateliê de Leonardo.

— Claro! — e ligou o intercomunicador. — Se ela pegou um táxi ou uma van particular registrada, vai dar para descobrir em uma ou duas horas.

— Ótimo! Vamos ver se ela foi até lá sozinha ou acompanhada.

O ZigZag não estava com muito movimento no meio do dia. O seu forte era a parte da noite. A multidão de clientes diurnos era formada basicamente de turistas ou trabalhadores urbanos pouco exigentes, que não se importavam com o fato de a decoração ser extravagante e vulgar, além de o serviço ser de má qualidade. A boate parecia um cintilante carro alegórico à noite, mas mostrava os sinais de decadência e as imperfeições, quando vista sob a pungente luz do dia. Mesmo assim, mantinha a aura de mistério que arrastava legiões de freqüentadores.

Havia ao fundo um constante som de música, que ia alcançar decibéis suficientes para arrebentar os tímpanos assim que anoitecesse. A estrutura aberta, com dois andares, era circundada por cinco bares e duas pistas de dança giratórias, prontas para serem ligadas às nove horas da noite. Naquele instante, elas estavam imóveis, empilhadas uma sobre a outra, e os seus pisos lisos estavam arranhados e marcados pelas pontas dos saltos dos dançarinos noturnos.

O cardápio do almoço ia de sanduíches a saladas, todos com o nome de roqueiros mortos. O especial do dia era banana com creme acompanhada de manteiga de amendoim, cebolas doces e pimentões. O nome era Combinado Elvis e Joplin.

Eve se instalou com Feeney no primeiro bar, pediu um café puro e olhou para a garçonete. Era humana, em vez de uma andróide, como era comum. Na verdade, Eve não viu nenhum robô servindo os clientes da casa.

— Você trabalha no turno da noite? — perguntou Eve para ela.

— Não, sou do horário do dia — e serviu o café de Eve. Ela era animada e mais parecia a atendente de uma rede de comida natural do que uma garçonete de bar.

— Quem é que trabalha no turno de dez às três da manhã e costuma reparar nas pessoas e se lembrar delas?

— Ninguém por aqui repara nas pessoas, se puder evitar.

Eve pegou o distintivo e o colocou sobre o bar, perguntando:

— Será que isso vai servir para avivar a memória de alguém?

— Não sei dizer. — Sem se abalar, ela encolheu os ombros. — Olhe aqui, esta é uma casa limpa. Tenho um garoto em casa, e é por isso que eu trabalho no horário do dia, e também foi por isso que pesquisei muito antes de aceitar este emprego. Verifiquei e conferi tudo a respeito deste lugar com todo o cuidado antes de começar a trabalhar aqui. Dennis administra uma boate amigável, e é por isso que os empregados têm pulsos em vez de circuitos eletrônicos. Às vezes rolam algumas brigas, mas ele mantém as coisas sempre nos eixos.

— Quem é Dennis, e onde eu posso encontrá-lo?

— O escritório dele fica lá em cima, é só subir a escada em espiral à direita, atrás do primeiro bar. Ele é o dono do lugar.

— Olhe, Dallas, a gente podia ficar um minutinho aqui embaixo para comer alguma coisa — reclamou Feeney, enquanto caminhava atrás dela. — O Mick Jagger me pareceu interessante.

— Depois você pega um para viagem.

O bar não estava aberto, mas, obviamente, Dennis já fora avisado. Um painel espelhado deslizou para o lado e ele apareceu, um homem com feições finas e corpo delicado, com uma barba ruiva por fazer e os cabelos pretos como carvão.

— Senhores policiais, sejam bem-vindos ao ZigZag. — Sua voz era quase um sussurro. — Houve algum problema?

— Gostaríamos de contar com a sua cooperação, senhor...?

— Dennis. Podem me chamar apenas de Dennis. Nomes demais são muito complicados — e os convidou a entrar na sala. A atmosfera de carnaval terminou no portal de sua sala. O escritório era espartano, despojado e silencioso como uma igreja. — Meu santuário! — disse ele, consciente do contraste. — Uma pessoa não consegue apreciar os prazeres do barulho e das multidões humanas entrelaçadas, a não ser que experimente o oposto de tudo isso. Por favor, sentem-se.

Eve se sentou em uma cadeira austera de espaldar alto e Feeney se instalou em outra, que fazia par com ela.

— Estamos tentando averiguar os movimentos de uma de suas clientes, na noite passada.

— Para quê?

— Questões oficiais.

— Entendo. — Dennis se sentou atrás de uma prancha grossa de acrílico brilhante que lhe servia de mesa. — E o horário?

— Depois das onze e antes de uma hora.

— Abrir tela! — atendendo ao seu comando, uma parte da parede deslizou para o lado e revelou um telão. — Apresentar gravação da câmera de segurança número 5, começando às onze da noite.

A tela e toda a sala entrou em erupção de repente, com sons, cores e movimentos. Por um instante, aquilo chegou a ofuscar a vista, mas então Eve focalizou a cena. Era uma visão panorâmica da boate a pleno vapor. Uma visão bem arrogante, refletiu Eve, como se o observador estivesse flutuando silenciosamente acima das cabeças dos freqüentadores.

Aquilo combinava perfeitamente com Dennis.

— Cortar o som! — Ele sorriu, avaliando a reação dela. Abruptamente, o silêncio desceu. Agora, o movimento parecia irreal. Os dançarinos giravam nos pisos móveis, com as luzes piscando sobre seus rostos e exibiam expressões de intensa alegria, de forma animal. Um casal em uma das mesas do canto se insultava, e a linguagem do corpo claramente demonstrava uma briga em andamento. Em outra, acontecia um ritual de sedução, com olhares demorados e carícias que denotavam intimidade.

Então, Eve avistou Mavis. Sozinha.

— Dá para ampliar? Eve se levantou, apontando com o dedo para um ponto no centro da parte esquerda da tela.

— Claro!

Com a testa franzida, Eve observou Mavis ser trazida mais para perto e ficar mais nítida. Faltavam, de acordo com o horário informado na tela, quinze minutos para a meia-noite. Já havia uma marca roxa sob o olho de Mavis. E quando ela se virou para dispensar um rapaz que se aproximou, apareceram as marcas dos arranhões no pescoço. Mas o rosto não estava arranhado, reparou Eve, com o coração apertado. A roupa azul brilhante que ela usava parecia estar rasgada na altura dos ombros, mas continuava bem presa.

Ela olhou Mavis dispensar mais uns dois homens, e depois uma mulher. Entornou um drinque de um gole só e colocou o copo ao lado de dois outros que já estavam sobre a mesa. Perdeu um pouco

Eternidade Mortal

do equilíbrio ao se levantar novamente, conseguiu se recompor, e então, com a exagerada dignidade dos muito alcoolizados, forçou a passagem através da multidão.

Era meia-noite e dezoito.

— Era isso que vocês estavam procurando?

— Mais ou menos.

— Desligar vídeo! — Dennis sorriu. — A mulher em questão vem aqui de vez em quando. Ela, normalmente, é mais sociável, adora dançar. Ocasionalmente, também canta. Acho que ela possui um talento muito especial, e certamente a platéia a adora. Vocês precisam do nome dela?

— Eu já sei quem ela é.

— Muito bem então — e se levantou. — Espero que a senhorita Freestone não esteja em apuros... Ela me pareceu infeliz...

— Eu posso trazer um mandado para conseguir uma cópia desse disco ou você pode me dar uma.

— Ficarei feliz em lhe fornecer uma cópia. — Dennis levantou uma sobrancelha. — Computador, copie o disco e coloque uma etiqueta. Há algo mais que eu possa fazer pelos senhores?

— Não, no momento não. — Eve pegou o disco e o guardou na bolsa. — Obrigada pela sua cooperação.

— A cooperação é o recheio da vida — disse ele, enquanto o painel deslizava de volta, fazendo a tela desaparecer atrás deles.

— Cara estranho! — decidiu Feeney.

— Mas eficiente. Sabe, Mavis pode ter se metido em alguma confusão enquanto estava andando de boate em boate. Pode ter ficado com o rosto arranhado e as roupas rasgadas.

— É... — Determinado a comer alguma coisa, Feeney parou em um dos caixas e pediu um Mick Jagger para viagem. — Você devia colocar alguma coisa para dentro, Dallas, além de preocupações e trabalho.

— Estou sem fome. Não conheço muito do circuito das boates da área, mas se ela estava pensando em procurar Leonardo deve ter caminhado para o sul e para o leste, a partir deste ponto. Vamos verificar qual é a parada mais provável depois que ela saiu.

— Certo. Espere só um minutinho — e Feeney a fez esperar até que o sanduíche apareceu por uma abertura do balcão. Ele já conseguira tirar o invólucro e já dera a primeira mordida no instante em que eles chegaram no carro. — Humm! Isso está muito bom. Sempre gostei de Mick Jagger.

— Nome de sanduíche! Um jeito fantástico de viver para sempre. — Ela já estava requisitando um mapa da região quando o *tele-link* do carro apitou, avisando que uma transmissão estava chegando. — Relatório do laboratório — murmurou, e focou os olhos na tela. — Ah, que droga!

— Diabos, Dallas, isso é muito mau! — Perdendo o apetite, Feeney enfiou o resto do sanduíche no bolso. Ambos ficaram olhando para a tela em silêncio.

O relatório era muito claro. Era a pele de Mavis, e apenas a de Mavis, que estava sob as unhas da vítima. Havia as digitais de Mavis, e apenas essas, na arma do crime. E era o sangue dela, e apenas o dela, que estava misturado com o da vítima, na cena do crime.

O *tele-link* apitou de novo e, dessa vez, um rosto apareceu na tela.

— Aqui é o promotor Jonathan Heartly, tenente Dallas.

— Pode falar.

— Estamos emitindo um mandado de prisão para a senhorita Mavis Freestone, acusada de assassinato em segundo grau. Por favor, aguarde a transmissão dos dados.

— Não perderam nem um minuto... — resmungou Feeney.

CAPÍTULO SETE

Eve queria fazer aquilo sozinha. Tinha que fazer sozinha. Podia contar com Feeney para deslindar qualquer detalhe que pudesse enfraquecer o caso da promotoria contra Mavis. Mas aquilo tinha que ser feito, e ela tinha que fazê-lo por si mesma.

Mesmo assim, ficou feliz quando Roarke abriu a porta.

— Já dá para ver pela sua cara... — disse ele, e tomou-lhe o rosto entre as mãos. — Sinto muito, Eve...

— Estou com o mandado de prisão. Tenho que levá-la e autuá-la. Não há mais nada que eu possa fazer.

— Eu sei. Venha até aqui — puxou-a mais para perto e abraçou-a, enquanto ela enterrava o rosto em seu ombro. — Vamos conseguir encontrar a peça dessa história que vai livrá-la de tudo, Eve.

— Nada do que eu achei até agora, nada, Roarke, serve para ajudá-la. Tudo faz as coisas parecerem ainda piores! As provas estão todas lá. O motivo está lá, a oportunidade — e se afastou. — Se eu não a conhecesse, não teria a menor dúvida sobre a sua culpa.

— Mas acontece que você a conhece.

— Ela vai ficar apavorada. — Sentindo-se ela própria assustada, Eve olhou para o alto das escadas, para o lugar onde Mavis estava à espera. — A promotoria me disse que não vai solicitar que o caso seja considerado inafiançável. Mesmo assim, ela vai precisar de... Roarke, detesto ter que pedir isto a você...

— Nem precisa. Já entrei em contato com a melhor equipe de advogados de defesa em todo o país.

— Não vou conseguir lhe pagar isso.

— Eve...

— Não estou falando do dinheiro — ela deu um suspiro trêmulo e apertou as mãos dele. — Você não a conhece a fundo, mas está acreditando na inocência dela só porque eu acredito. É essa confiança que eu não vou conseguir pagar. Agora, eu tenho que ir até lá.

— E você quer fazer isso sozinha... — Ele compreendeu e se convenceu a não forçá-la a agir diferente. — Vou falar com os advogados. Quais são as acusações?

— Assassinato em segundo grau. Vou ter que lidar com a mídia. Vai acabar vazando que eu e Mavis somos amigas — enfiou as mãos pelos cabelos em desalinho —, e pode ser que respingue alguma coisa em você.

— E você acha que isso me preocupa?

— Não, acho que não — ela quase sorriu. — Pode ser que resolver tudo isso leve algum tempo, mas vou trazê-la de volta para casa o mais rápido que puder.

— Eve — murmurou ele enquanto ela se dirigia para as escadas. — Ela acredita em você também. E tem bons motivos para isso.

— Espero que você esteja certo. — Abraçando o corpo com os próprios braços, ela acabou de subir, foi caminhando lentamente pelo corredor até o quarto de Mavis e bateu na porta.

— Pode entrar, Summerset. Eu avisei a você que ia descer já, já, para comer o bolo. Oh! — surpresa, Mavis se recostou na cadeira e se afastou do computador, onde estava tentando compor uma nova canção. Para se animar um pouco, ela estava usando uma roupa

Eternidade Mortal

colante azul-safira e tingira o cabelo da mesma cor, para combinar.

— Eu achei que era o Summerset.

— Trazendo bolo.

— É... ele acabou de interfonar e me avisou que o cozinheiro estava acabando de tirar do forno um bolo de chocolate recheado com três camadas! Summerset sabe que eu tenho essa fraqueza. Apesar de vocês dois não se darem bem, ele é um doce de pessoa comigo.

— É porque deve ficar imaginando você nua.

— Sei lá o motivo... — e começou a tamborilar o console com as unhas pintadas em três cores, em movimentos rápidos e tensos. — De qualquer modo, ele tem sido o máximo! Acho que, se ele achasse que eu estou de olho em Roarke, as coisas seriam diferentes. Ele é tipo assim, totalmente devotado ao dono da casa. Até parece que o Roarke é o seu filho primogênito ou algo assim, em vez de ser o patrão. É só por isso que ele pega no seu pé. Bem, e o fato de você ser da polícia não ajuda muito. Acho que Summerset tem um bloqueio com policiais.

Parou de falar, tremendo visivelmente, e então continuou:

— Desculpe ficar aqui tagarelando, Dallas. Eu estou apavorada. Você achou Leonardo, não achou? Tem alguma coisa errada nessa história, muito errada. Ele está ferido, não está? Está morto...

— Não, Leonardo não está morto. — Eve atravessou o quarto e se sentou na beira da cama. — Ele apareceu na minha sala hoje de manhã. Tinha um corte no braço, nada mais. Vocês dois tiveram exatamente a mesma idéia ontem à noite. Ele encheu a cara e foi direto para o seu apartamento, e acabou cortando o braço em uma garrafa vazia que se quebrou na hora em que ele emborcou no chão.

— Ele ficou bêbado? — Mavis se levantou de um pulo. — Ele quase nunca bebe, sabe que não pode. Ele me contou que faz coisas das quais não se lembra depois que bebe demais. Isso o deixa preocupado e... Foi ao meu apartamento! — disse, com os olhos se tornando mais carinhosos. — Que gracinha! Então ele foi procurar você porque não tinha conseguido me achar...

— Ele veio me ver para confessar o assassinato de Pandora.

— Isso é impossível! — Mavis deu um passo para trás, como se Eve a tivesse atingido com alguma coisa. — Leonardo jamais machucaria alguém. Ele simplesmente é incapaz de fazer isso. Ele estava apenas tentando me proteger.

— Ele não sabia de coisa alguma a respeito do seu envolvimento com o caso na hora em que confessou. Ele acredita que deve ter discutido com Pandora, lutou com ela e então a matou.

— Bem, pois isso está totalmente errado.

— É o que as provas indicam. — Eve esfregou os olhos cansados e manteve os dedos apertados lá por um instante. — O corte no braço dele realmente foi feito pela garrafa quebrada. Nem uma gota do sangue dele foi encontrada na cena do crime, e também não havia sangue de Pandora nas roupas que ele estava usando. Ainda não conseguimos reconstituir com absoluta precisão os movimentos dele na noite passada, mas não temos nada do que acusá-lo.

O coração de Mavis se acelerou, mas logo a seguir se estabilizou.

— Ah, então está tudo certo — disse ela. — Você não acreditou nele.

— Ainda não resolvi a respeito disso, mas as provas, até o momento, o deixam limpo.

— Graças a Deus! — Mavis foi até a cama e se sentou nela, ao lado de Eve. — Quando é que eu vou poder vê-lo, Dallas? Leonardo e eu temos que acertar as coisas entre nós.

— Pode ser que leve um pouquinho mais de tempo. — Eve fechou e apertou os olhos, tornou a abri-los e se forçou a olhar diretamente para Mavis. — Vou ter que lhe pedir um favor, Mavis, o maior que eu já pedi a você.

— É algo que vai machucar?

— É. — Eve notou que um sorriso estava começando a se formar nos lábios de Mavis, mas desapareceu. — Peço que tenha confiança de que eu vou cuidar de você. Quero que acredite que eu sou tão boa no meu trabalho que nada, por menor que seja, vai me

Eternidade Mortal

escapar. Quero lhe pedir que se lembre o tempo todo de que você é a minha melhor amiga e de que eu gosto muito de você.

A respiração de Mavis começou a ficar ofegante. Seus olhos ficaram parados e começaram a arder. A saliva evaporou de sua boca.

— Você vai me prender — afirmou.

— Os relatórios do laboratório acabaram de chegar. — Eve pegou as mãos de Mavis e as colocou entre as suas. — O resultado não foi exatamente uma surpresa, porque eu sabia que alguém tinha armado tudo para envolver você. Já estava esperando por isso, Mavis. Tinha a esperança de achar alguma coisa, qualquer coisa, antes de o resultado sair, mas não consegui. Feeney também está trabalhando duro, correndo atrás disso, e ele é o melhor, Mavis, pode acreditar. E Roarke também já convocou os melhores advogados de defesa que existem. Agora, é só burocracia.

— Você vai ter que me prender por assassinato.

— Assassinato em segundo grau. É um pouco menos mal. Sei que não parece, mas a promotoria não vai impedir a fiança. Vou trazê-la de volta para cá para comer bolo em poucas horas.

Mas o pensamento de Mavis estava repetindo apenas uma frase da conversa, sem parar. *Assassinato em segundo grau. Assassinato em segundo grau.*

— Dallas, você vai ter que me colocar em uma cela?

Os pulmões de Eve estavam pegando fogo, e a sensação estava rapidamente se espalhando na direção do coração.

— Não vai ser por muito tempo, Mavis. Prometo! Feeney já está trabalhando a fim de conseguir a audiência preliminar para agora mesmo. Está mexendo uns pauzinhos para conseguir isso. No momento em que eu levar você para a autuação, você vai ter também a audiência. O juiz vai determinar uma fiança e você volta para cá.

Trazendo um alarme pendurado para rastrear todos os seus movimentos, pensou Eve. Presa dentro de casa para evitar o assédio da imprensa. A cela ia ser acolchoada e amigável, mas ainda era uma cela.

— Você faz tudo parecer fácil, Dallas.

— Não vai ser fácil, mas vai ser mais tranqüilo se você se lembrar de que tem dois dos melhores policiais ao seu lado. Não abra mão de nenhum dos seus direitos, entendeu? Nenhum. E depois que dermos início ao processo, espere pelos seus advogados. Não me conte nada que não precise contar. Não comente nada com ninguém. Está entendendo?

— Estou. — Mavis jogou as mãos para os lados e se levantou. — Vamos logo acabar com isso.

Horas depois, quando tudo já terminara, Eve voltou para casa. Quase todas as luzes já estavam apagadas. Ela esperava que Mavis tivesse tomado o tranqüilizante que lhe fora recomendado e ido dormir. Eve já sabia que não conseguiria fazer o mesmo.

Sabia apenas que Feeney devia ter atendido ao pedido dela e deixado Mavis, pessoalmente, com Roarke. Ela tivera outras coisas para resolver. A entrevista coletiva tinha sido particularmente horrível. Como era esperado, perguntas sobre a amizade dela com Mavis tinham vindo à baila, com insinuações de conflito de interesses. Ela devia muito ao comandante, por ele agüentar a pressão com firmeza, além de declarar que colocava fé absoluta na investigadora principal.

A entrevista exclusiva com Nadine Furst tinha sido um pouco mais fácil. *Bastava apenas salvar a vida de uma pessoa,* pensou Eve com mau humor, enquanto subia as escadas, *que ela ficava sempre do seu lado.* A sede de sangue por causa da história devia estar no coração de Nadine, mas junto com ele estava o sentimento de débito com Eve. Mavis ia conseguir uma cobertura justa no Canal 75.

Depois, Eve fez uma coisa que jamais acreditara ser possível. Ligou, de livre e espontânea vontade, para o Departamento de Psiquiatria da polícia e marcou uma consulta com a doutora Mira.

Mais tarde eu posso cancelar, se mudar de idéia, lembrou a si mesma, e esfregou os olhos cansados. *Provavelmente é o que eu vou fazer.*

— A senhorita está chegando bem tarde, tenente, depois de um dia cheio.

Eve deixou as mãos caírem e viu Summerset surgir silenciosamente de um aposento à direita dela. Estava, como de hábito, vestido todo de preto, com o rosto severo cheio de sinais de desaprovação. Odiá-la era uma coisa que ele sabia fazer quase com tanta desenvoltura quanto dirigir a casa.

— Não enche, Summerset!

Ele se colocou diretamente no caminho dela e disse:

— Eu sempre acreditei que, embora a senhorita tivesse inúmeras falhas como pessoa, fosse, pelo menos, uma investigadora competente. Vejo agora que me enganei, e a sua competência é tão falha quanto a amizade que tem por alguém que confiava na senhorita.

— Você acha que, depois de tudo o que eu passei essa noite, você vai conseguir dizer alguma coisa que consiga me atingir?

— Não creio que alguma coisa consiga atingi-la, tenente. A senhorita provou que não tem lealdade, e isso a transforma em nada. Menos do que nada.

— Quem sabe você tem uma sugestão de como eu devia ter lidado com o problema? Talvez Roarke pudesse ter acionado um dos seus JetStars para levar Mavis para fora do planeta, a fim de deixá-la em algum pequeno esconderijo remoto. Assim, ela poderia passar o resto da vida lá, como fugitiva.

— Pelo menos assim ela não teria chorado sem parar, até pegar no sono.

A informação feriu-a como uma flecha, direto em seu coração, como ele planejara. A dor surgiu no rosto de Eve, em meio à fadiga.

— Saia da minha frente, seu canalha, e fique longe! — Passou ao lado dele, mas evitou parecer apressada. Entrou no quarto principal, no momento em que Roarke estava assistindo à gravação da entrevista coletiva no telão.

— Você esteve muito bem — disse ele, levantando-se. — Foi uma tremenda pressão.

— Sim, sou uma verdadeira profissional. — Foi até o banheiro e então ficou diante do espelho, olhando para o reflexo. Viu uma mulher pálida, os olhos tristes, cheios de olheiras e a boca rigidamente fechada. E viu, por trás de tudo, uma sensação de impotência.

— Você está fazendo tudo o que é possível — disse Roarke, baixinho, atrás dela.

— Você conseguiu advogados muito bons para ela. — Ordenando água fria, Eve se inclinou para a frente e espalhou generosamente o líquido pelo rosto. — Eles fizeram malabarismos comigo durante todo o interrogatório, mas agüentei firme. Tinha que me manter firme. Mas eles conseguiram algumas vantagens. Da próxima vez que eu for atormentar alguma amiga na sala de interrogatório, vou querer tê-los novamente por perto.

Ele ficou observando enquanto ela enterrava o rosto na toalha.

— Quando foi a última vez que você comeu?

Eve simplesmente balançou a cabeça. A pergunta era irrelevante.

— Os repórteres estavam a fim de sangue — disse ela. — Alguém como eu sempre é uma presa muito suculenta. Uns dois casos importantes resolvidos e cheguei ao topo. Alguns deles adorariam se eu recebesse um soco bem no meio dos olhos. Pense só nos índices de audiência.

— Mavis não a está culpando, Eve.

— *Eu* estou me culpando — explodiu ela, atirando a toalha longe. — Eu estou me culpando, droga! Disse a ela para confiar em mim, disse que cuidaria de tudo, e como foi que eu cuidei de tudo, Roarke? Eu a prendi, eu a autuei! Tirei as digitais dela, as fotos de frente e de perfil, a identificação de voz, já está tudo registrado. Fiz com que ela passasse por duas horas terríveis de interrogatório. Tranquei-a em uma cela até que os advogados que você contratou conseguissem retirá-la, pagando uma fiança que você bancou. Estou me odiando!

E desmontou, simplesmente desmontou. Cobrindo o rosto com as mãos, começou a soluçar.

Eternidade Mortal

— Já está na hora de você desabafar — com gestos rápidos, ele a tomou no colo e carregou-a até a cama. — Você vai se sentir melhor. — Mantendo-a embalada em seus braços, ele acariciou o cabelo dela. Todas as vezes que ela chorava, pensou ele, era uma tempestade de sensações passionais e tumultuadas. Raramente as lágrimas eram calmas e simples para Eve. Raramente alguma coisa era simples quando se tratava de Eve.

— Chorar não está adiantando nada — conseguiu ela dizer.

— Está sim. Você vai se livrar de um pouco dessa culpa que não tem razão de ser e vai colocar para fora essa dor à qual tem todo o direito. Vai conseguir pensar com mais clareza amanhã.

Ela estava reduzida a soluços ofegantes e uma dor de cabeça insuportável.

— Tenho que trabalhar esta noite. Vou ter que pesquisar alguns nomes e situações para ver as probabilidades.

Não, pensou ele com toda a calma. *Não vai.*

— Espere apenas um pouco, coma alguma coisa — e antes que ela conseguisse protestar, ele já a estava colocando de lado e caminhando em direção ao AutoChef. — Até mesmo o seu admirável organismo precisa de combustível. E há uma história que eu quero lhe contar...

— Não posso perder tempo.

— Esses minutos não vão ser perdidos.

Só quinze minutos, pensou ela, ao sentir o aroma de algo maravilhoso que vinha pelo ar.

— Vamos então fazer só uma boquinha e ouvir uma história bem curta, certo? — Esfregou os olhos, sem saber se estava com vergonha ou aliviada por ter deixado a rolha saltar e as lágrimas transbordarem. — Desculpe por ter molhado você de lágrimas.

— Estou sempre disponível para ser babado por lágrimas — e se aproximou dela com uma omelete fumegante e uma xícara. Sentou-se ao lado dela e olhou fixamente para os seus olhos, inchados e exaustos. — Eu adoro você!

Ela corou. Pelo jeito, ele era a única pessoa que conseguia trazer um embaraçoso tom vermelho às suas bochechas.

— Você está tentando me distrair — e pegou o prato e o garfo.

— Dizer esse tipo de coisa sempre me faz ficar assim, e eu não consigo nem mover a língua para decidir o que dizer em resposta — Ela experimentou os ovos. — Talvez algo assim como "você é a melhor coisa que já me aconteceu".

— Isso serve.

Ela levantou a xícara, provou o líquido e fez uma careta, dizendo:

— Isto aqui não é café!

— É chá, para variar. Um tipo calmante. Imagino que você está saturada de cafeína.

— Talvez. — Pelo fato de os ovos estarem fabulosos e ela não estar com energia para discutir, tomou mais um gole. — Está gostoso. Muito bem, qual é a história?

— Você vive se perguntando por que motivos eu mantenho Summerset trabalhando aqui, mesmo sabendo que ele é desagradável com você.

— Você quer dizer mesmo sabendo que ele me odeia profundamente — e bufou. — Isso é assunto seu.

— Assunto nosso — corrigiu ele.

— Que seja, eu não quero ouvir falar dele agora.

— Na verdade, a história tem mais a ver comigo, e com um incidente no qual você talvez encontre paralelos com o que está sentindo neste instante. — Ele a olhou enquanto ela tomava mais um gole e calculou que tinha apenas o tempo exato para lhe contar a história. — Quando eu era muito novo e ainda andava pelas ruas de Dublin, encontrei um homem e sua filha. A menininha parecia um anjo, era dourada e cor-de-rosa, com o sorriso mais doce que havia no paraíso. Passavam o conto-do-vigário em diversas pessoas, de uma forma magnífica. Eram basicamente pequenos contraventores, enganavam otários fáceis e conseguiam viver razoavelmente disso. Nessa época eu fazia mais ou menos a mesma coisa, mas gostava de variar um pouco, adorava bater carteiras e aplicar golpes

Eternidade Mortal

121

rápidos. Meu pai ainda era vivo quando conheci Summerset — embora ele não tivesse esse nome naquela época — e a sua filha, Marlena.

— Então Summerset era um golpista? — disse Eve, entre uma mordida e outra. — Eu sabia que havia alguma coisa de estranho com ele.

— Summerset era brilhante. Aprendi muito com ele, e gosto de pensar que ele aprendeu comigo também. Enfim, depois de um dia em que eu levara uma surra particularmente marcante do meu velho e querido pai, Summerset me encontrou em um beco, desmaiado. Levou-me para a casa dele e tratou de mim. Não havia dinheiro para chamar um médico e eu não tinha seguro-saúde. Tudo o que eu tinha eram algumas costelas quebradas, uma concussão no crânio e um ombro fraturado.

— Sinto muito por você — disse Eve, com a imagem descrita lhe trazendo outras à mente, que fizeram sua boca ficar seca. — A vida é podre!

— De fato. Mas Summerset era um homem de muitos talentos. Tinha algum treinamento médico. Às vezes, bancava o paramédico para dar alguns golpes. Não chegaria a dizer que me salvou a vida. Eu era jovem, muito forte e já estava acostumado às surras, mas Summerset, com certeza, evitou que eu sofresse mais, sem necessidade.

— Você deve isto a ele. — Eve colocou o prato de lado. — Eu compreendo isso. Está tudo certo.

— Não, a história que eu quero contar não é essa. Eu devia a ele, e paguei tudo. Havia vezes em que era ele quem ficava me devendo. Depois que meu pai encontrou o seu fim, algo que jamais lamentei, tornamo-nos sócios. Novamente, não posso dizer que ele me criou, pois eu cuidava bem de mim mesmo, mas foi ele que me deu o que poderia ser considerado uma família. Eu adorava Marlena.

— A filha. — Eve balançou a cabeça para clarear as idéias. — Eu já tinha me esquecido dela. É difícil imaginar aquele velho bundão com cara ressecada como um pai. Onde está ela?

— Morreu. Tinha quatorze anos, eu tinha dezesseis. Já estávamos juntos há uns seis anos na época. Um dos meus projetos de jogatina estava começando a dar muito lucro, e isso acabou chegando ao conhecimento de um bando pequeno e particularmente violento, que não gostou nada daquilo. Acharam que eu estava invadindo o território deles. Para mim, eu estava criando o próprio espaço. Eles me ameaçaram. Eu era arrogante o bastante para ignorá-los. Uma ou duas vezes tentaram colocar as mãos em mim para me dar uma lição, imagino. Só que eu era difícil de agarrar. E vinha ganhando poder, até mesmo prestígio. Estava, com certeza, faturando muita grana. Tanta que acabei comprando um apartamento, que era pequeno, mas bem decente. E em um momento que não me lembro exatamente quando, Marlena se apaixonou por mim.

Ele fez uma pausa e olhou para as próprias mãos, lembrando-se de tudo, arrependido.

— Eu gostava muito dela, mas não como namorada. Ela era linda, e incrivelmente inocente, apesar da vida que levávamos. Eu não pensava nela de forma amorosa. Porém, como homem, e eu já era um homem, talvez a visse como uma obra de arte perfeita, de forma bem romântica. Nunca de forma sexual. Ela pensava diferente. Certa noite, veio até o meu quarto e, de forma muito doce e aterrorizante, ofereceu-se a mim. Eu fiquei sem saber o que fazer, furioso e completamente apavorado. Porque já era um homem e, por causa disso, me sentia tentado.

Roarke levantou novamente os olhos para Eve, e havia tormento neles.

— Eu fui cruel com ela, Eve, e a mandei embora do quarto, arrasada. Ela era apenas uma criança e eu a deixei devastada. Jamais me esqueci do olhar que ela me lançou. Ela confiava em mim, acreditava em mim, e eu, por fazer o que era certo, a traí.

— Do mesmo modo como eu traí Mavis.

— Do mesmo modo que você está achando que a traiu. Mas a história não acabou. Ela saiu de casa naquela mesma noite. Summerset e eu não sabíamos que ela se fora até a manhã seguinte,

Eternidade Mortal

quando os homens que queriam me pegar mandaram avisar que estavam com ela. Mandaram de volta as roupas que ela estava usando, e havia sangue nelas. Pela primeira vez em minha vida, e pela última, eu vi Summerset ser incapaz de funcionar direito. Eu teria dado a eles qualquer coisa que eles exigissem, teria feito qualquer coisa. Teria trocado de lugar para ficar no lugar dela, sem hesitar. Do mesmo modo que você, se pudesse, trocaria de lugar com Mavis.

— Sim. — Eve empurrou a xícara um pouco mais para o lado, meio zonza. — Eu faria qualquer coisa.

— Às vezes, essa "qualquer coisa" chega tarde demais. Eu entrei em contato com eles, disse-lhes que estava disposto a negociar, implorei para que eles não a machucassem. Mas eles já haviam feito isso. Eles a haviam estuprado e torturado, aquela maravilhosa garotinha de quatorze anos que descobrira tantas alegrias na vida e estava apenas começando a experimentar os sentimentos femininos. Horas depois daquele primeiro contato com eles, o corpo de Marlena foi jogado na minha porta. Eles a haviam usado apenas como um meio para alcançar uma finalidade, para mostrar uma atitude firme contra um competidor, uma prova de arrogância. Ela não era nem mesmo humana para eles, e não havia nada que eu pudesse fazer para voltar atrás e mudar o que acontecera.

— A culpa não foi sua. — Eve esticou os braços e tomou as mãos dele. — Sinto muito, sinto de verdade, mas a culpa não foi sua.

— Não, não foi. Levei anos para acreditar nisso, para compreender e aceitar isso. Summerset jamais me culpou, Eve. Poderia ter feito isso. Ela era a vida dele, sofreu e morreu por minha causa. E ele não me culpou, nem por uma vez.

Eve suspirou e fechou os olhos. Ela sabia o que ele estava querendo lhe transmitir ao contar aquela história que, para ele, devia ser um pesadelo reviver. A mensagem é que ela também não tinha culpa.

— Você não conseguiria impedir o que aconteceu — disse ela.

— Podia controlar apenas o que veio depois, do mesmo modo que a única coisa que eu posso fazer é achar as respostas. — Cansada, ela abriu novamente os olhos. — O que aconteceu depois disso, Roarke?

— Cacei os homens que haviam feito aquilo e os matei, do modo mais lento e doloroso que consegui — e sorriu. — Nós dois temos nosso jeito especial de encontrar as soluções e a justiça, Eve.

— Vingança com as próprias mãos não é justiça.

— Não para você. Mas você também vai achar a solução e a justiça para o caso de Mavis. Ninguém duvida disso.

— Não posso deixar que ela vá a julgamento. — Sua cabeça pendeu para a frente e ela a trouxe para trás com força. — Tenho que a achar... Preciso ir... — Ela nem conseguia levantar o braço, subitamente pesado, até a cabeça. — Droga, Roarke, que droga! Aquilo que você me deu para tomar era um tranqüilizante!

— Vá dormir — murmurou ele, desafivelando com cuidado o cinto com a arma de Eve e colocando-o de lado. — Recoste-se na cama.

— Administrar drogas químicas a uma pessoa sem que ela saiba é uma violação do... — e se deixou afundar, mal sentindo quando ele desabotoou a sua blusa.

— De manhã você me prende — sugeriu ele. Então, tirou as roupas dela, a seguir as suas e se deitou na cama ao lado dela. — Por ora, simplesmente durma.

Ela dormiu, mas, mesmo assim, os pesadelos a perseguiram.

Capítulo Oito

Eve não acordou nem um pouco satisfeita. Estava sozinha, o que provavelmente foi uma atitude esperta de Roarke, pois ela não estava para sorrisos. Não sentiu nenhum efeito residual do tranqüilizante, o que o transformava em um homem de muita sorte. Ela acordou alerta, descansada e revoltada com ele.

O aparelho de recados eletrônicos que estava com a luz vermelha acesa piscando na mesinha-de-cabeceira não melhorou o seu humor. Nem a suave voz de Roarke, quando ela o ligou.

— Bom-dia, tenente. Espero que tenha dormido bem. Se você se levantar antes das oito, vai me encontrar na saleta do café da manhã. Não quis perguntar o que queria tomar para não perturbá-la, já que você estava tão tranqüila.

— Não por muito tempo — disse ela, entre dentes. Conseguiu tomar um banho de chuveiro, se vestir e recolocar o seu equipamento em menos de dez minutos.

A saleta do café da manhã, como ele tão charmosamente a denominou, era um átrio gigantesco e ensolarado, ao lado da cozinha. Não apenas Roarke estava lá, mas Mavis também. Ambos sorriram abertamente ao ver Eve entrar.

— É melhor esclarecermos algumas coisas por aqui, Roarke.

— Sua cor está de volta! — Satisfeito consigo mesmo, ele se levantou e plantou um beijo na ponta do nariz de Eve. — Aquele tom acinzentado não combina com você. — Então gemeu quando o punho dela acertou-lhe o estômago. Pigarreou de forma máscula. — Estou vendo que sua energia também está de volta... Quer café?

— Quero que você saiba que da próxima vez que fizer isso comigo eu... — e parou de falar de repente, apertando os olhos para olhar para Mavis. — E você, está rindo de quê?

— É divertido olhar. Vocês dois combinam tão bem!

— Combinamos tanto que ele vai acabar de costas no chão, olhando para o teto, se não tomar cuidado comigo! — Mas continuou a observar Mavis e ficou surpresa. — Você parece estar... muito bem... — decidiu.

— E estou mesmo. Chorei à beça, depois comi um sacão de chocolates suíços, e então parei de sentir pena de mim mesma. Estou com a policial mais talentosa da cidade trabalhando a meu favor, tenho a melhor equipe de advogados que um bilionário pode contratar e tenho alguém que me ama. Então, cheguei à conclusão de que, quando tudo isso se resolver, e vai ser resolvido, vou poder olhar para trás e ver as dificuldades como uma espécie de aventura. E depois, com toda essa atenção da mídia, minha carreira vai decolar!

Esticando o braço, pegou a mão de Eve e a puxou para se sentar na cadeira acolchoada ao lado dela, completando:

— Já não estou mais apavorada.

Como não estava disposta a se impressionar com aquelas palavras, Eve olhou fixamente por algum tempo para Mavis.

— Você realmente não está mais apavorada — concordou. — Dá para notar.

— Estou bem agora. Pensei sobre o assunto, pensei muito. No final das contas, as coisas são muito simples. Eu não a matei. Você vai descobrir quem foi e, quando fizer isso, tudo vai se resolver. Até então, vou ter que morar nessa casa incrível, comendo comidas maravilhosas — e pegou com o garfo o último pedaço de um crepe

Eternidade Mortal

fino como papel —, além de ter o meu nome estampado em todos os noticiários.

— É um bom modo de encarar o problema. — Sentindo-se desconfortável, Eve se levantou para programar um café para si mesma. — Olhe, Mavis, não quero que você se preocupe, nem fique chateada, mas isso não vai ser essa moleza toda não.

— Eu não sou burra, Dallas.

— Não quis dizer que...

— Você está achando que eu não sei o que pode acontecer de pior. Eu sei de tudo, só que não acredito que o pior possa acontecer. De agora em diante, vou pensar de modo positivo, e vou lhe fazer aquele favor que você pediu ontem.

— Certo. Temos um bocado de trabalho pela frente. Quero que você se concentre, tente se lembrar dos detalhes. Qualquer detalhe, não importa que seja pequeno ou pareça insignificante. O que é isto? — quis saber ao ver Roarke colocar uma tigela diante dela.

— É o seu café da manhã.

— Isso é mingau!

— Exato.

Eve franziu a testa e perguntou:

— Por que não posso comer um daqueles crepes?

— Pode comer sim, assim que acabar o mingau.

Fuzilando-o com os olhos, ela empurrou uma colherada de mingau na boca, dizendo:

— Nós dois precisamos conversar muito seriamente...

— Vocês dois são o máximo juntos! — exclamou Mavis. — Estou realmente feliz por ter a oportunidade de ver isso bem de perto. Não que eu não achasse que vocês eram o máximo antes, mas basicamente me sentia apenas empolgada por Dallas ter pescado um peixe tão rico — e sorriu para Roarke.

— É para isso que servem os amigos...

— É, mas é que eu acho o máximo o jeito que você tem de mantê-la na linha. Ninguém jamais conseguiu fazer isso antes.

— Cale a boca, Mavis! Pense, apenas, pense com vontade, mas não precisa me dizer nada antes de ter conversado com os seus advogados.

— Eles já me aconselharam a fazer isso. Acho que vai ser igual a quando eu tento me lembrar de um nome ou o lugar onde guardei alguma coisa. É só parar de pensar no assunto, começar a fazer outras coisas e, de repente, zás!, aparece na cabeça. Então, vou cuidar de outras coisas, e a mais importante de todas é o casamento. Leonardo me disse que você vai ter que fazer a primeira prova do vestido o mais depressa possível.

— Leonardo? — Eve só faltou pular da cadeira. — Você andou conversando com Leonardo?

— Os advogados liberaram. Acham que é uma boa nós retomarmos o relacionamento. Isso acrescenta um toque de romance e consegue a simpatia do público. — Mavis colocou o cotovelo sobre a mesa e começou a brincar com o trio de brincos que pendurara na orelha esquerda. — Sabe, eles só recusaram o teste com o detector de mentiras e a hipnose porque não sabem as coisas das quais eu posso me lembrar. Acreditam em mim, mas não querem se arriscar. Porém, disseram que voltar a ver Leonardo é bom. Então, temos que marcar logo a prova do vestido.

— Não tenho tempo para pensar em provas de vestido. Meu Deus, Mavis, você acha que eu vou tratar de vestidos e flores agora? Não vou me casar até tudo isso ser resolvido. Roarke compreende isso.

Roarke pegou um cigarro e ficou analisando-o.

— Não, ele não compreende não.

— Olha, escute aqui, Mavis...

— Não, escute você. — Mavis se levantou, com os cabelos azuis brilhando. — Eu não vou deixar que toda essa confusão acabe com algo tão importante para mim. Pandora fez de tudo para estragar a minha vida e a de Leonardo. E piorou as coisas ainda mais ao morrer. Agora, ela não vai conseguir melar isso. Esses planos não estão em suspenso não, Eve, e é melhor você arranjar um horário na sua agenda para a prova do vestido.

Eve não conseguiu argumentar nada, não diante das lágrimas que começaram a brotar dos olhos de Mavis.

— Tudo bem, tá legal! Tudo ótimo. Eu vou encarar esse vestido idiota!

— Não é um vestido idiota. Vai ser um vestido sensacional.

— Foi o que eu quis dizer.

— Ainda bem! — Ela fungou e se sentou. — Para quando eu posso marcar com ele para irmos até lá então?

— Há... escute, Mavis, vai ser melhor para você, e os seus advogados espetaculares vão me dar razão, se você e eu não formos vistas por aí desfilando juntas. Imagine, a investigadora principal e a acusada! Não vai pegar nada bem...

— Você está querendo dizer que eu não vou poder ir... — Mavis fechou a boca e reorganizou as idéias. — Tudo bem, então, a gente não vai ser vista circulando por aí. Leonardo pode trabalhar aqui mesmo. Roarke não se importaria, não é?

— Pelo contrário — respondeu ele, dando uma tragada no cigarro com ar satisfeito. — Acho que esta é a solução perfeita.

— Uma família grande e feliz — resmungou Eve. — A investigadora, a acusada, o morador do local do crime, que por sinal também é o ex-namorado da vítima e namorado atual da acusada. Vocês todos piraram?

— Quem é que vai saber? Roarke tem um sistema de segurança excelente. E, se houver a mínima possibilidade de alguma coisa sair errada no processo, quero passar o máximo de tempo que conseguir em companhia de Leonardo — e Mavis fez um biquinho de teimosia. — Então é isso que eu vou fazer.

— Vou providenciar para que Summerset consiga um espaço para Leonardo trabalhar — informou Roarke.

— Obrigada. Agradecemos muito, Roarke.

— E enquanto vocês planejam a sua festa do chá maluco, eu tenho um assassinato para solucionar — anunciou Eve.

Roarke piscou para Mavis e berrou na direção de Eve, que já ia, com ar contrariado, em direção à porta:

— Ei, não vai querer o crepe?

— Enfia!

— Ah, ela é louca por você! — comentou Mavis.

— É quase embaraçoso o jeito com que ela demonstra o carinho que tem por mim... Quer outro crepe, Mavis?

— Por que não? — e deu um tapinha no estômago.

Um sinal apagado na esquina da Nona Avenida com a Rua Cinqüenta e Seis transformara o trânsito em um inferno. Tanto os pedestres quanto os motoristas, ignorando as leis antipoluição sonora, buzinavam, gritavam e colocavam a frustração para fora. Eve ficou com vontade de fechar os vidros para suavizar o barulho, mas o controle automático de temperatura estava novamente enguiçado.

Para dar mais graça, a Mãe Natureza resolvera fustigar Nova York com uma umidade relativa do ar muito elevada. Para passar o tempo, Eve observava as ondas de calor que dançavam ao sair do piso de concreto. Se continuasse assim, um bocado de computadores ia ficar com os chips fritos antes do meio-dia.

Eve pensou em continuar o caminho pelo ar, apesar de o seu painel de controle ter, aparentemente, adquirido vontade própria. Vários outros motoristas, porém, já haviam feito isto. O tráfego aéreo parecia ter dado um nó com as filas de veículos. Dois helicópteros para um só passageiro estavam tentando se desvencilhar do caos, mas, em vez disso, contribuíam ainda mais para o tumulto com o zumbido das hélices e a cacofonia irritante de vozes.

Eve resmungou, irritada, para o adesivo holográfico onde se lia EU AMO NOVA YORK que surgiu no pára-choque à frente dela.

A idéia mais sensata, decidiu, era adiantar um pouco do trabalho no carro mesmo.

— Peabody — ordenou ao *tele-link* que, depois de algumas tentativas frustradas e ruídos de estática, conseguiu se conectar.

Eternidade Mortal

— Peabody falando, da Divisão de Homicídios.

— Aqui é Dallas. Vou apanhar você de carro em frente à central, na entrada leste. Tempo estimado de chegada: quinze minutos.

— Sim, senhora.

— Traga todos os arquivos relacionados com o caso Johannsen e o caso Pandora, e fique... — parando de falar de repente, ela analisou a imagem na tela. — Por que está tudo tão silencioso por aí, Peabody? Você não está na ala das celas?

— Só dois policiais conseguiram chegar para pegar o turno da manhã. Há um engarrafamento monstro na Nona Avenida.

— Como é que você soube? — Eve olhou o mar de veículos em volta.

— Vale a pena sintonizar na freqüência de controle de trânsito, de manhã. — E acrescentou: — Peguei uma rota alternativa.

— Ah, cale a boca, Peabody! — reclamou Eve ao desligar. Passou os minutos seguintes pegando as mensagens do *tele-link* de sua sala e em seguida marcou uma entrevista com o escritório de Paul Redford, no centro, para o fim da manhã. Depois, ligou para o laboratório a fim de solicitar urgência para o exame toxicológico de Pandora, sentiu que a estavam enrolando e fez uma de suas criativas ameaças.

Estava pensando se devia ligar para Feeney, a fim de apressá-lo também, quando viu uma passagem estreita na compacta fila de carros da pista ao lado. Acelerando, cortou para a esquerda e se espremeu para passar, ignorando a súbita explosão de buzinas e sinais obscenos. Rezando para que o veículo cooperasse, apertou o botão de subida vertical. Em vez de ser ejetada, ela foi aos pulos, mas alcançou os três metros de altura exigidos por lei.

Fez uma curva para a direita, tirou um fino de uma passarela deslizante lotada, onde conseguiu ver um borrão de rostos cansados e suados, e seguia chocalhando pelo ar até a Sétima Avenida no momento em que o painel de controle avisou que havia uma sobrecarga no sistema. Depois de mais cinco quarteirões, o carro estava assobiando, mas o pior do engarrafamento já havia passado. Ao descer devagar, com um ruído pesado de engrenagens que rangiam, ela virou o carro em direção à entrada oeste da Central de Polícia.

A confiável Peabody já estava lá, esperando. Como é que aquela mulher conseguia parecer seca, calma e imperturbável dentro daquele uniforme azul sufocante Eve não queria nem saber.

— Seu veículo está com um som meio estranho, tenente — comentou ela ao entrar.

— É mesmo? Nem reparei.

— A senhora também me parece meio estranha... — Ao notar que Eve apenas rangeu os dentes e acelerou o carro, atravessando a cidade em direção à Quinta Avenida, Peabody enfiou a mão dentro de seu kit, pegou um pequeno ventilador portátil e o prendeu no painel. O sopro de ar frio quase fez Eve gemer.

— Obrigada.

— O controle de temperatura deste modelo não é grande coisa — o rosto de Peabody permaneceu calmo e afável. — Só que a senhora, provavelmente, nem sequer reparou.

— Você tem a língua afiada, Peabody. Gosto disso. Faça um resumo do caso Johannsen.

— O laboratório ainda está com problemas para identificar alguns dos elementos do pó que encontramos. Estão nos enrolando. Se já conseguiram analisar toda a fórmula, ainda não disseram. Ouvi um bochicho de um contato meu, dizendo que a Divisão de Drogas Ilegais está exigindo prioridade. Então parece que há um jogo político rolando por trás dessa história. O segundo exame não encontrou traços de drogas químicas, ilegais ou não, no corpo da vítima.

— Então ele não estava consumindo — refletiu Eve. — Boomer costumava experimentar as drogas, mas era um cagão de marca maior e não quis nem saber desta. O que isto lhe diz, Peabody?

— Pelo aspecto do seu apartamento e pelas declarações da andróide da portaria, sabemos que ele teve tempo e oportunidade para usar. E tinha uma história de consumo moderado de drogas.

Eternidade Mortal

Diante disso, minha dedução é que ele sabia ou suspeitava de algo a respeito dessa substância que o fez ficar de fora.

— Também acho isso. O que conseguiu de Casto?

— Ele diz que está totalmente no escuro, neste caso. Tem cooperado muito, está se abrindo até demais, todo cheio de informações e teorias.

Algo no tom de voz de Peabody fez Eve olhar para o lado e perguntar:

— Ele está dando em cima de você, Peabody?

A policial ficou com os olhos fixos para a frente, apertando-os ligeiramente diante da barulhada que o carro fazia.

— Ele não mostrou comportamento impróprio, tenente.

— Corta essa, garota, não foi isso que eu perguntei.

Uma cor vermelha foi surgindo pelo colarinho azul do uniforme e subiu até as bochechas de Peabody.

— Ele demonstrou um certo interesse pessoal...

— Nossa, você parece mesmo uma policial falando! E este certo interesse pessoal é recíproco?

— Tal possibilidade poderia ser considerada, se eu não suspeitasse que ele tem um interesse muito maior na minha oficial superior — e desviou o olhar até encontrar o de Eve. — Acho que ele tem uma quedinha pela senhora...

— Bem, vai ter que guardar a quedinha para si mesmo. — Mas Eve não se sentiu muito aborrecida por ouvir aquilo. — Os meus interesses pessoais repousam em outro lugar. Mas o filho-da-mãe é um tremendo gato, não é não, Peabody?

— Minha língua fica toda enrolada sempre que ele me olha.

— Humm... — Eve enrolou a própria língua atrás dos dentes para experimentar a sensação — Então, vá em frente!

— Não estou preparada para me envolver emocionalmente em um relacionamento romântico, no momento.

— Ué, quem é que falou em relacionamento? Apenas transem loucamente, algumas vezes.

— Prefiro afeto e companheirismo em encontros sexuais — respondeu Peabody, seca, e acrescentando: — ... senhora.

— Bem, isso realmente faz diferença. — Eve suspirou. Era quase um esforço doloroso manter a mente afastada do problema de Mavis, mas ela tentou se manter focada. — Eu estava só zoando com você, Peabody! Sei muito bem como é quando você está bem ali, tentando apenas fazer o seu trabalho, e um cara especial a acerta bem no meio da testa. Sinto muito se está se sentindo pouco à vontade trabalhando com ele, mas preciso de você.

— Não é problema. — Relaxando um pouco, Peabody sorriu. — Não é exatamente um sacrifício ficar ali, olhando para ele — e olhou para cima no momento em que Eve entrou em uma garagem subterrânea em uma das torres brancas e compridas da Quinta Avenida. — Este aqui não é um dos prédios de Roarke?

— A maioria deles é. — O garagista eletrônico analisou o veículo e o deixou entrar. — Aqui fica a sede dos escritórios de Roarke. E é também a base nova-iorquina da Redford Produções. Marquei uma entrevista com ele a respeito do homicídio de Pandora. — Eve entrou na vaga VIP que Roarke designara para ela e fechou o carro. — Você não está oficialmente relacionada com a resolução deste caso, mas está oficialmente comigo. Feeney está enterrado até o pescoço em dados e eu preciso de outro par de olhos e ouvidos. Alguma objeção?

— Nenhuma que me ocorra, tenente.

— Chame-me de Dallas — lembrou-lhe Eve ao saltarem do carro. Uma barreira eletrônica começou a piscar e rodeou o carro com um campo de força, para protegê-lo de pequenos amassados, arranhões ou roubo. Como se, pensou Eve com mau humor, ele já não estivesse tão cheio de amassados e arranhões que um ladrão ia considerar um insulto olhar para ele. Seguiu a passos largos em direção ao elevador privativo, digitou o código e tentou não parecer encabulada. — Ir por aqui poupa tempo — explicou, com um murmúrio.

Eternidade Mortal

Os olhos de Peabody se arregalaram quando elas entraram no elevador, que tinha o piso coberto por um carpete espesso. A cabine era grande o suficiente para um grupo de seis pessoas e exibia um exuberante arranjo de perfumados hibiscos.

— Sou totalmente a favor de poupar tempo — disse Peabody.

— Trigésimo quinto andar — pediu Eve. — Escritório central da Redford Produções.

— Andar número trinta e cinco — confirmou o computador — Quadrante leste, ala de executivos.

— Pandora ofereceu uma pequena festa na noite em que morreu — começou Eve. — Redford pode ter sido a última pessoa a vê-la com vida. Jerry Fitzgerald e Justin Young também foram convidados, mas saíram cedo, logo depois que Mavis Freestone e Pandora brigaram. Eles servem de álibi um para o outro, pelo resto da noite. Redford ainda ficou com Pandora por mais algum tempo. Se Jerry e Justin estão dizendo a verdade, estão limpos. Eu sei que Mavis está dizendo a verdade — e esperou um segundo, mas Peabody não fez nenhum comentário. — Portanto, vamos ver o que conseguimos extrair do produtor.

O elevador mudou de trajeto, passando suavemente para o nível horizontal e deslizando para o leste. As portas se abriram e o barulho entrou.

Pelo visto, os empregados de Redford gostavam de música para acompanhá-los em suas tarefas diárias. O som agitado saía de alto-falantes embutidos e enchia o ar de energia. Dois homens e uma mulher estavam trabalhando em um amplo console circular, conversando animadamente com *tele-links* e sorrindo para as telas iluminadas.

Parecia estar havendo uma pequena festa na sala de espera à direita. Várias pessoas se aglomeravam em volta de pequenos copos ou mordiscavam salgadinhos. O som tilintante dos risos e das conversas típicas de um coquetel competia em agitação com a música.

— Parece uma cena de um dos filmes dele — disse Peabody.

— Viva Hollywood! — Eve se aproximou do console e exibiu o distintivo. Escolheu o menos animado dos três recepcionistas. — Sou a tenente Dallas. Tenho um encontro marcado com o senhor Redford.

— Sim, tenente. — O homem, que mais parecia um deus grego, com suas lindas feições perfeitamente esculpidas, deu um sorriso refulgente. — Vou avisá-lo de que a senhora está aqui. Por favor, sirva-se do que quiser para comer ou beber.

— Quer mastigar alguma coisa, Peabody?

— Aqueles salgadinhos parecem apetitosos. Na saída a gente pega alguns.

— Pensamos a mesma coisa.

— O senhor Redford ficará encantado em recebê-las, tenente. — O Apolo moderno levantou uma das seções do console e passou pelo espaço. — Permitam-me encaminhá-las até lá.

Ele as levou até duas portas de vidro fumê, atrás das quais o barulho da música foi substituído pelo ruído de vozes. Nos dois lados do corredor, as portas estavam abertas e havia homens e mulheres sentados às escrivaninhas, andando de um lado para outro ou reclinados em sofás, falando de negócios.

— Sabe quantas vezes eu já vi esta trama, JT? — dizia uma voz. — É tão antiquada, tão típica do milênio passado!

— Precisamos de um rosto novo. O mistério de Greta Garbo misturado com a inocência de uma personagem infantil.

— As pessoas não querem temas profundos, meu docinho... — voltou a primeira voz. — Dê-lhes uma escolha entre o oceano e uma poça d'água e eles vão chapinhar na poça. Somos todos crianças.

Foram se aproximando de duas portas em prata refulgente. O guia abriu-as com um floreio dramático.

— Aqui estão as suas convidadas, senhor Redford.

— Obrigado, César.

— César — murmurou Eve. — Cheguei perto.

— Tenente Dallas. — Paul Redford se levantou da mesa de trabalho em forma de U que tinha o mesmo revestimento das portas,

Eternidade Mortal

em prata reluzente. O piso que atravessou para cumprimentá-las era liso como vidro e decorado com espirais coloridas. Atrás dele, a esperada vista espetacular da cidade. Sua mão apertou a de Eve com naturalidade e cordialidade ensaiadas. — Agradeço muito que a senhorita tenha concordado em vir até aqui. Estou pulando de uma reunião para outra o dia inteiro, e, para mim, é muito mais conveniente recebê-la em minha sala do que ir até a polícia.

— Para mim não é problema. Esta é a minha auxiliar, a policial Peabody.

— Por favor, sentem-se. O que posso lhes oferecer? — Um sorriso suave e tão bem treinado quanto o aperto de mão que foi lançado para as duas.

— Apenas informações. — Eve olhou para os estofados e piscou para ver melhor. Todos eram animais; as cadeiras, os bancos, os sofás, todos tinham sido fabricados para parecer tigres, cães de caça ou girafas.

— Minha primeira mulher era decoradora — explicou ele. — Depois do divórcio, resolvi ficar com a mobília. É o que há de melhor para me lembrar daquela época. — Escolheu um cão bassê para se sentar e colocou os pés sobre uma almofada que parecia um gato enroscado. — Vocês querem conversar sobre Pandora.

— Sim. — Se eles eram amantes, como lhe fora informado, Eve decidiu que o pesar passara bem depressa. Um interrogatório policial, aparentemente, também não o afetava. Estava bem vestido, um anfitrião perfeito em um terno de linho de cinco mil dólares e sapatos italianos macios, de alta qualidade.

Sem dúvida, avaliou Eve, ele aparecia tão bem diante de uma câmera quanto qualquer um dos atores com os quais trabalhava. Tinha um rosto forte e anguloso, da cor de mel fresco, acentuado por um bigode brilhante e bem aparado. Seus cabelos pretos estavam penteados para trás e desciam em um rabicho trançado que escorria até os ombros.

Parecia, decidiu Eve, exatamente o que era: um produtor de sucesso que adorava seu poder e sua riqueza.

— Gostaria de gravar a entrevista, senhor Redford.

— Eu também prefiro que grave, tenente — ele se recostou, afundando o corpo no cão de olhos tristes, e cruzou as mãos sobre a barriga. — Soube que vocês já efetuaram uma prisão.

— Sim, efetuamos. Mas a investigação ainda está em curso. O senhor conhecia a vítima, Pandora?

— Conhecia, muito bem. Estava até considerando a idéia de montar um projeto com ela. Certamente tivemos contatos sociais em inúmeras ocasiões ao longo dos anos, e, quando nos era conveniente, fazíamos sexo.

— O senhor e a vítima eram amantes por ocasião de sua morte?

— Jamais fomos amantes, tenente. Fazíamos sexo. Não fazíamos amor. Para falar a verdade, duvido que haja algum homem no mundo que tenha feito amor com ela ou pelo menos tentado. Se o fez, era um tolo. Eu não sou tolo.

— O senhor não gostava dela, então?

— Gostar dela? — Redford riu. — Meu Deus, claro que não! Ela era simplesmente o ser humano mais desagradável que já conheci. Mas tinha talento. Não tanto quanto ela pensava e, em certas áreas, não tinha talento algum. No entanto...

Ele levantou as mãos elegantes. Os anéis refulgiram: pedras negras incrustadas em ouro pesado.

— Beleza é um assunto simples, tenente. Algumas pessoas nascem com ela, e outras a compram. Um exterior fisicamente atraente é pateticamente simples de se obter hoje em dia. Mesmo assim, é algo ainda muito procurado. Uma aparência agradável jamais cai de moda, mas se alguém quer ganhar a vida com a aparência precisa ter talento.

— E qual era o talento de Pandora?

— Uma aura, um poder, uma capacidade básica, até mesmo animal, de transpirar sexo. Sexo sempre vendeu bem. E sempre vai vender.

Eve inclinou a cabeça e comentou:

— Só que, agora, nós o regulamentamos.

Eternidade Mortal   139

— O governo precisa lucrar. — Redford exibiu-lhe um olhar divertido. — Mas eu não estava me referindo à venda do sexo, e sim ao uso dele para vender coisas. Nós fazemos isso: tudo, de refrigerantes a cozinhas planejadas. E moda — acrescentou. — Sempre moda.

— E esta era a especialidade particular de Pandora.

— Ela podia estar enrolada com as cortinas da cozinha, mas, se a colocassem em uma passarela, pessoas razoavelmente inteligentes estariam dispostas a abrir seus bolsos para conseguir aquela aparência. Ela era uma mulher de vendas. Não havia nada que não conseguisse vender. Queria virar atriz, o que era uma idéia infeliz. Ela jamais conseguiria ser mais nada além dela mesma... Pandora.

— Mas o senhor estava trabalhando em um projeto com ela.

— Estava pensando em algo onde ela pudesse representar, essencialmente, o papel dela mesma. Nem mais nem menos. Talvez desse certo. E o merchandising que eu ia obter com isso... bem, é daí que viriam os lucros. O projeto ainda estava nos estágios iniciais.

— O senhor esteve na casa de Pandora na noite em que ela foi morta?

— Sim, ela queria companhia. Suspeito também que Pandora desejava provocar Jerry com a novidade de que ia ser a estrela de um dos meus filmes.

— E como foi que a senhorita Fitzgerald recebeu a notícia?

— Ficou surpresa e irritada, imagino. Eu mesmo fiquei irritado com essa história, pois não estávamos prontos para tornar a idéia pública. Poderíamos até mesmo ter tido problemas por causa disso, mas fomos interrompidos. Uma jovem, uma fascinante mulher foi até lá. A mesma que a senhorita prendeu — explicou ele com um brilho no olhar. — A imprensa anda dizendo que a senhorita e esta jovem são muito amigas.

— Bem, por que simplesmente não me conta o que aconteceu no momento em que a senhorita Feestone chegou?

— Melodrama, ação, violência. Imagine a cena — disse ele, formando uma tela com os dedos em ângulo reto. — A jovem intrépida e bela chega para defender seus interesses. Andou chorando, seu rosto está pálido e seus olhos, desesperados. Está disposta a sair de cena, abrindo mão do homem que ambas cobiçam a fim de protegê-lo, para que ele consiga o que é melhor para a sua carreira.

"Close em Pandora" — continuou ele. — Seu semblante está cheio de cólera, desdém, uma energia doentia. Deus meu, sua beleza! É quase diabólica! Ela não vai se satisfazer com o sacrifício da rival. Quer que ela sofra. Uma dor emocional, a princípio, com os nomes cruéis que lhe arremessa, e a seguir uma dor física, ao lhe aplicar o primeiro golpe. Agora temos a briga clássica. Duas mulheres atracadas em combate feroz por causa de um homem. A mulher mais jovem tem o amor a seu lado, mas apenas isso não é páreo para a força da vingança de Pandora. Ou suas unhas afiadas. Tufos de cabelos voam, por assim dizer, até que os dois membros masculinos da platéia fascinada entram em cena. Um deles leva mordidas profundas.

Redforf franziu a testa e massageou o ombro direito, explicando:

— Pandora enfiou seus caninos afiados em mim quando eu estava separando a briga. Devo dizer que tive vontade de lhe dar um murro. Sua amiga se retirou. Ameaçou alguma coisa bem clichê, dizendo que Pandora ia se arrepender, mas parecia mais arrasada do que vingativa.

— E Pandora?

— Energizada. — E ele também, ao contar a história. — Ela já estava com um ar perigoso a noite toda, mas se tornou ainda mais traiçoeira depois do ataque. Jerry e Justin caíram fora, com mais rapidez do que cordialidade, e eu fiquei mais um pouco para tentar acalmar Pandora.

— E conseguiu?

— Nem cheguei perto. Ela estava selvagem a essa altura. Ameaçou todos os tipos de absurdo que se possa imaginar. Ia correr atrás da piranha e arrancar a cara dela fora. Ia castrar Leonardo. Quando ela acabasse com ele, o rapaz não conseguiria nem vender botões na calçada. Nem mesmo os mendigos iam querer usar os seus trapos, e

Eternidade Mortal

assim por diante. Depois de uns vinte minutos, eu desisti. Ela ficou furiosa comigo, por eu dar a noite por encerrada, e me lançou alguns xingamentos também. Disse que não precisava de mim, que tinha interesses mais altos e estava envolvida em lances maiores.

— O senhor afirma, então, que a deixou mais ou menos à meia-noite e meia?

— Mais ou menos.

— E ela ficou sozinha?

— Pandora mantinha apenas empregados eletrônicos, andróides domésticos. Não gostava de pessoas à sua volta, a não ser quando as convocava. Não havia mais ninguém na casa, que eu saiba.

— Para onde o senhor foi depois de sair?

— Vim para cá; fiz um curativo no ombro. Foi uma mordida muito feia. Pensei em trabalhar um pouco, dei alguns telefonemas para a Califórnia. Depois, fui para a academia, utilizei a entrada especial para depois do expediente e fiquei lá umas duas horas, fazendo sauna e nadando um pouco.

— A que horas o senhor chegou na academia?

— Por volta de duas horas da manhã. Sei que já passava das quatro quando cheguei a casa, de volta.

— O senhor viu ou conversou com alguém durante esse período, entre duas e cinco da manhã?

— Não. Um dos motivos de usar com freqüência a academia a essas horas é a privacidade. Na Califórnia, tenho minhas próprias instalações, mas aqui em Nova York tenho que me contentar em ser membro de um clube.

— Qual é o nome da sua academia?

— A Olympus, na Avenida Madison — e arqueou uma sobrancelha. — Estou vendo que o meu álibi não é dos melhores. Entretanto, digitei o meu código eletrônico para poder entrar e sair. Isto é obrigatório.

— Estou certa que sim. — E Eve, com certeza, ia confirmar aquilo. — O senhor tem idéia de alguém que quisesse fazer mal a Pandora?

— Tenente, esta lista seria infinitamente longa — e sorriu novamente, com os dentes perfeitos e olhos que pareciam divertidos e predatórios. — Não me considero um dos que estão nesta lista, pelo simples fato de que Pandora não era assim tão importante para mim.

— O senhor compartilhava o entusiasmo de Pandora por sua mais recente droga?

Ele enrijeceu o corpo, hesitou por um segundo e tornou a relaxar, afirmando:

— Essa é uma tática excelente. Mudar de assunto de repente às vezes consegue pegar as pessoas desprevenidas. Afirmo, para que fique registrado, que jamais toco em drogas ilegais de qualquer tipo. — Seu sorriso, porém, era largo e descontraído, e transmitiu a Eve que ele estava, simplesmente, mentindo. — Era do meu conhecimento que Pandora, de vez em quando, se envolvia com drogas. Considerava isso um assunto que só dizia respeito a ela. Tenho que concordar, porém, que ela encontrara alguma substância nova, algo que parecia estar consumindo em excesso. Para falar a verdade, tinha estado no quarto dela um pouco mais cedo, naquela mesma noite.

Fez uma pausa por um momento, como se estivesse relembrando, tentando se lembrar da cena exata.

— Ela pegou uma espécie de pílula — continuou — em uma linda caixinha de madeira. Acho que era chinesa. A caixa, não a pílula — acrescentou, com um sorriso curto. — Ficou surpresa por eu ter chegado tão cedo, guardou a caixinha em uma das gavetas da penteadeira e a trancou. Perguntei-lhe o que ela estava protegendo com tanto cuidado e ela me respondeu... — Redford fez outra pausa, apertando os olhos. — Como foi mesmo que ela disse? Aquilo era o seu tesouro, a sua fortuna. Não, não, era algo como: seu prêmio. Sim, tenho certeza de que foi isso que ela disse. Então tomou a pílula, acompanhada de champanhe. Depois, fizemos sexo. Pareceu-me que, a princípio, ela estava um pouco distraída. De repente, porém, se mostrou selvagem, insaciável. Não me lembro de ter tido

Eternidade Mortal

uma relação assim tão forte e marcante com ela até então. Depois nos vestimos e descemos. Jerry e Justin estavam acabando de entrar. Não lhe perguntei mais nada a respeito daquilo. Não me dizia respeito.

— Suas impressões, Peabody.

— Ele é esperto e escorregadio.

— A lama também é escorregadia. — Eve enfiou as mãos nos bolsos enquanto o elevador descia e brincou com algumas fichas de crédito soltas. — Ele a desprezava, mas dormia com ela, e estava disposto a usá-la.

— Acho que ele a achava patética, potencialmente perigosa, mas lucrativa.

— E se essa potencialidade para ser comercializada diminuísse ou o perigo aumentasse, acha que ele seria capaz de matá-la?

— Num piscar de olhos. — Peabody saiu do elevador na frente de Eve. — Consciência limpa não é uma prioridade para ele. Se estes planos que eles estavam fazendo tomassem o rumo errado ou se ela tivesse algo para pressioná-lo, ele a tiraria do mapa. Gente assim muito convencida, muito controlada, geralmente possui um bocado de violência fervendo em algum lugar lá dentro. E o álibi dele é ridículo.

— É mesmo, não é? — as possibilidades fizeram Eve sorrir. — Vamos ter que verificar isso, logo depois de passarmos na casa de Pandora para procurarmos o seu segredo. Informe à central — ordenou ela —, para nos certificarmos de que temos carta branca para xeretar nos armários.

— Esse é um detalhe que não impediria a senhora de fazê-lo — murmurou Peabody, mas ligou o *tele-link*.

A caixa tinha sumido. Aquilo foi uma decepção tão grande que Eve ficou em pé no meio do quarto luxuosamente decorado de Pandora, olhando para a gaveta aberta por uns dez segundos, antes de registrar por completo que ela estava vazia.

— Isso aqui é uma penteadeira, não é?

— É o nome do móvel. Olhe só todos esses frascos e potes em cima dela. Creme para isso, creme para aquilo. Quanta vaidade! — Peabody não conseguiu evitar. Pegou um frasco minúsculo — "Creme Sempre Jovem". Sabe quanto custa uma porcariazinha dessas, Dallas? Quinhentos dólares, na Saks. Quinhentos paus por uma titiquinha assim de creme. Isso é que é vaidade!

Colocando o pote de volta, ficou com vergonha de ter sentido vontade, apenas por um instante, de enfiá-lo no bolso.

— Se somar tudo o que tem aí — continuou —, vai dar uns dez, quinze mil dólares, só de produtos de beleza.

— Controle-se, Peabody!

— Sim, senhora. Desculpe.

— Estamos procurando por uma caixa. Os técnicos fizeram a busca-padrão aqui e já levaram todos os discos dos *tele-links* dela. Sabemos que ela não recebeu nenhuma ligação naquela noite, nem fez, pelo menos daqui. Está revoltada. Está a mil por hora. O que faz, então?

Eve continuou a abrir gavetas e apalpá-las enquanto falava.

— Ela bebe ainda mais, talvez, fica berrando pela casa pensando nas coisas que gostaria de fazer com as pessoas que a deixaram furiosa. Canalhas, piranhas. Quem eles pensam que são? Ela pode ter qualquer coisa e qualquer um que queira. Talvez ela venha até aqui e tome mais uma pílula, só para manter a energia lá em cima.

Com esperança, embora o objeto fosse uma caixa lisa, laqueada, em vez de madeira trabalhada, Eve abriu uma tampa. Dentro, havia uma infinidade de anéis largos. Ouro, prata, porcelana brilhante, marfim entalhado.

— Que lugar engraçado para guardar jóias — comentou Peabody. — Isto é, ela tinha essa caixa de vidro para as bijuterias e o cofre para as jóias de verdade.

Eve olhou para cima e viu que sua auxiliar estava bem séria, e quase não conseguiu segurar a risada.

Eternidade Mortal

— Isto aqui não são exatamente jóias, Peabody. São anéis para se colocar no pênis. Sabe como é, você os enfia e então...

— Claro. — Peabody encolheu os ombros e tentou não olhar fixamente. — Eu sei para que servem. Só que... é um lugar estranho para guardar essas coisas.

— É... é esquisito guardar brinquedinhos sexuais ao lado da cama. Enfim, onde é que eu estava? Ela está ingerindo as pílulas com champanhe. Alguém vai ter que pagar caro por estragar a sua noite. Aquele canalha do Leonardo vai ter que rastejar, vai ter que implorar. Ela tem que fazê-lo pagar por andar transando com uma vagabunda qualquer, assim que ela vira as costas, e por deixar que a piranha venha até a casa dela — a casa dela, imagine! — só para provocá-la.

Eve fechou uma gaveta e abriu outra.

— Os registros do sistema de segurança nos informam que ela saiu de casa logo depois das duas horas — continuou. — A tranca da garagem está no automático. Ela não chama um táxi. É uma caminhada de pelo menos sessenta quarteirões até o ateliê de Leonardo, ela está usando sapatos com salto-agulha, mas não pega um táxi. Não há registro de nenhuma companhia de táxi que a tenha apanhado ou a tenha deixado lá. Pandora tinha um *tele-link* portátil, mas não o encontramos. Se estava com ele e o usou para fazer alguma ligação, ela ou outra pessoa jogou o aparelho no lixo.

— Se ligou para o assassino, ele ou ela deve ter sido esperto o bastante para se livrar do *tele-link*. — Peabody começou a fazer uma busca no *closet* em dois níveis, e mal conseguiu manter o fôlego diante dos cabideiros lotados com roupas, muitas delas ainda com a etiqueta de preço pregada na gola. — Pode ser que ela estivesse doidona, sob o efeito de alguma droga, mas não ia andar pela rua a pé até o outro lado da cidade, de jeito nenhum. Metade dos sapatos deste *closet* mal está arranhado nas solas. Ela não era do tipo que gosta de caminhar...

— Mas estava doidona, com certeza. Duvido que fosse entrar em um táxi fedorento. Tudo o que precisava fazer era estalar os dedos e podia ter meia dúzia de escravos ansiosos para levá-la aonde quisesse. Então ela estala os dedos. Alguém aparece e a pega. Eles vão para o ateliê de Leonardo. Por quê?

Fascinada pela forma com que Eve alternava o ponto de vista de Pandora com o seu, Peabody parou a busca e observou a companheira, que continuava a falar:

— Ela insiste. Ela exige. Ela ameaça.

— Talvez seja para Leonardo que ela ligou. Ou talvez outra pessoa. Ao chegar lá, a câmera da segurança está quebrada. Ou ela a quebra.

— Ou o assassino a quebra — Peabody forçou a passagem em meio a um mar de seda marfim —, porque já estava planejando acabar com ela.

— E por que levá-la até o ateliê de Leonardo se ele já estava planejando matá-la? — quis saber Eve. — Ou, se foi Leonardo, por que sujar o próprio ninho? Acho que o assassinato ainda não estava definido, pelo menos não nesse momento. Eles chegam lá e, se a história de Leonardo é verdadeira, o lugar está vazio. Ele está na rua, enchendo a cara e procurando por Mavis, que também está enchendo a cara. Pandora queria que Leonardo estivesse ali, quer puni-lo. Começa a depredar o lugar, talvez desconte um pouco da raiva no seu acompanhante. Os dois brigam. A coisa escapa ao controle. Ele agarra a bengala, talvez para se defender, talvez para atacá-la. Ela fica chocada, ferida, com medo. Ninguém pode feri-la! Que história é essa? Então, ele não consegue parar ou não quer parar. Ela fica deitada no chão, com sangue por toda parte.

Peabody não disse nada. Conseguiu ver as imagens da cena. Imaginou tudo exatamente como Eve relatara.

— Ele está em pé ao lado dela, com a respiração pesada. — Com os olhos semicerrados, Eve tentava colocar a figura sombria em foco. — O sangue dela respingou nele todo. O cheiro está em toda parte. Mas ele não entra em pânico, não pode se dar a esse luxo, não quer se deixar apavorar. O que a liga a ele? O *tele-link* portátil. Ele o pega e enfia no bolso. Se for esperto, e ele agora tem

Eternidade Mortal

147

que ser esperto, vasculha as coisas dela para ter certeza de que não há mais nada que possa levar a polícia até ele. Limpa a bengala no lugar onde ele a segurou, bem como qualquer coisa na qual tenha tocado.

Na mente de Eve tudo se passava como em um vídeo antigo, nebuloso e cheio de sombras. A figura — homem, mulher — correndo para apagar as pistas, movendo-se em torno do corpo, pisando em volta das poças de sangue.

— Ele tem que limpar bem depressa. Alguém pode voltar. Mas tem que ser bem feito. Pronto, está quase tudo limpo agora. Então ele ouve alguém entrando. Mavis. Ela chama por Leonardo, vai até os fundos do ateliê, vê o corpo e se ajoelha ao lado dele. Agora vai ficar perfeito. Ele a põe desacordada, aperta os seus dedos em volta da bengala, talvez até dê alguns golpes extras em Pandora. Pega a mão da morta, enterra suas unhas no rosto de Mavis e a usa também para rasgar as suas roupas. Depois veste alguma coisa, uma das roupas de Leonardo, para esconder as próprias roupas.

Levantando-se, depois de procurar em uma das gavetas de baixo, Eve notou que Peabody estava olhando para ela.

— É como se você estivesse lá — murmurou Peabody. — Queria ser capaz de fazer isso, entrar na história do jeito que você faz.

— Quando você encarar mais algumas cenas de assassinato de verdade, vai conseguir. A parte mais difícil é sair de lá, depois. Onde, diabos, está a caixa?

— Pode ser que ela a tenha carregado com ela.

— Não, não acredito. Onde está a chave, Peabody? Ela trancou esta gaveta. Onde está a chave?

Em silêncio, Peabody pegou a sua unidade de trabalho e requisitou a lista de itens encontrados na bolsa da vítima ou junto dela, e informou:

— Nenhuma chave foi cadastrada na lista dos objetos encontrados.

— Então ele pegou a chave, não foi? Veio até aqui, pegou a caixa e mais alguma coisa da qual precisava. Vamos olhar nos discos do sistema de segurança.

— Mas os técnicos já não fizeram isso?

— Por que fariam? Ela não foi morta aqui. Tudo o que precisavam descobrir era a hora em que ela saiu de casa. — Eve foi até o monitor de segurança e ordenou que ele exibisse a gravação do dia e da hora em questão. Viu quando Pandora saiu correndo de casa, seguindo a passos rápidos para fora do alcance da câmera. — Duas e oito. Certo, agora, vamos ver o que rola a seguir. O momento da morte foi próximo das três horas. Computador, avance até as três horas em ponto e continue a passar a gravação no triplo da velocidade normal. — E ficou com o olho grudado no cronômetro da base da tela. — Congele a imagem! Filho-da-mãe! Viu só, Peabody?

— Vi sim. O horário pulou de quatro horas e três minutos para quatro e trinta e cinco. Alguém desligou a câmera! Teve que fazer isso por controle remoto. E sabia o que estava fazendo.

— Tem alguém que queria muito entrar aqui para tirar alguma coisa, e queria muito mesmo para se arriscar. Tudo isso por causa de uma caixa com drogas ilegais. — Seu sorriso estava sombrio. — Tenho um pressentimento bem aqui dentro, Peabody. Vamos até lá para apressar o pessoal do laboratório.

Capítulo Nove

— Por que está pegando no meu pé, Dallas?

Envergando o seu guarda-pó, o técnico-chefe Dickie Berenski — *Cabeção*, para aqueles que o conheciam e não gostavam dele — estava testando um fio de pêlo pubiano. Era um homem meticuloso, bem como um tremendo pé-no-saco. Embora tradicionalmente lento nos testes, o seu desempenho nos tribunais era o suficiente para transformá-lo na figura mais valiosa da polícia e do laboratório.

— Não percebe que eu estou atolado de serviço? Meu Deus, Dallas! — Com os dedos compridos e exigentes, ele ajustava o foco dos seus microóculos especiais. — Estamos com dez homicídios, seis estupros, um monte de mortes suspeitas ainda não pesquisadas e arrombamentos demais para solucionar. Não sou robô!

— Mas é quase isso — murmurou Eve. Ela não gostava de ir até o laboratório, com seu ar anti-séptico e paredes brancas. Parecia demais com um hospital ou, o que era pior, com a seção de testes. Todos os policiais que usavam força máxima que resultava em morte eram obrigados a passar por testes. Suas lembranças daquela rotina particularmente invasiva não eram nada agradáveis. — Olhe, Dickie, você já teve tempo suficiente para analisar a substância.

— Tempo suficiente. — Ele se afastou do balcão, e seus olhos por trás das lentes pareceram grandes e audazes como os de uma coruja. — Você e cada um dos outros policiais da cidade consideram o seu assunto prioridade máxima. Como se nós pudéssemos largar todo o resto para concentrar cada minuto do nosso tempo num caso em especial. Sabe o que acontece quando o tempo esquenta, Dallas? O pessoal vem em cima de mim, é isso o que acontece. Tudo o que vocês têm que fazer é trazer o material aqui para baixo, mas eu e a minha equipe temos que passar o pente-fino em cada fio de cabelo e em cada fibra. Isso leva tempo.

Sua voz se transformou em um lamento, e isso deixou Eve rangendo os dentes.

— Estou trabalhando com o bafo da Divisão de Homicídios no pescoço e a Divisão de Drogas Ilegais colada no meu pé, tudo por causa de uma porcaria de um saquinho cheio de pó. Já lhe entreguei o relatório preliminar.

— Preciso do relatório final.

— Mas que inferno, eu não tenho! — Seus lábios formaram um bico e ele se virou para trás, fazendo com que a imagem ampliada de um fio de cabelo também aparecesse na tela. — Agora, preciso terminar a pesquisa do DNA disso aqui.

Eve sabia como convencê-lo a colaborar. Ela não gostava de fazer isso, mas sabia.

— Tenho dois ingressos de camarote para o jogo dos Yankees com os Red Sox, amanhã.

Seus dedos se movimentaram mais devagar sobre os controles.

— De camarote?

— Ao lado da terceira base.

Dickie abaixou os microóculos para olhar em volta da sala. Os outros técnicos estavam todos ocupados em suas baias.

— Talvez eu lhe consiga um pouco mais. — Empurrando a cadeira giratória com o pé, ele foi deslizando sobre ela para o lado

Eternidade Mortal

direito, até chegar na frente de outra tela. Com cuidado, digitou no teclado e acessou o arquivo manualmente. Bateu com os dedos bem devagar sobre a mesa, analisando a tela. — O problema está aqui, veja. Neste elemento aqui.

Não havia nada, a não ser cores e símbolos estranhos para Eve, mas ela soltou uma exclamação em tom baixo à medida que os dados passavam pela tela. O elemento desconhecido, imaginou, que nem mesmo a aparelhagem de Roarke conseguira identificar.

— É esse troço vermelho?

— Não, não, não. Isso aí é uma anfetamina-padrão. Existe no Zeus, no Buzz e no Smiley. Ora, você pode encontrar um derivado disso em qualquer estimulante por aí. O problema é esse aqui. — E bateu com o dedo sobre uma cobrinha verde.

— Certo, e o que é isso?

— Essa é a grande questão, Dallas. Nunca vi isso antes. O computador não consegue identificar. Meu palpite é que se trata de alguma coisa de fora do planeta.

— Isso piora as coisas, não é? Trazer um elemento com química desconhecida de algum lugar fora do planeta pode custar vinte anos em prisão de segurança máxima. Dá para dizer como a substância atua?

— Estou trabalhando nisso. Parece ter algumas das propriedades de uma droga antienvelhecimento, acrescida de alguns dos mesmos estimulantes. Acaba com os radicais livres. Só que tem efeitos colaterais terríveis quando misturada com outros produtos químicos encontrados no pó. Dá para você ler sobre isso tudo no relatório parcial. Provoca impulso sexual aumentado, o que não é mau, só que isto é seguido por altos e baixos de violência. A força física fica aumentada até o ponto de perda de controle. Esta porcaria realmente faz gato-sapato do velho sistema nervoso. A pessoa se sente fantástica por algum tempo, praticamente invulnerável, quer trepar como um coelho, mas não vai dar a mínima para o fato de o parceiro estar a fim ou não. Quando o rebote chega, vem rápido, bate com toda a força, e a única coisa capaz de deixar o usuário legal é outra dose. Ele continua a tomar, sobe cada vez mais alto e mergulha cada vez mais fundo, e o sistema nervoso acaba pirando de vez. Então, a pessoa morre.

— Isso é mais ou menos o que você já tinha me falado.

— É porque eu estou travado pelo Elemento X. É vegetal, isso eu posso lhe garantir. Semelhante à valeriana de folha pontuda, encontrada no sudoeste americano. Os índios usavam essas folhas para curar. Só que a valeriana não tem efeito tóxico, e isto aqui tem.

— É venenoso?

— Se for ingerido sozinho e em quantidade suficiente, seria venenoso sim. Como muitas das plantas e ervas usadas na medicina.

— Então é uma erva medicinal.

— Não diria isso. Ainda não está completamente identificada — e soprou o ar das bochechas. — Mas me parece que é alguma variedade híbrida de uma planta de fora do planeta. Isso é o melhor que eu posso lhe dar no momento. Você e o pessoal das Drogas Ilegais me perturbando não vão me fazer encontrar a solução mais depressa.

— Isso não é assunto da Divisão de Drogas Ilegais, o caso é meu.

— Diga isso para eles.

— Vou mesmo. Agora, Dickie, preciso do exame toxicológico do caso Pandora.

— Isso não é comigo, Dallas. Foi entregue a Suzie-Q, e hoje é o dia de folga dela.

— Você é o chefe aqui, Dickie, eu preciso do relatório! — e esperou um segundo. — Junto com os ingressos vêm dois passes para visitar os jogadores na sala da concentração...

— Bem, nunca é demais ir lá dentro para verificar o time pessoalmente... — Digitando o próprio código, ele acessou o arquivo. — Olhe, ela deixou bloqueado, e fez muito bem. Técnico-chefe Berenski falando, desbloqueio de segurança do arquivo Pandora, ID 563922-H.

IMPRESSÃO DE VOZ CONFIRMADA.

Eternidade Mortal

— Mostre o resultado toxicológico.

TESTES DA TOXICOLOGIA AINDA SENDO PROCESSADOS. RESULTADOS PRELIMINARES NA TELA.

— Ela andava bebendo muito — murmurou Dickie. — Champanhe francês do mais caro. Provavelmente morreu feliz. Parece Dom Perignon, safra de 55. Ora, esse é um bom trabalho de Suzie-Q. Adicionou um pouquinho do pó da alegria na bebida. Nossa garota morta gostava de festas. Parece que é Zeus... Não — seus ombros se curvaram, como costumavam fazer quando ele estava intrigado ou irritado. — Mas que diabo é isso?

Quando o computador começou a detalhar os elementos, ele tirou a lista da tela, dando um tapa no teclado com o dedo, e começou a analisar o relatório manualmente.

— Tem alguma coisa misturada aqui — murmurou —, algo muito esquisito...

Seus dedos dançavam sobre os controles como os de um bem ensaiado pianista dando o primeiro recital. Lentos, cautelosos e precisos. Dallas começou a ver símbolos e modelos se formarem, depois se dispersarem e se realinharem. E ela, também, notou o padrão.

— É a mesma substância. — Com os olhos firmes como aço, olhou para trás, para a silenciosa Peabody. — É o mesmo troço.

— Não diria isso — interrompeu Dickie. — Cale a boca e me deixe terminar de fazer este teste.

— É o mesmo troço! — repetiu Eve. — Exatamente o mesmo troço que havia na cobrinha verde do Elemento X. Pergunta, Peabody: o que uma modelo poderosa e um informante de segunda categoria têm em comum?

— Os dois estão mortos.

— Você respondeu à primeira parte corretamente. Quer tentar responder à segunda parte e dobrar o seu prêmio? Como foi que eles morreram?

Um leve sorriso apareceu na boca de Peabody, que respondeu:

— Foram surrados até a morte.

— Agora, vamos à parte três, valendo o grande prêmio! O que serve de conexão entre estas duas mortes que, aparentemente, não têm relação uma com a outra?

— O Elemento X — Peabody olhou em direção à tela.

— Estamos no caminho certo, Peabody. Transmita este relatório para o meu escritório, Dickie. Só para o meu! — reforçou ela, quando ele levantou a cabeça para olhá-la. — Qualquer ligação do pessoal das Drogas Ilegais, você não sabe de nada a mais do que sabia antes.

— Ei, eu não posso esconder dados!

— Certo — e girou sobre os calcanhares. — Vou mandar entregar os seus ingressos até as cinco horas.

— Você sabia! — disse Peabody, enquanto elas pegavam a passarela aérea até a Divisão de Homicídios. — Lá no apartamento da vítima. Você não conseguiu achar a caixa, mas sabia o que havia dentro dela.

— Suspeitava — corrigiu Eve. — Uma nova mistura, da qual ela se fazia de dona e que melhorava o desempenho sexual e aumentava a força — olhou para o relógio. — Tive sorte por estar trabalhando nos dois casos ao mesmo tempo e por estar com eles na cabeça o tempo todo. A princípio me preocupei, achando que estava espelhando dois casos coincidentes, mas depois comecei a questionar. Eu vi os dois corpos, Peabody. Foi a mesma violência nos dois, a mesma crueldade.

— Não acho que tenha sido sorte. Eu acompanhei os dois casos também e estava muito mais atrás nas deduções do que a senhora, o tempo todo.

— Você vai aprender depressa. — Eve saltou da passarela deslizante, a fim de tomar o elevador até o seu andar. — Não fique se diminuindo por isso, Peabody. Tenho mais do dobro do seu tempo na polícia.

Eternidade Mortal

155

Peabody entrou no elevador tubular todo de vidro, deu uma olhada desinteressada na cidade abaixo delas enquanto subiam e perguntou:

— Por que me convocou para ajudá-la nesses casos, tenente?

— Você tem potencial, tem cérebro e coragem. Foi isso que Feeney disse ao me colocar para trabalhar com ele. Foi um caso da Divisão de Homicídios também. Dois adolescentes que apareceram retalhados, com os pedaços espalhados pela passarela deslizante da Segunda Avenida, esquina com Rua Vinte e Cinco. Eu fui tropeçando para deduzir os fatos, sempre atrás dele também. Acabei descobrindo o meu próprio ritmo.

— Como é que você soube que queria trabalhar na Divisão de Homicídios?

Eve saltou do elevador, seguiu pelo corredor em direção à sua sala e respondeu:

— Porque considero a morte uma ofensa, em qualquer tempo. Quando alguém a provoca, então, é a maior ofensa de todas. Vamos tomar um café, Peabody. Quero acertar esta história toda e colocar o preto no branco, antes de conversar com o comandante.

— Será que não dá para a gente comer alguma coisa?

Eve lançou um sorriso para trás e comentou:

— Não sei o que tem no AutoChef da minha sala, mas... — parou de falar assim que entrou e encontrou Casto sentado diante de sua mesa com as pernas compridas enfiadas em calças jeans, colocadas sobre a mesa e cruzadas na altura dos tornozelos. — Ora, ora, Jake T. Casto! Você parece estar bem à vontade.

— Estava esperando por você, querida — e piscou para ela, lançando a seguir um sorriso arrasador para Peabody. — Oi, DeeDee.

— DeeDee? — murmurou Eve, e então foi pedir um café.

— Como vai, tenente Casto? — a voz de Peabody estava firme como ferro, mas suas bochechas começaram a ficar rosadas.

— Sorte a do homem que consegue trabalhar com duas policiais que são não apenas espertas, como também uma beleza de se olhar. Posso tomar uma xícara desse café, Eve? Forte, preto e bem doce.

— Pode tomar o café, mas não estou com tempo para conversar. Tenho muita papelada para despachar e um encontro marcado para daqui a duas horas.

— Não vou atrasá-la — mas ele nem sequer se mexeu quando ela lhe entregou a xícara. — Estou tentando dar corda no Cabeção para ver se ele acelera. O sujeito é mais lento que uma tartaruga perneta. Como você é a investigadora principal, achei que talvez conseguisse requisitar uma amostra da substância para mim. Tenho um laboratório particular que costumo usar de vez em quando. Eles são rápidos.

— Não creio que a gente deva levar isto para fora deste departamento, Casto.

— O laboratório e aprovado pela Divisão de Drogas Ilegais.

— Estou falando da Divisão de Homicídios. Vamos dar ao Dickie um pouco mais de prazo. Boomer não vai a lugar algum.

— Bem, você é a responsável. Eu queria me livrar disso logo de uma vez. Deixa um gosto ruim na boca. Ao contrário deste café. — Fechou os olhos e suspirou: — Minha nossa, garota, onde é que você consegue isso? É ouro líquido!

— Tenho contatos.

— Ah, sei, aquele seu noivo rico — e tomou mais um gole. — Qualquer homem ia se dar mal se tentasse conquistar você com uma cerveja gelada e uma tortilha.

— Eu gosto é de café, Casto.

— Não posso culpá-la por isso — e desviou o olhar de admiração para Peabody. — E quanto a você, DeeDee? Está a fim de uma loura gelada?

— A policial Peabody está de serviço — disse Eve quando viu que Peabody começou a gaguejar. — Estamos com muito trabalho por aqui, Casto.

— Vou deixar vocês trabalharem. — Descruzando as pernas, ele se levantou. — Por que não me dá uma ligada quando estiver de folga, DeeDee? Conheço um lugar que tem a melhor comida mexicana deste lado da fronteira. E você, Eve, se mudar de idéia quanto ao exame daquela amostra, é só me dizer.

— Feche a porta, Peabody — ordenou Eve, depois que Casto, com a maior calma, saiu da sala —, e limpe essa baba que está escorrendo de sua boca.

Espantada, Peabody levantou a mão e levou-a à boca. Ao sentir que estava seca, reclamou, com mau humor:

— Isso não tem graça, senhora.

— Ah, corta essa de "senhora". Qualquer pessoa que fica por aí respondendo a quem a chama de DeeDee perde cinco pontos na escala de dignidade. — Eve se atirou na cadeira recém-aquecida por Casto. — Que diabos ele queria aqui, afinal?

— Acho que ele foi bem claro.

— Não, aquela história não era importante o bastante para trazê-lo até aqui. — Inclinando-se, Eve ligou o monitor. Depois de um rápido teste de segurança, viu que não tinha havido invasão no sistema. — Se ele ligou o computador, não dá para saber.

— Por que ele iria querer olhar os seus arquivos?

— Porque é ambicioso. Se conseguisse resolver o caso na minha frente, ia pegar muito bem para ele. Além do mais, o pessoal da Divisão de Drogas Ilegais não gosta de compartilhar os louros.

— E o pessoal da Divisão de Homicídios gosta? — perguntou Peabody, de forma seca.

— Ué, claro que não! — Eve levantou a cabeça e sorriu. — Vamos agitar esse lance do relatório. Precisamos requisitar os serviços de um especialista em toxicologia de substâncias extraterrestres. É melhor conseguirmos uma boa desculpa para o rombo no orçamento que isso vai causar...

Trinta minutos mais tarde, foram chamadas à sala do secretário de Segurança.

Eve gostava do secretário Tibble. Ele era um homem volumoso que possuía uma mente audaz e um coração que ainda era mais policial do que político. Depois do fedor que o antigo secretário de Segurança deixara no cargo, a cidade e o departamento bem que estavam precisando daquele tipo de ar sério, fresco e leve que Tibble trouxera consigo.

Eve, porém, não tinha idéia do motivo de elas terem sido chamadas. Pelo menos até ser encaminhada para a sala e ver Casto acompanhado de seu capitão.

— Tenente, policial — Tibble gesticulou para elas, exibindo as cadeiras. Por questão de estratégia, Eve escolheu a que ficava ao lado do comandante Whitney.

— Temos uma pequena rixa aqui para resolver — começou Tibble. — Vocês vão ter que resolvê-la rápido e em definitivo. Tenente Dallas, a senhorita é a investigadora principal nos homicídios de Johannsen e Pandora.

— Sim, senhor, sou. Fui chamada para reconhecer o corpo de Johannsen, já que ele era um dos meus informantes. No caso Pandora, fui chamada à cena do crime por Mavis Freestone, que foi acusada do assassinato. Os dois casos ainda estão em aberto e sob investigação.

— A policial Peabody é a sua auxiliar.

— Requisitei-a para ser a minha ajudante, e fui autorizada a utilizá-la em todos os casos sob minha tutela pelo próprio comandante.

— Muito bem. Tenente Casto, Johannsen também era um dos seus informantes.

— Sim. Eu estava resolvendo outro caso quando o seu corpo foi encontrado. Só mais tarde fui notificado do fato.

— E, neste momento, as divisões de Drogas Ilegais e de Homicídios concordaram em operar em conjunto nas investigações.

— Sim. Entretanto, novas informações chegaram ao meu conhecimento, e isso coloca os dois casos sob a jurisdição da Divisão de Drogas Ilegais — argumentou Casto.

— Eles são homicídios! — interrompeu Eve.

— Com um agravante de substâncias ilegais que serve de conexão aos dois casos — o sorriso fácil de Casto surgiu. — O mais recente relatório do laboratório mostra que a substância descoberta no quarto de Johannsen também foi encontrada no sangue de Pandora.

Eternidade Mortal

Tal substância contém um elemento desconhecido e ainda não classificado, o qual, de acordo com o Artigo 6º, § 9, Item B, deve ficar, bem como todos os casos relacionados entre si, sob a responsabilidade do investigador principal da Divisão de Drogas Ilegais.

— Há exceções para casos que já estavam sob investigação por outro departamento. — Eve forçou-se a respirar fundo e devagar. — Meu relatório sobre tudo isso estará pronto dentro de uma hora.

— As exceções não são automáticas, tenente. — O capitão da Divisão de Drogas Ilegais bateu as pontas dos dedos de uma das mãos de encontro aos da outra. — O fato simples é que a Divisão de Homicídios não tem a força de trabalho, nem a experiência e nem as instalações para investigar uma substância desconhecida. A Divisão de Drogas Ilegais tem tudo isso. E não achamos que esconder dados do nosso departamento esteja dentro do espírito de colaboração que deveria existir entre os investigadores.

— O seu departamento e o tenente Casto receberão cópias do meu relatório quando ele for emitido. Estes casos são meus e...

Whitney levantou a mão antes de Eve soltar o verbo e falou:

— Estão sob a responsabilidade da tenente Dallas os dois casos. Mesmo tendo relações com drogas ilegais, eles continuam sendo homicídios e estão sendo investigados.

— Com todo o respeito, comandante — o sorriso de Casto se apagou —, é fato bem conhecido na Central de Polícia que o senhor sempre favorece a tenente, o que é compreensível, considerando-se o histórico de seus serviços. Requisitamos esta reunião com o secretário Tibble para assegurar um julgamento justo na questão de prioridades entre os departamentos. Eu tenho mais contatos de rua e um relacionamento estruturado junto a fornecedores e distribuidores de drogas químicas. Por trabalhar sempre à paisana, secretamente, tenho acesso a destilarias, fábricas e usinas químicas nas quais a tenente não consegue penetrar. Além do mais, já existe uma suspeita acusada do homicídio de Pandora.

— Uma suspeita que não tem conexão alguma com Johannsen! — explodiu Eve. — As vítimas foram mortas pela mesma pessoa, secretário Tibble.

Os olhos dele permaneceram frios. Qualquer sinal de aprovação ou falta dela foi cuidadosamente encoberto.

— Esta é a sua opinião, tenente? — perguntou o secretário.

— É a minha avaliação profissional, senhor, que será detalhada em meu relatório.

— Secretário, não é segredo algum que a tenente Dallas tem um interesse especial na acusada — atirou o capitão, de forma sucinta. — É natural que ela tente tornar o caso nebuloso. Como pode manter a objetividade da avaliação profissional quando a principal suspeita é também sua amiga pessoal?

Tibble levantou um dedo para evitar uma nova explosão de Eve e perguntou:

— Comandante Whitney, qual é a sua opinião?

— Sempre confiei e confio sem reservas na capacidade da tenente Dallas. Ela vai fazer o seu trabalho.

— Eu concordo, capitão. Não me agrada ver deslealdade em minhas fileiras. — A repreensão era leve, mas o alvo foi bem definido. — Agora, os dois departamentos têm uma posição válida aqui, relacionada com prioridades. As exceções não são automáticas e estamos lidando com um elemento desconhecido que parece estar relacionado com, pelo menos, duas mortes. Tanto a tenente Dallas quanto o tenente Casto possuem fichas impecáveis e cada um deles, tenho certeza, é mais do que competente para investigar estes assuntos. O senhor concorda, comandante?

— Sim, senhor, ambos são policiais excelentes.

— Então, sugiro que cooperem um com o outro ao invés de disputarem jogos de poder. A tenente Dallas continuará como investigadora principal e, como tal, vai manter o tenente Casto e o seu departamento a par de qualquer progresso que obtenha. Agora estamos resolvidos ou eu vou ter de ameaçar cortar o bebê ao meio como Salomão?

* * *

Eternidade Mortal

161

— Termine logo com o relatório, Dallas — cochichou Whitney, enquanto eles estavam saindo —, e da próxima vez que subornar o Cabeção veja se disfarça melhor.

— Sim, senhor. — Eve abaixou a cabeça em direção à mão que estava pousada em seu braço e então olhou para Casto.

— Tive que tentar aquela jogada. O meu capitão gosta de rebatidas difíceis.

Eve compreendeu a sua referência pouco sutil ao jogo de beisebol.

— Tudo bem, Casto, desde que seja eu a usar o taco. Você vai receber cópia do meu relatório.

— Agradeceria. Vou vasculhar um pouco mais pelas ruas. Até agora, ninguém ouviu falar dessa nova mistura. A nova informação de que pode ser alguma coisa vinda de fora do planeta talvez abra alguma frente. Conheço uns dois fiscais da alfândega que me devem favores.

Eve hesitou por um instante, decidindo, por fim, que já era hora de levar o termo cooperação a sério.

— Tente o Satélite Stellar Five para começar a busca. Pandora voltou de lá poucos dias antes de morrer. Ainda estou rastreando a viagem dela para saber se não houve escala em alguma outra estação.

— Ótimo. Avise-me, se for o caso. — Ele sorriu, e a mão que ainda estava pousada no braço de Eve deslizou até a sua cintura. — Estou com um pressentimento de que, agora que abrimos todas as cartas, vamos formar uma tremenda equipe. A resolução destes casos vai ficar muito bonita nos nossos currículos.

— Estou mais interessada em encontrar um assassino que em planejar a forma como isso vai afetar minhas promoções.

— Ei, eu estou do lado da justiça! — sua covinha apareceu. — Só que não vou chorar se isso me fizer chegar mais perto do salário de capitão. Sem ressentimentos?

— Claro. Eu teria feito o mesmo.

— Tudo bem, então. Qualquer dia eu vou dar outra passada por aqui para tomar um pouco mais daquele café — e apertou-lhe o pulso de leve. — E, Eve... Espero que você consiga livrar a sua amiga. Sinceramente.

— Eu vou livrá-la. — Ela já estava a dois passos de Eve, indo em direção à porta, quando admitiu que não conseguia resistir. — Casto?

— Sim, querida?

— O que ofereceu a ele?

— Ao Cabeção? — o sorriso era tão grande quanto o estado de Oklahoma. — Uma caixa do melhor uísque escocês. Ele foi mais rápido que a língua de um sapo diante de uma mosca. — Casto colocou a própria língua de fora em um movimento rápido e tornou a piscar um olho. — Ninguém sabe subornar tão bem quanto o pessoal da Divisão de Drogas Ilegais, Eve.

— Vou me lembrar disso. — Eve enfiou as mãos nos bolsos, mas não conseguiu evitar o sorriso. — Ele tem estilo, não se pode negar.

— E um traseiro lindo — completou Peabody, antes que conseguisse evitar. — Foi apenas uma observação...

— Com a qual eu tenho que concordar. Bem, Peabody, ganhamos a batalha. Vamos, agora, tentar ganhar a guerra.

Quando terminou o relatório, Eve estava quase vesga de tão cansada. Deu folga a Peabody assim que as cópias foram enviadas para todos os interessados. Pensou em cancelar a hora com a psiquiatra e imaginou todos os motivos pelos quais poderia e deveria adiar a sessão.

Só que acabou na sala da doutora Mira, na hora marcada, sentindo os aromas familiares de chá de ervas e um perfume sutil no ar.

— Estou contente por ter vindo me ver. — Mira cruzou as pernas vestidas com seda. Estava com um penteado novo, Eve reparou. Os cabelos estavam bem curtos, com um corte elegante, em vez de estarem enrolados em um coque solto. Os olhos eram os mesmos, é claro, calmos, azuis e cheios de compreensão. — Você está com boa aparência, Eve.

Eternidade Mortal

— É, estou legal.

— Não imaginava como você estaria, com tanta coisa acontecendo ao mesmo tempo em sua vida. No campo profissional e no pessoal. Deve ser tremendamente difícil ter uma amiga íntima acusada de um assassinato que é você mesma que está investigando. Como está encarando tudo isso?

— Estou fazendo o meu trabalho. Ao fazê-lo, vou livrar Mavis e descobrir quem armou esta cilada para ela.

— Você se sente com a lealdade dividida?

— Não, já pensei muito sobre isso. — Eve esfregou as mãos nos joelhos das calças. Palmas suadas eram um dos efeitos colaterais de seus encontros com a doutora Mira. — Se eu tivesse dúvida, um fio de dúvida que fosse, sobre a inocência de Mavis, não sei bem o que faria. Só que eu não tenho, e então as coisas ficam mais claras.

— E isso é um conforto para você.

— Sim, pode-se dizer que sim. Mas vou me sentir muito mais confortável depois de resolver o caso e livrá-la disso. Acho que fiquei um pouco preocupada quando marquei esta consulta. Agora, porém, sinto-me com mais controle das coisas.

— Isso é importante para você. Sentir-se no controle.

— Não posso realizar o meu trabalho a não ser que esteja com o volante nas mãos.

— E quanto à sua vida pessoal?

— Droga, ninguém consegue tirar o Roarke do volante!

— É ele que comanda as coisas então?

— É capaz de fazer isso, se a gente permitir — e soltou uma risada curta. — Ele provavelmente diria exatamente a mesma coisa a meu respeito. Acho que a gente briga muito pelo controle do volante, mas acaba indo na mesma direção, de um jeito ou de outro. Ele me ama.

— Você parece surpresa com isso.

— Ninguém jamais me amou. Não tanto assim. Para algumas pessoas, é fácil dizer essas palavras. Mas, no caso de Roarke, não se trata apenas de palavras. Ele me enxerga por dentro, e isso não me incomoda.

— E deveria?

— Não sei. Nem sempre eu gosto do que vejo lá dentro, mas ele gosta. Ou, pelo menos, compreende o que vê. — Naquele instante, Eve compreendeu que era sobre isso que ela precisava conversar. Aquelas arestas escuras e irregulares que havia dentro dela. — Talvez a causa disso seja o fato de nós dois termos passado por um início de vida péssimo. Descobrimos, quando ainda éramos jovens demais, o quanto as pessoas podem ser cruéis. O quanto o poder não apenas corrompe, quando cai em mãos erradas, mas também mutila. Ele... Eu jamais havia feito amor, antes dele. Fazia sexo, mas nunca senti nada além de um alívio físico. Jamais consegui ser... íntima — decidiu ela. — É essa a palavra que se usa?

— Sim, acho que é a palavra exata. E por que acha que conseguiu alcançar este nível de intimidade com ele?

— Ele não aceitaria que fosse de nenhum outro jeito. Porque ele... — Eve começou a sentir os olhos ardendo com o surgimento de lágrimas e piscou para secá-los. — Porque ele abriu uma porta dentro de mim que eu havia fechado. Não, que havia sido trancada por uma cicatriz profunda. De algum modo, ele assumiu o controle dessa parte de mim, ou eu deixei que ele controlasse aquela parte de mim que havia morrido. Que foi morta quando eu ainda era criança, quando...

— Você vai se sentir melhor se colocar isso para fora, Eve.

— Quando o meu pai me estuprava. — Eve soltou um suspiro entrecortado e as lágrimas já não importavam mais. — Ele me estuprou, me violou e me machucou. Usou-me como uma prostituta, quando eu ainda era pequena e fraca demais para impedi-lo. Ele me prendia com as costas no chão ou me amarrava. Batia em mim até eu mal conseguir enxergar ou apertava a mão contra a minha boca para me impedir de gritar. E se jogava em cima de mim, se esfregava e se lançava dentro de mim até que a dor fosse quase tão obscena quanto o ato em si. Não havia ninguém para me ajudar e nada para fazer, a não ser esperar pela próxima vez.

Eternidade Mortal

— Você compreende que não teve culpa de nada? — perguntou Mira, com gentileza. *Quando um abscesso era finalmente lancetado, pensou, o psiquiatra tinha que espremer com cuidado e completamente, até conseguir retirar todo o veneno.* — Não teve culpa naquela época, não tem culpa agora e nunca teve?

Eve usou as costas da mão para enxugar o rosto.

— Eu queria ser uma policial. Porque os policiais têm o controle das coisas. Eles vencem os bandidos. Parecia simples. Depois que já era policial há algum tempo, comecei a ver que alguns deles sempre atacam apenas os fracos e os inocentes. — Sua respiração se estabilizou. — Não, não foi minha culpa. Foi culpa dele, e culpa das pessoas que fingiam não ver nem ouvir nada. O problema é que eu tenho que viver com isso, e era muito mais fácil suportar quando eu não me lembrava.

— Mas você já vinha lembrando há muito tempo, não vinha?

— Apenas pedaços, pequenas cenas. Tudo o que aconteceu antes de eu ser encontrada no beco aos oito anos eram apenas cacos soltos.

— E agora?

— Mais pedaços, muitos pedaços a mais. E as coisas estão mais claras, mais próximas. — Passou a mão pela boca e tornou a abaixá-la, colocando-a no colo. — Agora, eu consigo ver o rosto dele. Não conseguia ver o seu rosto antes. Durante a investigação do caso DeBlass, no último inverno, acho que encontrei paralelos suficientes para religar a memória. E então Roarke já estava por perto, e tudo começou a voltar de forma mais precisa e mais depressa. Não consigo impedir o processo.

— É isso o que você quer?

— Eu apagaria aqueles oito anos da minha mente se pudesse. — desabafou Eve com ódio, sentia ódio da situação. — Eles não têm nada a ver com o agora. Não quero que eles tenham nada a ver com o agora.

— Eve, por mais horríveis que esses oito anos tenham sido e por mais obscenos, foram eles que formaram o que você é.

Ajudaram a construir a sua força, a sua compaixão pelos inocentes, a sua complexidade, a sua resistência. Lembrar-se e lidar com essas lembranças não vai modificar a pessoa que você é. Por diversas vezes recomendei que você fizesse sessões de hipnose. Não acho mais necessário. Acredito que o seu subconsciente está deixando as lembranças virem à tona com um ritmo próprio.

Se era assim, Eve queria que o ritmo diminuísse para que ela conseguisse respirar.

— Talvez existam coisas que eu ainda não estou pronta para enfrentar. Mesmo assim, as lembranças não param. Tenho um sonho que vive se repetindo. Especialmente nos últimos tempos, sem parar. Há um quarto, um quarto imundo, com uma luz vermelha que fica piscando do lado de fora da janela. Acendendo e apagando. Há uma cama. Está vazia, mas toda manchada. Eu sei que é sangue. Muito sangue. Vejo a mim mesma encolhida no canto do quarto. Vejo mais sangue. Estou coberta por ele. Não consigo ver o meu rosto, está virado para a parede. Não consigo ver nada com clareza, mas só pode ser eu mesma.

— Você está sozinha?

— Acho que sim. Não dá para saber. Só consigo ver a cama, o canto e a luz que não pára de piscar. Há uma faca no chão, ao meu lado.

— Não havia marcas de facadas em você quando foi encontrada.

Os olhos de Eve, fundos e atormentados, olharam para os de Mira.

— Eu sei.

CAPÍTULO DEZ

Eve já esperava pelo frio ar de desaprovação de Summerset quando entrou em casa. Já estava acostumada. Não conseguiu explicar que tipo de perversão a percorreu por dentro quando se sentiu desapontada por ele não tê-la recebido na porta com nenhum comentário depreciativo.

Ela entrou na sala que ficava logo depois do saguão, ligou o sensor de pessoas e perguntou:

— Onde está Roarke?

ROARKE ESTÁ NO SALÃO DE GINÁSTICA, TENENTE. DESEJA FALAR COM ELE?

— Não. Pode desligar. — Ela ia até lá. Uma sessão de ginástica bem puxada. Talvez fosse disso que ela estivesse precisando para desanuviar a cabeça.

Desceu as escadas que ficavam por trás de um painel falso no corredor, foi para o andar de baixo e cortou caminho pela piscina, com seu fundo escuro e vegetação tropical.

Havia um outro mundo ali embaixo, pensou ela. *Outro dos muitos mundos de Roarke*. A piscina luxuriante coberta por um teto capaz de simular um céu estrelado, o brilho do sol ou raios de luar, ao comando de um botão; uma hologramoteca, onde centenas de videogames podiam ser acessados para ajudar a passar uma noite monótona; um banho turco; um tanque de isolamento; um salão de tiro; um pequeno cinema e uma pequena sala de meditação, superior a qualquer das que eram encontradas nos spas mais caros, dentro e fora do planeta.

Brinquedos, refletiu ela, para os ricos. Roarke os teria denominado ferramentas de subsistência, meios necessários para relaxamento em um mundo que se movia mais depressa a cada dia. Ele equilibrava o relaxamento com o trabalho melhor do que ela, a própria Eve admitia isso. De algum modo, ele encontrara a chave para usufruir o que possuía, ao mesmo tempo que protegia tudo e ainda ganhava mais.

Eve aprendera muitas coisas com Roarke nos meses anteriores. Uma das lições mais importantes era que havia momentos em que ela precisava jogar para o lado todas as preocupações, responsabilidades e até mesmo a sede por respostas e ser apenas ela mesma.

Era isso que pensava naquele instante, ao entrar silenciosamente no salão de ginástica e digitar o código que fazia a porta se trancar atrás dela.

Roarke não era homem de economizar nos equipamentos, nem era do tipo que busca o caminho mais fácil e paga para ter o corpo esculpido, os músculos tonificados e os órgãos energizados. Suor e esforço eram tão importantes para ele quanto o banco antigravitacional, a trilha aquática ou o centro de resistência. Por ser um homem que apreciava a tradição, o seu ginásio particular também estava cheio de pesos, halteres antiquados, pranchas inclinadas e um sistema de realidade virtual.

Naquele momento ele estava usando os pesos, e fazia levantamentos lentos, completos, enquanto observava um monitor que

Eternidade Mortal

exibia um tipo de diagrama e falava com alguém através do *tele-link* preso em sua cabeça.

— A segurança é a maior prioridade do *resort*, Teasdale. Se está havendo uma falha, encontre-a. E conserte-a. — Franzindo a testa diante da tela, trocou suavemente os exercícios com pesos por outros com extensores. — Você simplesmente tem que melhorar isso. Se precisar estourar o orçamento, quero justificativas. Não, eu não disse desculpas, Teasdale. Justificativas. Transmita um relatório para o meu escritório até as nove horas, pelo horário da Terra. Desligando.

— Você é durão, Roarke.

Ele se virou para olhar para ela, no instante em que a tela apagou, e sorriu.

— O mundo dos negócios é uma guerra, tenente.

— E, do jeito que você faz, é mortal. Se eu fosse o Teasdale, já estaria tremendo em minhas botas de gravidade artificial nesse exato momento.

— Essa é a idéia. — Pousando os pesos no chão, ele tirou o fone do ouvido e o colocou de lado. Ela o viu trocar para o aparelho de resistência, onde digitou um programa e começou a tonificar as pernas. De modo casual, Eve pegou um dos pesos e começou a trabalhar os tríceps, sem tirar os olhos dele.

A faixa preta amarrada em volta de sua testa lhe dava um ar guerreiro, pensou ela. A camiseta escura sem mangas e o short exibiam músculos muito atraentes e uma pele que brilhava com o suor. Olhando os músculos dele que se enrijeciam e o suor que brotava, ela sentiu desejo.

— Você me parece satisfeita consigo mesma, tenente.

— Na verdade, estou satisfeita com você. — Virando a cabeça para o lado, deixou que o olhar percorresse todo o corpo dele. — Você tem um tremendo corpo, Roarke...

As suas sobrancelhas se levantaram ao vê-la ir para trás dele, a fim de testar os seus bíceps.

— Um sujeito bem durão — completou ela.

Roarke sorriu. Ela estava a fim, dava para notar. Ele só não estava bem certo sobre o que, exatamente, ela queria.

— Quer ver o quanto eu sou durão?

— Por quê? Pensa que eu tenho medo de você? — Com os olhos ainda sobre os dele, ela tirou o cinto com a arma e o resto do equipamento e o colocou sobre uma das barras. — Pode vir... — Indo até um tatame, ela curvou os dedos para dentro em posição de desafio. — Venha até aqui para tentar me derrubar!

Ainda reclinado sobre o aparelho, ele estudou o rosto dela. Havia algo mais em seus olhos, além de desafio, reparou ele. Se não estava enganado, era vontade de transar.

— Eve, estou todo suado...

— Covarde! — disse ela, com desdém.

— Deixe-me tomar uma chuveirada — disse, com a cara contraída —, e depois...

— Covardão! Sabe, alguns homens ainda pensam que uma mulher não pode ser enfrentada na mão, fisicamente. Como eu sei que você está acima disso, só posso imaginar que está com medo de levar uma surra.

Foi o bastante.

— Fim do programa — disse ele, enquanto se sentava, pegava uma toalha em uma pilha ao lado e enxugava o rosto. — Quer brigar? Vou dar um tempinho para você se aquecer.

O sangue dela já estava acelerado.

— Estou bem aquecida. Vamos lá, uma briga de punhos, estilo padrão.

— Sem socos de verdade — disse ele ao pisar no tatame. Diante do olhar sarcástico dela, apertou os olhos. — Não quero bater em você.

— Claro. Como se você fosse capaz de passar pela minha...

Ele veio depressa, pegou-a desequilibrada e a jogou no chão, sentada sobre o traseiro.

— Golpe baixo... — reclamou ela entre dentes, enquanto se colocava em pé com um salto.

Eternidade Mortal

171

— Ah, agora temos regras — disse ele. — Como na polícia.

Eles se agacharam e circundaram um ao outro. Ele gingou o corpo, fingindo atacá-la, e ela se agarrou nele. Por dez interessantes segundos eles ficaram agarrados um ao outro, as mãos dela escorregando sobre a pele suada dele. O gancho de perna que ele tentou dar teria funcionado se ela não tivesse previsto o movimento e se abaixado. Girando o corpo com rapidez e utilizando-o como alavanca, ela o atirou por cima dela.

— Agora estamos quites — e se agachou novamente, enquanto ele se levantava e jogava os cabelos para trás.

— Certo, tenente. Vou parar de me segurar.

— Se segurar uma ova! Você estava...

Ele quase conseguiu pegá-la novamente, e certamente a teria derrubado se ela não tivesse percebido com segundos de antecedência que a tática dele era distraí-la com insultos. Ela escapou e se virou de frente para ele. Então, quando seus rostos estavam bem próximos e seus corpos colados, ela sacou da sua melhor arma.

Deixando a mão escorregar para a região entre as pernas dele, agarrou-lhe os testículos, com delicadeza. Ele piscou uma vez, surpreso e deliciado.

— Ora, então nós podemos — murmurou ele, abaixando os lábios para perto dos dela, antes que ela mudasse a posição da mão.

Não teve tempo nem para praguejar quando ela o fez voar. Aterrissando com um baque surdo, ele viu que ela já estava em cima dele, com um joelho apertando-lhe o ponto entre as pernas e grudando-lhe os ombros contra o chão, com a força de suas mãos.

— Você está derrubado, meu chapa! Perdeu!

— Isso é que é golpe baixo.

— Não seja um mau perdedor...

— É difícil argumentar com uma mulher quando ela está com o joelho em cima do meu ego.

— Ótimo. Agora as coisas vão ter que ser do meu jeito.

— É mesmo?

— Com certeza! Eu venci! — Abaixando a cabeça, ela começou a tirar a camiseta dele. — Coopere comigo e eu prometo que não vou machucá-lo. Hã-hã... — Quando ele tentou abraçá-la, ela agarrou-lhe as mãos e as colocou de volta sobre o tatame. — Sou eu que mando aqui. Não me obrigue a usar as algemas.

— Humm... Que ameaça interessante! Por que você não... — suas palavras pararam na garganta quando sentiu que a boca de Eve mergulhava sobre a dele, com força e calor. Por instinto, suas mãos se flexionaram sob as dela, querendo tocá-la, querendo tomá-la nos braços. Mas compreendeu que ela queria alguma coisa a mais, algo além. Então, resolveu deixá-la procurar.

— Vou pegar você — e mordeu o lábio inferior dele, provocando-lhe um arrepio de desejo que o atingiu junto da virilha —, e fazer o que bem quiser...

A cabeça dele já estava rodando, e a respiração ofegante.

— Seja gentil comigo — ele conseguiu falar, e sentiu o calor se misturar com o desejo quando ela riu.

— Vá sonhando!

Ela parecia insaciável, com as mãos rápidas, desejosas e impacientes, e os lábios agitados. Ele conseguia sentir o ar selvagem de desejo que vibrava e emanava dela até atingi-lo e fazê-lo brilhar com uma espécie de energia arrojada que parecia alimentar a si mesma. Se ela queria ter o controle da situação, ele lhe daria isso. Ou, pelo menos, foi o que pensou. Em algum momento, porém, durante o furioso ataque que ela lançou contra seus instintos, ele simplesmente não teve mais escolha.

Ela arrastou os dentes por todo o corpo dele e foi descendo, até que os músculos que ele havia tonificado há pouco começaram a tremer, indefesos. Sua vista se embaçou quando ela o tomou na boca e começou a trabalhar com muita força e rapidez, até o ponto em que ele teve que lutar contra todos os seus instintos para não explodir.

— Não se segure! — Ela mordeu-lhe a coxa e foi voltando até o peito, que arfava, enquanto a mão substituía a boca. — Quero fazer

Eternidade Mortal

173

você gozar! — sugando a língua dele com a boca, ela deu uma leve mordida e a liberou. — Agora!

Ela viu os seus olhos ficarem opacos por um segundo, antes de sentir o orgasmo que trepidava por dentro dele. A risada dela saiu trêmula de poder, enquanto atacava o ouvido dele, sussurrando:

— Venci novamente.

— Nossa! Puxa vida! — ele conseguiu, quase sem forças, colocar os braços em volta dela. Sentia-se fraco como um bebê e muito sem graça pela total perda de controle, deliciosamente tonto. — Não sei se devo me desculpar ou agradecer...

— Guarde o fôlego. Ainda não terminei com você.

Ele quase riu, mas ela já estava mordiscando em volta de seu queixo, começando a enviar novos sinais de excitação ao seu corpo arrasado.

— Querida — disse ele —, você vai ter que me dar um tempinho...

— Não tenho que lhe dar coisa alguma. — Ela parecia bêbada de prazer, energizada pelo próprio poder. — Você vai ter que aguentar.

Sentando-se sobre ele com as pernas abertas, ela arrancou a blusa por cima da cabeça. Olhando para ele, ela passou as mãos pelo próprio corpo, por cima dos seios e para baixo novamente. Ele sentiu a saliva se acumular na boca. Sorrindo, ela segurou as mãos dele e as levantou, até tocá-la. Com um suspiro, deixou que os seus olhos se fechassem.

O seu toque sobre o corpo dela já era familiar e ao mesmo tempo lhe parecia sempre novo. Sempre excitante. Seus dedos brincavam sobre ela, apertando-lhe os mamilos até eles ficarem quentes o bastante, a ponto de provocar dor, para a seguir puxá-los até senti-la se apertar em volta dele, em resposta.

Agradando aos dois, ela se lançou para trás, enquanto ele elevava ligeiramente o corpo para cobrir-lhe a boca com os seus lábios. Ela agarrou a cabeça dele e se deixou embeber pelas sensações: o arranhar dos dentes dele sobre a sua pele sensível, que ia do terno ao brutal; o apertar e liberar constantes dos dedos dele em volta dos seus quadris, o escorregar oleoso de carne contra carne e o cheiro quente e maduro de suor e sexo. E, quando ele forçou a boca de volta contra a dela, o gosto explosivo do desejo incontrolável.

Ele soltou um som que parecia um grunhido e uma maldição quando ela se soltou dele. Levantando-se depressa, ela adorou o fato de estar com as pernas bambas e o corpo saciado. Ela não precisava dizer que jamais tinha sido daquele jeito com ninguém, a não ser com ele. Isso ele já sabia. Da mesma forma que descobrira que ele se encontrara mais com ela, de alguma forma, do que com qualquer outra pessoa.

Levantada, acima dele, ela já não tentava mais controlar a respiração nem sentia mais os choques dos arrepios que a atravessavam. Tirou os sapatos, acabou de despir as calças e as deixou caídas no chão.

O suor a inundava enquanto os olhos dele a cobriam de cima a baixo e subiam de novo até alcançar-lhe os olhos. Ela jamais se importara muito com o próprio corpo. Era o corpo de uma policial, tinha que ser forte, resistente e flexível. Com Roarke ela descobrira também o quanto eram maravilhosos estes aspectos do corpo de uma mulher. Tremendo um pouco, ela plantou um joelho em cada lado do corpo dele e então se inclinou para a frente para se deixar perder no doce abandono do prazer do boca a boca.

— Continuo no comando — murmurou ela ao se levantar de novo.

Com os olhos flamejando ao se encontrar com os dela, ele sorriu, dizendo:

— Pode me torturar!

Ela se agachou sobre ele e tomou-o por inteiro dentro dela, de forma lenta e torturante. E quando ele estava bem lá no fundo, quando ela sentiu o corpo enrijecer e se jogou para trás, deixou escapar um suspiro trêmulo no instante em que o primeiro orgasmo glorioso a fez estremecer. Ávida, ela se inclinou para a frente de novo, agarrou as mãos dele entre as dela e começou a cavalgar.

Explosões começaram a acontecer dentro de sua cabeça e de seu sangue. Por trás de seus olhos fechados, inúmeras cores dançavam e não havia mais nada dentro dela, a não ser Roarke e uma necessidade desesperada de um pouco mais dele... cada vez mais dele. Um clímax se sucedeu a outro, atingindo-a antes que ela conseguisse relaxar novamente. A dor que a triturava por dentro acalmou-se mais uma vez, e então aumentou de novo, até que, por fim, seu corpo se largou, completamente mole, por cima do dele. Ela enterrou o rosto junto da garganta de Roarke e ficou esperando a sanidade voltar.

— Eve?

— Hein?

— Agora é minha vez.

Ela piscou uma vez, ainda zonza, no momento em que ele a virava de costas e continuava sobre ela. Eve levou um segundo para compreender que ele ainda estava duro como pedra dentro dela.

— Eu achei que você já... que nós...

— Você já... — murmurou ele. E reparou um prazer renovado e inesperado brilhar no rosto dela quando ele começou a se mover lá dentro. — Agora você é que vai ter que agüentar!

Ela começou a rir, mas acabou dando um gemido.

— Vamos nos matar se continuarmos nesse ritmo — avisou ela.

— Eu corro o risco. Não, não feche os olhos. Olhe para mim. — Ele ficou observando aqueles olhos vitrificados enquanto acelerava o ritmo, e ouviu o grito abafado que ela soltou no momento em que ele bombeou mais fundo, cada vez mais fundo, dentro dela.

Então, os dois começaram a corcovear e mergulhar um no outro, as mãos dela querendo se agarrar a qualquer coisa enquanto os quadris dele investiam sobre ela com ímpeto cada vez maior. Os olhos dela ficaram arregalados e foscos. Ele cobriu a sua boca com a dele, de modo implacável, e engoliu o seu grito.

* * *

Estavam enrodilhados um ao outro, como dois lutadores de boxe caídos no ringue, ouvindo a contagem do juiz e lutando para conseguir um pouco de ar. Ele escorregara ligeiramente para baixo, ainda sobre o corpo dela, e descobriu que, embora os seios dela estivessem ao alcance dos seus lábios, ele já não tinha energia para se aproveitar disso.

— Não estou sentindo os meus dedos dos pés — reparou ela —, nem os das mãos. Acho que desloquei alguma coisa...

Ocorreu a Roarke que, provavelmente, era o peso dele que estava impedindo a circulação do sangue e do ar dela. Fazendo um esforço, ele inverteu as posições deles.

— Está melhor agora?

— Acho que sim... — ela inspirou profundamente, engolindo um pouco de ar.

— Eu machuquei você?

— Hã?...

Ele deu um pequeno beijo em sua testa e analisou o seu sorriso, tolo e sem expressão.

— Deixe pra lá — encerrou ele. — Você já acabou comigo por agora?

— No momento, sim.

— Graças a Deus. — Ele se deixou cair de costas e se concentrou em respirar um pouco.

— Nossa, estamos arrasados!

— Nada como uma rodada de sexo suado e pegajoso para fazer a gente lembrar que é humano. Vamos.

— Vamos aonde?

— Querida — ele pousou um beijo em seu ombro molhado, —, você precisa de um chuveiro.

— Vou ficar aqui só mais um pouquinho, dormindo pelos próximos dois dias. — Ela se encolheu e bocejou. — Pode ir na frente.

Ele balançou a cabeça. Reunindo todas as forças, empurrou-a para o lado e se levantou. Depois de respirar fundo, ele se abaixou e a colocou sobre os ombros.

— Ah, isso mesmo. Aproveite-se de uma mulher morta.

— Peso morto, isso sim — resmungou ele, e atravessou todo o salão de ginástica até o vestiário. Agarrando-a com mais firmeza, ele pisou no chão ladrilhado dos chuveiros. Com um sorriso cruel, ele se virou, para que o rosto dela ficasse de frente para os jatos que iam se entrecruzar com força, e disse: — Dezessete graus, pressão máxima.

— Dezess... — foi tudo o que ela teve tempo de dizer. O resto da palavra ficou perdida em meio a gritos e maldições que ecoaram pelos ladrilhos brilhantes.

Ela já não era mais um peso morto e sim uma mulher que se sacudia, molhada e desesperada. Ele a segurou firme, morrendo de rir quando ela explodiu em xingamentos dirigidos a ele.

— Trinta e três graus! — gritou ela. — Trinta e três graus, cacete. Agora!

Quando o jato de água esquentou, ela conseguiu respirar de novo e avisou:

— Vou matar você, Roarke! Assim que eu derreter!

— Isso é bom para você. — Ele a colocou em pé com todo o cuidado e entregou-lhe o sabonete.

— Vá se arrumar, tenente. Estou morrendo de fome.

Ela também estava.

— Vou deixar para matar você mais tarde, então — decidiu ela.

— Depois que eu comer.

Em menos de uma hora, ela já acabara de tomar banho, estava satisfeita, vestida e atacava um filé com cinco centímetros de altura.

— Sabe, Roarke, estou me casando com você só por causa do sexo e da comida.

— É claro. — Ele provou o vinho tinto e olhou enquanto ela atacava a comida.

— E porque você tem um rosto lindo — e beliscou uma batata palito.

— É o que todas dizem — e simplesmente sorriu, sem se abalar.

Aqueles não eram os motivos reais, mas uma boa sessão de sexo, boa comida e um rosto lindo certamente conseguiam amenizar as coisas. Ela sorriu para ele e perguntou:

— Como é que a Mavis está?

Ele estava esperando que ela perguntasse, mas sabia que, antes de fazê-lo, ela precisava colocar algumas coisas para fora.

— Mavis está bem — respondeu. — Ela e Leonardo estão tendo uma espécie de reencontro na suíte dela, esta noite. Você vai poder conversar com eles de manhã.

Eve olhou para o prato enquanto cortava mais um pedaço do filé.

— O que acha de Leonardo?

— Acho que ele está desesperadamente apaixonado pela nossa Mavis, de forma quase patética. E, já que eu tenho experiência com este tipo de emoção, desenvolvi uma certa afinidade com a situação dele.

— Não temos como confirmar os movimentos dele na noite do crime. — Eve pegou o vinho. — Leonardo tinha motivos, tinha os meios e, muito provavelmente, a oportunidade. Não existem provas físicas que o liguem ao crime, mas o assassinato ocorreu no apartamento dele, e a arma usada pertencia a ele.

— Então você o imagina matando Pandora e depois montando todo o cenário para que Mavis levasse a culpa?

— Não — ela pousou o vinho de novo. — Seria mais fácil se eu conseguisse imaginar. — Eve bateu com as pontas dos dedos na mesa e então pegou novamente o cálice. — Você conhece Jerry Fitzgerald?

— Sim, já estive com ela — e esperou um segundo. — Não, nunca dormimos juntos.

— Eu não perguntei.

— Falei só para ganhar tempo.

Ela encolheu os ombros, tomou outro gole e disse:

— Minhas impressões a respeito dela são de que ela é esperta, ambiciosa, inteligente e durona.

Eternidade Mortal

— Suas impressões, geralmente, são acertadas. Eu não discuto com elas.

— Não conheço muito a respeito do mundo da moda, mas andei fazendo umas pesquisas. No nível de Jerry Fitzgerald, as apostas são bem altas. Rola dinheiro, prestígio, mídia. Ser a estrela de um desfile tão badalado quanto o de Leonardo vale muita coisa, com cobertura completa da imprensa. E ela vai entrar no lugar de Pandora, com a morte dela.

— Se os modelos dele agradarem ao mercado, vai valer uma grana preta ser a estrela principal da coleção — concordou Roarke.

— Mesmo assim, é pura especulação.

— Ela está envolvida com Justin Young, e admitiu que Pandora estava tentando reconquistá-lo.

— Não consigo imaginar Jerry Fitzgerald sentindo uma fúria assassina por causa de um homem — considerou Roarke.

— Era mais fácil ela sentir isso por um figurinista — admitiu Eve. — Só que ainda tem mais.

Em rápidas palavras, ela contou a Roarke a respeito da conexão entre os dados de Boomer, sua morte e a nova droga encontrada no sangue de Pandora.

— Não conseguimos achar a caixa onde ela guardava a substância. Alguém mais a queria e sabia onde encontrar.

— Jerry já se declarou publicamente contra as drogas ilegais. Claro que pode ser apenas da boca para fora — acrescentou Roarke —, e aqui você está lidando com tráfico, não com uso recreativo.

— É a minha teoria. Uma nova mistura como essa, que vicia depressa e é muito forte, tem potencial para gerar muitos lucros. O fato de que eventualmente possa ser letal não vai impedir a sua distribuição ou o uso.

Eve empurrou o filé para o lado sem acabar de comê-lo, um gesto que fez Roarke franzir as sobrancelhas. Quando ela não comia, é porque estava preocupada.

— Parece-me que você tem uma pista que pode agarrar com unhas e dentes. Uma pista que vai passar muito longe de Mavis.

— É... — inquieta, ela se levantou. — Uma pista que não aponta para mais ninguém. Jerry e Justin servem de álibi um para o outro. Os discos de segurança confirmam que eles estavam em casa na hora do crime. A não ser que um deles ou os dois saibam adulterar os vídeos. Redford não tem álibi ou, melhor, tem um que é cheio de furos, mas não temos como acusá-lo de nada. Ainda.

Pareceu a Roarke que ela gostaria de ter como acusá-lo.

— Quais foram as suas impressões a respeito dele, Eve?

— Insensível, sem pena de ninguém, egoísta.

— Você não gostou dele.

— Não, não gostei. Foi escorregadio, arrogante, estava certo de poder lidar com uma policial qualquer sem gastar muitas das suas células cinzentas. E forneceu informações demais, sem a gente pedir, da mesma forma que Jerry e Justin. Não confio em ninguém que me entrega as informações todas com tanta facilidade.

O jeito que a cabeça de uma policial funcionava não deixava de surpreendê-lo, refletiu Roarke, e ele perguntou:

— Você confiaria mais se tivesse sido obrigada a arrancar as informações dele?

— Claro. — Essa era uma das regras básicas para ela. — Ele estava doido para me contar que Pandora usava drogas. Jerry Fitzgerald também. Todos três ficaram quase felizes em me dizer que não gostavam dela.

— Acho que você não considera a possibilidade de que eles estivessem apenas sendo honestos.

— Quando as pessoas são assim tão abertas, especialmente diante da polícia, normalmente há outra camada por baixo. Vou ter de cavar um pouco mais a respeito deles. — Ela deu uma volta e tornou a se sentar. — Ainda tem o policial da Divisão de Drogas Ilegais, com quem eu estou batendo de frente.

— Casto.

— É... Ele queria ficar com o caso. Pareceu encarar bem o fato de não ter conseguido me apunhalar, mas o jogo não vai ser limpo com ele não. Ele quer ser promovido.

Eternidade Mortal

— E você não quer?

— Somente quando eu merecer — e lançou um olhar frio para Roarke.

— E, claro, enquanto isso você vai jogar totalmente limpo com Casto, alegremente.

— Ah, não enche, Roarke! — Ela abriu um sorriso. — O caso é que eu preciso ligar a morte de Boomer com a de Pandora, sem deixar furo. Tenho que descobrir quem é a pessoa ou as pessoas que serviam de ligação entre os dois, que conheciam os dois. Até conseguir isso, Mavis vai se arriscar a encarar um julgamento por assassinato.

— Pelo jeito, você tem dois caminhos a seguir.

— Que são...?

— O caminho brilhante da alta-costura ou o caminho poeirento das ruas. — Ele pegou um cigarro e o acendeu. — Onde foi mesmo que você falou que Pandora esteve antes de voltar para a Terra?

— Estação Starlight.

— Tenho alguns negócios lá.

— Que surpresa! — disse ela, seca.

— Vou fazer algumas perguntas. As pessoas que freqüentam o círculo onde Pandora trabalhava não reagem muito bem a distintivos.

— Se eu não conseguir as respostas certas, vou ter que acabar indo até lá pessoalmente.

— E há algum problema nisso? — algo no tom de voz dela chamou a atenção dele.

— Não, não, problema algum.

— Eve.

— É que eu jamais estive fora do planeta — e tornou a se levantar da mesa.

— Nunca como? — confuso, ele olhou para ela. — Nunca mesmo?

— Não é todo mundo que pode ficar saracoteando por aí, entrando e saindo de órbita cada vez que lhe dá na telha. Aqui embaixo já há bastante coisa para manter a maioria das pessoas ocupada.

— Não há do que ter medo — explicou ele, entendendo-a perfeitamente. — Viajar pelo espaço é mais seguro do que dirigir na cidade.

— Conversa fiada! — disse ela, entre dentes. — Eu não disse que tinha medo. Se tiver que fazer isso, eu faço. Simplesmente, preferia que não. Quanto mais perto eu ficar de casa, mais depressa vou livrar Mavis dessa confusão.

— Hã-hã... — Interessante, pensou ele, descobrir que a sua destemida tenente tinha uma fobia. — Por que não vemos o que eu posso descobrir para você?

— Você é civil.

— Uma investigação extra-oficial, é claro.

— Certo. — Ela olhou de volta para ele, sentiu compreensão, apesar do seu ar divertido, e suspirou. — Não acredito que você conheça um especialista em flora extraplanetária e que esteja disponível, já que você quer ajudar.

— Para falar a verdade... — Roarke pegou o vinho novamente e sorriu.

Capítulo Onze

O caso estava tomando muitos rumos diferentes ao mesmo tempo, decidiu Eve. O melhor a fazer era tomar o caminho mais familiar. Ela foi para as ruas. E foi sozinha.

Deixou Peabody com uma pilha de dados para averiguar, ligou para Feeney, pedindo uma atualização das pesquisas, mas saiu desacompanhada.

Não queria ficar de papo-furado com ninguém e também não queria ninguém olhando para ela muito de perto. Tivera uma noite ruim e sabia muito bem que dava para perceber isso.

O pesadelo tinha sido o pior de todos os que ela já tivera. Foi como se lhe tivessem apertado a garganta e batido nela até que acordasse, transformando-a em uma massa disforme e suada. Seu único alívio foi que o dia já estava raiando quando o sonho atingiu o ponto máximo. E ela estava sozinha na cama, pois Roarke já se levantara e estava tomando banho.

Se ele a tivesse ouvido ou visto naquele estado, Eve jamais teria conseguido se livrar dele. Talvez fosse uma espécie de orgulho bobo, mas ela usou de todas as táticas que conseguiu para evitá-lo, e então deixou-lhe um rápido recado antes de escapar de casa.

Ela também evitara Mavis e Leonardo, e estivera com Summerset apenas o tempo suficiente para ser agraciada com um dos seus olhares gélidos.

Eve se virara em direção à porta e saíra de casa. Havia uma sensação doentia dentro dela de que, ao sair, estava dando as costas para algo muito maior do que tudo aquilo.

Trabalho era a resposta para o problema, pelo menos foi o que pensou. Trabalho era uma coisa que ela compreendia. Estacionou na porta da Boate Baixaria, no East End, e saiu do carro.

— Oi, você aí, branquela!

— Como é que vão as coisas, Crack?

— Ah, não tem pintado muita sujeira por aqui não! — Ele riu para ela, um gigante negro com o rosto cheio de tatuagens. O peito largo de quem malhava muito estava parcialmente coberto com um casacão revestido de penas que descia abaixo dos joelhos e lhe dava um ar elegante contrastando com a sunga rosa-choque que exibia por baixo. — Hoje vai ser outro daqueles dias quentes pra caramba!

— Está com tempo para entrar comigo, a fim de me refrescar oferecendo-me um drinque?

— Pode ser, só porque é para você, bundinha doce... Resolveu seguir o conselho de Crack, desistiu de trabalhar na polícia e está a fim de balançar a peitaria aqui na Boate Baixaria?

— Enquanto estiver viva, não.

— Sabe, não sei por quê, mas eu gosto de você — e riu, batendo na barriga brilhante. Entre comigo então, molhe o bico e conte ao Crack tudo o que está rolando.

Ela já estivera em boates piores e se sentiu eternamente grata por já ter visto outras melhores também. O fedor pesado da noite anterior ainda estava no ar: incenso, perfume barato, fumaças de origem duvidosa, corpos sujos e sexo casual.

Ainda era cedo demais, mesmo para o mais assíduo dos freqüentadores. As cadeiras estavam com os pés para cima, colocadas

Eternidade Mortal   185

sobre as mesas, e dava para ver que alguém passara um pano molhado, com pouco cuidado, sobre o chão pegajoso. Substâncias que ela não queria nem identificar haviam sido deixadas para trás.

Mesmo assim, as garrafas que ficavam atrás do bar principal brilhavam sob as luzes coloridas. No palco à direita, um dançarino envolvido por uma rede cor-de-rosa ensaiava um número ao som simulado e ensurdecedor de metais eletrônicos.

Ao notarem o sinal que Crack fez com a cabeça imensa, a andróide que servia de empregada e o dançarino foram para outro lugar.

— O que vai querer, branquela?

— Café, bem forte.

Crack foi para trás do bar, movendo-se pesadamente e ainda sorrindo.

— Vou pegar. Que tal uma gotinha ou duas de minha reserva especial no seu café?

— Tudo bem. — Eve levantou o ombro. Quando em Roma, faça como os romanos.

Ela o viu programar o café e a seguir digitar um código para abrir um armário, de onde retirou uma garrafa que parecia saída de um conto das Mil e Uma Noites. Encostando-se no bar enfumaçado e sentindo os aromas, ela relaxou um pouco. Ela sabia por que gostava de Crack, um segurança de casas noturnas que ela mal conhecia, mas compreendia bem. Ele fazia parte de um mundo pelo qual ela vagara por grande parte de sua vida.

— E então, o que está fazendo neste lugar podre, favinho de mel? Dando uma de policial?

— Infelizmente. — Experimentou o café e sugou o ar. — Nossa, que reserva especial!

— Só para as minhas pessoas prediletas! Isso é tão forte que quase fica fora dos limites da legalidade — e piscou um olho. — Quase. O que o velho Crack pode fazer por você?

— Você conhecia um homem chamado Boomer? Carter Johannsen era o nome verdadeiro dele. Bandidinho. Sabujo de informações.

— Sei quem é. Virou presunto.

— É... Esse mesmo. Alguém o apagou. Alguma vez fez negócios com ele, Crack?

— Ele andava por aqui, entrava e saía. — Crack preferia tomar a sua reserva sem misturas. Provou e então estalou os lábios tatuados para mostrar que apreciara o sabor. — Às vezes, rolava algum lance, outras vezes, não. Ele gostava de assistir ao show e jogar conversa fora. Não havia muito problema com o velho Boomer não. Soube que a cara dele foi arrancada fora.

— Isso mesmo. Quem faria isso?

— Ele deve ter deixado alguém muito puto, é o que eu acho. Boomer tinha ouvidos aguçados. Depois de beber umas e outras, ficava com a língua comprida também.

— Quando foi que você o viu pela última vez?

— Puxa, é difícil de saber! Deve fazer algumas semanas... Pelo que me lembro, ele apareceu aqui uma noite com o bolso cheio de fichas de crédito. Pediu uma garrafa, pegou uns tabletes para ficar ligado e quis um quarto privativo. Lucille foi para lá com ele. Não, não foi Lucille não, cacete! Foi a Hetta. É que todas vocês, garotas brancas, têm a mesma cara — e deu uma piscada.

— Ele contou para alguém daqui como foi que tinha conseguido encher os bolsos?

— Deve ter contado para a Hetta, porque ele estava numa boa. Parece até que ela veio pegar mais uns tabletes para levar lá para cima. Ele queria continuar feliz. Ela falou alguma coisa sobre como o velho Boomer estava virando um empresário ou um papo desse tipo. Demos umas boas risadas com tudo aquilo, e então ele saiu do quarto e subiu em cima daquele palco, peladão. A gente riu mais ainda, quase explodimos. O cara tinha o pinto mais ridículo que eu já vi.

— Então ele estava celebrando alguma transação...

— Esse é o meu palpite. Depois daquilo, eu andei muito ocupado. Tive que quebrar algumas cabeças por aqui e expulsar alguns palhaços da boate. Agora me lembro de que estava lá fora, na rua, e ele saiu correndo aqui de dentro. Eu o segurei pelo braço, só de sacanagem. Ele não parecia mais tão feliz, estava quase mijando nas calças de tão apavorado.

— E disse alguma coisa?

— Não, só se soltou e continuou correndo. Pelo que me lembro, foi a última vez em que vi a figura.

— Quem foi que o deixou apavorado? Com quem ele conversou?

— Não tenho idéia, carinha linda.

— Você viu uma destas pessoas aqui, naquela noite? — Eve pegou algumas fotos em sua bolsa e espalhou-as no balcão. Pandora, Jerry, Justin, Redford e, por ser necessário, Mavis e Leonardo.

— Olha, eu conheço essas aqui. São duas modelos de cara bonita. — Seus dedos gordos acariciaram as imagens de Pandora e Jerry. — Essa ruiva aqui aparece de vez em quando, circula em busca de companhia, quando está a fim de ganhar alguém. Estes outros não fazem parte da nossa lista de convidados, por assim dizer. Pelo menos eu não saco nenhum deles.

— Alguma vez você viu a ruiva em companhia de Boomer?

— Não, ele não era o tipo dela não. Ela gostava de homens grandes, burros e jovens. Boomer era só burro.

— O que sabe a respeito de uma nova droga que anda pelas ruas, Crack?

— Não ouvi nada a respeito. — Seu rosto grande ficou sem expressão e ele fechou a cara.

A amizade acabava ali, Eve sabia. Silenciosamente, pegou algumas fichas de crédito e as colocou sobre o bar.

— Será que isso melhora a sua audição?

Ele avaliou os créditos no balcão e olhou de volta para o rosto dela. Familiarizada com a tática de negociações com Crack, ela acrescentou algumas fichas. Os créditos foram arrastados para trás do balcão e desapareceram.

— Talvez eu tenha ouvido alguns bochichos, recentemente, a respeito de uma porcaria nova. É um troço muito poderoso, tem efeito prolongado e abre um rombo no bolso. Ouvi dizer que se chama *Immortality*. Ninguém aqui apareceu com isso, pelo menos por enquanto. A maioria das pessoas da área não tem bala na agulha para comprar da pura. Vão ter que esperar pela versão sintética, e isso ainda vai levar alguns meses.

— Boomer comentou sobre isso?

— Era nisso que ele estava metido? — Um ar especulativo apareceu nos olhos de Crack. — Ele nunca abriu o jogo comigo a respeito disso não. Como eu falei, tudo o que ouvi de passagem foram uns papos. Já vieram bater no meu ouvido que estão armando muita badalação em torno desse bagulho novo, os doidões já estão todos interessados, mas, que eu saiba, ninguém ainda experimentou. Vai ser um grande negócio — completou, com um sorriso. — Você consegue um produto novo, cria um interesse forte na clientela e a deixa ligada, sedenta. Quando o bagulho aparece na praça, elas pagam na hora. Pagam qualquer preço.

— É... Um grande negócio — e se inclinou para a frente. — Nem experimente esse troço, Crack. É fatal. — Quando ele começou a balançar a cabeça, ela colocou a mão em seu braço musculoso. — Estou falando sério, literalmente. É veneno, um veneno de ação lenta. Se tem alguém que você goste e que esteja usando, é melhor abrir o jogo sobre o lance, senão você não vai ter essa pessoa por perto durante muito tempo.

— Está me enrolando com esse papo, branquela? Isso não é história de polícia para enganar otário?

— Não, sem enrolação, sem papo de polícia. Um usuário regular leva uns cinco anos, e então o sistema nervoso entra em pane e o sujeito empacota. É sério, Crack. E quem está fabricando a droga sabe de tudo isso.

— Tremendo jeito de ganhar uma grana.

— E como! Agora, onde é que eu encontro a Hetta?

Crack balançou a cabeça, ainda pensando na informação que recebera, e soprou o ar com força, dizendo:

— Ninguém vai acreditar nisso quando eu contar. Pelo menos aqueles que já estão na fissura pelo bagulho. — Olhando de volta

Eternidade Mortal

para Eve, ele respondeu à pergunta: — Hetta? Ah, caramba, sei lá! Não a vejo há semanas. Essas garotas vêm e vão, trabalham um pouco em um ponto, ficam um tempo em uma boate e depois vão para outro lugar.

— Qual é o sobrenome dela?

— Moppett. Hetta Moppett. Ela tinha alugado um quarto na Nona Avenida, da última vez que eu soube, perto da Rua Cento e Vinte. Se você resolver voltar aqui para assumir o lugar dela, docinho, é só me avisar.

Hetta Moppett não pagava o aluguel há três semanas, nem tinha dado as caras durante todo esse tempo. Isto foi informado pelo síndico do prédio, que também avisou a Eve que a senhorita Moppett tinha quarenta e oito horas para pagar o aluguel atrasado, senão ia ser despejada.

Eve ficou ouvindo essa lengalenga enquanto subia os três andares da escadaria do prédio, que estava caindo aos pedaços. Ela estava com o cartão-mestre do síndico na mão e tinha certeza de que ele também já o usara para entrar no apartamento.

Era apenas um quarto, com cama estreita, uma janela imunda e algumas tentativas de torná-lo um lugar aconchegante, entre elas uma cortina cor-de-rosa cheia de babados e almofadões brilhantes da mesma cor. Eve fez uma busca rápida, abriu uma agenda eletrônica, viu um extrato de conta com mais de três mil dólares depositados, algumas fotos emolduradas e uma carteira de motorista vencida que informava que o endereço de Hetta era em New Jersey.

O *closet* estava quase cheio e, pela mala surrada que viu na prateleira de cima, Eve chegou à conclusão de que aquilo era tudo o que Hetta possuía. Pesquisou o *tele-link*, deu uma olhada em todas as chamadas gravadas no disco e então tirou uma cópia da carteira vencida.

Se Hetta saíra em viagem, levara pouco mais com ela, além de algumas fichas de crédito, as roupas que usava e a sua licença de acompanhante autorizada para trabalhar na boate.

Eve não acreditava nisso.

Do *tele-link* do carro ligou para o necrotério.

— Faça uma pesquisa nos mortos não identificados — ordenou ela. — Mulher loura, vinte e oito anos, cinqüenta e oito quilos, um metro e sessenta e quatro. Transmitindo a cópia do holograma da carteira de motorista.

Estava a três quarteirões dali, indo para a Central de Polícia, quando a chamada chegou.

— Tenente, temos um corpo aqui que bate com a descrição. Vamos precisar de uma identificação por arcada dentária, DNA ou impressões digitais, para confirmar. Não podemos confirmar pelo holograma.

— Por quê? — perguntou Eve, já sabendo a resposta.

— Não sobrou muita coisa do rosto dela...

As digitais bateram. O funcionário encarregado do setor de corpos não identificados entregou o relatório sobre Hetta a Eve, e saiu sem sequer olhar para trás. Ao chegar em sua sala, Eve analisou as três pastas.

— Trabalho negligente — murmurou ela. — As impressões de Hetta Moppett estavam cadastradas, por causa de sua licença de acompanhante. A atendente Carmichael já podia tê-la identificado há várias semanas.

— Eu diria que Carmichael não estava muito interessada em um corpo sem nome — comentou Peabody.

Eve segurou sua raiva e lançou um olhar rápido para Peabody, dizendo:

— Então ela está no trabalho errado, não é? Temos ligações aqui, Peabody. De Hetta para Boomer, de Boomer para Pandora. Que probabilidade você obteve no computador quando submeteu esses dados e perguntou se eles foram mortos pela mesma pessoa?

— De 96,1%.

— Certo. — O estômago de Eve se retorceu de alívio. — Vou levar todo este material para o promotor e fazer um número de sapateado para agradá-lo. Pode ser que eu consiga que ele retire as acusações de Mavis. Pelo menos até a gente conseguir mais provas. Se eles não... — e olhou fixamente para os olhos de Peabody. — Vou deixar esta informação vazar para Nadine Furst para ela colocar no noticiário. Isso é uma violação do nosso código, e eu estou comunicando o fato a você porque, já que está trabalhando comigo na investigação deste caso, pode ser que leve a culpa também. Vai estar se arriscando a levar uma reprimenda se ficar comigo. Posso colocar você em outro caso, antes de isso ir adiante.

— Se fizesse isso comigo, tenente, aí sim eu consideraria uma reprimenda. Imerecida.

— Obrigada, DeeDee — respondeu Eve, após um instante em silêncio.

— Não me chame de DeeDee. — Peabody fechou a cara.

— Certo. Leve tudo o que temos para a Divisão de Detecção Eletrônica e entregue pessoalmente ao capitão Feeney. Não que.o que estes dados sejam transmitidos pelos canais normais, pelo menos até eu conversar com o promotor, para depois tentar uma investigação por conta própria.

Eve notou o brilho no olhar de Peabody e sorriu. Ela ainda se lembrava de como era ser nova e conseguir a primeira vitória.

— Peabody, vá até a Boate Baixaria, onde Hetta trabalhava, e avise a Crack, ele é um cara grandão. Pode acreditar, você não vai ter dificuldades para achá-lo. Diga a ele que você trabalha comigo e que Hetta virou presunto. Veja o que consegue extrair dele ou de qualquer outra pessoa por lá. Com quem ela se encontrava, o que pode ter dito a respeito de Boomer na última noite e com quem mais ela conversou. Você já conhece o esquema.

— Sim, senhora.

— Ah, mais uma coisa, Peabody — Eve enfiou as pastas na bolsa e se levantou. — Vá à paisana para não assustar os nativos.

* * *

O promotor destruiu as esperanças de Eve em menos de dez minutos. Ela continuou a argumentar com ele por outros vinte, mas era como chover no molhado. Jonathan Heartly concordou que provavelmente havia uma conexão entre os três homicídios. Era um homem razoável. Admirou o trabalho investigativo de Eve, seu poder de dedução e sua organizada apresentação do trabalho. Admirava qualquer policial que realizava bem o seu trabalho e mantinha a taxa de condenações de sua promotoria bem elevada.

Mas ele e o resto da promotoria ainda não estavam preparados para retirar as acusações contra Mavis Freestone. As provas físicas eram muito fortes e o caso, a essa altura, já estava sólido demais para que eles voltassem atrás.

Ele manteria, no entanto, a porta aberta. Quando Eve aparecesse com outro suspeito, se isso acontecesse, ele estaria mais do que disposto a ouvi-la novamente.

— Cara de fuinha! — murmurou Eve ao entrar e bater a porta do Esquilo Azul com toda a força atrás de si. Avistou Nadine na mesma hora, já sentada a uma mesa e fazendo caretas ao olhar para o cardápio.

— Por que, diabos, você tem que vir sempre se encontrar comigo aqui neste lugar, Dallas? — quis saber Nadine no minuto em que Eve se largou sobre a cadeira diante dela.

— Tenho hábitos rígidos. — Mas a boate não era a mesma, ela notou, sem Mavis sobre o palco, esgoelando suas letras incompreensíveis e usando a sua mais recente roupa escandalosa. — Café, puro — ordenou Eve.

— Vou querer o mesmo. Não pode ser tão mau...

— Então espere só para ver! Você continua fumando?

Nadine olhou em torno, pouco à vontade, e disse:

— Esta mesa é para não-fumantes.

— Até parece que alguém vai reclamar de alguma coisa em uma espelunca como esta! Dê-me um dos seus cigarros.

— Você não fuma...

Eternidade Mortal

— Espero desenvolver maus hábitos. Vai querer que eu compre?

— Não. — Olhando em volta, só para se certificar de que ninguém que ela conhecia estava por perto, Nadine pegou dois cigarros na bolsa. — Você está com cara de quem precisa de algo mais forte.

— Isso vai servir. — Eve se inclinou para que Nadine pudesse acender o cigarro que pegara e deu uma baforada. — Nossa! Deixe eu tentar mais uma vez. — Tragando profundamente, Eve sentiu a cabeça girar e os pulmões reclamarem. Irritada com isto, ela o apagou na mesma hora. — Isso é nojento! Por que você faz uma coisa dessas?

— É um gosto que a gente desenvolve.

— É o mesmo que comer cocô de cachorro. Por falar em cocô de cachorro, olha ele aqui! — Eve pegou o café que surgiu na abertura ao lado da mesa e tomou um gole, com valentia. — E então como você está?

— Bem. Estou melhor. Tenho feito coisas que não fazia há muito tempo. É engraçado como ver a morte de perto faz você compreender que não aproveitar o tempo é desperdiçá-lo. Ouvi dizer que Morse foi considerado mentalmente são para enfrentar o julgamento.

— Ele não é louco. É só um assassino.

— Só um assassino. — Nadine passou um dedo pelo pescoço, junto do lugar onde uma faca, semanas antes, a fizera sangrar. — Para você, o fato de ser assassina não prova que a pessoa é louca.

— Não. Algumas pessoas gostam de matar. Não fique se martirizando com isso, Nadine. Não ajuda em nada.

— Tenho tentado não pensar mais no assunto. Tirei algumas semanas de folga, passei um tempo com a minha família. Isso ajudou. Serviu também para me lembrar de que adoro o meu trabalho. E sou boa nele, mesmo tendo fraquejado quando...

— Você não fraquejou — interrompeu Eve, com impaciência. — Você foi drogada, estava com uma faca pressionada contra a garganta e ficou apavorada. Esqueça tudo isso.

— Sim, certo. Bem... — e soltou a fumaça que tragara. — Aconteceu alguma novidade com a sua amiga? Eu ainda não tive oportunidade de lhe dizer o quanto sinto por ela estar encrencada.

— Ela vai se sair bem.

— Aposto que você vai providenciar para que isso aconteça.

— Isso mesmo, Nadine, e você vai me ajudar. Trouxe alguns dados e você vai dizer que os conseguiu através de uma fonte da polícia, não identificada. Não, não, sem gravadores, escreva tudo — ordenou Eve ao ver que Nadine ia pegar um aparelho na bolsa.

— Você é quem manda. — Nadine procurou mais no fundo e achou um bloco e uma caneta. — Pode despejar!

— Temos três homicídios diferentes, e as provas apontam para o mesmo assassino. A primeira vítima, Hetta Moppett, dançarina de boate e acompanhante autorizada, foi surrada até a morte no dia 28 de maio, mais ou menos às duas da manhã. A maior parte dos golpes foi aplicada no rosto, de modo a fazer desaparecer todos os seus traços fisionômicos.

— Ah... — disse Nadine, sem falar mais nada.

— Seu corpo foi descoberto às seis da manhã e cadastrado como cadáver não identificado. No momento da sua morte, Mavis Freestone estava sobre aquele palco bem atrás de você, esgoelando-se diante de mais de cento e cinqüenta testemunhas.

As sobrancelhas de Nadine se levantaram e ela sorriu.

— Ora, ora. Continue falando, tenente.

E foi o que Eve fez.

Aquilo era o melhor que ela podia fazer no momento. Quando a notícia fosse ao ar, haveria poucas dúvidas no departamento sobre a identidade da fonte policial não divulgada. Só que ninguém conseguiria provar nada. E Eve estava disposta a mentir descaradamente se fosse questionada, não por causa de si mesma, mas por Mavis.

Ela trabalhou até mais tarde na Central de Polícia, assumiu o encargo horroroso de entrar em contato com o irmão de Hetta, o

Eternidade Mortal

único parente que conseguiu localizar para informar-lhe que a sua irmã estava morta.

Depois deste intervalo pouco agradável, ela voltou a analisar cada traço e cada prova judicial de tudo o que os técnicos tinham conseguido recolher na cena do assassinato de Hetta.

Não havia dúvida de que ela tinha sido morta no mesmo lugar em que foi encontrada. A morte tinha sido rápida, provocada por um golpe forte. Um cotovelo destroçado foi a sua única ferida defensiva. A arma do crime ainda não havia sido localizada.

No caso de Boomer, a arma do crime também não tinha sido encontrada, refletiu ela. Alguns dedos quebrados, o requinte adicional de um braço quebrado e uma rótula destroçada, tudo isso aplicado antes da morte. Isso, ela era obrigada a supor, tratava-se de tortura. Boomer tinha mais do que apenas informações, ele tinha uma amostra do material, tinha a fórmula também, e a pessoa que o matou queria as duas coisas.

Só que Boomer agüentara tudo com firmeza. A pessoa que o matou, por alguma razão, não tivera tempo ou não quisera correr o risco de ir até o apartamento dele para procurar a substância.

Por que, então, Boomer tinha sido jogado no rio? Para ganhar tempo, especulou ela. Só que a idéia não funcionou e o corpo foi achado e identificado com muita rapidez. Ela e Peabody já estavam na casa dele poucas horas depois da descoberta do corpo e haviam recolhido e registrado as provas.

Então foi a vez de Pandora. Ela sabia demais, queria demais, provou ser uma sócia instável, ameaçou conversar com as pessoas erradas. Qualquer uma dessas opções era viável, ponderou Eve, e passou as mãos sobre o rosto.

Houve mais fúria na morte dela, mais luta, mais confusão. Também, ela estava sob o efeito da *Immortality*. Não era uma dançarina de boate pega de surpresa em um beco, nem um informante patético que sabia mais do que devia. Pandora era uma mulher poderosa, com a mente alerta e embebida em ambição. E tinha, lembrou Eve, bíceps bem desenvolvidos.

Três corpos, um assassino e uma ligação entre eles. A ligação era dinheiro.

Ela pesquisou todos os suspeitos, no computador, avaliando cada transação bancária, mesmo as normais. O único que estava perdendo naquela história era Leonardo. Ele estava enterrado em dívidas até o pescoço, e mais um pouco.

Por outro lado, ganância não pesava muito. Acontecia tanto com os ricos quanto com os pobres. Pesquisando um pouco mais fundo, Eve descobriu que Paul Redford andara ocupado, transferindo dinheiro de um lado para outro. Retiradas, depósitos, mais retiradas. Transferências eletrônicas apareciam o tempo todo, pulando de uma ponta para outra do país e para os satélites próximos.

Interessante, pensou ela, e mais interessante ainda quando ela achou uma transferência da conta dele em Nova York para a conta de Jerry Fitzgerald, no valor de cento e vinte e cinco mil dólares.

— Foi há três meses — murmurou Eve, confirmando a data. — Isso é um bocado de dinheiro para uma amiga. Computador, pesquise toda e qualquer transferência desta conta para qualquer outra conta no nome de Jerry Fitzgerald ou Justin Young nos últimos doze meses.

PESQUISANDO... NÃO HOUVE TRANSFERÊNCIAS.

— Pesquise agora as transferências de qualquer das contas sob o nome de Paul Redford para as contas analisadas previamente.

PESQUISANDO... NÃO HOUVE TRANSFERÊNCIAS.

— Muito bem, certo, vamos tentar outra coisa. Pesquise as transferências de qualquer das contas de Paul Redford para qualquer das contas que esteja sob o nome de Pandora.

Eternidade Mortal

PESQUISANDO... AS TRANSFERÊNCIAS SÃO AS SEGUINTES:

DEZ MIL DÓLARES DA CONTA DA AGÊNCIA CENTRAL EM NOVA YORK PARA A CONTA DE PANDORA, TAMBÉM NA AGÊNCIA CENTRAL DE NOVA YORK, DATADA DE 6 DE FEVEREIRO DE 2058.
SEIS MIL DÓLARES DA CONTA DE NOVA LOS ANGELES PARA A CONTA DE PANDORA EM LOS ANGELES, NO BANCO SECURITY, DATADA DE 19 DE MARÇO DE 2058.
DEZ MIL DÓLARES DA CONTA DA AGÊNCIA CENTRAL EM NOVA YORK PARA A CONTA DE PANDORA NO BANCO SECURITY DE LOS ANGELES, DATADA DE 4 DE MAIO DE 2058.
DOZE MIL DÓLARES DA CONTA DA ESTAÇÃO STARLIGHT PARA A CONTA DE PANDORA NA ESTAÇÃO STARLIGHT, DATADA DE 12 DE JUNHO DE 2058.
NÃO HÁ REGISTRO DE OUTRAS TRANSFERÊNCIAS.

— Bem, isso aqui deve servir. Ela estava extorquindo dinheiro de você, meu chapa, ou vocês estavam fazendo negócios? — Eve gostaria que Feeney estivesse ali, mas resolveu passar para a etapa seguinte por conta própria. — Computador, pesquise todo o ano passado, mesmos dados.

Enquanto o computador trabalhava, ela programou um café e ficou especulando os cenários possíveis.

Duas horas depois, seus olhos estavam ardendo e o pescoço estava duro, mas ela já tinha dados mais do que suficientes para lhe garantir outra entrevista com Paul Redford. Foi obrigada a se contentar com o serviço eletrônico de recados, mas teve o prazer de exigir a sua presença na Central de Polícia às dez horas da manhã seguinte.

Depois de deixar recados também para Peabody e Feeney, decidiu dar o expediente por encerrado.

O fato de descobrir que havia uma mensagem de Roarke no *tele-link* do carro não ajudou muito a melhorar o seu humor:

— Você tem sido muito difícil de localizar, tenente. Apareceu um assunto urgente que requer a minha presença. Imagino que já estarei em Chicago no momento em que você receber esta mensagem. Pode ser que eu tenha que passar a noite lá, a não ser que consiga resolver essa pequena confusão bem depressa. Você pode me encontrar no Hotel River Palace, se precisar falar comigo, ou então nos encontramos amanhã. Não fique acordada a noite inteira trabalhando, que eu acabo descobrindo.

Com um gesto irritado no botão do painel, ela desligou o aparelho de recados, perguntando:

— E que diabos eu vou ficar fazendo sozinha? Não consigo dormir quando você não está na cama.

Ela entrou pelos portões e notou, com uma pontada de esperança, que as luzes estavam acesas na casa inteira. Ele cancelou a reunião, resolveu o problema, perdeu o vôo. Seja lá o motivo, o fato é que ele estava em casa. Entrou pela porta com um sorriso de boas-vindas no rosto e seguiu o som da gargalhada de Mavis.

Havia quatro pessoas tomando drinques e comendo aperitivos na sala, mas nenhuma delas era Roarke. *Sensacional poder de observação, tenente*, pensou Eve, com mau humor, e aproveitou o momento para analisar a sala antes que sua presença fosse notada.

Mavis continuava a rir e vestia o que só mesmo ela poderia considerar uma roupa de ficar em casa. Seu colante vermelho tinha estrelas prateadas salpicadas em toda parte, e, por cima dele, ela usava um manto verde-esmeralda transparente, que estava aberto e solto. Cambaleava sobre sapatos de saltos finos com quinze centímetros de altura e estava agarrada em Leonardo. Ele estava com uma das mãos em torno da cintura dela e a outra segurava um copo cheio de bebida clara e borbulhante.

Uma mulher comia um salgadinho atrás do outro, em uma velocidade comparável à de um robô operário que prega componentes em uma linha de produção. Seus cabelos estavam todos frisados, cada ponta de uma cor diferente, parecendo mil saca-rolhas. Sua orelha esquerda estava cheia de pequenas argolas prateadas que desciam e formavam uma corrente retorcida que lhe circundava o queixo e ia até a outra orelha, onde acabava fixada por um simples pino do tamanho de um polegar. A tatuagem de um botão de rosa surgia ao lado de seu nariz fino e pontudo. Acima dos olhos azuis cintilantes, suas sobrancelhas pareciam um V afunilado pintado de roxo forte.

O que combinava, notou Eve, espantada, com o macacão bem curto preso por suspensórios e que acabava em algemas logo abaixo do umbigo. Os suspensórios estavam estrategicamente colocados sobre os seios nus, e cobriam apenas os mamilos. Os seios eram do tamanho de melões.

Ao lado dela, um homem com o que parecia um mapa tatuado na careca observava a ação através de óculos com lentes cor-de-rosa, e se fartava de algo que Eve deduziu que fosse um dos vinhos brancos da reserva especial de Roarke. Sua roupa de festa consistia em um short bem largo que descia até os joelhos magros e uma placa patriótica no peito, colorida de vermelho, branco e azul.

Ela pensou seriamente em sair de fininho, antes que alguém no tasse, subir e se trancar em seu escritório.

— Seus convidados — anunciou Summerset com um tom de desprezo, por trás dela — estavam à sua espera, senhorita.

— Olhe aqui, meu chapa, eles não são meus...

— Dallas! — guinchou Mavis, e veio pulando perigosamente do outro lado da sala, em suas estacas finas, tão na moda. Apertou Eve bem forte, com um abraço que parecia ser dado por um urso bêbado, e quase jogou as duas no chão. — Você demorou tanto! Roarke teve que ir a algum lugar, e disse que estava tudo bem para ele se Biff e Trina quisessem dar uma passadinha por aqui. Eles estavam loucos para conhecer você. Leonardo vai preparar um drinque para você. Oh, Summerset, as comidinhas estão simplesmente o máximo! Você é um doce!

— Fico satisfeito por saber que a senhorita está apreciando — e sorriu para ela. Pelo menos não havia outra definição para o ar sonhador e brilhante que surgiu em seu rosto de pedra, pouco antes de ele se virar e sair da sala, voltando para o saguão.

— Vamos lá, Dallas, junte-se a nós!

— Olhe, Mavis, eu realmente tenho um monte de trabalho — mas Eve já estava sendo arrastada para o ponto da sala onde eles estavam.

— Posso lhe preparar um drinque, Dallas? — Leonardo exibiu um olhar triste de cão carente. Eve desmontou.

— Tudo bem. Está ótimo. Quero um cálice de vinho.

— Um vinho fantástico, absolutamente extraordinário. Eu sou o Biff — o homem com o mapa na cabeça esticou a mão, fina e delicada. — É uma honra conhecer a pessoa que está lutando por Mavis, tenente Dallas. Você está absolutamente certo, Leonardo — continuou ele, com os olhos intensos por trás das lentes rosadas. — Seda bronze é a escolha perfeita para ela.

— Biff é especialista em tecidos — explicou Mavis, com uma voz que continuava a parecer pastosa. — Ele trabalha com Leonardo há séculos. Os dois estão planejando todo o seu enxoval.

— Meu...

— E esta aqui é a Trina. É quem vai preparar o seu cabelo.

— Ela vai? — Eve sentiu o sangue descer da cabeça e ir todo para os pés. — Mas, bem, eu não... — até mesmo mulheres com pouca vaidade são capazes de entrar em pânico diante de uma estilista que usa cabelos encaracolados com as cores do arco-íris. — Eu acho que não vai ser...

— É de graça! — anunciou Trina em um tom de voz que era o equivalente sonoro de metal enferrujado. — Quando você conseguir livrar Mavis desse sufoco, vou lhe oferecer consultas, cortes e penteados grátis pelo resto da sua vida. — Agarrando um punhado de cabelos de Eve, ela os testou, passando-os por entre os dedos. — Boa textura. Bom caimento. Corte ruim.

— Aqui está o seu vinho, Dallas.

— Obrigada. — Ela bem que precisava. — Ouça, muito prazer em conhecer vocês, mas eu tenho que fazer uns trabalhos que não posso adiar.

Eternidade Mortal

— Ah, mas você não pode fazer isso! — Mavis se agarrou ao braço de Eve como um carrapato. — Todo mundo veio aqui hoje só para começar a prepará-la.

— Preparar-me para quê? — Agora parecia que o sangue tinha saído até dos pés.

— Já arrumamos tudo lá em cima também. O espaço para Leonardo trabalhar, o de Biff e o de Trina também. Todos os outros funcionários vão estar aqui bem cedo, zumbindo como abelhinhas e prontos para o trabalho.

— Abelhinhas? — Eve conseguiu dizer. — Zumbindo?

— Para o desfile. — Completamente sóbrio e menos disposto a assumir que seria bem-vindo, Leonardo bateu de leve no braço de Mavis para refrear seu entusiasmo. — Minha pombinha, pode ser que Dallas não queira a casa cheia de gente a essa altura. Isto é... — ele não quis falar sobre a investigação — ... com o casamento assim tão próximo.

— Mas essa é a única forma de podermos ficar juntos e acabar os modelos para o desfile — com os olhos quase implorando, Mavis se virou novamente para Eve. — Você não se importa, não é? Nós não vamos atrapalhar. É que Leonardo ainda tem tanta coisa para preparar! Alguns dos modelos vão ter que ser modificados agora, porque... porque Jerry Fitzgerald é que vai ser a nova estrela do desfile.

— Ela tem um tom de pele diferente — explicou Biff —, e um biotipo diferente também. Diferente de Pandora — completou ele, pronunciando o nome que todos estavam evitando.

— É... — o sorriso de Mavis se abriu e permaneceu fixo. — Por isso é que vai ser preciso muito trabalho extra, e Roarke falou que, por ele, estava tudo bem. A casa é tão grande, e tudo. Você não vai nem perceber que o pessoal está todo aqui.

Pessoas, pensou Eve, saracoteando para dentro e para fora. Um pesadelo para o sistema de segurança.

— Tudo bem, não se preocupe com nada — disse Eve. Ela se preocuparia.

— Eu não falei que ia dar tudo certo? — perguntou Mavis, plantando um beijo no queixo de Leonardo. — E prometi ao Roarke que não ia deixar você ficar enterrada no trabalho esta noite, Dallas. Você vai sentar aqui e se deixar ser paparicada. Vamos pedir pizza.

— Ah, minha nossa! Mavis...

— Está tudo dando certo — continuou Mavis, quase em desespero, com os dedos apertando o braço de Eve. — No Canal 75, eles estavam falando que surgiu uma nova pista e disseram que houve outros assassinatos, parece que há conexão com tráfico de drogas. Eu nem sequer conhecia as outras pessoas que foram mortas. Eu nem as conhecia, Dallas, então vai acabar sendo provado que foi outra pessoa. E então, todos os problemas vão acabar.

— Ainda vai levar algum tempo para isso, Mavis. — Eve parou, sentiu o coração apertado diante do ar de pânico nos olhos de Mavis e conseguiu dar um sorriso. — Sim, tudo vai ser resolvido. Pizza, é? Bem que eu podia comer um pedaço...

— Ótimo! Demais! Vou procurar Summerset e dizer que nós já estamos prontos. Levem Dallas lá para cima e mostrem tudo a ela, certo? — e saiu correndo.

— Ela realmente ficou mais animada agora — disse Leonardo, baixinho —, agora que viu o noticiário. Ela bem que estava precisando de uma injeção de ânimo. O Esquilo Azul a mandou embora.

— Eles a despediram?

— Canalhas! — murmurou Trina, provando um canapê.

— A administração resolveu que não era muito bom para a casa ter uma acusada de assassinato como estrela. Isso a deixou muito abalada. Fui eu que tive a idéia de fazer com que ela pensasse em outra coisa, arrumando tudo isso. Desculpe, eu devia ter consultado você primeiro.

— Não, está tudo bem. — Eve tomou mais um gole de vinho e cruzou os braços. — Vamos lá, então, para vocês me prepararem.

Capítulo Doze

Até que não foi tão ruim, concluiu Eve. Pelo menos, em comparação com as revoltas populares das Guerras Urbanas, as câmaras de tortura da Inquisição Espanhola e uma sessão de testes no XR-85, o jato que ia à Lua. E Eve era uma policial, uma veterana com dez anos de serviço, acostumada a enfrentar o perigo.

Estava certa de que seus olhos tremeram um pouco, como os de um cavalo em pânico, quando Trina testou suas tesouras de cabelo.

— Olhe, talvez a gente pudesse simplesmente...

— Deixe tudo por conta dos especialistas — disse Trina. Eve quase gemeu de alívio quando ela guardou as tesouras novamente. — Vamos ver o que podemos fazer.

Ela chegou mais perto, desarmada, mas Eve a vigiou com cautela.

— Eu tenho um programa de estilos para cabelo — Leonardo olhou para elas. Estava junto da mesa comprida coberta de tecidos onde ele e Biff trocavam idéias, baixinho. — Ele cria qualquer formato de penteado.

— Eu não preciso de um programa fedorento — e para provar isso, Trina segurou o rosto de Eve e o colocou entre as duas mãos largas. Com os olhos semicerrados, focou com cuidado, movendo os olhos para cima e depois em torno da cabeça de Eve, analisando o queixo e a seguir as maçãs do rosto. — Ela tem uma estrutura óssea decente — aprovou. — Com quem você faz?

— Com quem eu faço o quê?

— Escultura facial.

— Com Deus mesmo.

Trina fez uma pausa, deu um risinho abafado e então soltou uma gargalhada com estrondo, que parecia vir de uma tuba enferrujada.

— Gostei da sua amiga policial, Mavis.

— Ela é a melhor — confirmou Mavis, meio bêbada. Sobre um banquinho ao lado, estudou o próprio rosto no espelho triplo. — Talvez você possa arrumar o meu cabelo também, Trina. Os advogados sugeriram que eu vá à audiência com um visual mais discreto, bem sossegado. Você sabe, cabelo escuro ou algo desse tipo.

— Ah, pára com isso, Mavis! — Trina apertou os polegares sob o queixo de Eve para elevá-lo. — Tenho um troço novo aqui que vai sacudir qualquer juiz por baixo da toga, belezoca! A cor é rosa-bordel, com um toque de prateado. Acabou de ser lançado.

— Isso! — Mavis atirou seus cachos da cor de safira para trás e ficou considerando a idéia.

— Imagine só o que eu poderia fazer com você, com um pouco de brilho para dar destaque — disse Trina, olhando para Eve.

— Quero apenas um corte, tá bom? — seu sangue ficou gelado. — Vamos só dar uma aparada nas pontas.

— Tá bom, tá bom! — Trina empurrou a cabeça de Eve um pouco para a frente sobre o peito — e essa cor também é um presente de Deus? — Ela tornou a dar uma risada, puxou a cabeça de Eve de volta para trás e tirou-lhe todo o cabelo da frente do rosto. — Os olhos são bons. As sobrancelhas precisam ser ajeitadas, mas podemos resolver isso.

Eternidade Mortal

— Pegue um pouco mais de vinho para mim, Mavis — Eve fechou os olhos que eram bons e disse a si mesma que, não importa o que acontecesse, tudo ia crescer novamente depois.

— Tudo bem, vamos lavar. — Trina girou a cadeira e a sua relutante usuária até uma pia portátil e puxou a cabeça de Eve para trás, até que o pescoço pousou sobre a base acolchoada. — Feche os olhos e aproveite, querida. Eu faço a melhor massagem e uso o melhor xampu da cidade.

Aquilo era algo realmente especial. O vinho ou os dedos ágeis de Trina fizeram com que a tensão de Eve chegasse aos limites do relaxamento total. Ao longe, ela ouvia Leonardo e Biff discutindo as suas preferências entre cetim carmesim ou seda escarlate como opção para pijamas mais confortáveis. A música que Leonardo programara no som era algo clássico, com arpejos em um piano que parecia chorar baixinho, e o aroma de flores picadas enchia o ar.

Por que motivo Paul Redford contara a ela a respeito da caixinha chinesa e das drogas ilegais? Se ele próprio tivesse voltado lá para buscá-las e agora estava de posse delas, por que iria querer que a sua existência fosse conhecida?

Um blefe? Um estratagema? Talvez jamais tivesse existido caixinha alguma, para começo de conversa. Ou ele já sabia que ela tinha desaparecido mesmo, e então...

Eve não movia um músculo, até que alguma coisa fria e gosmenta foi jogada em sua cara. Nesse momento, ela deu um berro:

— Mas que diabo...

— É uma aplicação facial de Saturnia — e Trina aplicou um pouco mais da gosma parda. — Limpa os seus poros como se fosse um aspirador de pó. Tratar mal da própria pele é um crime. Ei, Mavis, dá para você pegar o Sheena para mim, por favor?

— O que é esse Sheena aí?... Ah, deixa pra lá — sentindo um tremor final, Eve fechou os olhos e se rendeu. — Eu não quero saber.

— Já que você está aqui, vamos fazer um tratamento completo.
— Trina espalhou mais daquela lama embaixo do queixo de Eve,

com os dedos ágeis fazendo leves massagens para cima. — Você está tensa, querida. Quer que eu coloque um programa de realidade virtual bem legal para você?

— Não, não. Isso já está tão divertido quanto eu consigo agüentar, obrigada.

— Certo. Quer me falar a respeito do seu noivo? — Com um movimento rápido, Trina abriu o roupão que obrigara Eve a vestir e espalmou as mãos cheias de lama em seus seios. Quando os olhos de Eve saltaram, esbugalhados, e olharam para Trina com ferocidade, ela riu. — Não esquenta não... que mulher não é a minha praia. Seu homem vai adorar os seus peitos quando eu acabar de prepará-los.

— Ele já gosta deles agora.

— Sei, mas o amaciante de busto da Saturnia é a última palavra. Seus seios vão parecer pétalas de rosa. Pode acreditar. Ele gosta de apertar ou de chupar?

— Vou fingir que nem ouvi você perguntar isso. — Eve simplesmente fechou os olhos novamente.

— Você é que sabe...

Eve ouviu o barulho de água correndo, e então Trina estava de volta, passando alguma coisa em seu cabelo que tinha um aroma forte de baunilha.

As pessoas pagavam por aquilo, Eve lembrou a si mesma. Grandes quantidades de dinheiro que abriam rombos em suas contas bancárias.

Elas eram, obviamente, insanas. Eve manteve os olhos teimosamente fechados enquanto algo morno e úmido era espalhado por cima dos seus seios já cobertos de lama e em seu rosto. As conversas continuavam em ritmo animado em volta dela. Mavis e Trina discutiam as vantagens de vários produtos de beleza enquanto Leonardo e Biff trocavam idéias um com o outro sobre estilos e cores.

Muito insano, tudo aquilo, pensou Eve enquanto deixava escapar um gemido ao sentir os pés serem massageados. Eles acabavam de ser imersos em uma substância quente e estranhamente agradável. Ela ouviu o barulho de alguma coisa estalar, sentiu os pés serem

Eternidade Mortal

levantados e trabalhados. Então, as mãos receberam o mesmo tratamento.

Ela agüentou tudo, tolerou até mesmo o zumbido de alguma coisa que passava em volta das suas sobrancelhas. E se sentiu heróica ao ouvir a risada fácil de Mavis, que flertava com Leonardo.

Ela precisava manter o estado de espírito de Mavis em um patamar elevado, pensou. Aquilo era tão importante quanto os outros passos da investigação. Não era o bastante defender os mortos.

Apertou os olhos com mais força quando ouviu o barulhinho das tesouras de Trina e sentiu as pontas junto da pele e o pente através do cabelo. Cabelo era só cabelo, disse a si mesma. A aparência não era importante.

Ah, meu Deus, não permita que ela me escalpele!

Forçou a mente a permanecer focada no trabalho, repassou as perguntas que ia fazer a Redford na manhã seguinte e analisou as possíveis respostas. Era bem provável que ela fosse chamada à sala do comandante para explicar o vazamento de notícias para a imprensa. Ia conseguir lidar com isso.

Precisava marcar uma reunião com Peabody e Feeney. Já era hora de saber se alguns dos dados que os três haviam conseguido poderiam se encaixar. Ia voltar à boate e pedir que Crack a apresentasse a alguns dos freqüentadores assíduos. Era possível que alguém tivesse visto quem conversara com Boomer naquela última noite. E se a mesma pessoa também tivesse conversado com Hetta...

Ela fez uma careta quando Trina reclinou a cadeira e começou a retirar a lama.

— Vou liberá-la para você em cinco minutos — avisou Trina para o impaciente Leonardo. — Os gênios não podem ser apressados — e riu para Eve. — Você tem uma pele muito boa. Vou deixar algumas amostras de cremes com você. Use-as e você vai conseguir mantê-la assim.

Mavis apareceu, olhando para baixo, na direção de seu rosto, e Eve começou a se sentir como uma paciente na mesa de operação.

— Você fez um belo trabalho nas sobrancelhas dela, Trina — elogiou Mavis. — Estão parecendo tão naturais! Tudo o que ela vai precisar fazer é tingir os cílios. Não precisa nem alongá-los. E você não acha fantástica essa covinha no queixo dela?

— Mavis — disse Eve, com ar cansado. — Não me faça bater em você.

— A pizza chegou! — e Mavis sorriu. — Coma um pedaço — e enfiou uma fatia na boca de Eve. — Espere só até ver como a sua pele ficou, Dallas. Está linda!

Eve simplesmente resmungou. O queijo derretido grudou no céu da boca, mas começou a estimular a fome. Com o risco de se engasgar, ela pegou o resto da fatia quando Trina prendeu seu cabelo em um turbante prateado.

— É térmico — explicou Trina, enquanto colocava a cadeira novamente na posição vertical. — Coloquei um produto que penetra na raiz e fortalece o bulbo.

Eve olhou para o reflexo. Sua pele estava com um ar refrescante, e ao tocá-la com os dedos, ainda desconfiada, Eve sentiu que, certamente, estava mais macia. Só que ela não conseguia ver um fio sequer de cabelo por baixo do turbante.

— Tem cabelo aí debaixo, não tem? Cabelo *meu?*

— Claro que tem. Muito bem, Leonardo, ela é sua por vinte minutos.

— Finalmente! — Ele abriu um sorriso largo. — Tire o roupão.

— Olhe, escute aqui...

— Dallas, somos todos profissionais aqui. Você vai ter que experimentar o modelo do seu vestido de noiva para fazer a prova. Certamente vou precisar fazer alguns ajustes.

Ela já havia sido toda apalpada por um figurinista, decidiu Eve. Por que, então, não ficar nua na frente de um monte de gente? E, levantando os ombros, deixou cair o roupão.

Leonardo foi para cima dela, trazendo algo branco e brilhante. Antes que conseguisse gritar, ele já a havia envolvido com aquilo e prendera o tecido na parte de trás. Suas mãos imensas entraram por

Eternidade Mortal

209

baixo do material e cuidadosamente lhe ajùstaram os seios. Agachando-se, ele enfiou uma ponta do tecido por entre as pernas de Eve, segurando-a, e então foi para trás dela.

— Ah!

— Caramba, Dallas! A língua de Roarke vai ficar pendurada para fora e bater no chão quando ele colocar os olhos nisso.

— E que diabo é *isso*?

— Uma variação do velho modelo da Viúva Alegre — com gestos rápidos e certeiros, esticando e puxando, Leonardo terminou a prova. — Eu chamo este modelo de Curvilíneo. Ele acrescenta um pouco de volume sob o busto. Seus seios são legais, mas este corte dá um pouco mais de contorno. Agora, apenas um toque de renda e algumas pérolas. Nada muito papagaiado — e a virou de frente para o espelho.

Ela parecia sexy, cheia de curvas. Madura, notou Eve, com um pouco de espanto. O material tinha um brilho discreto, como se estivesse úmido. Ele envolvia a cintura, moldava os quadris e, ela tinha de reconhecer, levantava o busto de modo novo e fascinante.

— Bem apropriado, acho, para... você sabe... a noite de núpcias.

— Para qualquer noite! — exclamou Mavis, com ar sonhador. — Ah, Leonardo, você não quer fazer um desses para mim?

— Já fiz, todo em seda, em uma cor chamada *vermelho-patife*. E então, Dallas, está espetando em algum lugar ou incomodando?

— Não. — Ela mal podia acreditar. Podia estar sendo torturante e, no entanto, era tão confortável quanto uma roupa de ginástica. Para experimentar, ela se curvou e girou o corpo. — Nem parece que estou vestida.

— Excelente! Biff achou este tecido em uma lojinha no Satélite Richer Five. Agora, vamos ao vestido! Está só alinhavado; portanto, temos que tomar cuidado. Levante os braços, por favor.

Ele colocou a roupa por cima de sua cabeça e a deixou cair, deslizando. O tecido era fabuloso. Dava para ver isso, mesmo todo marcado por linhas pontilhadas. Parecia perfeito nela, o formato reto, as mangas justas, a linha simples, mas Leonardo franziu as sobrancelhas, ajeitou o material e fez mais algumas dobras e pregas.

— A gola ficou boa, ficou mesmo. Onde está o colar?

— Hein?

— O colar de cobre e pedras. Não disse para você pedir um ao seu noivo?

— Não posso simplesmente chegar e dizer a Roarke que eu quero um colar!

Leonardo soltou um suspiro, fez Eve girar o corpo e trocou um olhar com Mavis. Concordando com a cabeça, mediu os quadris de Eve.

— Você perdeu peso — ele acusou.

— Não, não perdi.

— Perdeu sim. Pelo menos um quilo — e estalou a língua. — Não vou mexer na roupa ainda não. Tente ganhar esse peso de volta.

Biff apareceu ao lado e segurou uma peça de tecido junto da pele do rosto de Eve. Com um aceno de cabeça, voltou ao seu lugar murmurando para o *notebook*.

— Biff, dá para você mostrar a ela os outros modelos enquanto eu anoto os ajustes que vou precisar fazer no vestido?

Com um floreio, Biff ligou um telão de parede e começou:

— Como você pode ver, Leonardo analisou tanto o seu estilo de vida quanto as medidas do seu corpo para criar estes modelos. Este terninho simples é perfeito para um almoço de negócios, uma entrevista coletiva com a imprensa, muito simples e, no entanto, *très, très chic*. O material que utilizamos foi um linho misto, entremeado com um pouco de seda. A cor é amarelo-citrino com um toque de vermelho-granada.

— Hã-hã... — Para Eve pareceu, a princípio, um terninho simples e simpático, mas ela levou um susto ao ver a sua imagem gerada por computador aparecer na tela, envergando a roupa. — Biff?

— Sim, tenente.

— Por que você tem um mapa tatuado na cabeça?

Eternidade Mortal

— É que eu tenho um péssimo senso de direção. — Ele sorriu.
— Bem, o modelo seguinte dá continuidade ao tema.

Ela viu uma dúzia de modelos. Eles se misturaram todos em sua cabeça. Um modelo raiado em verde-limão, renda da Bretanha enfeitando uma roupa de veludo, seda preta, clássica. Todas as vezes que Mavis exclamava "Ohs" e "Ahs", Eve encomendava a roupa na mesma hora, sem pensar. Qual a importância de ficar pagando prestações pelo resto da vida, comparado com a paz de espírito de sua melhor amiga?

— Pronto, isso já vai deixar vocês dois ocupados por um bom tempo — comentou Eve. No minuto em que Leonardo pegou o vestido de volta, Trina envolveu Eve novamente com o manto.

— Agora, para coroar gloriosamente o nosso trabalho, vamos dar uma olhada no cabelo. — Depois de desenrolar o turbante, ela pegou no meio dos próprios cabelos encaracolados um pente comprido que mais parecia um pequeno forcado e começou a puxar, alisar e afofar.

O alívio inicial de Eve ao sentir que ainda tinha cabelos para serem penteados desapareceu rapidamente no instante em que olhou diretamente para uma das espirais rosadas, pequenas cobras que saíam da cabeça da cabeleireira.

— Quem é que prepara o seu cabelo, Trina?

— Ninguém toca neles, a não ser eu mesma — e piscou. — Além de Deus. Pronto, dê uma olhada.

Preparada para o pior, Eve girou a cabeça. A mulher no espelho era, sem dúvida, Eve Dallas. A princípio, ela achou que toda aquela encenação tinha sido uma brincadeira bem elaborada, e nada tinha sido feito em seu cabelo, na verdade. Então, resolveu olhar mais de perto e chegou o rosto junto da imagem. Os tufos picotados e as pontas rebeldes haviam desaparecido. Seus cabelos estavam com um corte casual, sem estrutura definida, mas pareciam estar com formato e volume, afinal. E, certamente, eles não possuíam aquele brilho maravilhoso antes. O corte acompanhava as linhas do seu rosto de forma agradável, a franja curta servia de moldura e ressaltava a curvatura das maçãs do rosto. E quando ela balançou a cabeça de um lado para outro, tudo voltou ao lugar, de forma obediente.

Eve apertou os olhos, passou os dedos através dos fios e os viu tombar de volta para o lugar.

— Você colocou luzes nele?

— Nadinha... Os reflexos são naturais. Eu puxei o brilho que eles já tinham com o Sheena, só isso. Você tem cabelos de gazela.

— O quê?

— Já viu uma gazela se escondendo nos arbustos? Ela tem todas aquelas cores, ruivo, castanho, dourado, até mesmo toques de preto. É o que você tem aqui. Deus tem sido muito bom com você. O problema é que quem tem aparado o seu cabelo anda usando um cortador de grama e nenhum tonificante.

— Parece muito bom.

— É claro que parece! Eu sou uma estilista de cabelos genial.

— Você está linda! — Subitamente, Mavis cobriu o rosto com as mãos e começou a chorar. — Você vai se casar...

— Ah, meu Deus, não fique assim, Mavis, pare com isso! — Sem saber o que fazer, Eve lhe deu encorajadores tapinhas nas costas.

— Eu estou tão bêbada, tão feliz! E tão apavorada, Dallas, perdi meu emprego!

— Eu sei, querida. Sinto muito. Você vai conseguir outro. Um emprego ainda melhor.

— Eu não me importo. Não quero saber. Não vou esquentar. Vamos preparar o casamento mais espetacular que já houve; não vamos, Dallas?

— Pode apostar.

— Leonardo está fazendo o vestido mais arrasador para mim também. Vamos mostrar para ela, Leonardo!

— Amanhã — e chegou junto dela, aconchegando-a nos braços. — Dallas está cansada.

— Ah, isso é verdade! Ela precisa de um descanso. — Mavis deixou a cabeça reclinar para o lado sobre o ombro. — Ela trabalha demais! Está muito preocupada comigo. Não quero que ela se preo-

Eternidade Mortal

213

cupe assim, Leonardo. Tudo vai dar certo, não vai? No final, vai dar tudo certo.

— Tudo certo. — Leonardo lançou para Eve um último olhar desconfortável, antes de levar Mavis embora.

— Droga! — suspirou Eve, enquanto os observava sair.

— Como se aquela coisinha doce fosse capaz de desfigurar por completo a cara de alguém... — reclamou Trina com mau humor, enquanto arrumava seus apetrechos. — Espero que Pandora esteja queimando no inferno!

— Você a conhecia?

— Todo mundo que trabalha nessa área a conhecia. E a detestava com todas as forças. Certo, Biff?

— Ela já nasceu uma vaca e morreu como uma vaca.

— Ela usava drogas ou só comercializava?

Bliff olhou de lado para Trina e então encolheu os ombros.

— Ela nunca vendeu assim, abertamente, mas todo mundo ouvia dizer que ela andava sempre com um bom estoque. O bochicho é que ela era viciada em Erótica. Gostava de sexo, e provavelmente vendia um pouco de cada vez para o parceiro que estivesse com ela.

— E você alguma vez foi um desses parceiros que esteve com ela?

— Romanticamente, eu prefiro os homens — e sorriu. — Eles são menos complicados.

— E quanto a você, Trina?

— Eu prefiro os homens também, pelo mesmo motivo. Assim como Pandora. — Trina pegou o seu kit. No último desfile do qual participei, a fofoca era que ela andava misturando negócios com prazer. Tinha um cara de quem ela estava chupando o sangue. Andava exibindo um monte de brilhos novos pelo corpo. Pandora gostava de decorar a pele com pedras preciosas de verdade, mas não gostava de pagar por isso. O pessoal achava que tinha algum tipo de acordo com uma fonte.

— E você sabe o nome dessa fonte?

— Não, mas ela vivia pendurada no *tele-link* portátil entre as mudanças de roupa, o tempo todo. Isso já faz uns três meses. Não sei com quem conversava, mas pelo menos uma das chamadas era sempre intergaláctica, porque ela ficava extremamente revoltada com o atraso de voz.

— Ela estava sempre com um *tele-link* portátil?

— Todos os que trabalham no mundo da moda e beleza estão sempre com um *tele-link* à mão, querida. Somos como os médicos.

Já era quase meia-noite quando Eve conseguiu chegar à sua mesa de trabalho. Não conseguia enfrentar o quarto de casal sozinha, preferia a suíte que usava para ter privacidade e poder trabalhar. Programou um café, mas se esqueceu de tomá-lo. Sem Feeney por perto não havia escolha, a não ser procurar no escuro e tentar rastrear uma chamada intergaláctica feita há três meses de um *tele-link* portátil que ela não tinha.

Depois de uma hora, ela desistiu e se arrastou até a cadeira reclinável. Ia só tirar um cochilo, disse a si mesma. Ajustou o alarme mental para acordar às cinco da manhã.

Drogas ilegais, assassinato e dinheiro sempre andam juntos. Tenho que descobrir a fonte, pensou, já meio zonza de sono. *Preciso identificar a substância desconhecida.*

De quem você estava se escondendo, Boomer? Como conseguiu pôr as mãos em uma amostra e pegar a fórmula? Quem deixou você todo quebrado para tê-las de volta?

A imagem do corpo massacrado de Boomer piscou em sua mente e foi vigorosamente descartada. Ela não precisava pegar no sono acompanhada por aquela visão.

Teria sido muito melhor do que as imagens com as quais ela acabou se envolvendo...

* * *

Eternidade Mortal

A luz vermelha piscava o tempo todo através da janela. SEXO! AO VIVO! SEXO! AO VIVO!

Eve tinha só oito anos, mas era muito esperta. Perguntou a si mesma se as pessoas pagariam para ver "sexo ao morto". Deitada em sua cama, ela olhava para a luz que piscava. Ela sabia o que era sexo. Era algo feio, doloroso, assustador. E do qual não tinha escapatória.

Talvez ele não voltasse para casa naquela noite. Ela já parara de rezar, pedindo que ele se esquecesse do lugar em que a deixara ou caísse morto em algum beco próximo. Ele sempre voltava.

Às vezes, porém, se ela estivesse com muita, muita sorte, ele chegava tão bêbado e desorientado que não conseguia fazer nada além de despencar em cima da cama e roncar. Nessas noites, ela estremecia de alívio e se enroscava no cantinho da cama para dormir.

Pensava o tempo todo em escapar dali. Em achar um jeito de passar pela porta trancada e descer os cinco andares. Quando a noite era muito ruim, ela se imaginava simplesmente pulando da janela. O vôo até lá embaixo seria rápido, e então tudo estaria terminado.

Ele não seria mais capaz de machucá-la depois disso. Só que ela era covarde demais para pular.

Era apenas uma criança, afinal, e, naquela noite, estava com muita fome. E sentia frio, porque ele quebrara o controle de temperatura ambiente em um acesso de fúria e o aparelho ficara ligado direto na ventilação máxima.

Foi andando até o canto do quarto que servia de quitinete. Como já estava bem escolada, bateu na gaveta fechada antes de abri-la, para espalhar as baratas. Encontrou uma barra de chocolate lá dentro. A última. Ele provavelmente bateria nela, por ter comido a última barra. Também, a verdade é que ele bateria nela de qualquer forma; então, era melhor que, pelo menos, ela aproveitasse o doce.

Atacou a barra como um animal e limpou a boca com as costas da mão. A fome continuava. Uma pesquisa mais apurada a fez encontrar um pedaço de queijo já mordido. Ela não queria nem pensar no que é que andara mordendo as pontas do queijo! Com todo o cuidado, pegou uma faca e começou a raspar as arestas nojentas.

Então, ouviu um barulho na porta. Em pânico, deixou a faca cair no chão. O objeto fez barulho ao bater no piso e ele entrou.

— O que anda aprontando, garotinha?

— Nada. Eu acordei. Vim apenas pegar um pouco d'água.

— Acordou. — Seus olhos estavam vidrados, mas não o bastante, ela notou, sem esperança. — Sentiu saudades do papai? Venha dar um beijinho no papai...

Ela mal podia respirar. Já estava sem ar, e o espaço entre as suas pequenas pernas, onde ele a machucara, começou a latejar, com um medo doloroso.

— Estou com dor de estômago — explicou ela.

— Ah, é? Então papai vai dar um beijinho aí. — Estava sorrindo quando atravessou o quarto em direção a ela. Então, o sorriso desapareceu. — Você não andou comendo novamente sem me pedir, andou? Andou?

— Não, eu... — mas a mentira e a esperança de escapar morreram na mesma hora, no instante em que a mão dele atingiu-lhe o rosto, com toda a força. Os seus lábios se abriram e seus olhos se encheram d'água, mas ela mal piscou. — Eu ia pegar um pedaço de queijo. Ia preparar um lanche para quando o senhor...

Ele a golpeou novamente, com tanta força que ela sentiu estrelas explodindo dentro da sua cabeça. Dessa vez ela caiu, e, antes que conseguisse lutar para se colocar novamente em pé, ele já estava sobre ela.

E então os gritos, gritos dela, porque os seus punhos eram duros e implacáveis. Dor, uma dor cegante, uma dor que entorpecia e não representava nada além de medo. O medo que sentia por saber que, por mais horrível que parecesse, aquilo ainda não era o pior que ele fazia com ela.

— Papai, por favor! Por favor, por favor!

Eternidade Mortal

— Vou ter que punir você! Você nunca me escuta! Jamais me escuta! Depois, vou lhe dar um presente... Um presente bem legal, bem grande, e você vai ser uma boa menina...

Seu hálito estava quente sobre o rosto dela e, por algum motivo, tinha cheiro de bala. Suas mãos rasgavam as suas roupas já esfarrapadas, apalpando, apertando, invadindo. A respiração dele mudou, uma mudança que ela já conhecia e temia. Começou a ficar ofegante e voraz.

— Não, não, isso machuca, isso machuca!

Sua pobre carne de criança resistia. Ela batia nele, ainda gritando, foi levada para algum ponto além do medo e o arranhou. Ele soltou um urro de dor e fúria. Virou o braço dela para trás. Ela ouviu o som seco e pavoroso do seu próprio braço se quebrando.

— Tenente. Tenente Dallas...

O grito lançou-se de sua garganta e ela acordou agitando-se, às cegas. Em um estado de pânico selvagem, lançou-se para a frente, com as pernas tremendo, e caiu no chão, formando uma massa sem forças.

— Tenente!

Ela recuou ao sentir a mão que tocava em seu ombro e se encolheu toda, enquanto os soluços e gritos eram abafados na garganta.

— A senhorita estava sonhando — disse Summerset com cuidado, o rosto impassível. Daria para ver a compreensão nos olhos dele se ela não estivesse completamente embotada com a lembrança.

— A senhorita estava sonhando — repetiu ele, aproximando-se com cuidado, como se ela fosse um lobo preso na armadilha. — Foi um pesadelo.

— Fique longe de mim! Vá embora. Saia daqui e fique lá fora!

— Tenente. A senhorita sabe onde está?

— Sim, eu sei onde estou. — Ela conseguiu pronunciar as palavras entre rápidas golfadas de ar. Estava com frio, tremendo, e não conseguia parar de tremer. — Vá embora! Simplesmente vá embora! — Ela conseguiu ficar de joelhos, e então cobriu a boca com as mãos e sacudiu o corpo. — Que droga! Caia fora daqui, agora!

— Deixe-me ajudá-la a se sentar na cadeira. — As mãos dele eram gentis, mas firmes o bastante para conseguir segurá-la mesmo quando ela tentou empurrá-lo.

— Não preciso de ajuda.

— Mas eu vou ajudá-la a chegar até a cadeira. — Tudo o que ele via é que ela era uma criança agora, uma criança ferida que precisava de cuidados. Como a sua Marlena. Ele tentou não imaginar se sua filhinha havia implorado como Eve fizera. Depois de colocá-la na cadeira, Summerset foi até uma cômoda e pegou um cobertor. Os dentes de Eve estavam batendo e os seus olhos estavam arregalados de choque.

— Fique parada! — A ordem foi enérgica, pois ela já estava tentando se levantar. — Fique onde eu a coloquei e permaneça quieta!

Ele girou sobre os calcanhares e foi direto até o AutoChef da pequena cozinha. Havia gotas de suor na testa de Summerset e ele as enxugou com um lenço enquanto ordenava um chá calmante. Suas mãos tremiam. Não era surpresa. Os gritos de Eve causaram-lhe calafrios e o fizeram ir até a suíte dela com toda a rapidez.

Eram gritos de criança.

Acalmando-se um pouco, ele levou o copo até onde ela estava.

— Beba isto!

— Eu não quero...

— Beba, ou eu enfio o líquido pela sua goela abaixo, com todo o prazer!

Eve pensou em dar um tapa na mão dele e atirar o copo longe, e então conseguiu deixar os dois constrangidos ao se enroscar toda, formando uma bola, e começar a chorar baixinho. Desistindo, Summerset colocou o copo ao lado dela, ajeitou o cobertor com mais firmeza em torno do seu corpo e saiu com o objetivo de entrar em contato com o médico pessoal de Roarke.

Mas foi o próprio Roarke que encontrou, ao chegar ao andar de baixo.

— Summerset, você não dorme nunca?

— Trata-se de um problema com a tenente Dallas. Ela está...

Eternidade Mortal

Roarke largou sua pasta na mesma hora, agarrou Summerset pela lapela e perguntou:

— Ela está ferida? Onde ela está?

— Foi um pesadelo... Ela estava gritando... — Summerset deixou a compostura usual de lado e passou a mão pelos cabelos. — Não quer cooperar. Estava indo chamar o seu médico. Deixei-a em seu quarto privativo.

Quando Roarke o empurrou para o lado, Summerset agarrou-lhe o braço.

— Roarke, você deveria ter me contado o que fizeram com ela.

Roarke simplesmente balançou a cabeça e continuou andando.

— Eu cuido dela — disse.

Ele a encontrou toda encolhida e tremendo. As emoções se digladiaram dentro dele, raiva, alívio, pesar e culpa. Ele lutou com todas elas e a levantou com todo o cuidado.

— Agora já está tudo bem, Eve.

— Roarke. — Ela estremeceu convulsivamente e então se aninhou junto dele, enquanto ele se acomodava na cadeira, com ela no colo. — Os sonhos.

— Eu sei — e aplicou um beijo em sua testa molhada. — Eu sinto muito.

— Eles vêm o tempo todo agora, o tempo todo! Nada consegue pará-los.

— Eve, por que não me contou? — Ele colocou a cabeça dela um pouco para trás, para olhar melhor para o seu rosto. — Você não precisa passar por tudo isso sozinha.

— Nada consegue fazer os sonhos pararem — repetiu ela. — Eu não conseguia me lembrar de mais nada. Agora, eu me lembro de tudo — e esfregou a parte interna do pulso sobre o rosto. — Eu o matei, Roarke! Eu matei o meu pai!

CAPÍTULO TREZE

Ele olhou para os olhos dela, sentiu os tremores que ainda a abalavam e disse:

— Querida, você teve um pesadelo.

— Eu tive uma lembrança do passado.

Ela precisava ficar calma, tinha que ficar, para conseguir colocar tudo para fora. Tinha que ser calma e racional, precisava raciocinar como uma policial e não como uma mulher. Não como uma criança aterrorizada.

— Tudo estava tão claro, Roarke, que eu ainda consigo sentir dentro de mim. O quarto em Dallas, onde ele me deixava trancada. Ele sempre me deixava trancada, para onde quer que me levasse. Uma vez eu tentei fugir, tentei escapar, e ele me pegou. Depois disso, ele sempre alugava quartos em andares altos e trancava a porta por fora. Nunca mais consegui sair. Acho que as pessoas nem sabiam que eu estava lá dentro — e tentou pigarrear para limpar a garganta. — Preciso de um pouco de água...

— Tome, beba isto aqui — e Roarke pegou o copo que Summerset deixara ao lado da cadeira

Eternidade Mortal

— Não, isso é um calmante! Não quero tomar um calmante.
— Inspirou devagar e expeliu o ar dos pulmões com força. — Não
preciso de um tranqüilizante.

— Tudo bem então. Deixe que eu pego água para você —
colocando-a sentada ao lado, ele percebeu a dúvida em seus olhos.

— Apenas água, Eve. Juro.

Aceitando a palavra dele, Eve pegou o copo que ele trouxe e
bebeu, sentindo-se grata. Quando Roarke se sentou sobre o braço
da poltrona, ela olhou direto para a frente e continuou:

— Eu me lembro do quarto. Venho tendo partes deste sonho
nas duas últimas semanas. Os detalhes estavam começando a ficar
mais claros. Fui até me consultar com a doutora Mira — e olhou
por cima do copo. — Não, eu não contei nada para você. Não consegui.

— Tudo bem — ele estava tentando aceitar aquilo. — Mas vai
me contar agora.

— Tenho de contar. — Tomando fôlego, começou a trazer
tudo de volta à sua mente, como faria com qualquer cena de crime.
— Eu estava acordada naquele quarto, torcendo para que ele chegasse bêbado demais para tocar em mim, e foi então que ele chegou. Já
era tarde da noite.

Ela nem precisava fechar os olhos para ver tudo: o quarto sujo,
o pisca-pisca da luz vermelha através das janelas imundas.

— Estava frio — murmurou ela. — Ele havia quebrado o controle da temperatura, e o quarto estava gelado. Dava para perceber
pela minha respiração — e estremeceu em reação a esta imagem. —
Só que eu estava com muita fome também. Consegui algo para
comer. Ele jamais deixava muita coisa para se comer, por ali. Eu
sentia fome o tempo todo. Estava tirando o mofo da casca de um
pedaço de queijo no momento em que ele chegou.

Eve sentiu a porta se abrindo, o medo, o barulho da faca caindo. Queria se levantar, andar de um lado para outro, para acalmar
os nervos, mas não tinha certeza de que suas pernas estivessem firmes o bastante para suportar o peso do corpo.

— Consegui ver logo de cara que ele não estava bêbado o bastante. Dava para sentir. Eu me lembro bem do rosto dele agora. Tinha cabelos castanho-escuros e um rosto meio sem vida, devido à bebida. Talvez tivesse sido bonito um dia, mas a beleza de seu rosto se fora. Havia vasos arrebentados em seu rosto e em seus olhos. Tinha mãos grandes. Talvez eu achasse suas mãos grandes por ser muito pequena, mas o fato é que, para mim, elas pareciam terrivelmente grandes.

Roarke levou as próprias mãos até os ombros dela e começou a massageá-los para aliviar a tensão.

— Elas não podem mais machucá-la. Não podem nem sequer tocá-las agora.

— Não. — *A não ser nos sonhos,* pensou ela. *Nos sonhos, havia dor.* — Ele ficou muito aborrecido porque viu que eu estava comendo. Ele não permitia que eu pegasse nada para comer sem pedir permissão antes.

— Deus do céu! — Roarke apertou um pouco mais o cobertor em volta de Eve, porque ela continuava a tremer. E descobriu que queria alimentá-la, dar-lhe qualquer coisa, tudo, para que ela jamais voltasse a pensar em fome novamente.

— Ele começou a bater em mim, e me batia sem parar. — Ela sentiu que a voz ficou mais aguda e fez um esforço para fazê-la voltar ao normal. *É apenas um relato do que aconteceu agora,* disse a si mesma. *Nada mais.* — Ele me derrubou no chão e continuou me batendo. No meu rosto, no meu corpo. Eu continuava chorando e berrando, implorando para que parasse. Ele rasgou minhas roupas e enfiou os dedos dentro de mim. Aquilo me machucou terrivelmente, porque ele havia me estuprado na noite anterior e eu ainda estava toda dolorida. De repente, ele estava me estuprando novamente. Respirando, ofegante, em cima do meu rosto, me dizendo o tempo todo para eu ser uma boa menina, e me estuprando. Era como se tudo dentro de mim estivesse se rasgando. A dor era tão forte que eu já não podia mais agüentar. Enterrei as unhas nele. Devo ter tirado sangue de sua pele. Foi o momento em que ele quebrou o meu braço.

Eternidade Mortal

Roarke colocou-se em pé de um salto, andou pelo quarto e deu um golpe no mecanismo que abria as janelas. Precisava de ar.

— Não lembro se apaguei, devo ter desmaiado por um minuto, talvez. Mas não conseguia superar a dor. Às vezes, a gente consegue.

— Sim — falou Roarke, bem devagar. — Eu sei.

— Mas a dor era gigantesca! Eram ondas escuras e gosmentas de pura dor. E ele não parava. A faca estava na minha mão. Simplesmente estava ali, bem na minha mão. Eu enfiei a faca nele — e soltou um suspiro entrecortado no momento em que Roarke tornou a se virar para olhá-la. — Eu o esfaqueei e continuei esfaqueando. O sangue estava em toda parte. O cheiro de sangue doce e rude enchia o ar. Rastejei por baixo dele. Pode ser que ele já estivesse morto, mas eu continuei a esfaqueá-lo. Roarke, eu consigo me ver ali, ajoelhada, com o cabo da arma na mão, o sangue me escorrendo pelos pulsos e espirrando no rosto. A dor e a fúria que continuavam latejando dentro de mim. Eu simplesmente não conseguia parar.

Quem teria conseguido?, perguntou a si mesmo. *Quem teria conseguido?*

— Depois, fui para o canto do quarto para fugir dele, porque, quando se levantasse, ele ia me matar! Desmaiei ou simplesmente saí do ar, porque não consigo me lembrar de nada até o momento em que amanheceu. E o meu corpo doía, doía muito, em toda parte. Então, vomitei. Vomitei muito e, quando acabei, foi que eu o vi. E soube...

Roarke esticou o braço para tomar-lhe a mão, e ela parecia feita de gelo, fria, fina e frágil.

— Já chega, Eve!

— Não, deixe-me acabar! Eu tenho que acabar! — Ela cuspia as palavras, como se estivesse atirando pedras para fora do coração.

— Eu vi. Entendi que o tinha assassinado, e soube que eles viriam me pegar para me colocar em uma jaula. Uma jaula escura. Era isso que ele sempre me disse que eles faziam quando a criança não era boazinha. Fui até o banheiro e lavei todo o sangue. Meu braço...

meu braço estava doendo desesperadamente, mas eu não queria ser colocada em uma jaula. Enfiei algumas roupas e coloquei tudo o mais que possuía em uma sacola. Continuava imaginando que ele ia se levantar a qualquer momento e pular em cima de mim, mas ele continuava morto. Eu o deixei lá. Comecei a andar pelas ruas. Já estava de manhã, era bem cedinho. Não havia quase ninguém nas ruas. Joguei a sacola fora ou a perdi... Não consigo me lembrar. Caminhei durante muito tempo, e então entrei em um beco para me esconder, até anoitecer.

Eve passou a mão pela boca. Ela conseguia se lembrar disso, também, da escuridão, do fedor, do medo que cobria toda a dor.

— Depois eu caminhei um pouco mais — continuou ela — e fui andando até não agüentar mais. Entrei em outro beco. Não sei por quanto tempo fiquei ali, mas foi o lugar em que me encontraram. A essa altura, eu já não me lembrava de coisa alguma, nem do que acontecera, nem de onde eu estava. Ou de quem eu era. Até hoje não consigo me lembrar do meu nome verdadeiro. Ele jamais me chamava pelo nome.

— O seu nome é Eve Dallas — ele envolveu o rosto dela com as mãos — e essa parte da sua vida está encerrada. Você sobreviveu a ela, conseguiu superar tudo. Agora você se lembrou, mas tudo já acabou.

— Roarke... — olhando para ele, Eve sentiu que jamais amara alguém mais do que o amava. Nem jamais amaria. — Não acabou não. Tenho de enfrentar o ato que cometi. A realidade dele e suas conseqüências. Não posso mais me casar com você. Amanhã vou entregar o meu distintivo.

— Mas que insanidade é essa?

— Eu assassinei o meu pai, você entende? Tem de ser aberta uma investigação. Mesmo que eu me livre da punição, isso não vai negar o fato de que o meu ingresso na Academia de Polícia e os meus registros são todos fraudulentos. Durante o tempo que durar a investigação, não posso mais ser uma policial e não posso me casar com você. — Sentindo-se mais firme, ela se levantou. — Tenho de fazer as malas...

— Tente!

A voz dele estava baixa, perigosa, e o tom firme a fez parar.

— Roarke, eu tenho que seguir os procedimentos...

— Não, você tem que ser humana. — Com passos largos, foi até a porta e a fechou com um golpe. — Você acha que vai sair assim da minha vida e me abandonar, indo embora por conta própria, só porque se defendeu de um monstro?

— Eu assassinei o meu pai!

— Você assassinou um monstro terrível! Você era uma criança. Vai ficar parada aí, olhando nos meus olhos, e vai me dizer que a culpa era daquela criança?

Eve abriu a boca para falar, mas tornou a fechá-la. Finalmente, disse:

— Não se trata de como eu vejo a situação, Roarke. A lei...

— A lei deveria ter protegido você! — Com visões terríveis dançando diabolicamente em sua cabeça, ele atirou as palavras com força. Parecia-lhe ouvir os seus nervos sendo esticados, quase a ponto de se romperem. — Dane-se a lei! Que benefício ela trouxe para nós dois no instante em que mais precisávamos dela? Agora você quer entregar o distintivo só porque a lei é fraca demais para cuidar dos inocentes e das crianças? Fique à vontade para fazer isso! Jogue toda a sua carreira fora! Mas não vai conseguir se livrar de mim assim tão facilmente...

Tentou segurá-la pelos ombros, mas então deixou as mãos caírem.

— Não posso tocar em você — explicou ele. Abalado pela violência que sentiu brotar nele, deu um passo para trás. — Estou com medo de colocar as mãos em você agora. Não vou suportar se o fato de você estar comigo a fizer se lembrar do que ele lhe fazia.

— Não. — Horrorizada, foi ela que esticou os braços. — Não. Claro que isso não vai acontecer. Jamais poderia. Não há nada no mundo além de nós dois, no instante em que você me toca. Eu simplesmente vou ter que lidar com esta situação.

— Sozinha? — Esta era, ele compreendeu, a mais amarga das palavras. — Do mesmo jeito que lida com os pesadelos, sozinha? Eu não posso voltar até aquela época e matá-lo para você, Eve. Daria tudo o que tenho, e mais até, se pudesse fazer isso, pelo menos isso. Mas não posso. Não vou deixar que você lide com isso sem mim. Isso não é uma possibilidade real para nenhum de nós. Sente-se.

— Roarke...

— Por favor, sente-se. — Ele respirou fundo uma vez para lavar a alma. Ela não ia responder a um tom de raiva. Nem, vindo dele, à voz da razão. — Você confia na doutora Mira?

— Sim, isto é...

— Tanto quanto consegue confiar em alguém — ele acabou a frase. — Já serve! — e foi até a escrivaninha.

— O que está fazendo?

— Vou pedir que ela venha até aqui.

— Estamos no meio da noite.

— Eu sei que horas são — e ligou o *tele-link*. — Estou disposto a aceitar os conselhos dela a respeito deste assunto. E peço a você que faça o mesmo.

Ela começou a reclamar com ele, mas não encontrou argumentos. Cansada, colocou a cabeça entre as mãos.

— Tudo bem — concordou.

Eve ficou ali, mal conseguindo ouvir a voz calma de Roarke e as respostas murmuradas que ele dava. Quando voltou para junto dela, esticou o braço em sua direção. Eve olhou para a mão estendida.

— Ela já está vindo. Vamos lá para baixo?

— Roarke, eu não estou fazendo nada disso para magoar você, e nem para irritá-lo.

— Pois conseguiu fazer as duas coisas, só que não é isto que está em jogo aqui. — Ele tomou a mão dela e a colocou em pé. — Não vou deixar você ir embora, Eve. Se você não me amasse, não me quisesse nem precisasse de mim, eu teria de deixá-la ir. Mas sei que você me ama e me quer. E, embora ainda tenha dificuldades em aceitar esse conceito, sei que precisa de mim também.

Eu não quero usá-lo, pensou Eve, mas não disse nada enquanto desciam as escadas.

Mira não demorou muito. Com seu jeito costumeiro, chegou quase de imediato e perfeitamente arrumada. Cumprimentou Roarke de forma serena, lançou um olhar para Eve e se sentou.

— Eu aceitaria um conhaque, se vocês não se importam — pediu a doutora. — Acho que a tenente deveria me acompanhar.

— Quando Roarke foi preparar as bebidas, ela olhou em volta da sala. — Que casa adorável! Tem um ar de felicidade — e sorriu, lançando a cabeça para o lado. — Ora, Eve, você está com um novo penteado. Ficou muito bem em você.

Confuso, Roarke parou e olhou para Eve.

— O que fez no cabelo? — perguntou.

— Nada, na verdade, apenas...

— Homens! — Mira provou o conhaque e girou o líquido no cálice. — Por que nos importamos com eles? Sempre que o meu marido deixa de perceber um penteado novo em mim, desculpa-se dizendo que me adora pelo que eu sou e não pelo meu cabelo. Normalmente, deixo as coisas por isso mesmo. Muito bem, então — e se recostou. — Pode me contar o que houve?

— Sim. — Eve repetiu tudo, exatamente como já contara a Roarke. Agora, porém, era a voz da policial que estava contando a história. Estava mais fria, mais objetiva e mais distante.

— Está sendo uma noite muito difícil para você — e Mira deslizou o olhar para Roarke. — Para vocês dois. Deve ser difícil acreditar que as coisas vão começar a melhorar agora. Eve, você consegue aceitar que a sua mente já estava pronta para lidar com isto?

— Imagino que sim. As lembranças começaram a aparecer de forma mais clara e com mais freqüência depois que... — e fechou os olhos. — Alguns meses atrás eu respondi a um chamado para resolver um distúrbio doméstico. Cheguei no local tarde demais. O pai de uma criança estava drogado, cheio de Zeus. Ele retalhara a filhinha até a morte, antes de eu conseguir entrar. Acabei matando-o.

— Sim, eu me lembro deste caso. Aquela criança poderia ter sido você. Ao invés de ter o mesmo fim, porém, você sobreviveu.

— Meu pai não.

— E como você se sente por causa disso?

— Alegre. E pouco à vontade, por saber que possuo tanto ódio dentro de mim.

— Ele.batia em você. Ele a estuprava. Era o seu pai e você deveria estar a salvo em sua companhia. E não estava. Como você acha que deveria se sentir a respeito disso?

— Foi algo que aconteceu anos atrás.

— Foi algo que aconteceu ontem — corrigiu Mira. — Foi há uma hora.

— Sim. — Eve baixou o olhar e ficou fitando a taça de conhaque, apertando os olhos para segurar as lágrimas.

— Foi errado você se defender?

— Não. Não foi errado me defender. Mas eu o matei. Mesmo depois que ele já estava morto, eu continuei a matá-lo. Este... ódio cego, esta fúria incontrolável! Eu parecia um animal!

— Ele tratava você como um animal. Ele a transformou em um animal. Foi sim — disse Mira, diante do tremor de Eve. — Mais do que roubar a sua infância, a sua inocência, ele arrancou a sua humanidade. Existem termos técnicos para descrever uma personalidade capaz de fazer o que ele fez com você, mas, em linguagem simples — disse ela em um tom neutro —, ele era um monstro.

Mira observou quando o olhar de Eve voou em direção a Roarke, fixou o rosto dele por alguns segundos e depois se desviou.

— Ele roubou a sua liberdade — continuou a doutora —, roubou as suas escolhas, marcou você, marcou a ferro, profanou você. Para ele, você não era humana, e se a situação não tivesse mudado pode ser que você jamais conseguisse ser algo a mais do que um animal, supondo que tivesse sobrevivido. No entanto, depois que escapou, você se reconstruiu. O que você é hoje, Eve?

— Uma policial.

Mira sorriu. Ela esperava exatamente aquela resposta.

— E o que mais? — quis saber de Eve.

— Uma pessoa.

— Uma pessoa responsável?

— Sim.

— Capaz de sentir amizade, lealdade, compaixão, humor. Amor?

— Sim, mas... — Eve olhou para Roarke.

— Aquela criança era capaz disso?

— Não, ela... Eu era amedrontada demais para sentir essas coisas. Tudo bem, eu mudei. — Eve apertou a mão sobre a têmpora, surpresa e aliviada ao sentir que a dor que fazia sua cabeça latejar estava diminuindo. — Eu me transformei em uma pessoa decente, mas isso não modifica o fato de que eu o matei. Deve ser aberta uma investigação a respeito desse crime.

Mira arqueou uma das sobrancelhas e disse:

— Naturalmente, você pode forçar a abertura de uma investigação, se o fato de descobrir a identidade do seu pai for importante para você. Isso é importante?

— Não, eu não ligo a mínima para isso. Trata-se de um procedimento que...

— Desculpe-me — Mira levantou uma das mãos —, mas você quer instaurar uma investigação sobre a morte desse homem, causada por você aos oito anos de idade?

— É uma questão de procedimento técnico — teimou Eve —, que requer o meu afastamento imediato, até que a equipe que vai investigar tudo esteja satisfeita. Também seria melhor se todos os meus planos pessoais fossem colocados em compasso de espera até que o assunto seja totalmente resolvido.

Sentindo a fúria de Roarke, Mira lançou-lhe um olhar de advertência e viu o momento em que ele conseguiu vencer a batalha para manter o controle.

— Resolvido de que modo, Eve? — perguntou, de modo razoável. — Não quero ensiná-la a fazer o seu trabalho, tenente, mas estamos falando a respeito de um assunto que aconteceu há vinte e dois anos.

— Aconteceu ontem — Eve sentiu uma satisfação vazia em atirar de volta as palavras de Mira. — Foi há uma hora.

— Emocionalmente, sim — concordou Mira, sem se alterar. — Porém, em termos práticos e em termos legais, já se passaram mais de duas décadas. Não vai haver um corpo, nem uma prova física para exame. Existem, é claro, os registros sobre as condições em que você foi encontrada, os abusos que sofreu, a má-nutrição, a negligência e o trauma. Bem, temos também as suas lembranças. Você acha que a sua história vai se modificar no momento do interrogatório?

— Não, claro que não, mas... é o procedimento.

— Você é uma policial muito competente, Eve — disse Mira com delicadeza. — Se um caso como este aparecesse em sua mesa, exatamente desse jeito, quais seriam as providências profissionais que você tomaria, de forma objetiva? Antes de responder, tenha calma e seja honesta. Não lhe servirá de nada punir a si mesma ou aquela criança inocente e violada. O que você faria?

— Eu... — vencida, ela pousou a taça de conhaque sobre a mesa e apertou os olhos com as mãos. — Eu daria o caso por encerrado.

— Então faça isso.

— Mas não depende de mim.

— Ficarei feliz em levar este assunto ao conhecimento do seu comandante, em caráter particular. Posso apresentar todos os fatos e oferecer a minha recomendação pessoal. Acho que você sabe qual seria a decisão dele. Nós precisamos de pessoas como você para servir e proteger a sociedade, Eve. E há um homem aqui que precisa que você confie nele.

— Mas eu confio nele! — ela cruzou os braços em volta do corpo e olhou para Roarke. — O meu medo é usá-lo. Não me importa o que as outras pessoas pensem a respeito do dinheiro dele ou sobre o seu poder. O que não quero é jamais dar razão a ele para achar que, em algum momento, eu poderia usá-lo.

— E ele acha isso?

— Ele está apaixonado demais por mim para achar isso agora — e fechou os dedos sobre o diamante que trazia pendurado entre os seios.

— Pois eu diria que isto é uma coisa adorável. E, em pouco tempo, pode ser que você descubra a diferença entre depender de alguém que você ama e confiar, utilizando as energias um do outro. — Mira se levantou. — Eu aconselharia você a tomar um sedativo e tirar uma folga do trabalho amanhã, mas sei que não vai fazer nenhuma das duas coisas.

— Não, não vou. Sinto muito por tê-la arrastado até aqui, tirando-a de sua casa no meio da noite.

— Policiais e médicos estão acostumados com isso. Você vai conversar novamente comigo?

Eve queria recusar, negar, do mesmo modo que passara tantos anos se recusando e negando. Aquele tempo, porém, Eve compreendeu, estava encerrado.

— Sim, tudo bem — respondeu.

Em um impulso, Mira colocou a mão no rosto de Eve e a beijou, dizendo:

— Você vai conseguir, Eve. — Depois, virou-se para Roarke e estendeu a mão. — Fiquei feliz por ter me chamado. Tenho um interesse pessoal no caso da tenente.

— Eu também. Obrigado.

— Espero que me convidem para o casamento... Não precisa me acompanhar, pode deixar que eu saio sozinha.

Roarke voltou até onde Eve estava e se sentou ao seu lado, perguntando:

— Você se sentiria melhor, Eve, se eu distribuísse todo o meu dinheiro, todas as minhas propriedades, me livrasse de todas as minhas companhias e começasse tudo do zero, com você?

O que quer que Eve estivesse esperando que ele dissesse, não era isto. Ela olhou boquiaberta para ele.

— Você faria isso, Roarke?

— Não — e se inclinou para beijá-la de leve.

A seguir, soltou uma gargalhada que a deixou surpresa.

— Estou me sentindo uma idiota! — reclamou Eve.

— Deve estar mesmo — e entrelaçou os dedos com os dela. — Deixe-me ajudá-la a se livrar da dor.

— Você já está fazendo isso desde que entrou por aquela porta. — Com um suspiro, ela pousou a testa sobre a dele. — Tente me agüentar, Roarke. Eu sou uma boa policial. Sei o que estou fazendo quando estou com o distintivo. É quando eu o tiro que não fico tão certa dos meus atos.

— Sou um homem tolerante. Posso aceitar os seus recantos escuros, Eve, do mesmo modo que você aceita os meus. Vamos subir, vamos para a cama. Agora, você vai dormir — e a colocou novamente em pé. — E, se tiver pesadelos, não vai mais escondê-los de mim.

— Não, não vou. O que foi? O que está olhando?

Com os olhos apertados, ele passou os dedos pelos cabelos dela.

— Você realmente mudou o seu cabelo. De modo sutil, mas muito charmoso. E fez alguma coisa a mais... — passou a ponta do polegar pelo queixo dela.

Eve levantou e abaixou as sobrancelhas, na esperança de que ele reparasse a sua nova e aprimorada forma, mas ele simplesmente continuou a olhar para ela.

— O que foi? — perguntou Eve.

— Você é linda! Realmente linda!

— Você está cansado.

— Não, não estou. — Ele se inclinou e colocou a boca sobre a dela, em um beijo longo e apaixonado. — Nem um pouco.

* * *

Eternidade Mortal

Peabody estava olhando fixamente em volta, e Eve decidiu não demonstrar que percebera. Pegara uma xícara de café e, sabendo que Feeney estava para chegar, trouxe até mesmo uma cestinha cheia de bolinhos. As cortinas estavam abertas, exibindo a vista espetacular e privativa de Nova York que Eve desfrutava, com sua silhueta cheia de espigões por trás do verde luxuriante do parque.

Ela sabia que não podia culpar Peabody por ficar boquiaberta.

— Agradeço muito por você ter vindo aqui em casa, em vez de nos encontrarmos na central — começou Eve. Ela sabia que ainda não estava funcionando em plena capacidade, bem como tinha consciência de que Mavis não podia se dar ao luxo de esperar que o seu período de pesar acabasse. — Queria resolver alguns assuntos antes de entrar de serviço, Peabody. Assim que colocar o pé em minha sala, sei que Whitney vai me chamar na mesma hora, e preciso de munição.

— Tudo bem. — Peabody sabia que havia gente que realmente vivia daquele jeito. Já ouvira falar, já lera a respeito e vira em filmes. Com relação aos aposentos da tenente, não havia nada de particularmente fabuloso. Eles certamente eram bonitos, muito espaçosos, com boa mobília e um excelente equipamento.

Mas, a casa. Minha nossa, a casa! Deixara bem para trás a categoria de mansão e mais parecia uma fortaleza ou, melhor dizendo, um castelo. Os gramados verdes, as árvores floridas e as fontes. Havia ainda todas as torres, o brilho da pedra. Isso tudo antes de a pessoa ser trazida para dentro por um mordomo e ficar fascinada pelos mármores, os cristais, as madeiras. E o espaço. Espaço em demasia.

— Peabody?

— Como? Desculpe.

— Está tudo bem. Sei que este lugar deixa a gente intimidada.

— É incrível — e levou o olhar até Eve. — Você parece diferente aqui — decidiu, e então apertou os olhos para ver melhor. — Parece realmente diferente. Ei, você cortou o cabelo! E fez as sobrancelhas. — Intrigada, inclinou-se para ver mais de perto. — E uma limpeza de pele também.

— Só no rosto. — Eve se controlou para não se mostrar embaraçada. — Podemos começar a trabalhar ou você vai querer o nome da minha esteticista?

— Eu nem poderia pagar pelo serviço — disse Peabody, com ar alegre. — Mas você ficou muito bem. Tem que começar a se produzir mesmo, já que vai se casar em poucas semanas.

— Não são poucas semanas, é só no mês que vem.

— Acho que você ainda não reparou que nós já estamos no mês que vem. Parece nervosa... — Um sorriso divertido esvoaçou pela boca de Peabody. — Você nunca fica nervosa.

— Pare com isso, Peabody. Temos homicídios para resolver aqui.

— Sim, senhora. — Ligeiramente envergonhada, Peabody engoliu o risinho. — É que achei que a gente estava só matando tempo, enquanto o capitão Feeney não chega.

— Tenho uma entrevista marcada para as dez horas com Paul Redford. Não tenho tempo para matar. Passe-me as informações que conseguiu na boate.

— Meu relatório está aqui. — Já de volta à postura habitual, Peabody pegou um disco na bolsa. — Cheguei lá às dezessete e trinta e cinco, procurei pelo sujeito chamado Crack e me identifiquei como sua auxiliar.

— O que achou dele?

— Uma figura! — disse Peabody secamente. — Sugeriu que eu daria uma boa dançarina de tablado na boate, já que parecia ter pernas fortes. Respondi que isto não estava em meus planos, no momento.

— Boa resposta.

— Ele cooperou muito. Pelo que observei, ficou muito aborrecido quando informei a ele sobre o assassinato de Hetta e a forma como morreu. Ela não trabalhava lá há algum tempo, mas Crack informou que ela era uma pessoa de bom coração, eficiente e bem-sucedida.

Eternidade Mortal

235

— Usou exatamente essas palavras?

— Não, utilizou um linguajar muito vulgar, Dallas. Reproduzi as palavras exatas dele em meu relatório. Ele não prestou atenção na pessoa com quem Hetta conversou depois do incidente com Boomer, pois a boate estava lotada e ele estava ocupado.

— Rachando cabeças...

— Exatamente. No entanto, apontou vários outros empregados e clientes assíduos que poderiam tê-la visto com alguém. Peguei seus nomes e declarações. Nenhum deles reparou nada de estranho ou diferente. Um dos clientes acha que viu a hora em que ela foi para uma das cabines privativas com um sujeito, mas não se lembra da hora exata, e a descrição do homem foi vaga. "Um cara alto."

— Fantástico!

— Ela saiu da boate às duas e quinze da manhã, mais de uma hora mais cedo do que o horário habitual. Comentou com uma das outras acompanhantes que trabalham lá que ela já havia completado a "cota" por aquela noite e ia embora. Exibiu um monte de fichas de crédito e algumas notas de valor alto. Foi a última vez em que foi vista na boate.

— O corpo foi achado três dias depois. — Frustrada, Eve se levantou da mesa. — Se eu tivesse assumido o caso antes, ou se Carmichael tivesse se dado ao trabalho de cavar um pouco mais para conseguir identificá-la... Bem, o que está feito, está feito.

— Todos gostavam dela.

— Ela tinha um parceiro ou namorado?

— Nada sério. Este tipo de boate não aprova que as acompanhantes saiam com não freqüentadores e, aparentemente, Hetta era uma profissional de verdade. Ela andava de boate em boate, mas, até agora, não achei nada. Se estava trabalhando em algum outro lugar na noite em que foi morta, não há registro disso.

— Ela usava drogas?

— Socialmente, casualmente. Nada pesado, de acordo com as pessoas com quem conversei. Verifiquei sua ficha na polícia. A não ser algumas detenções antigas por porte de drogas, ela estava limpa.

— Detenções antigas, de quanto tempo atrás?

— Cinco anos.

— Certo, continue investigando. Hetta está com você — e olhou para trás no momento em que Feeney entrou. — Fico feliz por você ter conseguido se juntar a nós.

— É, o tráfego está um inferno lá fora... Oba, bolinhos! — e começou a atacá-los. — Como vão as coisas, Peabody?

— Bom-dia, capitão.

— Que casa, hein? E você, está de blusa nova, Dallas?

— Não.

— Você parece diferente... — e se serviu de café, enquanto Eve girava os olhos. — Achei o homem com a tatuagem de cobra. Mavis chegou na Boate Ponto Zero mais ou menos às duas da manhã, pediu um drinque chamado Screamer e foi para perto de um dançarino da casa. Dei um pulo até lá ontem à noite e conversei pessoalmente com o sujeito. Ele se lembrou de Mavis. Ela estava totalmente fora de órbita e caindo pelas tabelas. Ele disse que informou a ela as várias opções de serviço que a casa oferecia, mas ela dispensou tudo e caiu fora.

Feeney se sentou e soltou um suspiro, completando:

— Se ela andou por outras boates depois disso, não pagou com cartão. Não apareceu mais nada no sistema depois que ela fechou a conta na Ponto Zero às quinze para as três da manhã.

— Onde fica a Ponto Zero?

— Mais ou menos a seis quarteirões da cena do crime. Ela andou o tempo todo se movendo quase em linha reta pela cidade, desde a hora em que saiu da casa de Pandora e entrou no ZigZag. Esteve em outras cinco boates, tomou Screamers o tempo todo, e a maioria deles eram triplos. Não sei como ela ainda estava se agüentando em pé...

— Seis quarteirões... — murmurou Dallas. — Trinta minutos antes do crime...

— Sinto muito, garota. Isso não torna as coisas nem um pouco melhores para ela. Agora, vamos aos discos de segurança. A câmera de circuito interno do prédio de Leonardo foi arrebentada às dez horas da noite em questão. Há muitas reclamações sobre garotos depredando câmeras externas naquela área; portanto, é possível que tenha sido assim que a câmera foi quebrada. O sistema de segurança da casa de Pandora foi desligado com uso do código. Não houve adulteração nem sabotagem. Quem quer que tenha entrado lá, sabia como fazê-lo.

— Então essa pessoa a conhecia, bem como o esquema de segurança.

— Necessariamente — concordou Feeney. — Quanto aos discos do sistema de segurança de Justin Young, não consegui achar nada que tenha sido adulterado. Tenho a gravação dos dois entrando em casa por volta de uma e meia da manhã, e depois só tenho a saída dela entre dez e meio-dia, na manhã seguinte. Ninguém entrou nem saiu nesse intervalo. Porém... — e fez uma pausa, para criar efeito — ... ele tem uma porta nos fundos.

— O quê?

— Uma porta de serviço, que sai da cozinha e vai até um elevador de carga. Não há sistema de segurança nessa área do prédio. O elevador desce seis andares e vai dar na garagem. Agora, a garagem tem segurança com câmeras, bem como os outros andares. Porém... — outra pausa — ... dá para sair dali usando o portão dos fundos, que leva à rua. Esta é a área de manutenção do prédio, e a segurança ali é muito furada.

— Então eles poderiam ter saído sem ninguém ver.

— Poderiam. — Feeney tomou um gole de café e estalou os lábios. — Se conhecessem bem o prédio, o sistema, e se tivessem todo o cuidado para calcular bem o tempo a fim de não dar de cara com o pessoal da turma da limpeza.

— Com isso, temos uma nova visão dos álibis deles. Deus o abençoe, Feeney!

— Tá bom, bem, eu preferia que ele mandasse dinheiro... Ou me desse mais um pouco daqueles bolinhos...

— São todos seus. Acho que vamos ter que tornar a conversar com os nossos jovens amantes. Temos um elenco interessante nessa novela. Justin Young costumava dormir com Pandora, mas agora está intimamente envolvido com Jerry Fitzgerald, uma das pessoas ligadas a Pandora, além de ser arquirrival na busca do título de rainha das passarelas. Tanto Jerry Fitzgerald quanto Pandora andavam em busca de uma carreira no cinema. Entra em cena Paul Redford, produtor de filmes. Ele se mostra interessado em trabalhar com Jerry, já trabalhou com Justin e dorme com Pandora. Essas quatro pessoas se encontram em uma festa íntima na casa de Pandora, a convite dela, na noite de sua morte. Agora, vamos lá... Por que ela ia querer todos em sua casa, sua rival, seu ex-amante e o produtor?

— Ela gostava de um teatro — contribuiu Peabody. — Adorava criar conflitos.

— Sim, isso é verdade. Também adorava provocar desconfortos. Fico imaginando se havia alguma coisa que ela estivesse querendo esfregar na cara deles... Estavam todos muito calmos no interrogatório — lembrou Eve —, muito serenos, muito à vontade. Vamos ver se conseguimos sacudi-los um pouco.

Olhou para a parede no instante em que o painel deslizante que separava o seu escritório do de Roarke se abriu e ele apareceu.

— Não estava trancado — explicou ele, parado na porta. — Estou interrompendo?

— Não, está tudo bem. Já estamos acabando.

— Oi, Roarke. — Feeney fez um brinde, levantando um bolinho. — E então, já está pronto para se enforcar, daqui a duas semanas? Ré-ré... Brincadeirinha... — murmurou, ao sentir que Eve lançou-lhe um olhar que pareceu pulverizá-lo.

— Acho que eu vou conseguir enfrentar essa barra! — disse Roarke e olhou para Peabody, levantando a sobrancelha.

— Desculpe — disse Eve. — Policial Peabody, este é Roarke.

Quando Eve a apresentou, ele sorriu e atravessou a sala, dizendo:

— A eficiente policial Peabody. É uma honra.

Lutando para não arregalar os olhos, ela aceitou a mão que ele lhe ofereceu e respondeu:

— Prazer em conhecê-lo.

— Gostaria de roubar a tenente por alguns momentos e prometo não atrapalhar mais vocês — e colocou uma das mãos sobre o ombro de Eve, dando-lhe um aperto carinhoso. Quando ela se levantou e foi para o canto da sala em companhia dele, Feeney resmungou:

— Assim você é capaz de engolir a língua, Peabody. Por que será que só porque um sujeito qualquer tem a pinta de um galã e o corpo de um deus grego as mulheres ficam todas vidradas?

— São os hormônios — explicou Peabody, baixinho, e continuou a observar Roarke e Eve. Recentemente, ela começara a desenvolver interesse pelo jogo dos relacionamentos.

— Como é que você está, Eve? — quis saber Roarke.

— Estou legal.

— Espero que esteja trabalhando para isso — envolveu o queixo de Eve com a mão e esfregou o polegar com delicadeza na covinha sob a sua boca. — Tenho que participar de algumas reuniões no centro, agora de manhã, mas achei que você ia se interessar por isto aqui — e entregou a Eve um cartão pessoal dele, com um nome e um endereço escritos no verso. — Trata-se da especialista em substâncias que vêm de fora do planeta, que você pediu que eu procurasse. Ela pode receber você para qualquer coisa de que precisar. A amostra que você me deu já está lá, mas ela gostaria de conseguir mais um pouco. Acho que é para fazer um teste cruzado, segundo me disse.

— Obrigada. — Eve enfiou o cartão no bolso. — De verdade.

— Quanto aos relatórios da Estação Starlight...

— Estação Starlight? — ela levou um momento para se lembrar. — Nossa, até me esqueci de que tinha pedido isso a você! Minha cabeça não anda muito boa...

— É que você está com muitos problemas ao mesmo tempo. De qualquer modo, minhas fontes informaram que Pandora realmente andou fazendo um bocado de contatos sociais nesta última viagem, o que é normal. Aparentemente, não houve ninguém em especial em quem ela mostrasse interesse. Pelo menos, por mais de uma noite.

— Droga, tudo tem sexo no meio?

— No caso dela, sexo era sempre prioritário. — Roarke sorriu quando os olhos de Eve se estreitaram e começaram a fazer especulações. — E, como eu já lhe disse antes, o nosso curto relacionamento ocorreu há muito tempo. — Entretanto, ela fez várias ligações para fora da estação, todas do seu *tele-link* portátil. Nunca usou o sistema de comunicações do *resort*.

— Para não deixar registros — refletiu Eve.

— Esse é o meu palpite também. Ela estava viajando a negócios e fez o seu trabalho com o talento usual. Surgiram também uns boatos sobre o jeito animado com que ela se gabou, falando de um novo produto que ia divulgar e de um vídeo que ia estrelar.

Eve falou alguma coisa entre dentes e guardou os dados, completando:

— Obrigada pelo tempo que você gastou.

— Fico sempre feliz em dar apoio à nossa polícia local. Temos hora reservada com o florista para as três da tarde. Vai dar para você ir?

Ela pensou nos compromissos do dia e concordou:

— Se você consegue abrir espaço na sua agenda para isso, eu também posso.

Como não queria arriscar, ele pegou a agenda eletrônica de Eve no bolso dela e programou o horário do florista pessoalmente.

— Encontro você lá. — Abaixou a cabeça em direção a ela e notou que o olhar de Eve se desviou para a mesa no outro lado da sala. — Não creio que isto vá diminuir a sua autoridade — murmurou, e apertou os lábios suavemente de encontro aos dela. — Eu amo você.

— Tá bom... tudo bem — disse, e limpou a garganta. — Certo, então.

Eternidade Mortal 241

— Quanta poesia! — divertido com aquilo, ele passou a mão de leve pelos cabelos dela e tornou a beijá-la, para deixá-la ainda mais envergonhada. — Policial Peabody, Feeney — despedindo-se com um aceno de cabeça, ele voltou para o seu escritório. O painel deslizou atrás dele até se fechar por completo.

— Tire esse sorrisinho idiota da cara, Feeney! Tenho um pequeno serviço de entregas para você. — Tirou o cartão do bolso enquanto caminhava de volta para a mesa. — Preciso que você leve uma amostra do pó que achamos no apartamento de Boomer para esta especialista em plantas. Foi Roarke que a conseguiu para nós. Ela não é ligada à polícia nem aos órgãos de segurança; portanto, seja discreto.

— Deixe comigo.

— Vou passar por lá mais tarde, para ver como ela está indo com o trabalho. Peabody, você vem comigo.

— Sim, senhora.

Peabody esperou até entrar no carro de Eve para falar:

— Acho que deve ser muito complicado, para uma policial, lidar com relacionamentos pessoais.

— Eu que o diga! — *Tenho que interrogar suspeitos, mentir para o comandante, depois apressar os técnicos do laboratório e encomendar o buquê de noiva. Nossa!*, pensou Eve.

— Mas, se a pessoa se mantiver centrada, isto é, se ela tiver cuidado, não vai deixar isto atrapalhar a sua carreira — disse Peabody.

— Se quer saber a minha opinião, policiais são uma escolha ruim para um relacionamento. Por outro lado, o que é que posso saber a respeito disso? — Com um ritmo nervoso, Eve tamborilou com os dedos sobre o volante. — Feeney está casado desde o início dos tempos. O comandante tem uma família feliz. Outros conseguem — e soltou o ar. — Estou trabalhando para isso. — De repente, a idéia bateu em sua cabeça, no momento em que o carro saía pelos portões. — Está rolando algum relacionamento novo em sua vida, Peabody?

— Talvez... Estou pensando no assunto — esfregou as mãos nas calças, juntou os dedos e depois tornou a separá-los.

— É alguém que eu conheço?

— Para falar a verdade — Peabody mexeu com os pés —, é o Casto.

— Casto? — Eve continuou atravessando a cidade em direção à Nona Avenida e passou ao lado de um ônibus. — Não brinca! Quando foi que isso aconteceu?

— Bem, eu o encontrei por acaso, ontem à noite, isto é, reparei que ele andava me seguindo, e então...

— Andava seguindo você? — Rapidamente, Eve empurrou a alavanca do painel para colocar o carro no piloto automático. Ele trepidou, fez ruídos estranhos e então soltou um estampido. — Mas de que diabos você está falando?

— Ele tem um nariz muito bom. Farejou que estávamos seguindo uma pista. Fiquei furiosa quando percebi que ele estava na minha cola, mas tive de admitir que eu teria feito a mesma coisa.

Eve bateu com os dedos no volante novamente e pensou sobre o assunto.

— É... — concordou por fim — ... eu também. E ele tentou agarrar você?

Peabody ficou vermelha como um tomate e começou a gaguejar.

— Puxa, Peabody, eu não quis dizer agarrar no sentido de...

— Eu sei, eu sei. É que eu não estou muito acostumada com isso, Dallas. — Ela colocou a franja do cabelo para o lado e verificou o colarinho do seu uniforme engomado. — Já tive alguns namorados, mas homens como Casto... Você sabe, como Roarke...

— Eles queimam os circuitos da gente.

— É... — foi um alívio conseguir se abrir com alguém que conseguia compreender. — Ele realmente tentou conseguir arrancar alguns dados de mim, mas aceitou bem quando eu me recusei a abrir o jogo. Ele sabe como são essas coisas. O secretário prega a cooperação entre os departamentos e a gente simplesmente ignora o fato.

Eternidade Mortal

— E você acha que ele já descobriu mais alguma coisa, pelo lado dele?

— Pode ser que sim. Ele foi até as boates para interrogar as pessoas, do mesmo jeito que eu. Foi por isso que eu notei que ele estava na minha cola. Depois, quando fui embora, ele me seguiu. Eu enrolei um pouco e saí do caminho, só para ver o que ele ia fazer — e seu sorriso se abriu. — Acabei me colocando atrás dele. Você precisava ver a cara dele quando eu vim por trás e ele sacou que tinha sido descoberto.

— Bom trabalho!

— Conversamos um pouco. Sobre o espaço de cada um e coisas desse tipo. Depois, bem, fomos tomar um drinque e concordamos em dar um tempo nos assuntos da polícia. Foi legal. Gostamos de muitas coisas em comum, fora da área do trabalho. Músicas, filmes, essas coisas. Ai, que inferno, meu Deus, eu acabei dormindo com ele!

— Oh!

— Sei que foi burrice, mas, bem, acabei fazendo.

— E então, como é que foi? — perguntou Eve depois de um momento.

— Uau!

— Tão bom assim, é?

— E depois, hoje de manhã, ele disse que talvez a gente possa jantar junto, mais tarde.

— Então, tudo bem. Tudo está me parecendo bem normal.

— É que caras como ele normalmente não sentem atração por mim. — Com os olhos sérios novamente, Peabody balançou a cabeça. — Eu sei que ele tem uma quedinha por você e...

Eve levantou a mão e disse:

— Ei, espere um instante! Pare o filme e volte essa cena!

— Ah, sem essa, Dallas, você sabe que sim! Ele sente atração por você. Admira as suas habilidades, a sua capacidade de dedução. As suas pernas...

— Não vá me dizer que você e Casto andaram conversando a respeito das minhas pernas...

— Não, mas a sua capacidade de dedução foi mencionada. Enfim, não sei se eu devia levar isso em frente. Tenho que me concentrar na minha carreira, e ele está focado na dele. Depois que este caso for solucionado, vamos perder contato.

Eve não pensara a mesma coisa quando Roarke a atingira bem no meio da testa com aquele sentimento? Pode ser que fosse verdade. Normalmente, as coisas eram assim.

— Você se sente atraída por ele, gosta dele e acha interessante ficar junto dele?

— Claro!

— E o sexo foi bom?

— O sexo foi incrível!

— Então, como sua oficial superior, Peabody, o meu conselho é: vai fundo!

Peabody sorriu ligeiramente e então olhou para fora da janela.

— Talvez eu pense no assunto...

Capítulo Quatorze

Eve ficou satisfeita com a forma com que conseguiu sincronizar os horários. Entrou na Central de Polícia às cinco para as dez e foi direto para a sala de interrogatório. Como evitou passar pela sua sala, conseguiu escapar das mensagens do comandante Whitney que exigiam a sua presença. Tinha a esperança de que, no momento em que fosse encará-lo, já tivesse alguma nova informação.

Paul Redford foi pontual e Eve teve que reconhecer isso de bom nele. Chegou tão elegante e sereno quanto estivera da primeira vez em que o vira.

— Tenente, eu espero que isto não leve muito tempo. O momento é muito inconveniente para mim.

— Então é melhor começarmos logo. Sente-se. — Ela fechou e trancou a porta atrás dela.

A sala de interrogatório não tinha uma atmosfera das melhores. E não era para ter mesmo. A mesa no centro era pequena, as cadeiras, duras, e as paredes não tinham enfeites. O espelho, obviamente, era transparente de fora para dentro, feito para intimidar. Eve ligou o gravador de imediato e recitou todos os dados necessários.

— Senhor Redford, saiba que o senhor tem todo o direito de trazer um advogado ou representante legal para este interrogatório.

— A senhorita vai ler todos os meus direitos legais, tenente?

— Se desejar, posso fazer isso. O senhor não foi acusado de nada, mas tem direito a aconselhamento quando responde a perguntas em um interrogatório formal. Deseja este aconselhamento agora?

— Não, no momento não. — Ele arrancou um fiapo de linha que ficara preso na manga do paletó. O brilho do ouro refulgiu em seu pulso, sob a forma de um bracelete. — Estou mais do que disposto a cooperar com esta investigação, como já provei vindo até aqui hoje.

— Gostaria de apresentar a sua declaração anterior para que o senhor tenha a oportunidade de acrescentar, retirar ou modificar qualquer das informações fornecidas — e colocou um disco etiquetado e datado no computador. Com uma leve impaciência no olhar, Paul Redford ouviu toda a gravação.

— O senhor quer manter todas as declarações sem modificá-las?

— Sim, elas são tão precisas quanto eu consigo me lembrar.

— Muito bem. — Eve tornou a guardar o disco e entrelaçou as mãos. — O senhor e a vítima eram parceiros sexuais.

— Exato.

— Este esquema não exigia exclusividade mútua.

— De modo algum. Nenhum dos dois desejava isto.

— Na noite do crime, o senhor e a vítima se envolveram com o uso de drogas ilegais?

— Não.

— O senhor, em algum outro momento, se envolveu com o uso de drogas ilegais em companhia da vítima?

Ele sorriu. Ao virar a cabeça para o lado, Eve reparou o reflexo de mais ouro, vindo de um cordão trabalhado muito elegante que Paul Redford usava em volta do pescoço.

— Não — respondeu ele. — Eu não compartilhava o interesse de Pandora por drogas.

Eternidade Mortal

— O senhor sabia a senha para desligar o sistema de segurança e entrar na casa da vítima em Nova York?

— A senha da porta de Pandora? — Suas sobrancelhas se uniram. — Pode ser que sim. Provavelmente. — Pela primeira vez, ele pareceu desconfortável. Eve quase conseguia ver a sua mente avaliando a resposta e as conseqüências que ela traria. — Acredito que Pandora tenha me informado a senha, em algum momento, para facilitar as coisas quando eu ia visitá-la. — Recompondo-se, pegou o *notebook* e digitou alguns dados. — Sim, eu a tenho aqui.

— O senhor usou esta senha para ter acesso à casa dela, na noite do assassinato?

— Não, um empregado eletrônico abriu a porta para mim. Não houve necessidade de utilizar a senha para entrar.

— Não, não houve necessidade. Antes do crime. O senhor tem conhecimento do fato de que a senha da porta também serve para armar e desarmar o sistema de segurança por vídeo?

— Acho que não estou entendendo o que quer dizer... — o ar de precaução apareceu novamente em seus olhos.

— Com a senha, a qual o senhor acaba de declarar que possuía, a câmera de segurança externa pode ser desativada. Esta câmera foi desativada por um período de aproximadamente uma hora depois do assassinato. Durante este espaço de tempo, senhor Redford, o senhor declarou que estava na academia de seu clube privado. Sozinho. Durante este tempo, alguém que conhecia a vítima, alguém que tinha a senha de sua casa e que estava familiarizado com as rotinas de segurança desativou o sistema, entrou na residência e, pelo que parece, retirou algum objeto dali.

— Eu não teria motivos para fazer nenhuma dessas coisas. Estava no clube, tenente. Registrei a minha entrada e a minha saída com o cartão eletrônico.

— Um membro do clube pode digitar o registro de entrada e de saída sem nem mesmo ter entrado — Eve observou o rosto dele ficar rígido. — O senhor notou um enfeite, possivelmente uma caixinha chinesa trabalhada, uma antiguidade, da qual a vítima retirou uma substância e a ingeriu em seguida. Depois, declarou que a vítima trancou a caixinha na gaveta da penteadeira do quarto. Esse objeto não foi encontrado. O senhor tem certeza de que a caixinha realmente existia?

Havia gelo em seus olhos agora. Por baixo do gelo, no entanto, junto das bordas frias, Eve notou que havia algo mais. Não era pânico, ainda. Era cautela e preocupação.

— E então, o senhor tem certeza de que a caixa que descreveu realmente existia, senhor Redford?

— Eu a vi.

— E a chave?

— A chave? — Ele pegou uma jarra de água. Suas mãos continuavam firmes, notou Eve, mas sua mente trabalhava sem parar. — Pandora guardava a chave pendurada em um cordão. Um cordão de ouro que estava sempre em seu pescoço.

— Nenhum cordão nem chave foram encontrados no corpo, no local do crime.

— Então, é de imaginar que o assassino o pegou; não lhe parece, tenente?

— Ela usava o cordão com a chave abertamente, à vista de todos?

— Não, ela... — Ele parou de falar, com os músculos do maxilar inferior contraindo-se sem parar. — Muito boa essa pergunta, tenente! Pelo que sei, ela usava o cordão por baixo das roupas, não o deixava à vista. Porém, como já declarei antes, eu não era o único a ser freqüentemente convidado a ver Pandora sem roupa.

— Por que o senhor fazia pagamentos a ela?

— Como disse?

— Nos últimos dezoito meses, o senhor transferiu mais de trezentos mil dólares para diversas contas bancárias da vítima. Por quê?

Seus olhos ficaram sem expressão, mas Eve notou, pela primeira vez, medo por trás deles.

— Tenente, o que eu faço com o meu dinheiro certamente não é da conta de ninguém, é assunto meu.

Eternidade Mortal

— Não, não é. Pelo menos quando se trata de um assassinato. Ela o estava chantageando?

— Isso é um absurdo!

— Para mim, não. Ela tinha alguma coisa contra o senhor, algo perigoso, embaraçoso, algo que gostava de usar para ameaçá-lo. Mordiscava aos pouquinhos, exigindo do senhor o pagamento de pequenas quantias aqui e ali, algumas delas não tão pequenas. Imagino que ela era uma pessoa que gostava de ostentar este tipo de poder e adorava isso. Um homem pode muito bem ficar farto dessa situação. Ele pode começar a achar que só há um modo de acabar de vez com o problema. Na verdade, não era apenas o dinheiro, era, senhor Redford? Era o poder, o controle e a satisfação que ela tinha com isso e lhe esfregava na cara.

Sua respiração tornou-se ofegante e muito profunda, mas seu rosto permaneceu impassível.

— Eu diria, tenente, que a chantagem combinava bem com Pandora. Só que ela não tinha nada contra mim, e eu jamais iria tolerar ameaças.

— E o que o senhor faria a respeito delas?

— Um homem com a minha posição pode se dar ao luxo de ignorar bastante coisa. No meu ramo de negócios, o sucesso é muito mais importante do que as fofocas.

— Então, por que o senhor fazia pagamentos a ela? Pelo sexo?

— Isso é um insulto!

— Não, eu imagino que um homem com a sua posição não precisaria pagar para fazer sexo. Mesmo assim, isso poderia acrescentar um sabor excitante à relação. O senhor já foi à Boate Baixaria, no East End?

— Eu não freqüento o East End e certamente não costumo ir a boates e *sex clubs* de segunda classe.

— Mas o senhor sabe do que eu estou falando. Esteve lá alguma vez em companhia de Pandora?

— Não.

— E sozinho?

— Já disse que jamais estive lá.

— Onde o senhor estava na noite de 10 de junho, aproximadamente às duas da manhã?

— O que é isto agora?

— Pode verificar o seu paradeiro nessa data e nesse horário?

— Não sei onde eu estava. Não sou obrigado a responder a isso.

— Os pagamentos que o senhor fazia a Pandora referiam-se a negócios ou eram presentes?

— Sim, não — ele apertou os punhos embaixo da mesa. — Acho que vou exercer o direito de me consultar com um advogado.

— Claro. A escolha é sua. Fica registrado que vamos interromper o interrogatório neste momento para permitir ao entrevistado o exercício de seu direito de consultar um advogado. Por agora, interrompo a gravação. — Eve sorriu. — É melhor o senhor contar ao advogado tudo o que sabe. É melhor contar a alguém. E se o senhor não está envolvido nisto sozinho aconselho-o a pensar seriamente em livrar a sua cara — e se afastou da mesa. — Há um *tele-link* público do lado de fora da sala.

— Eu tenho o meu próprio aparelho — disse ele com rigidez. — Gostaria que a senhorita me encaminhasse a uma sala onde eu tenha privacidade para efetuar esta ligação.

— Sem problemas. Venha comigo.

Eve conseguiu evitar um encontro com Whitney transmitindo uma atualização por meios eletrônicos e permanecendo longe de sua sala. Encontrou-se com Peabody, e as duas foram para a rua.

— Você balançou Redford. Balançou de verdade.

— A idéia era essa.

— Foi o jeito com que você continuou atacando por ângulos diferentes. Tudo certinho desde o início, tudo previsível, e então, um golpe certeiro! Você o deixou encalacrado quando falou da boate.

— Ele vai conseguir retomar o equilíbrio. Ainda tenho o pagamento que ele fez para Jerry Fitzgerald para atirar em cima dele,

Eternidade Mortal

mas ele vai estar mais preparado. Essa folga para procurar os advogados vai ajudá-lo.

— Vai, mas ele não vai mais tornar a subestimá-la. Você acha que ele é o culpado?

— Acho que pode ter sido sim. Ele a odiava. Se conseguirmos fazer uma ligação dele com as drogas... vamos ver. — Havia tantos ângulos para explorar, pensou Eve, e o tempo estava correndo... correndo em direção à audiência de prejulgamento de Mavis. Se Eve não conseguisse alguma coisa sólida nos próximos dois dias...

— Eu quero identificar aquele elemento desconhecido, Peabody. Quero saber quem é a fonte dele. Se conseguirmos achar a fonte, poderemos seguir por aí.

— É nesse instante que você vai deixar Casto entrar no caso? Vai ser um inquérito oficial.

— Ele deve ter contatos melhores do que nós. Vou compartilhar as descobertas com ele depois que a gente tiver conseguido identificar o elemento. — Seu *tele-link* tocou e ela franziu a testa. — Droga, droga, droga! Eu sei que é o Whitney. Dá para sentir. — Ela tirou toda a expressão do rosto e atendeu, com sobriedade: — Aqui é Dallas falando.

— Que diabos você anda fazendo?

— Senhor, estou seguindo uma pista. Estamos a caminho do laboratório.

— Deixei ordens para que você estivesse em minha sala às nove da manhã.

— Desculpe, comandante, mas esta ordem não me foi transmitida. Eu não estive em minha sala. Se o senhor recebeu o relatório, poderá constatar que estive presa em um interrogatório no período da manhã. Neste momento, o entrevistado está procurando orientação com os advogados. Acredito que...

— Pare de me enrolar, tenente! Acabei de conversar com a doutora Mira há poucos minutos.

A pele de Eve pareceu virar gelo, e ficou rígida.

— Sim, senhor.

— Estou desapontado com você, tenente — ele falava devagar, seus olhos vinham da tela e olhavam fixamente para os dela —, pelo fato de você considerar a possibilidade de utilizar o tempo e a força de trabalho do departamento em um assunto como aquele. Não temos intenção nem desejo de investigar os fatos formalmente ou de promover qualquer sindicância sobre o incidente. Esta questão está encerrada, e deverá permanecer encerrada. Isto está bem compreendido, tenente?

As emoções se misturaram: alívio, culpa, gratidão.

— Senhor, eu... Sim, está compreendido.

— Muito bem, então. O vazamento de informações para o Canal 75 provocou grandes problemas por aqui.

— Sim, senhor. — Fale mais alguma coisa, ordenou a si mesma. Pense em Mavis! — Tenho certeza de que deve ter provocado.

— Você conhece a política do departamento a respeito de vazamentos de notícias não autorizadas para a mídia.

— Conheço bem.

— E como vai a senhorita Furst?

— A mim, pareceu que estava muito bem quando a vi no ar apresentando o programa, comandante.

Ele olhou de cara feia, mas havia um brilho em seu olhar.

— Fique esperta, Dallas. E esteja aqui em minha sala às dezoito horas. Temos que enfrentar uma porcaria de entrevista coletiva!

— Boa tática — Peabody a congratulou. — E tudo o que você disse foi verdadeiro, exceto a parte em que falou que estávamos a caminho do laboratório.

— Eu não especifiquei qual era o laboratório...

— E aquele outro assunto trata de quê? Ele parecia bastante agitado por causa disso. Você está com mais algum lance rolando? Tem ligação com o caso?

— Não, não, é um assunto antigo. Um assunto que já morreu.

— Sentindo-se grata por ter se livrado do problema, Eve passou com o carro quase deslizando pelo portão de entrada do Horizontes

Eternidade Mortal

Futuros, o laboratório de pesquisas que era também uma empresa subsidiária das Indústrias Roarke. — Tenente Dallas, Departamento de Polícia de Nova York — anunciou ela para a câmera.

— A senhorita está sendo aguardada, tenente. Por favor, siga até a área azul do estacionamento. Deixe o seu carro ali e pegue o veículo C em direção ao complexo Leste, setor 6, nível 1. A senhorita será recebida por um de nossos funcionários.

E foram, de fato, recebidas por uma andróide atraente, com cabelos negros e a pele branca como leite, olhos azul-claros e um crachá que a identificava como Anna-6. Sua voz era melodiosa como os sinos de uma igreja.

— Boa-tarde, tenente. Espero que não tenha tido dificuldade para nos encontrar.

— Não, nenhuma.

— Muito bem. A doutora Engrave vai encontrá-las no solário. O ambiente lá é muito agradável. Sigam-me, por favor.

— Ela é um robô — murmurou Peabody, espantada, olhando para Eve, e Anna-6 virou-se para trás e sorriu de forma maravilhosa.

— Sou um modelo novo, ainda estou em experiência. Existem apenas dez de nós neste estágio de desenvolvimento, e todas estão em uso aqui, neste complexo. Esperamos entrar no mercado dentro de seis meses. A pesquisa que foi feita para nossa criação foi muito extensa e, infelizmente, nosso custo ainda é proibitivo para a maioria dos clientes em potencial. Temos a esperança de que algumas grandes indústrias considerem que a despesa vale a pena, para podermos ter uma relação custo-benefício apropriada, a fim de sermos produzidas em massa.

— Roarke já viu você? — perguntou Eve, fazendo a cabeça pender ligeiramente para o lado.

— Claro que já. Roarke analisa pessoalmente todos os novos produtos. Ele se envolveu muito em busca do *design* mais apropriado para o modelo que eu represento.

— Aposto que sim.

— Por aqui, por favor. — Anna-6 continuou andando e virou em um corredor comprido e com teto arqueado, pintado em branco-hospital. — A doutora Engrave achou a sua amostra muito interessante. Tenho certeza de que vocês vão considerá-la de grande auxílio. — Parou diante de uma pequena tela na parede e digitou uma senha. — Anna-6 — anunciou —, acompanhada pela tenente Dallas e sua auxiliar.

As placas da parede se abriram para o lado, exibindo uma grande sala cheia de plantas e uma adorável luz solar artificial. Havia um som de água correndo e um zumbido calmo de abelhas, ao longe.

— Vou deixá-las aqui e mais tarde volto para acompanhá-las até a saída. Por favor, peçam o que quiserem para beber. A doutora Engrave às vezes se esquece de oferecer...

— Vá sorrir em algum outro lugar, Anna — a voz irritada parecia vir detrás de um grupo de samambaias. Anna-6 limitou-se a sorrir e os painéis deslizantes voltaram a se fechar. — Eu sei que os andróides têm o seu valor, mas, cá entre nós, eles me incomodam. Venham até aqui, no canteiro das espiréias.

Cautelosamente, Eve foi até onde estavam as samambaias e seguiu em frente. Adiante, ajoelhada sobre um generoso monte de terra preta, havia uma mulher. Seus cabelos grisalhos estavam presos em um coque malfeito e as mãos se apresentavam vermelhas e sujas. Seu macacão originalmente branco estava coberto por inúmeras marcas, listras e manchas escuras. Ela olhou para cima, e seu rosto fino e comum mostrou estar tão sujo quanto as roupas.

— Estou dando uma olhada nas minhocas, tentando criar uma nova linhagem — e exibiu um punhado de terra, que se agitou, parecendo viva.

— Muito interessante! — exclamou Eve, e se sentiu decididamente aliviada quando a doutora Engrave voltou a enterrar o punhado de terra em movimento.

— Ora, então é você a policial de Roarke... Sempre achei que ele ia escolher uma daquelas deusas gostosonas com pescoço magro e peitões — e apertou os lábios enquanto avaliava Eve de cima a

Eternidade Mortal

255

baixo. — Que bom que ele não fez isso. O problema com as deusas gostosonas é que elas precisam ser paparicadas o tempo todo. Prefiro sempre os espécimes híbridos, em qualquer situação.

A doutora Engrave limpou as mãos imundas nas roupas imundas. Quando se levantou, mostrou que tinha apenas um metro e meio de altura.

— Ficar remexendo na terra com as minhas minhocas é uma boa terapia. Se mais gente tentasse isso, não iria precisar de drogas para conseguir enfrentar o dia até o fim.

— Por falar em drogas...

— Sim, sim, venham por aqui — e começou a andar em passo acelerado, para a seguir diminuir o ritmo e serpentear pelos caminhos entre os canteiros. — Isso aqui está precisando ser podado. Temos que colocar um pouco mais de nitrogênio. Elas têm sido pouco regadas também, e as raízes estão muito apertadas. — Parou ao lado de folhas verdes que pareciam lanças, parreiras com hastes encaracoladas e uma explosão de flores recém-abertas. — Chegamos ao ponto em que eles me pagam para trabalhar como jardineira. Um bom emprego para quem o consegue. Sabe o que é isto?

Eve olhou para uma flor roxa que tinha a forma de uma trombeta. Tinha certeza do que era, mas achou que podia ser alguma armadilha ou teste da especialista.

— É uma flor.

— Uma petúnia. Ora... As pessoas se esqueceram do charme das coisas tradicionais. — Parou ao lado de uma pia, lavou um pouco da sujeira que tinha nas mãos e deixou restos de terra por baixo das unhas curtas e maltratadas. — Todo mundo procura coisas exóticas hoje em dia. Flores grandes, melhores, diferentes. Um bom canteiro de petúnias vai lhe proporcionar muito prazer e exigir poucos cuidados. Você simplesmente as planta, nã fica esperando que se transformem em algo que não são, e então pode aproveitar sua beleza. Elas são simples, não murcham se você olhar atravessado para elas. Um bom canteiro de petúnias significa muito. Vamos lá, então.

Ela subiu num banquinho que ficava em frente a uma mesa de trabalho entulhada com ferramentas de jardinagem, vasos, papéis, um AutoChef que piscava avisando que estava vazio e um sistema de computação muito sofisticado, dos mais modernos.

— Você me enviou um saco de pozinho muito interessante, por aquele seu amigo irlandês. Que, aliás, sabia o nome das petúnias.

— Feeney é um homem de muitos talentos.

— Mandei um lindo arranjo de violetas para a mulher dele. — A doutora Engrave ligou o computador. — Eu já tinha feito uma análise da amostra que Roarke me trouxe. Ele me pediu com todo o jeitinho para fazer o trabalho o mais depressa possível. Outro irlandês. Deus que os ajude! Eu gosto de trabalhar com toda a segurança, quero ter certeza do que faço quando pego uma substância como esta. Com a outra amostra, tive a oportunidade de trabalhar melhor.

— Então a senhora já está com os resultados da...

— Não me apresse, garota. Isso só funciona com irlandeses bonitões. Além do mais, eu não gosto de trabalhar para a polícia — e deu um sorriso largo. — Eles não apreciam a arte que existe na ciência. Aposto que você nem mesmo se lembra da tabela periódica dos elementos, lembra?

— Escute, doutora... — para alívio de Eve, a fórmula apareceu na tela. — Este computador é controlado?

— Sim, a segurança é por senha. Roarke afirmou que é completamente seguro. E também não nasci ontem. Só nesse trabalho já saí do ovo há mais tempo do que você tem de vida — e abanou a mão imunda para Eve, apontando para a tela com a outra. — Olhe, eu não preciso explicar os elementos básicos desta substância. Até uma criança conseguiria descobri-los; portanto, imagino que vocês já tenham identificado quase tudo.

— É o elemento desconhecido que está...

— Conheço meu trabalho, tenente. O seu probleminha está aqui — e fez aparecer em destaque uma série de pontos na tela.

— Vocês não conseguiram descobrir o que é isto a partir da fórmula porque eles a codificaram. O que temos aqui na tela é um amontoado de baboseiras. Aqui é que está a grande chave do enigma. — Esticando o braço, pegou uma pequena lâmina sobre a qual estava um pouco do pó. — Mesmo os seus técnicos mais graduados iam ter um bocado de dificuldade para descobrir isso aqui. Ele se parece com uma coisa, tem o cheiro de outra. E quando misturamos tudo junto e colocamos sob esta forma é a reação que faz a mistura se modificar. Você conhece alguma coisa sobre química?

— Preciso conhecer?

— Ah, se mais gente conhecesse...

— Doutora Engrave, eu quero conhecer tudo sobre assassinatos. A senhora me diz o que é isto e podemos continuar a partir desse ponto.

— Impaciência. Esse é outro dos problemas com as pessoas hoje em dia. — A doutora Engrave bufou e então pegou um potinho tampado. Dentro dele estavam algumas gotas de leite. — Já que você não vai ligar a mínima para o processo, não vou lhe explicar tudo o que eu fiz. Vamos abreviar, dizendo que preparei alguns testes, fiz um pouco de química básica e isolei a sua substância desconhecida.

— É isso aí?

— É, em forma de líquido. Aposto que o especialista do seu laboratório disse que isto era um tipo de valeriana, uma planta nativa do sudoeste americano.

— E...? — Eve olhou mais de perto.

— Chegou próximo, mas não ganhou a taça. É uma planta, sem dúvida, e um pouco de valeriana foi utilizado como enxerto para refinar a espécie. Isto aqui é néctar, a substância que seduz os pássaros e as abelhas e faz o mundo girar. Este néctar aqui não é de nenhuma espécie nativa.

— Nenhuma espécie nativa dos Estados Unidos.

— Nenhuma espécie nativa. Ponto final. — Esticando o outro braço, pegou um vegetal que havia sido plantado em um pote e o colocou sobre a mesa, com um baque solene. — Este aqui é o seu bebê.

— É lindo! — disse Peabody, inclinando-se em direção à luxuriante planta com flores de pontas irregulares cujas tonalidades variavam do branco-neve até o roxo bem forte. Ela cheirou, fechou os olhos e então respirou ainda mais fundo. — Nossa, é maravilhoso! É como se... — sua cabeça pareceu girar. — Puxa, é forte!

— Pode apostar que é forte mesmo. Já chega, senão você vai ficar doidona por uma hora — e a doutora Engrave tirou a planta de perto dela.

— Peabody? — Eve pegou no braço da auxiliar e o sacudiu — Se liga! Sai dessa!

— É como tomar uma taça inteira de champanhe de um gole só — e colocou a mão na testa. — É maravilhoso!

— Trata-se de um exemplar híbrido, experimental — explicou a doutora Engrave. — Seu nome de código é Flor da Eternidade. Esta aqui tem quatorze meses de existência e nunca parou de dar flor. Esses espécimes foram criados em Éden, uma colônia espacial.

— Sente-se, Peabody. A substância que estamos procurando é o néctar desta flor?

— O néctar já é potente por si mesmo e provoca uma reação parecida com embriaguez em abelhas. Potencializa o mesmo tipo de reação em frutas maduras. Os pêssegos, por exemplo, ficam com uma concentração muito maior de suco. A não ser que a ingestão seja controlada, foi observado que as abelhas podem tomar uma overdose de tanto sugar o néctar. Elas não conseguem parar de sugar.

— Abelhas viciadas?

— Pode-se dizer que sim. Basicamente, elas não querem sugar o néctar das outras flores, por ficarem totalmente seduzidas por esta aqui. O seu laboratório não conseguiu descobrir a substância porque esta planta híbrida está na lista restrita dos produtos manufaturados nas colônias espaciais de horticultura, e isso a coloca sob a jurisdição da Alfândega Galáctica. A colônia esta, atualmente, ten-

Eternidade Mortal

tando amenizar este problema técnico com o néctar da planta, pois isto prejudica o seu potencial para exportação.

— Então a Flor da Eternidade é um espécime controlado?

— No momento, sim. Existem alguns usos medicinais para a planta e algumas outras utilidades, particularmente cosméticas. A ingestão do néctar pode resultar em maior luminosidade na pele, um aumento na sua elasticidade e, por conseguinte, promover uma aparência de juventude.

— Mas é venenoso. Quando usado por um período longo, pode destruir o sistema nervoso. O nosso laboratório confirmou isto.

— É, da mesma forma que o arsênico, mas as damas refinadas de antigamente o ingeriam em pequenas doses para tornar a pele mais clara e mais limpa. Beleza e juventude são questões desesperadamente importantes para algumas pessoas. — A doutora levantou os ombros magros em sinal de desdém. — Em combinação com outros elementos da fórmula, este néctar é um ativador. O resultado é um produto químico que cria dependência, mas promove aumento da energia, da força física, do impulso sexual e traz uma sensação de juventude e renovação. Para piorar, estes exemplares híbridos vão se proliferar mais rápido do que coelhos, se não houver controle, e podem ser produzidos a um custo baixo e em larga escala.

— E eles conseguiriam vingar aqui na Terra, nas condições naturais típicas do planeta?

— Certamente. A colônia em Éden produz vegetais, flores e plantas em geral que suportam as condições naturais do nosso planeta.

— Então, se alguém conseguir algumas mudas da planta — refletiu Eve —, tiver um laboratório e os outros produtos químicos...

— Esse alguém vai conseguiu produzir uma droga ilegal com imenso apelo popular. Vale a pena — disse a doutora Engrave, com um sorriso amargo. — Seja forte, linda, jovem e sexy. Não sei quem inventou esta fórmula, mas, seja quem for, era especialista em química, conhecia bem a natureza humana e compreendia a beleza que existe na lucratividade.

— Uma beleza fatal.

— Ah, claro, quatro a seis anos de uso constante vão derrubar o usuário. Seu sistema nervoso vai parar de funcionar. Durante esse período, no entanto, ele vai aproveitar a vida como nunca, e alguém vai encher os bolsos.

— Como é que a senhora sabe tanta coisa a respeito desta... como se chama, Flor da Eternidade... se o seu cultivo é restrito à colônia em Éden?

— Porque sou uma das mais importantes pesquisadoras em minha área, examino com atenção todos os relatórios e, por acaso, minha filha chefia o setor de apicultura em Éden. Um laboratório licenciado, como este aqui, ou um especialista em horticultura pode, com algumas limitações, importar um desses espécimes.

— A senhora está me dizendo que já existem algumas dessas plantas aqui em nosso planeta?

— A maioria delas é réplica ou são simulações inofensivas, geradas artificialmente. Outras poucas, porém, são o artigo genuíno. São regulamentadas, liberadas somente para uso interno e controlado. Bem, agora tenho que cuidar das minhas rosas. Leve o relatório e as duas amostras para os seus rapazes brilhantes na Central de Polícia. Mesmo que consigam juntar todas as pontas a partir desses dados, já mereciam ser enforcados por incompetência.

— Você está bem, Peabody? — Com cuidado, Eve mantinha a mão firme no braço de Peabody no momento em que ela abria a porta do carro.

— Estou legal, apenas me sentindo muito relaxada.

— Relaxada demais para dirigir — notou Eve. — Eu ia pedir para você me dar uma carona até o florista, mas vamos mudar para o Plano B. A gente dá uma passada em algum lugar para você comer alguma coisa, a fim de contrabalançar a cheirada que deu naquela flor, e depois você leva as amostras e o relatório da doutora Engrave para o laboratório.

Eternidade Mortal

— Dallas — Peabody recostou a cabeça no banco do carro —, realmente me sinto maravilhosa.

— Você não vai me beijar, nem nada desse tipo, vai? — Desconfiada, Dallas deu uma olhada nela.

— Você não é o meu tipo. — Peabody lançou-lhe um olhar meio de lado. — De qualquer modo, eu não estou me sentindo particularmente sexy não. Estou só muito bem. Se tomar esse troço trouxer uma sensação tão gostosa quanto cheirar aquela flor, as pessoas vão ficar loucas para provar.

— É... Alguém já ficou louco o bastante para matar três pessoas.

Eve foi direto até a loja de flores. Tinha uns vinte minutos, no máximo, para ficar ali, pois ainda ia tentar localizar os outros suspeitos a fim de atormentá-los, voltar até a central para preparar o seu relatório e ainda participar da coletiva com a imprensa.

Avistou Roarke, que fazia hora diante de uma vitrine com pequenas árvores floridas.

— Nosso consultor floral já está esperando por nós — informou ele.

— Desculpe. — Ela se perguntou por que alguém ia querer árvores com menos de trinta centímetros de altura. Para Eve, aquilo era esquisito. — Eu me atrasei um pouco.

— Eu também acabei de chegar. A doutora Engrave ajudou em alguma coisa?

— Ajudou demais até. Ela é uma figura! — e o seguiu por baixo de uma estrutura em treliça de onde vinha um aroma de parreiras. — Dei uma olhada em Anna-6.

— Ah, os andróides da linha Anna! Acho que vão ser um sucesso.

— Especialmente entre os adolescentes.

Roarke soltou uma risada e a empurrou pela porta, anunciando:

— Mark, esta é a minha noiva, Eve Dallas.

— Ah, sim. — Ele parecia um tio boa-praça quando a cumprimentou, e seu aperto de mão era forte como o de um pugilista em ação. — Vamos ver o que podemos fazer pela senhorita. Casamento é um assunto complicado, e a senhorita não me deu muito tempo.

— Ele não deu muito tempo para mim também — replicou ela.

Mark riu e alisou o cabelo grisalho.

— Sentem-se — pediu ele —, relaxem e tomem um pouco de chá. Tenho um monte de coisas para lhes mostrar.

Eve não se incomodava de estar ali, pois gostava de flores. Só que não sabia que existiam tantas delas. Depois de cinco minutos, sua cabeça começou a transbordar de orquídeas, lírios, rosas e gardênias.

— Queremos algo simples — decidiu Roarke. — Bem tradicional, com flores naturais, sem imitações artificiais.

— Sim, é claro. Tenho uns hologramas que poderão lhes trazer algumas idéias. Como a cerimônia vai ser ao ar livre, eu poderia sugerir um caramanchão de glicínias. É bem tradicional e tem uma fragrância adorável, antiga.

Eve analisou os hologramas e tentou se imaginar em pé debaixo de um caramanchão com Roarke, trocando votos e promessas. Seu estômago estremeceu.

— Que tal petúnias? — perguntou ela.

— Petúnias? — Mark piscou.

— Eu gosto de petúnias. Elas são simples e não fingem ser o que não são.

— Sim, certamente. São muito charmosas. Talvez acompanhadas de um arranjo de lírios. E para dar mais cor...

— Vocês trabalham com a Flor da Eternidade? — perguntou Eve, por impulso.

— Flores da Eternidade. — Os olhos de Mark ficaram mais brilhantes. — Este é um produto muito especial. São difíceis de importar, é claro, mas muito resistentes, e ficam espetaculares quando fazemos arranjos em cestas com elas. Tenho várias imitações e simulações da flor verdadeira.

— Não queremos imitações — lembrou-lhe Eve.

Eternidade Mortal

— Infelizmente, elas só podem ser exportadas em quantidades muito pequenas, e apenas para floristas licenciados ou horticultores. E são só para uso interno, sempre dentro de lugares fechados. Como a sua cerimônia vai acontecer ao ar livre...

— O senhor vende muitas delas?

— Muito raramente, e só para especialistas em horticultura licenciados. Mas eu tenho algo aqui que é tão lindo quanto...

— O senhor tem registros dessas vendas? Poderia me conseguir o nome dos compradores? Sua loja está na internet e faz entregas em todo o planeta, não é?

— Naturalmente, mas...

— Preciso saber o nome de todas as pessoas que encomendaram Flores da Eternidade nos últimos dois anos.

Quando Mark lançou um olhar espantado para Roarke, esse passou a língua sobre os dentes e explicou:

— Minha noiva é louca por jardinagem...

— Sim, entendo. Devo levar alguns minutos para acessar esses dados. A senhorita quer todos os nomes?

— Todas as pessoas que encomendaram Flores da Eternidade à Colônia Éden nos últimos dois anos. Pode começar com as encomendas que foram feitas daqui dos Estados Unidos.

— Se quiserem aguardar um pouco, vou ver o que posso fazer.

— Gostei da idéia do caramanchão — anunciou Eve, levantando-se de um salto quando Mark saiu. — Você não?

Roarke se levantou, colocou as mãos nos ombros dela e disse:

— Por que não deixa que eu resolva tudo sobre a decoração e as flores? Vou surpreender você.

— Vou ficar lhe devendo essa.

— Claro que vai. E pode começar a pagar, não se esquecendo de que vamos ao desfile de Leonardo na sexta-feira.

— Eu já sabia disso.

— E não se esquecendo também de fazer a requisição das três semanas de férias para a nossa lua-de-mel.

— Eu achei que a gente havia combinado duas semanas...

— Combinamos. Só que agora você está me devendo mais uma. Não quer me contar por que foi acometida por esta súbita fascinação por uma flor da colônia em Éden? Ou devo supor que você conseguiu identificar a substância desconhecida?

— É o néctar. Vai ajudar muito para a gente fazer a ligação entre os três homicídios. Se eu conseguir arrumar um pouco mais de tempo...

— Espero que seja isto o que a senhorita está procurando. — Mark voltou com uma folha de papel na mão. — Não foi tão difícil quanto eu imaginava. Não há muitas encomendas de Flores da Eternidade. A maioria dos importadores se satisfaz com simulações da planta. Parece que existem alguns problemas com o espécime verdadeiro.

— Obrigada. — Eve pegou a folha e deu uma olhada na lista, de cima a baixo. — Agora eu peguei você! — murmurou, e então se virou para Roarke. — Tenho que ir. Compre muitas flores, toneladas de flores. Não se esqueça das petúnias — e saiu correndo, pegando o comunicador. — Peabody!

— Mas... mas o buquê! O buquê da noiva! — Confuso, Mark se virou para Roarke. — Ela acabou não escolhendo...

Roarke a observou enquanto ela saía voando da loja.

— Eu sei do que ela gosta — disse ele. — Às vezes, sei melhor até do que ela mesma...

CAPÍTULO QUINZE

— Fico satisfeita por recebê-lo de volta, senhor Redford.

— Isto está se tornando um hábito desagradável, tenente. — Redford se sentou à mesa na sala de interrogatório. — Sou esperado em Nova Los Angeles em poucas horas. Espero que a senhorita não me cause atrasos.

— É que eu sou muito cuidadosa, gosto sempre de confirmar os meus dados. Não quero que nada nem ninguém escape por alguma fresta.

Eve olhou para o canto em que Peabody estava, muito bonita em seu uniforme completo. Do outro lado do espelho, Eve sabia, estavam o comandante Whitney e o promotor, observando toda a ação. Ela teria que decidir a questão ali mesmo ou era muito provável que se desse mal.

Sentou-se e cumprimentou o holograma do advogado que Redford escolhera. Obviamente, nem Redford nem o seu advogado acreditavam que a situação era séria o bastante para providenciar um representante em pessoa na entrevista.

— Doutor — começou Eve —, o senhor está com uma transcrição completa das declarações do seu cliente?

— Sim. — A imagem do homem de olhar duro usando um terno risca-de-giz cruzou as mãos bem-cuidadas. — Meu cliente vem cooperando perfeitamente com a senhorita e o seu departamento. Concordamos com esta entrevista unicamente para finalizar a questão.

Vocês concordaram porque não tinham outra opção, pensou ela, mas manteve o rosto impassível e disse:

— Sua cooperação está sendo muito apreciada, senhor Redford. O senhor declarou que conhecia a vítima, Pandora, e que tinha um relacionamento casual, porém íntimo, com ela.

— Exatamente.

— O senhor também esteve envolvido em algum assunto de negócios com ela?

— Produzi dois vídeos para serem transmitidos diretamente para a residência dos telespectadores. Pandora trabalhava como atriz neles. Outra produção estava sendo planejada.

— Esses projetos foram bem-sucedidos?

— Moderadamente.

— E, além destes projetos, o senhor tinha algum outro contrato de negócios com a vítima?

— Nenhum. — Um pequeno sorriso surgiu em seus lábios. — A não ser um pequeno investimento especulativo.

— Um pequeno investimento especulativo?

— Ela me disse que estava planejando lançar uma linha própria de produtos de moda e beleza. Evidentemente, precisava de financiamento para o projeto, e fiquei interessado o bastante para investir nisso.

— O senhor deu dinheiro para ela?

— Sim, durante os últimos dezoito meses investi mais de trezentos mil dólares nessa idéia.

Encontrou um jeito de se safar, notou Eve, e se recostou na cadeira.

— Em que pé estava essa linha de moda e beleza que o senhor alega que a vítima estava implementando?

— Não estava em pé algum, tenente. — Ele levantou as mãos, e então as deixou cair novamente. — Eu fui enganado. Só depois da

Eternidade Mortal

morte de Pandora é que descobri que não havia nenhuma linha de produtos, não havia outros investidores, não havia nada.

— Entendo. O senhor é um produtor de sucesso, um homem habituado a lidar com dinheiro. Deve ter pedido prospectos, números, estimativas de despesas, projeções de lucros. Talvez uma amostra dos produtos.

— Não. — Sua boca se apertou e ele abaixou a cabeça, olhando para as mãos. — Não pedi.

— E espera que eu acredite que o senhor simplesmente forneceu dinheiro para uma linha de produtos sobre os quais não possuía nada de concreto?

— É embaraçoso. — Ele levantou os olhos novamente. — Tenho uma boa reputação no mundo dos negócios, e se esta informação sair daqui, minha imagem certamente vai ser prejudicada.

— Tenente — o advogado interrompeu —, a reputação de meu cliente é algo de muito valor. E ela vai ser prejudicada se estes dados forem divulgados para alguém fora do âmbito desta investigação. Eu posso e vou solicitar uma garantia de obstrução para que esta parte da declaração não se torne pública, a fim de proteger seus interesses.

— Pois vá em frente. Essa é uma tremenda história, senhor Redford. Agora, será que o senhor conseguiria me explicar como é que um homem com a sua reputação e com a sua imagem de homem de negócios pode comprometer trezentos mil dólares em um investimento que nem sequer existia?

— Pandora era uma mulher persuasiva, e linda. Era também muito inteligente. Sempre escapava pela tangente, quando eu lhe pedia projeções e estimativas. Eu justificava a continuidade dos pagamentos para mim mesmo porque sabia que ela era uma especialista em sua área.

— E só descobriu a armação depois de sua morte?

— Andei fazendo algumas averiguações. Entrei em contato com o agente dela e com o seu advogado. — Soprou o ar das bochechas e quase conseguiu convencer a todos de que estava envergonhado. — Ninguém sabia de nada a respeito da linha de produtos.

— E quando foi que o senhor fez essas averiguações?

— Esta manhã — respondeu, depois de um segundo de hesitação.

— Depois da nossa entrevista anterior? Depois que eu o questionei sobre os pagamentos?

— Exato. Eu quis me assegurar de que não ia misturar as coisas antes de responder a suas perguntas. Seguindo os conselhos de meu advogado, entrei em contato com as pessoas ligadas a Pandora e descobri que havia sido ludibriado.

— O seu senso de oportunidade é... muito hábil. O senhor tem *hobbies*, senhor Redford?

— *Hobbies?*

— Sim. Um homem como o senhor, sob a pressão constante do trabalho e com a sua... reputação, deve precisar de alguma distração. Coleção de selos, jogos de computador, jardinagem.

— Tenente — perguntou o advogado com ar cansado —, qual é a relevância desta pergunta?

— Estou interessada no tempo livre de seu cliente. Já estabelecemos aqui como ele usa o seu tempo de trabalho. Talvez a especulação em investimentos fosse uma válvula de escape.

— Não — garantiu Redford. — Pandora foi o meu primeiro erro, e vai ser o último. Não tenho tempo para gastar com *hobbies*, nem inclinação para isso.

— Eu compreendo perfeitamente o que o senhor quer dizer. Hoje, uma pessoa me disse que mais pessoas deveriam plantar petúnias. Não consigo me imaginar enfiando a mão na terra e mexendo com flores. Não que não as aprecie. E o senhor gosta de flores?

— Elas têm o seu valor. É por isso que eu tenho um grupo de empregados só para cuidar delas.

— Mas o senhor é um horticultor licenciado.

— Eu...

Eternidade Mortal

— Solicitou uma licença que lhe foi concedida há três meses. Bem na época em que fez um pagamento para Jerry Fitzgerald, no valor de cento e vinte e cinco mil dólares. E dois dias antes encomendou um exemplar da Flor da Eternidade na colônia em Éden.

— O interesse do meu cliente por flores não tem relevância alguma para esta investigação.

— Tem, sim, e muita — retrucou Eve. — Além do mais, isto é um interrogatório, não um julgamento. Não preciso mostrar a relevância de nada. Por que o senhor queria um exemplar da Flor da Eternidade?

— Eu... era um presente. Para Pandora.

— Então o senhor se deu ao trabalho e gastou uma quantidade considerável de tempo e dinheiro para conseguir uma licença para então comprar um espécime controlado, a um custo ainda maior, a fim de oferecê-lo como presente a uma mulher com quem ocasionalmente fazia sexo? Uma mulher que nos últimos dezoito meses extorquiu do senhor mais de trezentos mil dólares?

— Aquilo foi um investimento. Isto era um presente.

— Conversa fiada! E pode economizar os seus protestos, senhor advogado; eles já foram devidamente considerados. Onde está a flor, agora?

— Em Nova Los Angeles.

— Policial Peabody, solicite o confisco deste material.

— Ei, espere um instante! — Redford empurrou a cadeira para trás. — Isto é propriedade minha e foi devidamente paga!

— O senhor falsificou dados para obter a sua licença. Adquiriu ilegalmente um espécime controlado por lei. Ele será confiscado e o senhor será devidamente processado. Peabody?

— Sim, senhora. — Reprimindo um sorriso, Peabody pegou o comunicador e fez contato.

— Isso é um caso claro de assédio moral — esbravejou o advogado —, e essas acusações sem importância são simplesmente ridículas!

— Pois eu ainda nem comecei! O senhor sabia a respeito da Flor da Eternidade, sabia que ela era um elemento necessário para produzir a droga. Pandora ia ganhar muito dinheiro com esta droga. Ela estava tentando tirar o senhor da jogada?

— Não sei do que a senhorita está falando.

— Ela o deixou ligado no lance ou fez o senhor experimentar o bastante para ficar viciado? Talvez nesse momento ela tenha dado para trás, até chegar a um ponto em que o senhor seria capaz de implorar por uma dose. Até chegar a um ponto em que o senhor resolveu matá-la.

— Eu nunca experimentei aquilo! — explodiu Redford.

— Mas sabia a respeito. Sabia que ela tinha a droga. E que havia meios de conseguir mais. Foi o contrário, então. Foi o senhor que resolveu tirá-la da jogada? Para colocar Jerry em seu lugar? O senhor comprou a planta. Vamos descobrir se mandou analisar a substância. Com a planta em seu poder, o senhor poderia fabricar a droga por conta própria. Não precisava mais de Pandora. E também não conseguia mais controlá-la, não é? Ela queria cada vez mais dinheiro e mais doses de *Immortality*. O senhor descobriu que a substância era fatal, mas para que esperar cinco anos? Com Pandora fora do caminho, o senhor estava com o campo livre.

— Eu não a matei. Não queria nada dela, não havia motivo para matá-la.

— O senhor foi até a casa dela naquela noite. Foi para a cama com ela. Ela ingeriu a droga. Ela zombou do senhor? O senhor já havia assassinado duas pessoas para proteger a si próprio e ao seu investimento, mas ela continuava no caminho.

— Eu não matei ninguém.

Eve deixou o advogado gritar à vontade e despejar todas as objeções e ameaças que quis.

— O senhor a seguiu até o ateliê de Leonardo naquela noite ou a levou até lá?

— Jamais estive lá. Nem sequer toquei nela. Se estivesse disposto a matá-la, teria feito isso em sua própria casa, quando ela me ameaçou.

Eternidade Mortal

— Paul...

— Cale a boca, fique calado! — atirou Redford para o advogado.

— Ela está tentando me acusar de homicídio, pelo amor de Deus! Eu discuti com Pandora. Ela queria mais dinheiro, muito mais. Fez questão de me mostrar o estoque de droga que tinha à disposição dela. Valia uma fortuna. Mas eu já tinha mandado analisar a substância. Já não precisava mais dela, e foi isso o que eu lhe disse. Conseguira que Jerry apoiasse o lançamento, quando estivesse tudo pronto. Pandora ficou furiosa, ameaçou me arruinar, me matar. Tive um prazer imenso em deixá-la de fora.

— O senhor planejava fabricar e distribuir a substância ilegal por sua conta?

— Uma produção restrita — explicou ele, enxugando a boca com as costas da mão —, e só depois que estivesse pronta. O dinheiro era irresistível. As ameaças dela não significavam nada, entende? Ela não conseguiria me arruinar sem arruinar a si mesma. E isso ela jamais faria. Eu não precisava mais dela. E quando soube que estava morta abri uma garrafa de champanhe e fiz um brinde ao seu assassino.

— Que legal! Agora, vamos começar tudo de novo.

Depois que Eve encaminhou Paul Redford para ser fichado, foi até a sala do comandante.

— Excelente trabalho, tenente.

— Obrigada, senhor. Só que eu preferia estar fichando Paul Redford por assassinato e não por envolvimento com drogas.

— Pode ser que isso ainda aconteça.

— É o que espero. Como vai, senhor promotor?

— Como vai, tenente? — Ele se levantara ao vê-la entrar e permanecera em pé. Seu estilo era bem conhecido, dentro e fora do tribunal. Mesmo quando ele entrava para ganhar, fazia-o com classe.

— Eu admiro as suas técnicas de interrogatório. Adoraria tê-la no banco das testemunhas, mas não acredito que cheguemos ao tribunal.

O advogado do senhor Redford já entrou em contato com a minha equipe. Vamos negociar.

— E quanto ao assassinato?

— Não temos o suficiente para acusá-lo. Nenhuma prova física — e continuou a falar, antes que ela conseguisse protestar. — Quanto ao motivo... a senhorita mostrou que ele já tinha tudo nas mãos antes da morte de Pandora. Ainda assim, é bem possível que ele seja culpado, mas vamos ter um bocado de trabalho para justificar uma acusação.

— Mas o senhor não hesitou em acusar Mavis Freestone.

— Por causa das provas esmagadoras.

— O senhor sabe que a assassina não foi ela, senhor promotor. Sabe que as mortes das três vítimas deste caso estão conectadas — e olhou para Casto, que estava recostado em uma cadeira. — A Divisão de Drogas Ilegais também sabe disso.

— Sou obrigado a concordar com a tenente neste ponto — falou Casto, com a voz arrastada. — Já investigamos a possibilidade de a senhorita Freestone estar envolvida com a substância conhecida como *Immortality,* mas não encontramos nenhuma conexão dela com a droga ou com qualquer das outras vítimas. Ela tem pequenas manchas em sua folha corrida, mas são todas antigas e sem gravidade. Se querem saber o que eu acho, a moça estava no lugar errado na hora errada — e lançou um sorriso para Eve. — Devo apoiar a tenente Dallas e recomendar que as acusações contra Mavis Freestone sejam retiradas e fiquem na dependência de evidências futuras.

— Sua recomendação foi registrada, tenente Casto — disse o promotor. — A promotoria vai levar tudo isto em consideração, quando fizer uma nova avaliação, com atualização dos dados. Neste momento, para estabelecermos o fato de que estes três homicídios estão interligados, nós precisamos de provas mais concretas. Nosso departamento está, entretanto, disposto a aceitar a recente moção apresentada pelos advogados da senhorita Freestone, na qual solicitam que ela passe por uma bateria de testes psicológicos, detector de mentiras, hipnose e simulação com realidade vir-

Eternidade Mortal

tual. Os resultados destes procedimentos vão influenciar bastante nossa decisão.

Eve soltou um suspiro, longo, bem lento. Aquilo era uma concessão, e das grandes.

— Obrigada — disse ela para o promotor.

— Jogamos no mesmo time, tenente. Agora, seria melhor mantermos isto em mente, a fim de coordenarmos as nossas declarações para a entrevista coletiva que vamos enfrentar.

Enquanto se preparavam para o evento, Eve foi até junto de Casto e disse:

— Agradeço muito pelo que acabou de fazer.

— Foi a minha sincera opinião profissional — e levantou os ombros. — Espero que isto ajude a sua amiga. Se quer saber, eu acho que Paul Redford tem culpa no cartório... Ou ele eliminou aquelas pessoas com as próprias mãos, ou contratou alguém para fazê-lo.

Eve gostaria de se agarrar a esta idéia, mas balançou a cabeça devagar, argumentando:

— Assassinatos encomendados? Não concordo. As mortes me parecem pouco profissionais, um pouco improvisadas, e pessoais demais. De qualquer modo, obrigada pela força!

— Você poderia pensar em me pagar este favor passando para a minha jurisdição um dos maiores casos de drogas ilegais da década. Depois que solucionarmos o problema e aparecermos diante do público com tudo a respeito da *Immortality* e a prisão dos envolvidos, isso vai garantir que eu seja promovido a capitão.

— Então, meus parabéns antecipados!

— Eu diria que nós dois vamos merecer estes louros. Os homicídios vão ser solucionados por você, Eve, e a história vai pegar bem para nós dois.

— Bem, eu sei que vou solucionar os homicídios, com certeza — e levantou uma das sobrancelhas quando ele passou a mão de leve sobre os seus cabelos.

— Gosto dessa determinação. — Com um sorriso rápido, ele tornou a enfiar as mãos nos bolsos.

Virando a cabeça um pouco para o lado, ela sorriu de volta e disse:

— Soube que você vai jantar com Peabody hoje.

— Sim, ela é uma pessoa muito legal, eu sei. É que tenho um fraco por mulheres fortes, Eve. Perdoe o desapontamento que estou sentindo comigo mesmo por ter conhecido você no momento errado.

— Bem, vou considerar isto como um elogio. — Eve recebeu um sinal de Whitney e suspirou. — Ai, que inferno, lá vamos nós!

— Isso não faz você se sentir como um pedaço de carne diante de dezenas de lobos? — murmurou Casto quando as portas se abriram e eles se viram diante de uma horda de repórteres.

Todos conseguiram sobreviver aos ataques da imprensa, e Eve teria até considerado o dia como proveitoso se Nadine não estivesse à sua espera no estacionamento subterrâneo.

— Esta área é proibida a pessoas não autorizadas.

— Ah, dá um tempo, Dallas! — Ainda encostada no capô do carro de Eve, Nadine sorriu. — Que tal me dar uma carona?

— O Canal 75 fica fora do meu caminho. — Quando Nadine simplesmente continuou sorrindo, Eve xingou baixinho e destravou as portas. — Entre!

— Você está bonita — disse Nadine com ar casual. — Quem é o seu cabeleireiro?

— É a amiga de uma amiga. Já estou farta de falar do meu cabelo, Nadine!

— Tá legal, então vamos conversar sobre assassinato, drogas e dinheiro.

— Acabei de passar quarenta e cinco minutos falando disso. — Eve exibiu o distintivo na direção da câmera de segurança e saiu para a rua. — Eu achei que você estava lá, Nadine.

Eternidade Mortal

— O que eu vi foi uma aula de como sair pela tangente e tirar o corpo fora. Que barulho esquisito é esse?

— É a regulagem perfeita do meu carro.

— Ah, já sei. Você anda sofrendo novamente com os cortes no orçamento da polícia, não é? Uma vergonha! Enfim, que história foi aquela de ter surgido uma nova linha de investigação?

— Não estou autorizada a discutir este aspecto da investigação com você.

— Hã-hã... e que bochicho é esse a respeito de Paul Redford?

— Redford, como declarei na entrevista coletiva, foi acusado de fraude, de posse ilegal de um espécime vegetal controlado pelo governo e de intenção de fabrico e distribuição de uma droga ilegal.

— E o que é que tudo isso tem a ver com o assassinato de Pandora?

— Não estou autorizada a...

— Tudo bem, que droga! — Nadine se recostou no banco e olhou com cara amarrada para o tráfego totalmente engarrafado. — Que tal uma troca?

— Talvez. Você começa.

— Quero uma entrevista exclusiva com Mavis Freestone.

Eve nem se deu ao trabalho de responder. Simplesmente soltou o ar para fora com força.

— Ora, vamos lá, Dallas, deixe que ela apresente a versão da história para o público com as próprias palavras.

— Dane-se o público!

— Posso repetir estas palavras? Você e Roarke a colocaram em uma redoma. Ninguém consegue entrar em contato com ela. Você sabe que eu vou ser justa.

— É verdade, nós a estamos protegendo. Ninguém pode ou vai entrar em contato com ela. E você provavelmente seria justa, mas ela não vai conversar com a mídia.

— Isso foi decisão dela ou sua?

— Ah, pare com isso, Nadine, a não ser que você queira continuar a viagem a partir daqui usando transporte público!

— Pelo menos transmita a ela o meu pedido. É tudo o que eu peço, Dallas. Conte a Mavis que eu estou interessada em colocar a história dela no ar.

— Tá legal; agora, troque o disco.

— Tudo bem. Recebi uma dica interessante do âncora do programa de fofocas, hoje de manhã.

— E você sabe como eu adoro saber de todos os detalhes a respeito da vida dos ricos e ridículos.

— Ah, Dallas, vá se preparando, porque você está prestes a se tornar uma dessas celebridades. — Quando viu a careta furiosa de Eve, Nadine começou a rir. — Ai, eu adoro zoar você! É tão fácil! Enfim, o boato é que o casal mais quente do momento está se separando.

— Estou superinteressada nisso.

— Vai ficar, quando eu lhe disser que este casal é Jerry Fitzgerald e Justin Young.

O interesse de Eve aumentou a um ponto tal que ela teve que reconsiderar a idéia de deixar Nadine no primeiro ponto de ônibus.

— Conte essa história direito.

— Houve uma cena em público hoje, no ensaio geral para o desfile de Leonardo. Pelo jeito, nossos pombinhos saíram no tapa e trocaram uns sopapos.

— Eles se agrediram?

— Foram mais do que tapinhas de amor, segundo a minha fonte. Jerry se retirou para o camarim. Ela é a estrela do desfile agora, por falar nisso, e Justin saiu apressado, com o olho inchado. Poucas horas depois, já estava em Maui, em companhia de outra loura, que também é modelo, só que mais jovem que Jerry.

— E qual foi o motivo da briga?

— Ninguém sabe ao certo. Pelo jeito, o assunto *sexo* veio à baila na discussão. Ela o acusou de chifrá-la, e ele fez o mesmo. Ela não ia aturar aquilo, nem ele. Ela não precisava mais dele, e ele também não ia mais querê-la de volta.

— Isso é interessante, Nadine, mas não significa nada. — *Em compensação, o momento que eles escolheram para armar a cena*, pensou Eve, *era muito especial.*

— Talvez não signifique nada, mas pode ser que sim. É engraçado, pessoas de vida pública, ambos celebridades festejadas pela mídia, perdendo a classe diante de uma platéia. Parece que eles estavam muito interessados em armar esse barraco.

— Como eu disse, é interessante. — Eve parou no portão do Canal 75. — Chegamos!

— Você podia me levar até a entrada do prédio.

— Pegue um daqueles miniveículos no estacionamento.

— Olhe, Eve, você vai investigar o que eu acabei de lhe contar; então, que tal trocarmos algumas figurinhas? Dallas, você e eu já ajudamos uma à outra antes.

Isso era verdade.

— Nadine, as coisas estão precariamente equilibradas no momento. Não posso me arriscar a perder uma pista.

— Eu não vou colocar nada no ar até que você me dê um sinal verde.

Eve hesitou por um instante e, então, balançou a cabeça.

— Não posso, Nadine. Mavis é muito importante para mim. Até ela ficar livre de tudo, de forma concreta, não posso me arriscar.

— E ela está a caminho de se livrar? Pode me contar, Dallas.

— Cá entre nós, a promotoria está reconsiderando as acusações. Só que eles não vão retirá-las, pelo menos por enquanto.

— E você já tem um outro suspeito? É Redford? É ele o seu novo alvo?

— Não force a barra comigo, Nadine! Você é quase uma amiga!

— Ai, que inferno! Vamos combinar o seguinte. Se alguma coisa do que eu lhe contei ou vier a contar com relação a isso sirva para ajudar o seu caso, você me dá o troco.

— Eu informo você, Nadine, assim que puder.

— E quero uma entrevista exclusiva com você, dez minutos antes de qualquer informação ser liberada para ir ao ar.

Eve se inclinou e abriu a porta de Nadine, dizendo:

— A gente se vê.

— Cinco minutos. Que droga, Dallas, cinco minutinhos!

O que significava, Eve sabia, muitos pontos no ibope e milhares de dólares para a emissora.

— Posso lhe prometer só cinco minutos, se acontecer, e quando acontecer. Não posso lhe prometer mais por agora.

— Então está combinado. — Satisfeita, Nadine saiu do carro e se inclinou na porta, pelo lado de fora. — Sabe, Dallas, eu sei que você nunca perde. É só marcar a hora comigo. Você tem queda para defender os mortos e os inocentes.

Os mortos e os inocentes, pensou Eve, sentindo um calafrio ao sair com o carro. Ela sabia que muitos dos mortos eram culpados.

O luar estava penetrando pela clarabóia que ficava acima da cama no instante em que Roarke se virou para o lado, afastando-se de Eve. Era uma experiência nova para ele se sentir nervoso antes, durante e depois de fazer amor. Havia um monte de motivos para aquilo, ele disse a si mesmo enquanto ela se aconchegava junto dele, como de hábito. A casa estava cheia de gente. O grupo de pessoas estranhas que trabalhava com Leonardo se apossara, com suas tralhas, de uma ala inteira da residência. Ele estava com muitos projetos e negócios em vários estágios de desenvolvimento, assuntos que estava determinado a resolver antes do casamento.

Havia o casamento propriamente dito. Certamente, um homem tinha o direito de ficar um pouco distraído em um momento como aquele.

Mas Roarke era, pelo menos consigo mesmo, um homem totalmente honesto. Havia apenas um motivo real para aquele estado de nervos. A imagem de Eve surrada, sangrando e com o braço quebrado, que aparecia continuamente diante dele.

O terror de que, ao tocá-la, ele pudesse trazer tudo aquilo de volta na cabeça dela transformava o que era belo em algo bestial.

Ao lado dele, ela se remexeu e levantou o corpo, colocando-se de lado para olhar para ele. Seu rosto ainda estava afogueado, e os olhos sombrios.

Eternidade Mortal

— Não sei o que eu deveria dizer para você, Roarke.

— A respeito do quê? — perguntou ele, passando o dedo de leve ao longo da curva do seu rosto.

— Eu não sou frágil. Não há razão para você me tratar como se eu estivesse ferida.

As sobrancelhas dele se uniram, mostrando aborrecimento consigo mesmo. Ele não imaginou que fosse tão transparente, mesmo para ela. A sensação não lhe caiu bem.

— Não sei do que você está falando — e começou a se levantar, com a idéia de se servir de um drinque, mesmo sem ter vontade, mas ela o segurou com firmeza pelo braço.

— Fugir ao assunto não é do seu feitio, Roarke. — Aquilo a deixou preocupada. — Se os seus sentimentos por mim mudaram por causa do que fiz, por causa das coisas das quais me lembrei...

— Não me insulte pensando isso — rebateu ele, e a raiva que surgiu em seus olhos causou uma enorme sensação de alívio nela.

— E o que eu deveria pensar? Esta é a primeira vez que você me toca, desde aquela noite. Desde então, você me tratou com mais cuidado do que...

— E você tem alguma coisa contra a delicadeza?

Ele era esperto, pensou ela. Calmo ou agitado, sempre sabia como virar as coisas a favor dele. Eve continuava segurando-o, os olhos fixos nos dele.

— Você acha que eu não sinto que você está se segurando? Não quero que você se segure. Eu estou bem.

— Pois não estou — e soltou o braço da mão dela. — Não estou. Algumas pessoas são um pouco mais humanas, precisam de um pouco mais de tempo. Deixe isso pra lá!

As palavras dele doeram como uma bofetada. Ela concordou com a cabeça, voltou a deitar e se virou para o outro lado, murmurando:

— Tudo bem. Só que o que aconteceu comigo quando criança não era sexo, era obscenidade. — Fechou os olhos com força e tentou pegar no sono.

Capítulo Dezesseis

uando o *tele-link* tocou, mal havia amanhecido. Com os olhos ainda fechados, Eve ligou o aparelho, ordenando:

— Bloqueie o sinal de vídeo. Aqui é a tenente Dallas.

— Aqui é da emergência. Chamada para a tenente Eve Dallas. Provável homicídio, a vítima é um homem, corpo nos fundos do número 19 da Rua Cento e Oito. Dirija-se ao local imediatamente.

O estômago de Eve se contorceu de nervoso. Ela não estava de plantão, não deveria ter sido chamada.

— Causa da morte? — perguntou ela.

— Aparentemente, foi espancamento. A vítima ainda não foi identificada devido à desfiguração do rosto.

— Compreendido. Droga! — jogou as pernas para fora da cama e piscou ao ver que Roarke já estava em pé se vestindo. — O que está fazendo?

— Vou levá-la ao local do crime.

— Você é um civil. Não tem nada a fazer no local de um crime.

Eternidade Mortal

— O seu carro está na oficina, tenente. — Ele simplesmente atirou o olhar na direção dela e teve a pequena satisfação de vê-la praguejar alguma coisa baixinho ao ser lembrada. — Vou lhe dar uma carona até lá e deixo você no local — explicou ele — a caminho do meu trabalho.

— Você é que sabe — e deu de ombros, enquanto colocava o cinto com a arma.

A vizinhança era miserável. Havia vários prédios decorados com pichações indecentes, vidros quebrados e as faixas que a prefeitura colocava para anunciar que eles estavam condenados. Mesmo assim, ainda havia gente morando ali, pessoas amontoadas em cômodos imundos, evitando os carros-patrulha e se drogando com qualquer substância que desse ligação.

Havia lugares como aquele em todo o mundo, pensou Roarke, parado ao lado da barreira que a polícia colocara, sentindo os primeiros raios de sol. Ele crescera em um bairro não muito diferente daquilo, embora ficasse a milhares de quilômetros, do outro lado do Atlântico.

Ele compreendia a vida ali, a desesperança, os negócios escusos, da mesma forma que compreendia a violência que levara ao que Eve naquele instante examinava.

Enquanto a observava, junto dos destroços, ao lado das prostitutas de rua com ar sonolento e os curiosos mórbidos, ele percebeu que também a compreendia.

Seus movimentos eram enérgicos, seu rosto impassível. Mas havia pena em seus olhos enquanto ela observava o que restara de um homem. Eve era, pensou ele, capaz, forte e resistente. Não importava quais fossem as suas feridas, ela as agüentaria. Ela não precisava de Roarke para curá-las, apenas para aceitá-las.

— Esse não é o seu ambiente, Roarke.

Roarke olhou para Feeney, que acabara de chegar ao seu lado.

— Já estive em ambientes piores — replicou.

— Todos nós já estivemos — suspirou Feeney, pegando um bolinho dentro do bolso, ainda embrulhado. — Aceita?

— Não, eu passo. Vá em frente.

Feeney devorou o bolinho em três dentadas entusiasmadas e disse:

— É melhor eu ir lá para ver o que a nossa garota vai resolver — e passou pelo cordão de isolamento da polícia, apontando para o peito no lugar onde o distintivo estava pregado, a fim de acalmar os guardas nervosos que tomavam conta do local.

— Que sorte a imprensa ainda não ter aparecido — comentou ele.

Eve olhou para cima.

— Um assassinato neste bairro não desperta muito interesse, pelo menos até as informações sobre o modo como foi morta a vítima chegarem à mídia. — As mãos de Eve, sem luvas, já estavam manchadas de sangue e ela continuava ajoelhada ao lado do corpo. — Já pegou todas as imagens? — ao receber um aceno de cabeça do técnico de vídeo, ela enfiou as mãos por baixo do corpo. — Vamos virá-lo de barriga para cima, Feeney.

O homem caíra ou fora deixado com o rosto para baixo, e uma grande quantidade de sangue e pedaços do cérebro escorriam pelo buraco do tamanho de um punho que havia na parte de trás da cabeça. A parte da frente não estava mais bonita do que a de trás.

— Sem identidade — relatou Eve. — Peabody está dentro do prédio, batendo de porta em porta para ver se consegue achar alguém que o conheça ou tenha visto algo.

Feeney levantou o olhar para a parte de trás do edifício. Havia algumas janelas, com os vidros sujos e grades pesadas. Ele passou a mão pelo piso de concreto, junto do lugar onde ele e Eve estavam agachados. Havia um aparelho de reciclagem quebrado, um saco de lixo amarrado, detritos diversos e pedaços de metal enferrujado.

— A vista daqui não é muito bonita — comentou Feeney. — Já conseguimos descobrir o nome dele?

Eternidade Mortal

— Tirei as digitais. Um dos policiais está pesquisando no sistema. A arma já foi encontrada e etiquetada. Um cano de ferro que estava jogado embaixo da máquina de reciclagem. — Com os olhos apertados, Eve continuava olhando para o corpo. — O assassino não deixou a arma no local do crime, no caso de Boomer e no de Hetta Moppett. No ateliê de Leonardo, é óbvio o motivo de o criminoso ter abandonado a arma. Agora, ele está brincando com a gente, Feeney, atirando o cano onde até um cego seria capaz de achar. O que você acha desse cara aqui? — e enfiou um dedo por baixo de um suspensório largo, rosa-choque.

Feeney soltou um gemido. O cadáver estava vestido na última moda. Calças curtas listradas em várias cores e presas na altura dos joelhos, camiseta prateada e sandálias muito caras, enfeitadas com contas.

— Ele tinha dinheiro para gastar em roupas de mau gosto... — Feeney olhou novamente para o prédio. — Se morava aqui, é sinal de que não investia essa grana em imóveis.

— Traficante — decidiu Eve —, um traficante de nível médio. Morava aqui porque fazia negócios nessa área — e se levantou, limpando o sangue das mãos nas pernas das calças jeans, no momento em que um policial se aproximava.

— Conseguimos confirmar as digitais, tenente. A vítima foi identificada como Lamont Ro, mais conhecido como Barata. Tem uma ficha bem comprida. A maior parte dos registros é de envolvimento com drogas. Posse, produção com intenção de distribuição, alguns assaltos.

— Era informante de alguém da polícia? Alguém usava os serviços dele?

— Não apareceu nada a esse respeito.

Ela olhou para Feeney, que deu outro gemido, concordando com o pedido silencioso de Eve. Ele ia pesquisar e descobrir ao certo.

— Muito bem — voltou Eve. — Vamos ensacá-lo e despachá-lo. Quero um relatório toxicológico. Podem chamar os técnicos agora.

O seu olhar passou em volta de toda a cena mais uma vez e pousou em Roarke.

— Preciso que você me dê uma carona, Feeney — anunciou Eve.

— Tudo bem.

— Vou levar só mais um minuto — e foi até o cordão de isolamento. — Eu pensei que você estivesse indo para o escritório.

— E estou mesmo. Você já acabou o seu trabalho aqui?

— Só faltam algumas coisinhas. Posso pegar uma carona com Feeney.

— Você está às voltas com o mesmo assassino aqui.

Eve pensou em dizer a ele que aquilo era assunto da polícia, mas acabou encolhendo os ombros. A imprensa ia colocar as garras na história em menos de uma hora. Falou, então:

— Pelo jeito que a cara dele virou geléia, acho que essa é uma boa aposta. Agora, tenho que...

E se virou na direção dos gritos. Eram lamentos longos e esganiçados, capazes de fazer um buraco em uma parede de aço. Viu a mulher, grande, quase totalmente nua, usando apenas calcinhas vermelhas, que se lançou do edifício. Passou direto pelos dois guardas, que estavam tomando café, derrubando-os no chão como dois pinos de boliche, e se atirou em direção ao que restara da vítima, o Barata.

— Ai, cacete! — murmurou Eve, e correu para interceptar a mulher. A menos de um metro do corpo, Eve saltou e agarrou-a no ar, carregando-a em um vôo que lançou as duas emboladas no chão de concreto.

— Aquele é o meu homem! — A mulher caiu em cima de Eve como se fosse um peixe de duzentos quilos e começou a agredi-la com as mãos gordas. — Aquele ali é o meu homem, sua policial piranha!

No interesse da ordem, para preservar a cena do crime intacta e por uma questão de autopreservação, Eve levantou o punho com toda a força, atingindo a oponente embaixo do queixo rechonchudo.

Eternidade Mortal

— Tenente, a senhora está bem? — os dois policiais acorreram para ajudar Eve a sair debaixo da mulher desmaiada. — Nossa, ela surgiu do nada, de repente! Desculpe, tenente.

— Desculpe? — sacudindo-se para o lado, Eve os repreendeu com severidade. — Desculpe? Seus bobalhões apalermados! Mais um segundo e ela teria comprometido a cena do crime. Da próxima vez que vocês forem enviados para tomar conta de alguma coisa que não seja um engarrafamento de trânsito, não fiquem parados feito dois manés, coçando o saco. Agora, vejam se conseguem chamar os paramédicos para dar uma olhada naquela mulher idiota. Depois, arrumem algumas roupas para colocar nela e mantenham-na detida. Conseguem fazer tudo isso?

Sem esperar por uma resposta, afastou-se dali, mancando. Seu jeans estava rasgado, o sangue dela se misturara com o do morto e seus olhos ainda estavam soltando faíscas quando encontrou os de Roarke.

— E você, está rindo de quê?

— É sempre uma delícia vê-la em ação, tenente. — De modo abrupto, ele pegou o rosto dela entre as mãos e apertou a boca contra a dela, em um beijo tão potente que a deixou desequilibrada. — Viu, não estou me segurando? — explicou ele quando ela começou a piscar os olhos. — Peça aos paramédicos para darem uma olhada em você também.

Já haviam se passado várias horas quando ela recebeu uma convocação para comparecer à sala do comandante Whitney. Com Peabody ao lado, Eve pegou a passarela aérea.

— Sinto muito, Dallas. Ela não devia ter passado por mim.

— Nossa, Peabody, não esquente mais a cabeça! Você estava do outro lado do prédio quando ela deu aquela corrida louca.

— Mas eu devia ter imaginado que um dos outros inquilinos ia saber alguma coisa a respeito dela.

— É... a gente tem que manter a bola de cristal sempre limpi-nha. Olhe, o fato é que ela não fez nada, a não ser me deixar com mais algumas marcas roxas. Casto já chegou?

— Ele ainda está em trabalho de campo.

— E ele continua trabalhando no *seu* campo?

— Estivemos juntos a noite passada — Peabody sorriu de leve. — Íamos apenas sair para jantar, mas então uma coisa leva a outra. Nossa, juro que não dormia tão bem desde que era criança! Quem poderia imaginar que sexo bem realizado era um calmante tão bom?

— Eu poderia ter lhe dado esta informação.

— Enfim, o fato é que ele recebeu uma chamada sobre o caso, logo depois da minha. Aposto que ele sabe quem é a vítima e talvez possa nos ajudar.

Eve resmungou alguma coisa. A recepcionista não as fez esperar do lado de fora da sala de Whitney e indicou que elas entrassem direto. Ele apontou para duas cadeiras.

— Tenente, creio que o seu relatório já está a caminho da mi-nha mesa, mas prefiro que você faça um resumo oral de tudo o que sabe sobre este mais recente homicídio.

— Sim, senhor. — Eve transmitiu as informações sobre o ende-reço e a descrição da cena do crime, o nome e a descrição da vítima, bem como os detalhes da arma encontrada, os ferimentos e a deter-minação exata da hora da morte feita pelo legista. — A busca de porta em porta que Peabody efetuou não trouxe nada de novo, mas vamos passar outra vez em todos os apartamentos. A mulher que estava vivendo com a vítima foi de alguma ajuda.

Whitney levantou as sobrancelhas. Eve ainda estava vestindo a mesma blusa manchada e o jeans rasgado.

— Soube que você teve alguns problemas no local, tenente.

— Nada a declarar. — Eve já decidira que a bronca que dera nos policiais ia ser o suficiente. Não havia necessidade de levar a coisa adiante, com uma repreensão oficial a eles. — A mulher é uma ex-acompanhante autorizada que trabalhava nas ruas. Não

Eternidade Mortal

teve dinheiro para renovar a licença. Ela também era usuária de droga. Quando fizemos um pouco de pressão a esse respeito, conseguimos obter alguns dados sobre os movimentos da vítima na noite passada. De acordo com a declaração da testemunha, eles estiveram juntos, no apartamento, até por volta de uma da manhã. Beberam um pouco de vinho e ingeriram *Exótica*. Ele avisou que tinha que sair, para fechar um negócio. Ela tomou uma dose de *Download* e apagou. Como o legista determinou em seu relatório preliminar que a morte ocorreu aproximadamente às duas da manhã, essa informação bate.

— As evidências indicam — continuou Eve — que a vítima foi morta no mesmo local em que foi encontrada, hoje cedo. Também há fortes indícios de que foi assassinada pela mesma pessoa que matou Hetta Moppett, Boomer e Pandora.

Fazendo uma pausa para respirar, Eve continuou a falar, de modo formal:

— Os movimentos e a localização de Mavis Freestone no momento em que ocorreu este assassinato podem ser confirmados pela investigadora principal do caso e por diversas outras pessoas.

Whitney ficou sem dizer nada por alguns momentos, mas manteve os olhos no rosto de Eve.

— Este comandante não acredita que Mavis Freestone esteja de modo algum ligada a este assassinato, e a promotoria compartilha a mesma opinião. Estou com o relatório preliminar com a análise que a doutora Mira apresentou sobre os testes aos quais a senhorita Freestone foi submetida.

— Testes? — Esquecendo de todas as formalidades, Eve saltou da cadeira. — O que o senhor quer dizer com "testes"? Eles estavam marcados para segunda-feira.

— Foram antecipados — informou Whitney, com toda a calma — e encerrados às treze horas, agora à tarde.

— Por que eu não fui informada? — Lembranças desagradáveis das próprias experiências com sessões de testes fizeram o estômago de Eve estremecer. — Eu deveria estar presente.

— Foi no interesse de todos os envolvidos que você não foi informada — e levantou uma das mãos. — Antes de perder a compostura e se arriscar a cometer uma insubordinação, deixe-me contar-lhe que a doutora Mira afirmou claramente em seu relatório que a senhorita Freestone passou em todos os testes. O detector de mentiras confirma a veracidade das suas informações. Quanto aos outros elementos, a doutora Mira acha que a acusada mostrou-se incapaz de exibir a extrema violência com a qual Pandora foi morta. Para encurtar o assunto, a doutora Mira recomenda que as acusações contra a senhorita Freestone sejam todas retiradas.

— Retiradas. — O fundo dos olhos de Eve começou a arder quando ela se sentou novamente. — Quando?

— A promotoria está disposta a levar em consideração o relatório da doutora Mira. Extra-oficialmente, posso lhe afirmar que, a não ser que outros dados que comprometam a análise surjam, as acusações serão retiradas na segunda-feira. — Notou a forma com que Eve segurou o tremor do corpo e aprovou o seu controle. — As evidências físicas são fortes, mas foram contrabalançadas pelo relatório da doutora Mira e as provas recolhidas na investigação das outras mortes, supostamente conectadas.

— Obrigada.

— Não fui eu que a livrei das acusações, Dallas, nem você, mas chegou bem perto. Agora, vá pegar esse canalha, e depressa.

— É o que eu pretendo fazer. — Seu comunicador tocou. Eve esperou pelo aceno de cabeça de Whitney antes de atender. — Aqui fala a tenente Dallas.

— Já recebi o seu pedido de urgência — disse Dickie, com a cara amarrada. — Até parece que não temos mais nada que fazer no laboratório.

— Reclame depois. O que descobriu?

— Seu mais recente cadáver ingeriu uma dose bem alta de *Immortality* antes de bater as botas. Pouco antes, pelo que verificamos. Acho que ele não teve nem tempo de curtir o barato...

Eternidade Mortal

— Transmita o relatório para a minha sala — disse ela, desligando antes que ele tivesse chance de reclamar. Dessa vez, ao levantar, ela estava sorrindo. — Tenho um compromisso para esta noite, e acho que talvez consiga juntar algumas pontas soltas.

Caos, pânico e nervos à flor da pele pareciam fazer parte do mundo da alta-costura tanto quanto a própria passarela, as modelos esqueléticas e os tecidos reluzentes. Era fascinante e divertido observar os atores assumindo seus papéis. A mulher que parecia um manequim de lábios grossos e que reclamava de defeitos em todos os acessórios; a camareira com passos de lebre que usava agulhas e alfinetes brilhantes espetados em um tufo do cabelo; a cabeleireira que passava em revista todas as modelos, como um general pronto para a batalha; e o desafortunado criador de todo o brilho, que ficava no meio da confusão, retorcendo as mãos imensas.

— Estamos atrasados! Estamos atrasados! Preciso de Lissa na passarela dentro do vestido pregueado de algodão, e em dois minutos! A música já vai começar, mas nós estamos atrasados!

— Ela vai conseguir entrar na hora. Nossa, Leonardo, controle-se!

Levou um minuto para Eve reconhecer a cabeleireira. O cabelo de Trina estava armado, sob a forma de lanças pretas pontiagudas, capazes de furar o olho de alguém a qualquer momento. A voz, porém, a denunciou, e Eve ficou observando tudo, enquanto se deixava ser empurrada para trás pelo cotovelo de outra camareira frenética, ao mesmo tempo que Trina moldava com as mãos algo que se parecia, de forma preocupante, como uma juba listrada que de repente se metamorfoseava, com um barulho aquoso, em algo que tinha o formato de um cone.

— O que está fazendo aí, parada? — um homem com olhos de coruja vestindo uma capa que descia até o joelho berrou com Eve, parecendo um cão terrier que ladrava. — Tire logo estas roupas, pelo amor de Deus! Não está vendo que o Hugo já vai entrar?

— Quem é Hugo?

O homem fez um som de gás que escapava com os lábios e começou a tirar a blusa de Eve para fora das calças.

— Ei, meu chapa, quer perder esses dedinhos? — Eve tirou a mão dele e lançou-lhe um olhar furioso.

— Tire a roupa! Tire a roupa! Vai acabar nos atrasando!

Ameaças não adiantaram nada e ele enfiou a mão na calça dela para arriá-la. Ela pensou seriamente em nocauteá-lo ali mesmo, mas, em vez disso, exibiu o distintivo.

— É melhor você cair fora, senão eu vou pendurá-lo pelo rabo por atacar uma policial.

— O que está fazendo aqui? Nós estamos com os documentos em ordem. Pagamos todos os impostos que nos cobraram. Leonardo, tem uma tira aqui nos bastidores! Você não pode me obrigar a lidar com a polícia!

— Dallas! — Mavis correu até Eve, com um tecido multicolorido enrolado em volta do braço. — Você está atrapalhando... Por que não está lá fora para assistir ao desfile? Nossa, e por que ainda está vestida desse jeito?

— Não tive tempo de ir em casa trocar de roupa. — Com ar distraído, Eve enfiou a blusa manchada novamente para dentro das calças. — Você está bem? Eu não sabia que eles haviam antecipado os seus testes. Se soubesse, eu teria estado lá.

— Eu passei em todos eles. A doutora Mira foi o máximo, mas vamos apenas dizer que fiquei contente por tudo aquilo já ter acabado. Não quero mais conversar a respeito — disse ela, falando depressa, enquanto olhava em volta para o espaço cheio de gente e desordenado. — Pelo menos não agora.

— Tudo bem. Eu quero falar com Jerry Fitzgerald.

— Agora? O desfile já começou. É tudo cronometrado, até o último segundo. — Com a prática de uma veterana, Mavis se desviou do caminho de duas modelos de pernas compridas. — Ela precisa se concentrar, Dallas. Esse ritmo é de matar! — Virando a cabeça, Mavis prestou atenção à música. — A entrada dela é daqui a menos de quatro minutos.

— Então não vou segurá-la por muito tempo. Onde ela está?

— Dallas, Leonardo está...

— Onde ela está, Mavis?

— Lá atrás. — Balançando a mão de forma frenética, ela entregou um dos cortes de tecido que carregava para uma camareira que passava. — No camarim das estrelas.

Eve conseguiu se desviar, sair de lado e forçar a passagem no meio da massa humana até uma porta com o nome de Jerry em destaque. Sem se dar ao trabalho de bater, abriu a porta e viu a mulher que procurava sendo empurrada para dentro de um vestido tubinho em lamê dourado.

— Eu não vou conseguir respirar dentro disso... Nem um esqueleto conseguiria! — reclamava ela.

— Você não devia ter comido aquele patê, queridinha — disse a camareira, implacável. — Agora, encolha a barriga para caber.

— Que aparência interessante... — comentou Eve, da porta. — Você está parecendo a varinha de condão de alguma fada.

— É um dos modelos retrô de Leonardo. Representa o glamour do início do século XX. Eu nem consigo me mover.

Eve chegou mais perto e apertou os olhos para ver melhor o rosto de Jerry.

— O maquiador fez um bom trabalho. Nem dá para ver as marcas roxas. — Ela ia confirmar com Trina se houve realmente alguma marca roxa para disfarçar. — Soube que Justin Young andou dando uns socos em você.

— Canalha! Bater em meu rosto na véspera de um desfile importante!

— Eu diria que ele não bateu com tanta força assim. Por que vocês brigaram, Jerry?

— Ele achou que podia ficar de gracinha com uma dançarina qualquer. Não pra cima de mim!

— A noção de tempo é um fator interessante, não é? Quando foi que ele começou a se engraçar com a dançarina?

— Olhe, tenente, eu estou um pouco apressada agora, e entrar na passarela com a cara amarrada vai acabar estragando a apresentação. Vamos apenas dizer que Justin já era.

Apesar das afirmações em contrário, Jerry passou com surpreendente agilidade pela porta. Eve ficou exatamente onde estava, ouvindo a explosão dos aplausos no momento em que ela fez a sua entrada. Em exatos seis minutos já estava de volta, sendo retirada do lamê dourado.

— Como foi que você descobriu a respeito de Justin? — quis saber Eve.

— Trina! Venha ajeitar o meu cabelo, pelo amor de Deus! Nossa, você é insistente, hein, tenente? Ouvi boatos a respeito de Justin, foi assim que eu soube. E quando liguei para tirar a história a limpo, ele negou tudo. Mas dava para ver que estava mentindo.

— Hã-hã... — Eve pensava nos mentirosos em geral, enquanto Jerry continuava em pé, com as mãos estendidas. Trina transformou o seu cabelo preto escorrido em um complicado arranjo encaracolado, usando apenas um secador de mão. Um vestido de seda branca muito fina com enfeites multicoloridos foi enfiado em seus braços. — Justin não ficou em Maui por muito tempo, Jerry.

— Estou pouco me lixando para o lugar em que ele está.

— Ele voou de volta para Nova York na noite passada. Eu verifiquei os vôos. Sabe, Jerry, isso é estranho. Aquela história da noção exata do tempo, de novo. A última vez que eu vi vocês dois juntos, pareciam almas gêmeas. Você esteve com Justin na casa de Pandora, foi para casa com ele naquela noite. E ainda estava lá na manhã seguinte. Ouvi dizer que ele sempre ia com você a todas as provas de roupas e ensaios. Não me parece que ele andava com tempo sobrando para correr atrás de uma dançarina.

— Alguns homens trabalham rápido — e esticou a mão para que a camareira pudesse enfiar meia dúzia de braceletes barulhentos.

Eternidade Mortal

— Uma briga em público, diante de um monte de testemunhas, havia até alguns repórteres lá, de forma bem conveniente. Sabe de uma coisa? Diante de fatos como esse, os álibis de vocês dois ficam até mais fortes. Só que eu não sou o tipo de tira que acredita em fatos como esse.

— O que é que você quer, Dallas? — Jerry se virou para o espelho a fim de conferir o visual de sua roupa. — Eu estou trabalhando!

— Eu também. Quer que lhe conte como é que vejo esta história? Você e o seu namorado tinham um pequeno acordo de negócios com Pandora. Só que ela era gananciosa. De repente, parecia que estava querendo passar você e seus amigos para trás. Então, uma coisa providencial acontece. Mavis entra na festa e acontece uma briga. Em uma mulher esperta como você, isso era bem capaz de ativar uma idéia.

Jerry pegou uma taça, bebeu de um gole só todo o conteúdo azul-escuro e falou:

— Você já tem dois suspeitos do crime, Dallas. Quem é que está sendo gananciosa agora?

— Vocês três conversaram sobre isso? Você, Justin e Redford? Você e Justin caíram fora e montaram um álibi. Redford não. Talvez ele não seja tão esperto. Talvez você tivesse se comprometido a apoiá-lo também, só que não o fez. Ele levou Pandora até o ateliê de Leonardo. Você já estava lá, esperando. Será que as coisas escaparam ao controle? Qual de vocês pegou a bengala?

— Isto é ridículo! Justin e eu estávamos no apartamento dele. Os discos da segurança confirmaram isso. Se você quer me acusar de alguma coisa, traga um mandado. Até lá, saia da frente!

— Você e Justin foram espertos o bastante para não se falarem mais desde a briga? Eu acho que ele não tem tanto controle quanto você, Jerry. Na verdade, estou contando com isso. Vamos ter os registros das ligações de vocês amanhã de manhã.

— E se ele me ligou? E daí? — Jerry correu até a porta enquanto Eve saía, na maior calma. — Isso não prova nada. Você não tem nada.

— Tenho mais um cadáver. — Eve fez uma pausa e olhou para trás. — Acho que nenhum de vocês vai servir de álibi um para o outro para ontem à noite, vai?

— Sua vaca! — Enfurecida, Jerry balançou a taça, atingindo o ombro de uma camareira que passava. — Você não vai conseguir me acusar de nada! Você não tem nada!

Enquanto o barulho e a confusão dos bastidores chegavam a um nível ainda mais elevado, Mavis fechou os olhos, dizendo:

— Ah, Dallas, como é que você pôde fazer isso? Leonardo ainda precisa dela para mais dez trocas de roupa!

— Ela vai fazer o trabalho dela. Deseja demais ficar sob os refletores. Vou me encontrar com Roarke.

— Ele está bem na frente — disse Mavis, com ar aborrecido, enquanto Leonardo corria para acalmar a sua estrela. — Não vá lá para fora com esse uniforme. Coloque isto aqui. Essa roupa já desfilou. Sem as camadas extras e os lenços de pescoço, ninguém vai reconhecer.

— Mas eu vou só...

— Por favor. Vai significar muito para Leonardo se você usar um dos seus modelos na platéia. Esse tem o feitio bem simples, Dallas. E você vai encontrar algum sapato que sirva em você por aí.

Quinze minutos depois, com as roupas rasgadas enfiadas na bolsa, Eve avistou Roarke na primeira fila. Estava aplaudindo educadamente um trio de modelos com seios grandes e que rebolavam animadamente pela passarela, usando roupas largas e transparentes.

— Lindo! É exatamente isso que a gente quer que as mulheres usem ao andar pela Quinta Avenida.

— Na verdade, grande parte dos modelos dele é muito atraente. — Roarke levantou os ombros. — E eu não me incomodaria de ver você usando aquele vestido da direita.

— Vá sonhando. — Eve cruzou as pernas e a seda preta da roupa sussurrou em resposta. — Quanto tempo vamos ter que ficar aqui?

Eternidade Mortal

— Até o amargo fim. Quando foi que você comprou essa rou-pa? — e passou a ponta do dedo sobre as faixas estreitas que cobriam o braço de Eve.

— Não a comprei. Mavis me obrigou a colocá-la. É uma das roupas dele, sem os babados.

— Fique com ela. Cai bem em você.

Ela simplesmente resmungou. As calças jeans e a blusa rasgada combinavam muito mais com ela.

— Ah, lá vem a diva! — anunciou Eve.

Jerry entrou deslizando, e a cada passo dos seus espetaculares sapatos de vidro a passarela explodia em cores. Eve prestou pouca atenção à bufante saia-balão e ao corpete transparente que provo-cou tanto furor e gritos de aprovação da platéia. Ela observava o rosto de Jerry, apenas isso, enquanto os críticos de moda murmura-vam nos gravadores e dezenas de compradores tiravam pedidos, fre-neticamente, com seus *tele-links* portáteis.

O rosto de Jerry seguia sereno enquanto ela empurrava para os dois lados dezenas de jovens musculosos que se prostravam diante dela. Ela apresentava a roupa com giros e voltas graciosas, em uma coreografia que a fazia pisar suavemente, a seguir, em uma pirâmide de corpos masculinos malhados.

A multidão aplaudia. Jerry fez uma pose e então apontou os seus olhos de gelo azul na direção de Eve.

— Ai! — murmurou Roarke. — Acho que esse foi um golpe direto. Aconteceu alguma coisa que eu deva saber?

— Ela apenas está com vontade de arrancar a minha cabeça — disse Eve suavemente. — Minha missão foi um sucesso. — Satis-feita, ela se recostou e se preparou para apreciar o resto do desfile.

— Você viu? Dallas, você viu? — depois de fazer uma pirueta rápi-da, Mavis abraçou Eve. — No final, a platéia o aplaudiu de pé. Até mesmo o Hugo.

— Mas quem é esse tal de Hugo, afinal?

— Ele é simplesmente o nome mais importante na área de moda. Foi ele que ajudou a patrocinar o desfile, junto com Pandora. Se tivesse tirado o corpo fora... bem, ele não fez isso, graças a Jerry, que entrou como estrela. Leonardo está chegando. Vai poder pagar suas dívidas. Os pedidos já estão começando a chegar. Ele vai poder montar a sua própria loja agora, e em poucos meses o nome de Leonardo vai estar em toda parte.

— Isso é ótimo então.

— Tudo está dando certo. — Mavis ajeitou a maquiagem no espelho da área exclusiva para as mulheres. — Agora eu tenho que arrumar outro emprego, e só vou usar os modelos dele. As coisas vão voltar a ficar do jeito que deveriam. Vão mesmo, não vão, Dallas?

— Tudo está se encaminhando para isso. Mavis, Leonardo é que foi procurar Jerry Fitzgerald ou foi o contrário?

— Para o desfile? Ele é que foi procurá-la. Por sugestão de Pandora.

Espere um instante, pensou Eve; *como foi que deixei passar este detalhe?*

— Pandora quis que Leonardo convidasse Jerry para estrelar o desfile?

— Isso era a cara dela. — Por impulso, Mavis pegou um removedor de tintura labial e o aplicou. Ficou olhando a boca sem cor por um instante, e então escolheu uma nova tintura, denominada Explosão Púrpura — Ela sabia que Jerry jamais aceitaria ficar em segundo plano, especialmente se a estrela era Pandora, mesmo sabendo que havia bons comentários a respeito das roupas. Assim, convidá-la foi uma espécie de golpe, entende? Ela podia aceitar, e ficar como coadjuvante, ou recusar e perder a oportunidade de estrelar um dos desfiles mais badalados da temporada.

— E ela recusou.

— Inventou que tinha outros compromissos agendados só para livrar a cara. Mas no minuto em que Pandora saiu de cena, ela ligou para Leonardo e se ofereceu para estrelar o evento.

Eternidade Mortal

— E quanto ela vai ganhar?

— Pelo desfile? Um milhão de dólares, mas isso não é nada. A estrela tem o direito de comprar os modelos que quiser a preço de atacado, como uma espécie de comissão por divulgar a roupa. E tem também a cláusula referente à mídia.

— E qual é?

— Bem, as modelos mais famosas se comprometem a aparecer nos canais de moda, nos canais de entrevistas e tudo o mais. Têm que elogiar os modelos e são pagas cada vez que aparecem em um programa. Conseguem exposição na mídia e ganham uma grana durante seis meses, com possibilidade de renovação. Ela pode conseguir uns cinco ou seis milhões de dólares, no total, a partir do trabalho desta noite.

— Grande trabalho, para quem pode. Ela está lucrando mais de seis milhões de dólares com a morte de Pandora.

— Podemos ver por esse ângulo, sim. Mas ela não estava levando prejuízo antes, Dallas.

— Talvez não. Mas eu sei que não está levando prejuízo agora, com certeza. Ela vai aparecer na festa que vai acontecer depois do desfile?

— Claro. Ela e Leonardo são as estrelas da noite. É melhor a gente ir logo para lá, se quiser pegar alguma comida. Esses críticos de moda parecem hienas famintas! No final, não sobram nem os ossos.

— Você tem andado com Jerry e as outras, há algum tempo — comentou Eve enquanto elas iam para o salão de festas. — Alguma delas anda ingerindo drogas?

— Nossa, Dallas! — Sentindo-se pouco à vontade, Mavis encolheu os ombros. — Eu não sou dedo-duro.

— Mavis. — Eve a empurrou para um canto enfeitado com samambaias. — Não venha com essa para cima de mim. Tem alguém aí usando drogas?

— Puxa, claro, andam rolando uns bagulhos por aí. Estimulantes, basicamente, e muito *Zero Appetite*. É um trabalho pesado, e nem todas as modelos de segunda linha podem pagar por uma sessão de escultura de corpo. Tem umas drogas ilegais que sempre aparecem, mas a maioria delas é comprada na farmácia.

— E Jerry?

— Ela é natureba. Toma sucos e outras bebidas saudáveis, além daquele drinque que entorna o tempo todo. Fuma um pouco, mas é um daqueles cigarros especiais, para acalmar os nervos. Nunca a vi usando nada perigoso. No entanto...

— No entanto?

— Bem, ela é muito agarrada com as coisas dela, sabe? Há uns dois dias, uma das meninas não estava se sentindo bem. Ressaca da noite anterior. Tomou um pouquinho daquele suco azul de Jerry, e ela ficou furiosa! Queria até que a menina fosse despedida.

— Interessante... Gostaria de saber o que há naquele suco...

— É um extrato vegetal. Ela diz que é feito sob encomenda, para melhorar o metabolismo. E andou espalhando que está pensando em colocá-lo no mercado e divulgá-lo.

— Preciso de uma amostra. Não tenho muito tempo para conseguir um mandado de busca ou um pedido de confisco — fez uma pausa, avaliou o assunto e sorriu. — Mas acho que sei como resolver o problema. Vamos agitar?

— O que você vai fazer, Dallas? — Mavis apertou o passo para acompanhar a pressa de Eve. — Não estou gostando desse brilho nos seus olhos... Não cause nenhum problema, por favor! É a grande noite de Leonardo.

— Eu aposto que um pouco de cobertura extra da imprensa vai ajudar a aumentar as vendas.

Entrou no salão de festas, onde a multidão já estava girando na pista de dança ou se acotovelando em volta das mesas do bufê. Avistando Jerry, Eve foi direto até onde ela estava. Roarke notou o seu olhar e foi até ela, cruzando o salão.

— De repente, você está parecendo uma policial.

— Obrigada.

— Não foi um elogio. Você vai provocar uma cena aqui?

Eternidade Mortal

— Vou fazer o possível para conseguir. Quer manter distância?

— Nem pense nisso. — Intrigado, ele a tomou pela mão e continuou caminhando com ela.

— Meus parabéns pela fabulosa apresentação — começou Eve, empurrando um crítico agitado para o lado, a fim de ficar cara a cara com Jerry.

— Obrigada. — Jerry levantou a taça de champanhe. — Só que, pelo que tenho visto, você não é exatamente uma especialista em moda — e lançou um olhar derretido para Roarke. — Embora tenha um gosto excelente para homens.

— Melhor que o seu. Você soube que Justin Young foi visto em um clube privado esta noite, em companhia de uma ruiva? Uma ruiva que se parecia muito com Pandora?

— Sua piranha, mentirosa! Ele não ousaria... — Jerry se segurou e sibilou devagar por entre os dentes. — Eu já lhe falei que não dou a mínima para quem ele namora ou o que faz!

— E por que você se importaria? A verdade é que, mesmo depois de umas sessões de massagem, escultura de corpo e melhorias no rosto, não dá para escapar à realidade. Imagino que Justin estava a fim de alguém mais jovem. Os homens são mesmo uns canalhas! — Eve aceitou uma taça de champanhe que um garçom ofereceu e tomou um gole. — Não que você não pareça maravilhosa. Para a sua idade. É que aquelas luzes todas na passarela acabam fazendo a mulher parecer mais... madura.

— Vá se foder! — e Jerry entornou o conteúdo do seu copo no rosto de Eve.

— Eu sabia que isso ia ser o suficiente — murmurou Eve, piscando por causa da ardência nos olhos. — Você acaba de agredir uma policial. Está presa!

— Tire as mãos de mim! — completamente acesa, Jerry empurrou Eve para trás.

— Resistência à prisão também. Hoje deve ser a minha noite de sorte! — Com dois movimentos rápidos, Eve já tinha os braços de Jerry dobrados para trás e bem seguros. — Agora, vamos chamar um guarda para levá-la. Não vai levar muito tempo para você conseguir sair, sob fiança. Agora fique quieta para que eu possa ler os seus direitos a caminho lá de fora — e lançou para Roarke um sorriso ensolarado. — Não demoro.

— Leve o tempo que precisar, tenente. — Ele pegou o champanhe da mão de Eve e o bebeu. Esperou por mais dez minutos e então saiu do salão de festas.

Eve estava parada na entrada do hotel, olhando Jerry ser colocada em um camburão.

— Qual a causa de tudo isso?

— Eu precisava ganhar tempo e também de um pretexto. A suspeita demonstrou tendências violentas e estava muito nervosa, sintomas de ingestão de droga.

Tiras, pensou Roarke.

— Você a deixou revoltada, Eve.

— Eu precisava disso também. Ela vai sair logo depois de entrar. Tenho que agir.

— Onde vai? — quis saber ele enquanto andavam correndo em volta do salão de festas, indo em direção à área dos bastidores.

— Preciso de uma amostra daquele troço que ela gosta de beber. O fato de ela me agredir deu motivos para que eu recolha o material, se a gente forçar um pouco a barra. Quero que o líquido seja analisado.

— Você acha mesmo que ela ia usar substâncias ilegais assim, na cara de todo mundo?

— Acho que pessoas como ela, como Pandora, Justin Young e Paul Redford, são incrivelmente arrogantes. Eles têm muita grana, boa aparência, uma certa dose de poder e prestígio. Isso faz com que se sintam acima da lei — e lançou um olhar para Roarke, no momento em que entrava no camarim que ia ser de Pandora. — Você também tem essas tendências...

— Muito obrigado!

— A sua sorte é que eu apareci na sua vida para mantê-lo na linha. Vigie a porta, está bem? Se ela conseguir um advogado ágil, não vou ter tempo de terminar isto.

Eternidade Mortal

— Estou notando que você também anda sempre na linha — comentou Roarke, e se postou na porta enquanto Eve revistava o camarim.

— Nossa, ela tem uma fortuna em cosméticos aqui!

— É o trabalho dela, tenente.

— Pois eu diria que essa vaidade está lhe custando centenas de milhares de dólares por ano, calculando por baixo. Só Deus sabe o que ela ainda gasta em complementos e escultura corporal. Se ao menos eu conseguisse achar um pouquinho daquele pozinho esperto...

— Você está procurando por *Immortality*? — e soltou uma gargalhada. — Ela pode ser arrogante, mas não é burra.

— Talvez você esteja certo — abrindo a porta de uma geladeira, ela sorriu. — Só que ela tem um recipiente de vidro cheio daquele drinque aqui. Um recipiente fechado a chave. — Apertando os lábios, Eve olhou para Roarke. — Será que você conseguiria...

— Pronto, lá vou eu sair da linha! — Suspirando, ele foi até lá e estudou a fechadura do recipiente com atenção. — É uma tranca sofisticada. Ela não quer se arriscar. O vidro também é inquebrável, pelo jeito. — Seus dedos começaram a brincar com o fecho enquanto falava. — Consiga-me uma pinça de unhas, um grampo de cabelo ou algo desse tipo.

Eve procurou pelas gavetas e perguntou:

— Isso serve?

Roarke franziu as sobrancelhas ao ver uma minúscula tesoura de unhas.

— Deve servir. — Mexendo no interior do fecho com as pontas da tesoura, conseguiu abri-lo e deu um passo para trás. — Pronto!

— Você é mesmo bom nisso.

— Um dos meus pequenos e insignificantes talentos, tenente.

— Sei... — Ela enfiou a mão na bolsa, pegou um saquinho de recolher provas e entornou lá dentro um pouco da substância. — Isso deve ser mais do que suficiente.

— Quer que eu torne a trancar? Vai levar só mais um momento.

— Não se preocupe. Nós podemos passar no laboratório a caminho.

— A caminho de onde?

— Do lugar onde eu deixei Peabody de tocaia. A porta traseira do apartamento de Justin — e saiu, lançando um sorriso para ele. — Sabe, Roarke, Jerry estava certa em uma coisa. Eu tenho muito bom gosto para homens.

— Querida, o seu bom gosto é impecável!

Capítulo Dezessete

Estar ligada a um homem rico tinha um monte de desvantagens, na opinião de Eve, mas havia também um bônus indiscutível. A comida. No caminho de volta, cortando a cidade, ela conseguiu se empanturrar com frango à Kiev, conseguido no AutoChef totalmente repleto do carro dele.

— Ninguém tem frango à Kiev no AutoChef do carro — disse ela, com a boca cheia.

— Pois todos teriam se andassem com você. Se não fosse assim, você sobreviveria comendo só hambúrguer de soja e ovos em pó irradiados.

— Eu detesto ovos em pó irradiados.

— Exatamente. — Ele gostou de ouvi-la rir. — Você está de muito bom humor, tenente.

— É que as coisas estão se encaixando, Roarke. Eles vão retirar as acusações de Mavis na segunda-feira de manhã, e até lá eu já vou ter cercado os canalhas. Foi tudo uma questão de grana — disse ela, pegando o restinho dos grãos de arroz com os dedos. — Sempre a droga do dinheiro. Pandora era a conexão principal com a *Immortality*, e aqueles três aviõezinhos de elite queriam a parte deles.

— Então a atraíram até o ateliê de Leonardo e a mataram.

— Ir até o ateliê de Leonardo provavelmente foi idéia dela. Pandora não queria desistir dele e estava disposta a brigar. Isso deu a eles a oportunidade perfeita para armar tudo. Mavis entrar na história foi o toque final. Era bem capaz de eles terem deixado Leonardo pendurado pelo saco, se não fosse assim.

— Sem querer pôr em xeque a sua mente ágil e questionadora, me diga por que não acabar com ela em um beco? Se você está certa, eles já fizeram isso antes.

— Deviam estar querendo um cenário dessa vez — e mexeu os ombros. — Hetta Moppett era uma ponta solta em potencial. Um deles a enfrentou, tipo bateu de frente, e então se livrou dela. Era melhor não arriscar a possibilidade de Boomer ter deixado escapar alguma coisa enquanto transava com ela.

— Então Boomer foi a vítima seguinte.

— Ele sabia demais, conseguira coisas demais. É provável que ele não soubesse dos três, mas pressionou pelo menos um deles, e quando o avistou na boate se escondeu. Eles conseguiram achá-lo, torturaram-no e o mataram. Só que não tiveram tempo de voltar para pegar o material em seu apartamento.

— Tudo isso pelo lucro?

— Pelo lucro e, se aquela análise provar o que eu imagino, pela *Immortality*. Pandora estava envolvida com o lance, sem dúvida. Meu palpite é de que o que Pandora tivesse ou desejasse, Jerry Fitzgerald queria ter mais do que ela. E se ela tinha uma droga que a fazia parecer mais jovem, mais forte e sexy... Podia valer uma fortuna para ela profissionalmente. Sem falar no ego da moça.

— Mas é letal.

— É o que dizem sobre o cigarro, mas eu já vi você acendendo a sua dose de tabaco — e arqueou uma sobrancelha ao olhar para ele. — Sexo sem proteção era letal durante a segunda metade do século XX. Isso não impediu as pessoas de transarem com estranhos.

Eternidade Mortal

Armas são letais, mas levamos décadas para conseguir tirá-las das ruas. Portanto...

— Você me convenceu. Muitos de nós acreditam que vão viver para sempre. Vocês fizeram testes com Redford?

— Fizemos. Ele está limpo. O que não significa que tenha menos sangue nas mãos. Vou trancafiar os três pelos próximos cinqüenta anos.

Roarke foi diminuindo a velocidade do carro até parar por completo em um sinal fechado. Virando-se para ela, perguntou:

— Eve, você está atrás deles por causa dos assassinatos ou por estragar a vida de uma amiga?

— Os resultados são os mesmos.

— Mas os seus sentimentos não.

— Eles a magoaram — respondeu ela com firmeza. — Fizeram-na encarar um inferno. Forçaram-me a agir como eles, colocando-a nesse inferno. Ela perdeu o emprego e grande parte da autoconfiança. Eles vão ter que pagar por isso.

— Tudo bem. Tenho só mais uma coisa a dizer.

— Não preciso de críticas sobre o meu trabalho vindas de um cara que abre fechaduras como você, meu chapa!

Ele pegou um lenço e o passou sob o queixo dela.

— Da próxima vez que você pensar em dizer que não tem uma família, Eve — começou ele, falando devagar —, pense duas vezes. Mavis é a sua família.

Ela ia começar a falar, mas reavaliou o que dizer.

— Estou realizando o meu trabalho — decidiu. — Se sinto, pessoalmente, um pouco de prazer com isso, o que há de errado?

— Nada. — Ele a beijou de leve e fez uma curva para a esquerda.

— Quero chegar pelos fundos do prédio. Vire à direita na próxima curva, e depois...

— Eu sei como chegar aos fundos desse prédio.

— Não me diga que você é dono dele também.

— Tudo bem, então não digo. E, por falar nisso, se você tivesse me perguntado sobre o sistema de segurança no prédio de Justin

Young, você teria poupado muito tempo — ou, no caso, Feeney teria — e muitos problemas. — Quando ela bufou com força, ele sorriu. — Se eu sinto, pessoalmente, um pouco de prazer em possuir grande parte de Manhattan, o que há de errado?

Ela se virou para olhar para fora da janela a fim de que ele não visse o seu sorriso de deboche.

Para Roarke, tudo parecia dar certo. Havia sempre uma mesa reservada no restaurante mais exclusivo, poltronas na primeira fila da peça de maior sucesso e uma vaga conveniente para estacionar na rua, como naquele momento. Ele entrou nela e desligou o motor.

— Você não está achando que eu vou ficar esperando por você aqui, está?

— O que acho normalmente não faz diferença com você. Pode vir, mas lembre-se de que você é um civil. Eu não.

— Isso é algo de que jamais esqueço — e trancou o carro digitando um código na porta. Aquela não era uma região perigosa, mas o carro valia pelo menos seis meses de aluguel de uma das salas exclusivas do prédio. — Querida, antes de passarmos para as formalidades oficiais, o que você está usando por baixo desse vestido?

— Um acessório bolado para enlouquecer os homens.

— Pois está funcionando. Acho que nunca vi a sua bundinha se agitar tanto.

— A partir de agora é a bunda de uma policial, gostosão, tenha cuidado!

— Eu tenho — e sorriu, dando-lhe um forte tapa no traseiro —, pode acreditar. Boa-noite, Peabody.

— Roarke. — Com o rosto sem expressão, como se não tivesse ouvido nada, Peabody saiu de trás de um arbusto. — Dallas.

— Algum sinal de... — Eve se agachou ligeiramente por instinto, ao sentir que o arbusto voltou a se mover, e então xingou ao ver Casto sair lá de dentro, sorrindo. — Mas que droga, Peabody!

— Não, Eve, não coloque a culpa em DeeDee. Eu estava com ela quando recebeu a sua ligação. Ela jamais conseguiria me impedir

Eternidade Mortal

de vir. Cooperação interdepartamental, lembra, Eve? — Ainda sorrindo, ele estendeu a mão. — Roarke, é um prazer conhecê-lo. Meu nome é Jake Casto, da Divisão de Drogas Ilegais.

— Já deu para perceber. — As sobrancelhas de Roarke se uniram ao ver a forma com que Casto tocou na seda preta que estava agarrada ao corpo de Eve. Ao modo típico dos homens e cães pouco amigáveis, arreganhou os dentes.

— Lindo vestido, Eve. Você disse alguma coisa a respeito de levar uma amostra para o laboratório.

— Você sempre fica ouvindo as transmissões dos colegas?

— Bem... — e coçou o queixo. — É que a ligação chegou em um momento pessoal, entende? Eu teria que ser surdo para não ouvir — e ficou com a voz mais séria. — Você acha que pegou Jerry Fitzgerald com uma dose de *Immortality*?

— Vamos ter que esperar pelo resultado da análise — e prestou atenção a Peabody. — Justin Young está em casa?

— Está. Verifiquei com a segurança, e o vídeo mostrou que ele chegou às dezenove horas. Não saiu mais.

— A não ser que tenha escapado por trás.

— Não, senhora. — Peabody se permitiu dar um pequeno sorriso. — Eu liguei para o *tele-link* do apartamento dele, assim que cheguei, e ele atendeu. Pedi desculpas e disse que era engano.

— Então ele viu você na tela.

Peabody balançou a cabeça, afirmando:

— Homens como ele não se lembram de subordinados. Ele não me reconheceu, e não houve movimento algum por aqui desde a minha chegada, às vinte e três horas e trinta e oito minutos — e apontou para cima. — As luzes estão acesas.

— Então a gente fica esperando. Casto, você podia fazer alguma coisa útil e ficar de tocaia na entrada da frente.

— Tentando se livrar de mim? — e lançou um sorriso.

— Isso! — seus olhos se acenderam. — Vamos ver pelo lado técnico. Como investigadora principal no caso dos assassinatos de

Moppett, Johannsen, Pandora e Ro, eu tenho plena autoridade nas investigações conjuntas. Portanto...

— Você é durona, Eve. — Suspirando, ele encolheu os ombros e deu uma piscada na direção de Peabody. — Mantenha o meu lugar aquecido, DeeDee.

— Sinto muito, tenente — começou Peabody, com formalidade, assim que Casto saiu. — Ele ouviu a transmissão. Já que não havia como evitar que ele viesse para cá por conta própria, me pareceu mais produtivo contar com a sua ajuda.

— Ele não vai trazer problemas. — Quando o seu comunicador tocou, ela saiu para o lado. — Dallas falando! — Ouviu por um momento, sorriu de leve e concordou com a cabeça. — Obrigada. — Fez um gesto de quem ia enfiar o aparelho no uniforme, mas se lembrou de que não estava de uniforme e guardou-o na bolsa. — Jerry Fitzgerald já está solta, sob fiança. Não é de admirar que ela tenha conseguido fiança por causa de uma briga em um desfile de moda.

— Se o resultado do laboratório chegasse... — disse Peabody.

— Se. Vamos esperar — e olhou para Roarke. — Esta pode ser uma noite longa. Você não precisa ficar aqui. Peabody e Casto podem me dar uma carona quando acabarmos.

— Eu gosto de noites longas. Quero só um instante da sua atenção, tenente. — Com a mão firme no braço de Eve, Roarke a levou para alguns passos longe do local. — Você não comentou que tinha um admirador na Divisão de Drogas Ilegais.

— Não comentei não? — e passou a mão pelos cabelos.

— E o tipo de admirador que está doido para fazer a mão subir pelas suas pernas.

— Essa é uma forma interessante de descrevê-lo. Olhe, ele e Peabody estão juntos no momento.

— Mas isso não o impede de ficar babando em cima de você.

Ela soltou uma risada curta, e então, ao notar a fúria nos olhos de Roarke, falou de forma séria, limpando a garganta:

— Ele é inofensivo.

— Eu não acho.

— Ah, qual é, Roarke, esse é um daqueles jogos de testosterona, típicos dos homens? — os olhos dele continuavam brilhando e fez com que ela sentisse uma fisgada quase agradável no estômago. — Você está, tipo assim, com ciúme?

— Estou. — Era humilhante reconhecer, mas ele era um homem que fazia o que precisava ser feito.

— Sério? — A fisgada se transformou em uma sensação de prazer que se espalhou. — Puxa, obrigada.

Não havia sentido em bufar de raiva e muito menos em sacudi-la. Em vez disso, ele enfiou as mãos nos bolsos e inclinou a cabeça para o lado.

— De nada! Eve, vamos nos casar daqui a alguns dias.

— Eu sei. — A fisgada começou de novo, com força total.

— Se ele continuar a olhar para você daquele jeito, vou ter que agredi-lo.

— Calma, garoto — ela sorriu e bateu de leve em sua bochecha.

Antes que Eve tivesse a chance de sorrir, ele a agarrou pelos punhos e a puxou para perto, dizendo:

— Você é minha! — Os olhos dela soltaram faíscas e Eve rangeu os dentes. — Funciona nos dois sentidos, querida, mas, caso você não tenha percebido, é justo que eu lhe avise que sou muito possessivo com o que é meu — e beijou a boca de Eve, que já começava a resmungar. — Eu amo você de verdade, Eve. De forma ridícula.

— É ridículo mesmo, com certeza. — Para acalmar a raiva, ela tentou respirar fundo. — Olhe, Roarke, não que eu ache que você mereça algum tipo de explicação, mas o fato é que não estou interessada em Casto nem em ninguém. E, por acaso, Peabody está com ele. Portanto, segure sua onda!

— Combinado. Agora, quer que eu vá até o carro para pegar um pouco de café?

— Essa é uma propina barata para limpar a sua barra? — perguntou ela, colocando a cabeça de lado.

— Gostaria de lembrar a você que a minha marca de café não é barata.

— Peabody gosta de café fraco. Espere um instante. — Agarrando-o pelo braço, ela o empurrou para trás dos arbustos. — Espere só um pouco — murmurou no momento em que um carro apareceu na rua. O veículo freou de repente e subiu de forma perpendicular à rua para se apertar em uma vaga acima da calçada. Com manobras impacientes, o carro bateu no da frente e no de trás. Uma mulher vestida com roupa prateada e cintilante desceu a passos largos pela rampa que vinha até a calçada.

— Chegou a nossa garota! — disse Eve, baixinho. — Ela não perdeu tempo.

— Você acertou, tenente — comentou Peabody.

— Parece que sim. Agora me contem por que razão uma mulher que acabou de passar por uma situação inconveniente, desconfortável e potencialmente embaraçosa corre de volta para o homem com quem acabou de romper um relacionamento, que foi acusado de traí-la e ainda a agrediu no rosto? Tudo isso em público?

— Tendências sadomasoquistas? — sugeriu Roarke.

— Acho que não — disse Eve, olhando para ele. — Tendências a gostar de sexo e dinheiro, isso pode ser. E olhe só, Peabody, nossa heroína conhece a entrada dos fundos.

Olhando distraída para trás, Jerry foi direto para a entrada de serviço, digitou um código e entrou.

— Eu diria que ela já entrou por ali antes. — Roarke colocou a mão sobre o ombro de Eve. — Isso é o bastante para desmontar o seu álibi?

— É um grande começo. — Pegando a bolsa, Eve apanhou os óculos de longa distância. Colocando-os, ligou o aparelho e ajustou o foco nas janelas de Justin Young — Não dá para vê-lo — murmurou ela. — Não tem ninguém na sala — e desviou a cabeça. — O quarto está vazio, mas tem uma mala de viagem aberta sobre a cama. Várias portas estão fechadas. Daqui não dá para ver a cozinha nem a entrada de serviço, droga!

Eternidade Mortal

311

Colocando as mãos na cintura, ela continuou a examinar tudo.

— Tem um copo com alguma coisa na mesinha-de-cabeceira, e há sombras luminosas no ar. Acho que o telão do quarto está ligado. Lá está ela.

Os lábios de Eve continuavam sorrindo enquanto ela via Jerry irromper no quarto. Os óculos eram poderosos o bastante para mostrar a ela um close claro da fúria concentrada de Jerry. Sua boca estava se movendo. Ela se abaixou e tirou os sapatos, atirando-os longe.

— Nervosa, muito nervosa — murmurou Eve. — Ela está chamando por ele, atirando coisas. Entra o nosso heroí, à direita. Ora, tenho que reconhecer que ele tem um corpaço.

Com os próprios óculos de distância já colocados, Peabody soltou um murmúrio de concordância.

Justin estava nu em pêlo, com a pele brilhando por causa da água e o cabelo brilhante escorrendo. Aparentemente, Jerry não se impressionou. Voou em cima dele, empurrando-o, enquanto ele segurava as mãos dela. A briga ficou mais acirrada, mais dramática, avaliou Eve, com muitos gestos de braços e balançar de cabeças. Então mudou de tom, subitamente. Justin estava rasgando o vestido prateado de dez mil dólares de Jerry, enquanto os dois caíam sobre a cama.

— Ah, não é lindo, Peabody? Eles estão fazendo as pazes!

Roarke deu um tapinha no ombro de Eve e perguntou:

— Você não tem mais um par desses óculos?

— Tarado! — mas, reconhecendo que parecia justo, arrancou os óculos e os entregou a ele. — Pode ser que você seja convocado para testemunhar.

— Como? Eu nem estou aqui! — Colocando os óculos, ele os ajustou. Depois de um instante, balançou a cabeça. — Eles não têm muita imaginação, não acha? Diga-me, tenente, você passa muito do seu tempo observando pessoas transando quando fica de tocaia?

— Não há muita coisa que um ser humano faça a outro que eu já não tenha observado.

Reconhecendo o tom de voz, ele tirou os óculos e os entregou de volta, comentando:

— É um emprego miserável o seu. Pelo jeito, suspeitos de assassinato não têm direito a privacidade.

Ela deu de ombros e reajustou os óculos. Era importante manter o humor. Ela sabia que alguns policiais já tinham sido pegos espiando janelas alheias, e o mau uso dos óculos de distância era comum em vários níveis. Eve os considerava uma ferramenta de trabalho muito importante, não importa o quanto seu uso fosse questionado pelos tribunais.

— Parece que acabou — disse ela, sem emoção. — Temos que reconhecer a velocidade deles.

Justin, apoiado nos cotovelos, mergulhava dentro dela. Com os pés plantados com firmeza sobre o colchão, Jerry levantava os quadris para acompanhá-lo. Seus rostos estavam brilhando por causa do suor, e os olhos fechados de ambos exibiam a mesma expressão de agonia e delícia. Quando ele despencou em cima dela, Eve abriu a boca para falar.

Desistiu de pronunciar as palavras quando viu os braços de Jerry se levantarem e o acariciarem. Justin esfregava o nariz no pescoço de Jerry. Eles continuavam abraçados, acariciando-se, com o rosto colado.

— Ora, quem diria! — murmurou ela, afinal. — Não é apenas sexo. Eles gostam um do outro.

Mais do que o desejo animal, a verdadeira afeição humana era difícil de se observar. Eles se separaram por um segundo e se sentaram na cama, com as pernas ainda amorosamente enlaçadas. Ele acariciou o cabelo despenteado dela. Ela colocou o rosto sobre a palma da mão dele. Começaram a conversar. Pela expressão em seus rostos, o tom da conversa era sério, intenso. Em um determinado momento, Jerry abaixou a cabeça e começou a chorar.

Justin beijou-lhe o cabelo, a sobrancelha, então se levantou e atravessou o quarto. Em um frigobar, pegou um recipiente de vidro e encheu uma taça com o líquido azul-escuro.

Sua expressão era sombria quando ela agarrou a taça da mão dele e bebeu tudo de um gole só.

Eternidade Mortal

— Bebida natural uma ova! Aquilo é droga e ela está viciada!

— Só ela — observou Peabody. — Ele não está tomando nada.

Justin tirou Jerry da cama e, com um braço em torno de sua cintura, levou-a para fora do quarto e eles saíram da linha de visão.

— Continue de olho, Peabody! — ordenou Eve. Puxou os óculos para baixo e os deixou pendurados em torno do pescoço. — Ela está no limite, por causa de alguma coisa. E acho que a nossa pequena briga ainda não acabou. A pressão está começando a pesar para o lado dela. Algumas pessoas não são assassinas por natureza.

— Se eles estão tentando se distanciar um do outro para dar mais força ao álibi, foi arriscado para ela vir até aqui esta noite.

Eve concordou enquanto olhava para Roarke.

— Ela precisava dele. Os vícios aparecem de diversas formas.

— Quando o comunicador tocou, Eve o pegou na bolsa. — Dallas falando.

— Correria, correria, sempre correria!

— Dickie, me dê boas notícias.

— Trata-se de uma mistura interessante, tenente. A não ser por alguns aditivos para torná-la líquida, acrescentar uma cor bonita e dar um leve sabor de frutas, a substância é a mesma. Todos os elementos do pó previamente analisado estão ali, incluindo o néctar da Flor da Eternidade. No entanto, é uma mistura menos potente, e quando ingerida por via oral...

— Isso é tudo o que eu precisava saber. Transmita o relatório completo para a minha sala. Conforme o regulamento, envie também uma cópia para o comandante Whitney, uma para Casto e mais uma para o promotor.

— Quer que eu amarre um laço vermelho, bem bonito, também? — perguntou ele, com voz azeda.

— Não seja babaca, Dickie! Você já conseguiu os seus lugares no estádio, pertinho do campo. — Desligando, ela sorriu. — Solicite um mandado de busca e confisco, Peabody. Vamos pegá-los.

— Sim, senhora. E quanto a Casto?

— Diga-lhe que nós vamos entrar pela frente. A Divisão de Drogas Ilegais vai ter sua parte nos louros.

Já eram cinco da manhã quando eles acabaram com toda a papelada e conseguiram terminar a primeira rodada de interrogatórios. Os advogados de Jerry Fitzgerald haviam insistido em pelo menos seis horas de intervalo. Sem outra opção a não ser concordar, Eve ordenou a Peabody que ficasse descansando até as oito horas e foi para a própria sala.

— Não lhe disse para ir tirar um cochilo? — perguntou ela quando viu Roarke sentado à sua mesa.

— Tinha um trabalho a fazer.

Franzindo as sobrancelhas, ela olhou para o monitor do seu computador. As plantas e os projetos complicados que viu na tela a fizeram bufar.

— Mexer em propriedade do governo pode resultar em dezoito meses de prisão domiciliar.

— Dá para segurar um pouco essa ordem de prisão? Estou quase acabando. Visão da ala leste, todos os andares.

— Não estou brincando, Roarke. Você não pode usar o meu *tele-link* para assuntos pessoais.

— Hum... Lembrar-se de ajustar o Centro de Recreação C. A metragem quadrada não é suficiente. Transmita todos os memorandos, dimensões recalculadas, diagramas de custos, arquitetura e projeto e envie tudo para o meu escritório no Satélite FreeStar One. Salvar arquivo em disco e desligar. — Ele tirou o disco e o enfiou no bolso. — O que estava dizendo, Eve?

— Este computador está programado para reconhecer apenas a minha impressão de voz. Como conseguiu fazê-lo funcionar?

— Ora, Eve! — e ele apenas sorriu.

— Tudo bem, não me conte. Não quero saber mesmo. Você não poderia ter feito isso de casa?

Eternidade Mortal

— Certamente. Só que não teria o prazer de levá-la para casa e fazer com que durma algumas horas — se levantou. — E isso é exatamente o que eu vou fazer agora.

— Vou tirar um cochilo aqui no sofá.

— Não, você provavelmente vai acabar sentando aqui para ficar examinando as pistas, provas e pedir cálculos de probabilidade do sistema, até cair de sono.

Ela poderia ter negado aquilo. Mas era muito difícil negar, sob a maior parte das circunstâncias.

— Eu tenho só umas coisinhas que queria colocar em ordem.

— Onde está Peabody? — ele deixou a cabeça pender para o lado.

— Mandei-a para casa.

— E o inestimável Casto?

Reconhecendo a armadilha, mas sabendo como escapar, Eve deu de ombros.

— Acho que ele foi com ela.

— E os seus suspeitos?

— Ele tinham direito a um intervalo.

— E você também — disse ele, tomando-a pelo braço. Ela começou a se desvencilhar, mas ele continuou a empurrá-la para fora da sala, em direção ao corredor. — Tenho certeza de que todos gostaram do seu novo uniforme para fazer interrogatórios, mas creio que você faria um trabalho melhor depois de uma soneca, um banho e uma troca de roupas.

Ela olhou para o vestido preto de seda. Havia se esquecido por completo de que ainda estava com ele.

— Devo ter uma calça jeans aqui no meu armário. — Quando ele conseguiu empurrá-la para dentro do elevador, quase sem esforço, ela reparou que estava quase desabando. — Tudo bem, tudo bem. Vou passar em casa para tomar um banho e talvez comer alguma coisa.

E, pensou Roarke, *vai dormir por, pelo menos, cinco horas.*

— Como é que foi o interrogatório?

— Hein? — ela piscou, balançando a cabeça para permanecer alerta. — Não houve muito progresso. Eu nem esperava, na primeira rodada. Eles estão se prendendo à história original e afirmando que a droga foi plantada no local. Já conseguimos o bastante para solicitar um teste toxicológico em Jerry, e ela vai ser obrigada a fazê-lo. Os advogados estão reclamando muito, mas nós vamos conseguir.

Eve bocejou, abertamente.

— Vamos usar isto para arrancar mais dados dela ou talvez uma confissão completa — continuou ela. — Vamos atacá-los em trio, na próxima rodada.

Roarke a levou pela passarela deslizante ao ar livre até o estacionamento onde deixara o carro. Ela caminhava, ele notou, com o corpo pesado de uma mulher completamente bêbada.

— Eles não têm a mínima chance — disse ele enquanto eles se aproximavam do carro. — Aqui é Roarke, destranque o veículo.

Abrindo a porta do carro, ele a colocou com cuidado no banco do carona.

— Nós vamos atacar em turnos. Casto é bom para fazer interrogatórios. — Sua cabeça tombou para trás no banco. — Isso eu tenho que reconhecer. Peabody tem muito potencial. Ela é obstinada. Vamos mantê-los em salas separadas e nós três vamos ficar nos alternando nas perguntas. Aposto que Justin Young vai ser o primeiro a confessar.

— Por quê? — Roarke saiu com o carro do estacionamento e seguiu na direção de casa.

— Porque o canalha a ama. O amor acaba com a pessoa. Você comete erros porque está preocupado com quem ama e fica aflito. Burrice!

Ele sorriu de leve, tirou para o lado o cabelo que caía no rosto de Eve e a viu mergulhar profundamente no sono.

— Eu que o diga! — confessou ele.

Capítulo Dezoito

Se o comportamento recente de Roarke podia servir de exemplo do que era ter um marido, Eve disse a si mesma que não era tão mau. Ela tinha sido colocada na cama, o que foi obrigada a reconhecer que foi o melhor a fazer, para ser acordada cinco horas mais tarde pelo aroma de café quente e *waffles* recém-preparados.

Roarke já estava em pé, vestido, e recebia uma importante transmissão de negócios.

Eve ficava incomodada, de vez em quando, com o fato de que ele parecia necessitar de menos horas de sono do que um ser humano normal, mas ela não mencionava isso para ele. Este tipo de comentário só faria com que ele lhe lançasse um daqueles risinhos.

Foi um bônus o fato de ele não ter lembrado a Eve a forma com que estava cuidando dela. Sentir aquilo já era estranho o bastante, sem ter ninguém para apregoar o fato.

Assim, ela foi em direção à Central de Polícia descansada, bem alimentada e em um veículo totalmente consertado, o qual, em menos de cinco quarteirões, decidiu surpreendê-la com um novo defeito. O indicador de excesso de velocidade no painel mudou para vermelho, embora ela estivesse completamente parada em um engarrafamento. Ela foi avisada por uma voz agradável:

ATENÇÃO: O MOTOR VAI SUPERAQUECER EM MENOS DE CINCO MINUTOS SE O VEÍCULO CONTINUAR NESTA VELOCIDADE. POR FAVOR, REDUZA A MARCHA OU COLOQUE O CARRO NO PILOTO AUTOMÁTICO.

— Pode me prender — sugeriu ela, de forma não tão agradável, e dirigiu o resto do caminho com o aviso constante, dado em um tom de voz animado, de que a velocidade deveria ser reduzida, senão o motor ia pifar.

Eve não queria deixar aquilo afetar seu estado de espírito. As horríveis nuvens escuras de chuva que passavam e provocavam caos no trânsito aéreo também não a incomodaram. O fato de que era um sábado, faltava apenas uma semana para o casamento e ela ia enfrentar um dia difícil e potencialmente brutal no trabalho não diminuía o seu prazer.

Entrou a passos firmes na Central de Polícia com um sorriso fixo e sombrio.

— Você parece ávida para devorar carne crua — comentou Feeney.

— É o melhor jeito de comer carne. Alguma informação nova?

— Vamos pelo caminho mais comprido para eu colocá-la a par dos novos dados.

Ele entrou em uma das passarelas aéreas deslizantes, quase vazias no meio do dia. O mecanismo estremeceu um pouco, mas levou-os para cima. Manhattan se transformou em uma linda cidade de brinquedo, cheia de avenidas que se entrecortavam e carros com cores brilhantes.

Relâmpagos cortavam o céu seguidos pelos respectivos trovões, que balançavam a estrutura de vidro em volta da passarela. A chuva penetrava por fendas e caía alegremente em imensos recipientes.

Eternidade Mortal

— Eu acabei de chegar. — Feeney olhou para baixo, olhando pedestres que pareciam bater uns de encontro aos outros como formigas enlouquecidas. Um ônibus aéreo buzinou com fúria e tirou um fino do vidro ao lado deles. — Nossa! — Feeney colocou a mão sobre o coração, que estava aos pulos. — Onde foi que estes palhaços tiraram carteira?

— Qualquer pessoa que esteja viva consegue licença para dirigir um desses monstros que entopem o céu. Você não vai me ver dentro de um deles nem sob a mira de um laser.

— O transporte público nesta cidade é uma vergonha! — e pegou um saquinho de amêndoas com cobertura doce, para se acalmar. — Enfim, seu palpite sobre as ligações feitas de Maui estava certo. Justin Young ligou para Jerry Fitzgerald duas vezes antes de pegar um vôo de volta para casa. Também pagou pela transmissão de todo o desfile direto para o telão do quarto do hotel. Foram duas horas de transmissão.

— Você verificou o sistema de segurança da casa dele na noite em que apagaram o Barata?

— Justin entrou, com sua mala de viagem, mais ou menos às seis da manhã. Seu vôo, porém, pousou à meia-noite. Não há registros de onde ele passou as seis horas do intervalo.

— Não tem álibi então. E teve tempo suficiente para ir do aeroporto à cena do crime. Temos como confirmar a localização de Jerry nessa hora?

— Ela ficou no salão de festas até pouco depois das dez e meia da noite. Ensaios para o desfile da noite passada. Não apareceu no apartamento dela antes das oito da manhã. Fez um monte de ligações: para a cabeleireira, a massagista, o escultor de corpo. Passou quatro horas ontem no Salão Paradise, embonecando-se toda. Quanto a Justin, ele passou o dia conversando com o agente, com o consultor financeiro e... — Feeney sorriu ligeiramente — ... com um agente de viagens. Nosso rapaz está interessado em fazer uma viagem para a colônia em Éden.

— Eu amo você Feeney!

— Eu sou do tipo que todas amam. Apanhei o relatório do pessoal do laboratório que vasculhou a casa deles. Não foi achado nada que possamos usar, nem no apartamento de Justin nem no de Jerry. O único traço de substância ilegal estava no suco azul. Se eles têm mais, estão guardando em outro lugar. Não achamos registros nem gravações de transações, nenhum sinal de fórmula. Ainda falta remexer nos computadores, para ver se eles esconderam alguma coisa lá, encriptada. Só que, se quer saber, aqueles dois não são gênios da alta tecnologia não.

— Não, não são. Paul Redford é capaz de entender mais disso do que eles. Aqui nós temos mais do que assassinato e tráfico de drogas, Feeney. Se conseguirmos que o bagulho seja classificado como veneno e pudermos provar que eles tinham conhecimento prévio de seu perigo letal, vamos poder enquadrá-los em formação de quadrilha e conspiração de assassinato.

— Ninguém foi enquadrado em conspiração de assassinato desde as Guerras Urbanas, Dallas.

— Mas eu acho que soa bem legal. — A passarela parou de se mover assim que tocou o solo.

Eve encontrou Peabody esperando do lado de fora da sala de interrogatório e perguntou:

— Onde está o resto do nosso grupo?

— Os suspeitos estão em reunião com os advogados. Casto foi pegar café.

— Certo, ligue para a sala de reuniões e avise que o tempo deles já acabou. Alguma notícia do comandante?

— Ele já está chegando. Quer acompanhar tudo. A promotoria vai participar via *tele-link*.

— Ótimo! Feeney vai dar mais uma olhada nos registros dos três suspeitos. Não quero nenhuma mancada quando esta história for a julgamento. Você pega Jerry Fitzgerald para a primeira rodada e Casto fica com Redford. Eu quero Justin.

Eve fez um sinal com a cabeça ao ver Casto chegar com uma bandeja de café nas mãos.

Eternidade Mortal

— Feeney — disse ela. — Comunique a eles todas as novas informações. Com parcimônia — acrescentou enquanto pegava uma xícara de café. — Trocamos de equipe daqui a meia hora.

E entrou na sala de interrogatório onde ia trabalhar. O primeiro gole do café medonho da lanchonete a fez sorrir. Aquele dia prometia!

— Ora vamos, Justin, você pode fazer melhor do que isso! — Eve estava animada e mal tinha atingido o seu ritmo normal de trabalho. Já haviam se passado três horas de interrogatório.

— A senhorita quer saber o que aconteceu. Os outros tiras já me perguntaram o que aconteceu — e bebeu um copo d'água. Ele estava completamente fora do seu ritmo normal, e quase cedendo. — Eu já lhe disse.

— Você é um ator — lembrou ela, cheia de sorrisos. — Um bom ator. Todos os críticos dizem isso. Outro dia, li uma crítica que falava que você consegue fazer um diálogo ruim parecer música. Não estou ouvindo nenhuma canção aqui, Justin.

— Quantas vezes quer que eu repita a mesma história? — e olhou para a advogada. — Por quanto tempo vou ter que ficar aqui, aturando isso?

— Podemos parar o interrogatório a qualquer tempo — a advogada lembrou a ele. Era uma loura de olhar penetrante e olhos firmes. — Você não tem obrigação de fazer mais nenhuma declaração adicional.

— Exato! — cantarolou Eve. — Podemos parar por aqui. O senhor volta para a detenção. Não vai conseguir fiança por causa das acusações de envolvimento com drogas, Justin — e se inclinou, certificando-se de que os olhos dele estavam focados nos dela. — Ainda mais quando há outros quatro casos de assassinato pendendo sobre a sua cabeça.

— Meu cliente não foi acusado de nenhum crime além de posse de drogas. — A advogada abaixou o nariz afilado. — A senhorita não tem nada de concreto contra ele, tenente. Todos nós sabemos disso.

— O seu cliente está à beira de um precipício muito profundo. Todos nós sabemos disso. Quer cair no abismo sozinho, Justin? Isso não me parece muito justo. Seus amigos também estão respondendo a perguntas neste exato momento — e levantou as mãos, abrindo os dedos. — O que vai fazer se eles conseguirem tirar o corpo fora?

— Eu não matei ninguém. — Lançou o olhar na direção da porta e depois para o espelho. Ele sabia que havia uma platéia do outro lado e, pela primeira vez na vida, não sabia como controlar o público. — Eu não conheço e nem mesmo ouvi falar dessas outras pessoas mortas.

— Mas conhecia Pandora.

— É claro que eu conhecia Pandora! Isso é óbvio!

— Você esteve na casa dela na noite de sua morte.

— Já disse que estive, não disse? Escute, Jerry e eu fomos à casa dela a convite da própria Pandora. Tomamos alguns drinques, e aquela outra mulher apareceu. Pandora começou a ficar insuportável e nós saímos.

— Com que freqüência você e a senhorita Fitzgerald usam a entrada não monitorada do seu edifício?

— É uma questão de privacidade — insistiu ele. — Se a senhorita tivesse a mídia na sua cola a cada vez que quisesse ir ao banheiro, compreenderia o problema.

Eve sabia exatamente sobre o que ele estava falando e sorriu abertamente.

— Engraçado, nenhum de vocês pareceu particularmente incomodado pela exposição na mídia... Na verdade, se eu fosse cínica, chegaria a dizer que vocês dois exploraram isso. Há quanto tempo Jerry é viciada em *Immortality?*

— Não sei. — Seus olhos voaram para o espelho novamente, como se esperasse a voz de um diretor gritando "corta" no fim da cena. — Já lhe disse que não sabia o que havia naquele drinque.

Eternidade Mortal

— Você tinha uma garrafa no quarto, mas não sabia o que ela continha. Nunca experimentou?

— Nunca toquei naquilo.

— Isso é engraçado também, Justin. Sabe, se alguma coisa estivesse na minha geladeira, eu ficaria com vontade de experimentar. A não ser que eu soubesse que era veneno, é claro. Você sabia que *Immortality* era um veneno de ação lenta, não sabia?

— Mas não precisa ser assim. — Ele parou de falar de repente e respirou ofegante, pelo nariz. — Não sei de nada a esse respeito.

— A droga causa uma sobrecarga no sistema nervoso, de ação lenta, mas letal do mesmo jeito. Você serviu um drinque para Jerry e o entregou a ela. Isso é assassinato.

— Tenente... — interrompeu a advogada.

— Eu jamais faria mal a Jerry! — explodiu ele. — Estou apaixonado por ela, jamais a prejudicaria.

— É mesmo? Várias testemunhas disseram que você fez exatamente isso há alguns dias. Justin, é verdade ou não que você agrediu a senhorita Fitzgerald nos bastidores do salão de festas do Hotel Waldorf no dia 2 de julho?

— Não, eu... Nós ficamos nervosos. — As falas decoradas pareciam estar se misturando em sua cabeça. Ele já não conseguia lembrar a sua deixa para continuar a cena. — Foi tudo um mal-entendido.

— Você bateu no rosto dela.

— Sim... Não. Sim, nós estávamos brigando.

— Estavam brigando, e então você deu um soco na mulher que ama, derrubando-a no chão. Você ainda estava violentamente zangado com ela quando ela foi ao seu apartamento na noite passada? Quando serviu a ela uma taça do veneno de ação lenta?

— Já lhe disse, aquilo não é veneno, não do jeito que você está dizendo. Eu jamais a machucaria. Jamais fiquei zangado com ela. Não conseguiria.

— Você jamais ficou zangado com ela. Jamais a machucaria. Eu acredito em você, Justin. — Eve amaciou a voz, inclinou-se para a frente novamente e colocou a mão, de forma gentil, sobre a mão dele, que tremia. — E você jamais bateu nela também. Foi tudo uma encenação, não foi? Você não é o tipo de homem que agride a mulher que ama. Você encenou aquilo, como se fosse um dos seus personagens.

— Eu não... Eu... — Ele olhou desarmado para Eve, e ela sentiu que o pegara.

— Você já fez um bocado de vídeos de ação. Sabe como dar um soco sem machucar, como simular uma agressão. Foi isso o que fez naquele dia, não foi, Justin? Você e Jerry fingiram brigar. Você jamais encostou a mão nela — sua voz era suave, cheia de compreensão. — Você não é um tipo de pessoa violenta, certo, Justin?

Quebrado, ele pressionou os lábios um contra o outro e olhou para a advogada. Ela levantou a mão para impedir outras perguntas e se inclinou, cochichando coisas no ouvido de Justin.

Com o rosto sem expressão, Eve esperou. Ela sabia a sinuca em que ele estava. Admitia a encenação da briga e provava que era um mentiroso ou mantinha a versão de ter agredido a namorada, provando que era capaz de atos violentos? Não era um limite muito seguro de ultrapassar.

A advogada se recostou na cadeira e cruzou as mãos sobre a mesa, informando:

— Meu cliente e a senhorita Fitzgerald estavam realizando uma pequena brincadeira inofensiva. Tola, eles admitem, mas não é crime alguém fingir que está brigando.

— Não, não é crime. — Eve sentiu a primeira rachadura no álibi deles. — Também não é nenhum crime ir para Maui e fingir que está flertando com outra mulher. Tudo aquilo fez parte da brincadeirinha, não foi, Justin?

— Nós apenas... Acho que ainda não tive chance de analisar tudo com calma. Ficamos preocupados, foi o que aconteceu. Depois que você pressionou Paul, ficamos achando que viria para cima de nós logo em seguida. Nós três estávamos lá naquela noite; portanto isso parecia o mais lógico.

Eternidade Mortal

— Sabe, foi exatamente isso que pensei. — Eve lançou um sorriso largo. — É uma suposição bem lógica.

— Nós dois tínhamos vários projetos importantes pela frente. Não podíamos nos dar ao luxo de passar pelo que estamos passando agora. Achamos que, se fingíssemos ter terminado o relacionamento, isso daria mais força para o nosso álibi.

— Porque os dois sabiam que o álibi era fraco. Sabiam que nós íamos acabar sacando que qualquer um de vocês, ou os dois, poderia ter deixado o apartamento sem registros da segurança na noite do assassinato de Pandora. Vocês poderiam ir ao ateliê de Leonardo, poderiam matá-la e voltar para casa sem deixar pistas.

— Não fomos a parte alguma! Você não pode provar que nós fomos. — Seus ombros se elevaram. — Você não consegue provar nada!

— Não esteja tão certo disso... Sua amante é uma viciada em *Immortality*. Você estava com a droga em sua posse. Como foi que a conseguiu?

— Eu... Alguém deve ter dado aquilo para ela. Eu não sei.

— Foi Paul Redford? Foi ele que a viciou naquilo, Justin? Você deve odiá-lo, se ele fez isso. A mulher que você ama. Ela começou a morrer, Justin, na primeira vez em que experimentou a droga.

— Ela não é venenosa. Não é. Jerry me disse que esse papo todo era para Pandora manter a substância só para ela. Pandora não queria que Jerry se beneficiasse com a bebida. A vadia sabia o bem que aquilo faria a Jerry, mas queria... — e parou de falar, sentindo a advertência no olhar da advogada um pouco tarde demais.

— O que ela queria, Justin? Dinheiro? Muito dinheiro? Você? Ela provocava Jerry? Ela ameaçou você? Foi por isso que você a matou?

— Não. Eu nem toquei nela. Estou lhe dizendo que nem toquei nela! Nós brigamos, certo? Tivemos uma discussão terrível depois que aquela mulher que está com Leonardo foi embora, naquela noite. Jerry ficou aborrecida. Devia ficar, depois de tudo o que Pandora falou. Foi por isso que eu a levei embora dali para tomar alguns drinques e acalmá-la. Disse para ela não se preocupar, pois havia outras formas de conseguir a substância.

— Que outras formas?

Sua respiração ficou mais ofegante. Freneticamente, ele se desvencilhou da mão da advogada, que tentava segurá-lo.

— Cale a boca! — gritou para ela. — Fique calada! Em que você está me ajudando? Ela quer me jogar atrás das grades por assassinato, e vai conseguir isso. Quero propor um acordo. Por que você não está aceitando que eu proponha um acordo? — e passou as costas da mão sobre a boca. — Quero um acordo!

— Vamos ter que pensar no assunto — disse Eve, com calma. — O que você tem para me oferecer?

— Paul — disse ele, e soltou o ar com força. — Eu vou lhe oferecer Paul Redford. Ele a matou. O canalha provavelmente matou todos eles.

Vinte minutos depois, Eve entrou na sala de reuniões.

— Quero que Redford fique em banho-maria por algum tempo. Deixe que ele fique se perguntando o quanto os outros contaram.

— Não conseguimos muito da moça. — De forma casual, Casto colocou os pés em cima da mesa e cruzou as pernas na altura dos tornozelos. — Ela é dura na queda. Está quase entregando os pontos. Tem a boca seca, está tremendo e ocasionalmente perde o foco da visão, mas está aguentando firme.

— Ela não toma uma dose há quanto tempo? Mais de dez horas? Quantas horas mais acha que ela vai suportar?

— Não sei ao certo. — Casto abriu as mãos. — Ela tanto pode aguentar as pontas até o fim quanto pode se transformar em um mingau humano daqui a dez minutos.

— Certo, então não podemos contar com isso.

— Redford está começando a rachar — informou Peabody. — Está morrendo de medo. O advogado dele é que é um osso duro de

Eternidade Mortal

roer. Se conseguíssemos ficar com Redford sozinho por cinco minutos, ele se quebraria como uma noz.

— Isso não vai ser possível. — Whitney analisava o papel com a transcrição das recentes entrevistas. — Mas você tem a declaração de Justin Young para pressioná-lo.

— Aquilo é fraco — murmurou Eve.

— Então você tem que fazer com que pareça mais forte. Ele afirmou que Paul Redford apresentou Jerry Fitzgerald à *Immortality* há uns três meses e sugeriu uma parceria.

— E de acordo com o nosso rapaz louro, o negócio era para ser legalizado com as cartas todas na mesa. — Eve soltou um resmungo de sarcasmo. — Ninguém é tão ingênuo.

— Não sei — murmurou Peabody. — Ele está por conta com Jerry Fitzgerald! Eu diria que talvez ela o tenha convencido de que era um negócio vantajoso. Pesquisa e desenvolvimento de uma nova linha de saúde e beleza que ia levar o nome de Jerry.

— E tudo o que eles precisavam fazer era tirar Pandora do caminho — sorriu Casto — para o dinheiro começar a entrar.

— No fim, continuamos na questão dos lucros. Pandora estava no meio do caminho. — Eve se jogou em uma cadeira. — Os outros estavam no caminho. Talvez Justin seja apenas um panaca inocente ou talvez não. Ele entregou Redford, mas acho que não pensou que poderia estar entregando Jerry ao mesmo tempo. Ela contou muita coisa a ele, a ponto de fazê-lo planejar uma viagem à colônia em Éden, na esperança de que os dois juntos pudessem criar um espécime próprio.

— Vocês já têm a sua conspiração de drogas ilegais — assinalou Whitney. — Se Justin Young entregar o resto do ouro, pode aceitar o acordo. E ainda há um grande caminho pela frente, até chegar à acusação de assassinato. No ponto em que estamos, o seu testemunho não vai pesar muito. Ele acredita que Redford matou Pandora. Deu-nos o motivo. Podemos comprovar a oportunidade. Mas continuamos sem nenhuma prova física, nem testemunhas.

Ele se levantou e prosseguiu:

— Consiga-me uma confissão, Dallas. O promotor está aumentando a pressão. Eles estão retirando as acusações sobre Mavis Freestone. Se não tiverem alguma coisa para alimentar a mídia, vamos todos ficar com cara de idiota.

Casto pegou um canivete, começou a limpar as unhas no instante em que Whitney saía da sala e disse:

— Deus é testemunha de que nenhum de nós quer que o promotor fique com cara de idiota. Merda! Eles querem tudo entregue de bandeja, não é? — Seus olhos se levantaram e olharam para Eve. — Acusação de assassinato para cima de Redford não vai colar, Eve. Ele podia até aceitar acusação de envolvimento com a droga. Afinal, é quase uma coisa moderna, um lance atual, só que jogar quatro homicídios nas costas dele vai ser difícil. Temos apenas uma chance para enquadrá-lo.

— E qual é essa chance?

— A de que ele não tenha cometido os crimes sozinho. Se quebrarmos um dos outros, o quebramos também. Minhas apostas estão em Jerry Fitzgerald.

— Então, pode pegá-la para interrogar. — Eve soprou com força. — Vou trabalhar Paul Redford. Peabody, pegue uma foto de Redford. Volte na boate, volte à casa de Boomer, vá à casa do Barata e depois à de Hetta Moppett. Mostre a porcaria da foto a todo mundo. Só preciso que uma pessoa o reconheça.

Ela fechou a cara ao ouvir o *tele-link* tocar, e o atendeu, dizendo:

— Aqui é Dallas falando, estou ocupada, não me aborreça!

— É sempre maravilhoso ouvir a sua voz — disse Roarke, implacável.

— Estou em reunião.

— Eu também. Estou embarcando para o Satélite FreeStar One em trinta minutos.

— Você vai sair do planeta? Mas... bem, faça boa viagem.

— Não consegui evitar. Devo estar de volta em três dias. Você sabe como entrar em contato comigo.

Eternidade Mortal

— É, eu sei. — Ela queria dizer coisas para ele, coisas tolas, coisas íntimas. — Eu também vou ficar meio presa, por algum tempo — disse, em vez disso. — Vamos nos ver quando você voltar.

— É melhor verificar os recados na sua sala, tenente. Mavis está tentando falar com você o dia inteiro. Parece que você não apareceu para a última prova do vestido. Leonardo está... histérico.

Eve fez o possível para ignorar a risada curta de Casto.

— Roarke, estou com outros problemas na cabeça.

— E não estamos todos? Veja se acha um tempinho para resolver as coisas com ele, querida. Por mim. Vamos nos livrar de todas aquelas pessoas que invadiram a nossa casa.

— Eu queria colocá-los para fora uns dias atrás. Achei que você gostava de ter toda aquela gente em volta.

— E achei que ele fosse seu irmão — murmurou Roarke.

— O quê?

— Nada, uma velha piada. Não, Eve, eu não gosto de ter toda aquela gente em volta de mim. Eles são, para encurtar a história, loucos. Encontrei Galahad se espremendo embaixo da cama ainda agora. Alguém colocou miçangas e lacinhos vermelhos nas pontas dos seus pêlos. É torturante para nós dois.

Ela teve que morder a ponta da língua para conseguir segurar a explosão de risos. Roarke não parecia estar se divertindo.

— Agora que eu sei que eles o estão deixando maluco, me sinto melhor. Vamos enxotá-los!

— Faça isso. Ah, e tem alguns detalhes para o sábado que vem que acho que você vai ter que resolver enquanto eu estiver fora. Summerset tem todos os detalhes. Meu transporte já está esperando. — Ela o viu fazendo um sinal para alguém fora da tela, e então os olhos dele voltaram a se fixar nos dela. — Daqui a alguns dias a gente se vê, tenente!

— Sim — murmurou ela, enquanto a tela apagava. — Droga! Faca uma boa viagem!

— Ora, ora, Eve. Se você precisa ir correndo para atender o seu costureiro ou talvez levar o seu gato ao psicólogo, Peabody e eu podemos lidar com esse problema banal de assassinatos.

— Não me enche, Casto! — os lábios de Eve se abriram em um sorriso feroz.

Apesar de suas muitas características irritantes, Casto tinha instintos sólidos. Redford não ia se deixar quebrar assim tão fácil. Eve jogou duro com ele e teve a leve satisfação de conseguir enquadrá-lo nas acusações relacionadas com envolvimento com drogas, mas uma confissão de múltiplos assassinatos não ia acontecer.

— Vamos ver se entendi isso direito... — ela se levantou. Precisava esticar um pouco as pernas. Serviu-se de café. — Foi Pandora quem lhe contou a respeito da *Immortality*? Quando foi isso?

— Como eu já disse, há mais ou menos um ano e meio, talvez um pouco mais. — Ele já estava mais calmo agora, frio, totalmente controlado. O envolvimento com drogas era algo com o que ele poderia lidar, particularmente pelo ângulo que escolhera. — Ela me procurou com uma proposta de negócios. Pelo menos foi assim que ela chamou. Afirmou que tinha acesso a uma fórmula, algo que ia revolucionar a indústria da saúde e beleza.

— Um cosmético. E não mencionou as características perigosas ou ilegais.

— Não nesse momento. Precisava de apoio financeiro para dar início à produção da linha. Uma série de produtos que pretendia lançar sob o seu nome.

— E ela lhe mostrou a fórmula?

— Não, não mostrou. Como já lhe disse, ela me seduziu com a história, fez promessas. Admito que foi uma falha de julgamento de minha parte. Eu estava sexualmente viciado nela, uma fraqueza que ela explorava. Ao mesmo tempo, sob o ponto de vista dos negócios, o produto parecia ter potencial. Ela o estava usando sob a forma de tabletes. E os resultados eram impressionantes! Dava para ver que

Eternidade Mortal

331

aquilo a tornava mais jovem, mais saudável. Aumentava a sua energia e o desejo sexual. Se colocado no mercado da maneira correta, um produto como este podia gerar uma quantidade espantosa de lucros. Eu precisava do dinheiro para alguns projetos comercialmente arriscados.

— O senhor precisava do dinheiro. Então continuou a pagar a ela uns centavos aqui, umas migalhas ali, mesmo sem estar a par de tudo.

— Durante algum tempo. Comecei a ficar impaciente e fazer exigências. Ela fez mais promessas. Comecei a suspeitar que ela pretendia me tirar do negócio e continuar sozinha ou que ela estava trabalhando com outra pessoa. Estava me usando. Assim, peguei uma amostra para mim mesmo.

— Pegou uma amostra?

Ele levou algum tempo antes de continuar, como se ainda estivesse escolhendo as palavras.

— Peguei a chave enquanto ela estava dormindo e abri a caixa onde ela guardava os tabletes. No interesse de proteger os meus investimentos, peguei um pouco para mandar analisar.

— E quando foi que o senhor roubou a droga, no interesse de proteger os seus investimentos?

— Roubo não foi caracterizado aqui — interrompeu o advogado. — Meu cliente pagou, em boa-fé, pelo produto.

— Certo, deixe-me então refazer a pergunta. Quando foi que o senhor decidiu demonstrar um interesse mais ativo nos seus investimentos?

— Há mais ou menos seis meses. Levei as amostras para um químico que conheço, a fim de analisá-las, e paguei por um relatório particular.

— E descobriu...

Redford fez uma pausa para analisar os dedos.

— Descobri que o produto tinha, realmente, as propriedades que Pandora apregoara. Entretanto, deixava o usuário viciado, o que o colocava automaticamente na categoria de droga ilegal. Era também potencialmente letal quando tomado com regularidade por um longo período.

— E, sendo um homem íntegro, o senhor aceitou os prejuízos e desfez a parceria.

— Integridade não é uma exigência legal — respondeu Redford com suavidade. — Eu tinha um investimento para proteger. Decidi realizar algumas pesquisas para ver se os efeitos colaterais inaceitáveis poderiam ser diminuídos ou eliminados. Acho que conseguimos isto ou quase.

— Então o senhor resolveu usar Jerry Fitzgerald como cobaia.

— Isso foi um erro de cálculo. Talvez eu estivesse me sentindo pressionado, pois Pandora continuava a forçar a barra para conseguir mais dinheiro e fazia declarações que mostravam que estava disposta a ir a público para divulgar o produto. Eu queria fazê-lo antes e sabia que Jerry seria a porta-voz perfeita. Ela concordou, por uma comissão, em experimentar o produto que os meus pesquisadores refinaram. Sob a forma de líquido. A ciência comete erros, tenente. A droga ainda continuava, como descobrimos tarde demais, a causar dependência.

— E era fatal?

— Parece que sim. O processo estava mais lento, mas, sim, infelizmente, ainda havia o potencial de danos físicos a longo prazo. Um possível efeito colateral sobre o qual alertei Jerry há várias semanas.

— Antes ou depois de Pandora descobrir que o senhor estava tentando tirá-la da jogada?

— Acredito que foi depois, logo depois. Infelizmente, Jerry e Pandora se encontraram em um evento profissional. Pandora fez alguns comentários sobre seu antigo relacionamento com Justin. Pelo que eu soube, e isso foi o que me contaram, Jerry jogou na cara de Pandora a parceria de negócios que fizera comigo.

— E Pandora não aceitou aquilo muito bem.

— Ela ficou, naturalmente, furiosa. A essa altura, as nossas relações ficaram abaladas. Eu já havia procurado um espécime da Flor

Eternidade Mortal

da Eternidade, determinado a acabar com todos os efeitos colaterais da fórmula. Não tive a intenção, tenente, de lançar uma droga perigosa para o público. Meus registros podem confirmar isto.

— Vamos deixar que a Divisão de Drogas Ilegais pesquise isso. Pandora o ameaçou?

— Pandora vivia ameaçando os outros. As pessoas acabavam se acostumando. Eu sentia que estava em uma posição que me permitia ignorar as ameaças, até mesmo reagir a elas — e sorriu, mais confiante agora. — Entenda, tenente, que se ela tivesse ido adiante com aquilo, já sabendo das propriedades negativas da fórmula, eu poderia arruiná-la. Não havia motivos para matá-la.

— Suas relações estavam abaladas, e mesmo assim o senhor foi à casa dela naquela noite.

— Na esperança de que pudéssemos chegar a algum tipo de acordo. Foi por isso que insisti para que Justin e Jerry também estivessem presentes.

— E o senhor fez sexo com ela.

— Ela era uma mulher lindíssima e desejável. Sim, eu fiz sexo com ela.

— Ela estava de posse de tabletes da droga.

— Estava. Como já lhe disse, ela os mantinha em uma caixa sobre a penteadeira. — Seu sorriso voltou. — Eu lhe contei a respeito da caixa e dos tabletes porque imaginei, corretamente, que uma autópsia mostraria sinais da droga. Pareceu-me mais sábio ser prestativo. Não fiz nada a não ser cooperar com as investigações.

— Era fácil cooperar comigo, já que o senhor sabia que eu não ia encontrar os tabletes. Depois que ela morreu, o senhor voltou para apanhar a caixa a fim de proteger os seus investimentos. Se não houvesse nenhum outro produto no mercado a não ser o seu, sem concorrentes, o lucro seria muito maior.

— Eu não voltei à casa dela naquela noite depois que fui embora. Não havia motivos para isso. O meu produto era superior.

— Nenhum dos dois produtos conseguiria ser liberado para lançamento no mercado, e o senhor sabia disso. Distribuído nas ruas, porém, o dela faria sucesso, muito mais do que a sua versão refinada, aguada e provavelmente mais cara.

— Com mais pesquisas e mais testes...

— Mais dinheiro? O senhor já colocara trezentos mil dólares na mão dela. Teve despesas elevadas para procurar um espécime, pagou pelas pesquisas e pelos testes até aquele momento do seu próprio bolso, pagou Jerry Fitzgerald. Suponho que o senhor estivesse ficando um pouco ansioso para ver os lucros. Quanto o senhor cobrava de Jerry por dose?

— Jerry e eu tínhamos um acordo de negócios.

— Dez mil dólares por entrega — interrompeu Eve, notando que conseguiu atingi-lo. — Foi esse o valor que ela transferiu, três vezes em um período de dois meses, para a sua conta na Estação Starlight.

— Era um investimento — argumentou ele.

— O senhor a viciou e depois a deixou presa à droga. Isto o transforma em um traficante, senhor Redford.

O advogado entrou com o jargão legal de rotina, tentando transformar um caso típico de tráfico de drogas em acordo de perdas e danos entre parceiros de investimento.

— O senhor precisava de contatos. Contatos de rua. Boomer sempre fazia qualquer coisa para colocar a mão em uma grana. Só que ele se empolgou demais e quis testar o produto. Como foi que ele conseguiu a fórmula? Aquilo foi um furo gigantesco de sua parte!

— Não conheço nenhuma pessoa com esse nome.

— O senhor o viu dando com a língua nos dentes, na boate. Quando ele foi para um quarto privativo com Hetta Moppett, o senhor já não podia mais ter certeza do quanto ele contara a ela. Mas, quando ele o viu lá e fugiu, o senhor teve que agir.

— A senhorita está na pista errada, tenente. Eu não conheço essas pessoas.

— Talvez o senhor tenha assassinado Hetta por pânico. Na verdade, não planejara fazê-lo. Mas, quando viu que ela estava morta, teve que esconder aquilo. Foi aqui que a matança exagerada começou.

Eternidade Mortal

Talvez ela tenha contado alguma coisa ao senhor antes de morrer, ou talvez não, mas o senhor tinha que pegar Boomer a partir desse ponto. Diria até que estava começando a gostar daquilo, pelo jeito com que o senhor acabou com ele e o torturou terrivelmente, antes de matá-lo. Só que o senhor ficou confiante demais em si mesmo e não foi ao apartamento dele para vasculhá-lo, antes de mim.

Eve se levantou da mesa, começou a andar em volta da sala e continuou:

— Agora, o senhor estava com grandes problemas. A polícia tinha uma amostra e estava com a fórmula e Pandora estava fugindo ao seu controle. Que escolha tinha? — Colocando as mãos sobre a mesa, ela se inclinou até chegar bem perto dele. — O que mais um homem pode fazer quando vê o seu investimento e todos aqueles lucros futuros escorrerem pelo ralo?

— Meus negócios com Pandora já estavam encerrados.

— Sim, o senhor os encerrou. Levá-la até o ateliê de Leonardo foi esperto. O senhor é um homem esperto. Ela já tinha se atracado com Mavis. Se a matasse na casa de Leonardo, iria parecer que ele já aturara demais. O senhor teria de matá-lo também, se ele estivesse lá, mas a essa altura o senhor já tomara o gostinho. Mas ele não estava lá. Então foi ainda mais fácil. Mais fácil ainda quando Mavis entrou e o senhor teve a chance de armar uma cilada para ela.

A respiração de Redford estava um pouco forçada, mas ele estava agüentando firme.

— A última vez que eu vi Pandora ela estava viva, furiosa e louca para descontar em alguém. Se Mavis Freestone não a matou, meu palpite é que foi Jerry Fitzgerald.

— É mesmo? — Com ar intrigado, Eve se atirou novamente na cadeira e se recostou. — E por quê?

— Elas se detestavam, viviam em competição constante, agora mais do que nunca. Para piorar as coisas, Pandora estava planejando conquistar Justin de volta. Isso era uma coisa que Jerry jamais ia tolerar. E... — ele sorriu — ... foi Jerry que colocou na cabeça de Pandora a idéia de ir até o ateliê de Leonardo para armar um escândalo.

Isso é novidade, Eve pensou e levantou uma das sobrancelhas, perguntando:

— Foi mesmo?

— Depois que a senhorita Freestone saiu, Pandora ficou nervosa, agitada, zangada. Jerry parecia estar adorando aquilo tudo e também o fato de que a mulher mais jovem havia conseguido dar alguns socos na rival. Então, Jerry colocou pilha em Pandora. Disse que, se fosse ela, jamais iria tolerar uma humilhação como aquela e perguntou por que ela não ia até o ateliê de Leonardo para mostrar de vez quem é que mandava. Houve mais algumas insinuações a respeito de Pandora não conseguir segurar um homem, e então Justin carregou Jerry dali.

O sorriso de Paul Redford se ampliou.

— Eles odiavam Pandora, entende? — explicou ele. — Jerry por motivos óbvios e Justin porque eu lhe contei que a droga aparecera através de Pandora. Justin faria qualquer coisa para proteger Jerry. Tenho certeza de que ele faria qualquer coisa. Eu, por outro lado, não tinha nenhuma ligação emocional com nenhum dos participantes desta história. Tratava-se apenas de sexo com Pandora. Apenas sexo, tenente, e negócios.

Eve bateu com força na porta da sala onde Casto estava interrogando Jerry. Quando ele colocou a cabeça para fora da sala, ela desviou o olhar e avaliou a mulher que estava sentada à mesa.

— Preciso falar com ela.

— Ela está quase apagando, está muito fraca. Você não vai conseguir muita coisa dela hoje. O advogado já está forçando a barra para conseguir um intervalo.

— Eu preciso falar com ela! — repetiu Eve. — Como é que você está lidando com ela nessa rodada?

— Estou fazendo o policial durão, implacável!

— Certo, então eu vou pegar mais leve — e entrou na sala.

Ela ainda era capaz de sentir pena, compreendeu de imediato

Eternidade Mortal

Os olhos de Jerry estavam trêmulos e com olheiras. Ela estava muito abatida e suas mãos tremiam quando ela as passava pelo rosto. Sua beleza estava fragilizada, naquele momento, e ela parecia um fantasma.

— Quer comer alguma coisa? — perguntou Eve, baixinho.

— Não. — O olhar de Jerry vagou em volta da sala. — Quero ir para casa. Quero Justin.

— Vamos ver se podemos conseguir uma visita. Vai ter que ser supervisionada — e serviu água. — Por que não bebe um pouco disso aqui e faz uma pausa? — Cobrindo as mãos de Jerry com as suas, Eve levou o copo até os lábios dela. — Isso é difícil para você. Sinto muito. Não podemos lhe dar nada para contrabalançar a droga. Não sabemos o bastante sobre ela, ainda, e qualquer coisa que a gente dê para você pode piorar as coisas.

— Eu estou bem. Não é nada.

— Isso é podre! — Eve se sentou na cadeira. Foi Paul Redford quem a colocou nisso. Ele mesmo confirmou.

— Não é nada — repetiu ela. — Estou apenas cansada. Preciso de um pouco do meu drinque energético — e olhou com esperança, de modo doloroso, para Eve. — Não posso tomar um pouquinho só para me refazer?

— Você sabe que é perigoso, Jerry... Você sabe o que aquilo está fazendo com você. Senhor advogado, Paul Redford declarou oficialmente que apresentou a senhorita Fitzgerald à substância ilegal sob a desculpa de um negócio de risco. Estamos supondo que ela não sabia das propriedades de causar dependência que a substância possui. Não temos intenção, neste momento, de acusá-la pelo uso da droga.

Como Eve imaginava, o advogado deu visíveis sinais de alívio.

— Bem, nesse caso, tenente — disse ele —, gostaria de solicitar a liberação da minha cliente e a sua internação em uma clínica de reabilitação. Internação voluntária.

— A internação voluntária pode ser conseguida. Se a sua cliente puder colaborar por mais alguns minutos, isso me ajudaria a completar as acusações contra Redford.

— Se ela cooperar, tenente, todas as acusações de envolvimento com drogas serão retiradas?

— O senhor sabe que eu não posso prometer isso, doutor. No entanto, vou recomendar clemência nas acusações de posse com intuito de distribuição.

— E Justin? Você vai liberá-lo? — perguntou Jerry.

Eve olhou de volta para ela. Amor, pensou ela, era um sentimento estranho...

— Ele estava envolvido nos negócios com a substância?

— Não. Ele queria que eu desistisse daquilo. Quando descobriu que eu estava... dependente, ele fez força para que eu fosse para uma clínica de reabilitação a fim de parar de tomar a bebida. Mas eu precisava dela. Eu ia parar, mas ainda precisava dela.

— Na noite em que Pandora morreu, aconteceu uma discussão.

— Sempre havia uma discussão com Pandora. Ela era detestável! Achou que podia conseguir Justin de volta. A piranha nem se importava com ele. Queria apenas me magoar. E magoá-lo.

— Ele não teria voltado para ela, teria, Jerry?

— Ele a odiava tanto quanto eu. — Levando as unhas maravilhosamente bem tratadas até a boca, Jerry começou a roê-las. — Estamos contentes por ela estar morta.

— Jerry...

— Não me importo! — explodiu ela, olhando com raiva para o advogado, que a tentava impedir de continuar. — Ela merecia morrer. Queria obter tudo, nunca se importava com o modo de conseguir. Justin era meu. Eu teria sido a estrela do desfile de Leonardo se ela não descobrisse que eu estava interessada. Ela veio procurá-lo a fim de seduzi-lo, para conseguir que eu fosse cortada e ela pudesse pegar o lugar. Porque aquele teria sido o meu desfile, era para ser meu desde o início. Da mesma forma que Justin era meu. Como a droga era minha. Ela faz você ficar linda, forte e sexy. E todas as vezes que alguém a tomar, vai se lembrar de mim. Não dela, mas de mim.

— Justin foi com você até o ateliê de Leonardo naquela noite?

Eternidade Mortal

— Tenente, o que é isto?

— Apenas uma pergunta, doutor. Ele foi, Jerry?

— Não, claro que não. Nós... nós não fomos até lá. Saímos para tomar uns drinques. Depois, fomos para casa.

— Você a provocou, não foi? Você sabia como atingi-la. Queria ter certeza de que ela ia sair de casa para ir atrás de Leonardo. Redford ligou para você para avisar a hora em que ela saiu?

— Não, eu não sei. Você está me deixando confusa! Não posso tomar um pouquinho só? Preciso do meu drinque.

— Você estava usando a droga naquela noite. Aquilo a fez se sentir forte. Forte o bastante para matá-la. Você a queria morta. Pandora vivia atravessando o seu caminho. E os tabletes dela eram mais fortes, mais eficazes do que o seu líquido. Você os queria, Jerry?

— Sim, eu os queria. Ela estava ficando cada dia mais jovem, diante dos meus olhos. Mais magra. Eu preciso tomar cuidado com cada garfada de comida, enquanto ela... Paul me disse que era capaz de conseguir tirar os tabletes dela. Justin avisou para que ele se afastasse e ficasse longe de mim. Mas Justin não compreende. Ele não compreende como aquilo faz a gente se sentir. Imortal — disse ela, com um sorriso horrível. — Aquilo faz a gente se sentir imortal. Pelo amor de Deus, apenas uma dose!

— Você escapou sorrateiramente pelos fundos, naquela noite, e foi até o ateliê de Leonardo. O que aconteceu, então?

— Não consigo... Estou confusa... Preciso tomar algo...

— Você pegou a bengala e a agrediu? Você a continuou agredindo, sem parar?

— Eu queria que ela morresse! — Com um soluço, Jerry colocou a cabeça sobre a mesa. Pelo amor de Deus, me ajude! Conto tudo o que você quiser ouvir, mas me ajude!

— Tenente, qualquer coisa que a minha cliente declare sob pressão física e mental será inaceitável no processo.

Eve observou a mulher que chorava e pegou o *tele-link*, ordenando:

— Tragam os paramédicos até aqui. E providenciem uma ambulância para a senhorita Fitzgerald. Sob guarda

Capítulo Dezenove

— Está me dizendo que não vai acusá-la? — seus olhos ficaram sombrios com choque e raiva, enquanto Casto parecia entrar em erupção. — Você já conseguiu uma droga de confissão.

— Aquilo não foi uma confissão — corrigiu Eve. Estava se sentindo cansada, muito cansada e desprezando a si mesma. — Ela teria dito qualquer coisa.

— Meu Deus, Eve! Meu Deus! — Em uma tentativa de acalmar a própria fúria, Casto começou a andar de um lado para outro no anti-séptico corredor azulejado do ambulatório. — Você conseguiu pegá-la!

— Não consegui não. — Com ar cansado, Eve esfregou a têmpora esquerda, onde estava começando a sentir uma dor de cabeça. — Escute só, Casto, nas condições em que ela estava, Jerry teria confessado que martelou pessoalmente os pregos nas mãos de Cristo se eu lhe desse uma dose. Se eu resolver acusá-la, ela naquela situação, seus advogados vão desmontar o caso antes de ele chegar à audiência prévia.

— Você não está preocupada com a audiência prévia. — Peabody estava ao lado, apertando os lábios, e ele passou direto por ela ao voltar até onde Eve estava. — Você a pegou direto na jugular, do jeito como um tira deve fazer em casos de assassinato. Agora, amoleceu. Você está é com pena dela!

— Não venha me dizer como eu estou — replicou Eve, no mesmo tom. — E não venha me dizer como conduzir esta investigação. Sou a encarregada deste caso, Casto; portanto, saia do meu caminho.

Ele a avaliou e disse:

— Você não vai querer que eu passe por cima de você a respeito dessa decisão, vai?

— Ameaças? — Ela empinou o corpo e girou nos calcanhares, como um pugilista pronto para a luta. — Vá em frente e faça o que tem a fazer. Minha posição permanece a mesma. Ela vai para tratamento, embora Deus saiba que não vai adiantar muita coisa, a curto prazo, e então nós faremos um novo interrogatório. Até que eu fique satisfeita e reconheça que ela está sendo coerente e capaz de julgar as coisas por si própria, ela não vai ser acusada de nada.

Eve notou que ele estava fazendo um esforço para se controlar. E dava para sentir que estava sendo difícil, para ele, conseguir. Não deu a mínima importância.

— Eve, você tem o motivo, tem a oportunidade, tem os testes de personalidade e capacidade. Ela é capaz de cometer tais crimes. Estava, segundo suas próprias palavras, sob o efeito da droga e predisposta a agredir Pandora, pois a odiava profundamente. O que mais você quer?

— Quero que ela me olhe nos olhos, bem lúcida, e me diga que matou todos eles. Quero que ela me conte como os matou. Até então, vamos esperar. Porque eu vou lhe dizer uma coisa, seu sabetudo: ela não agiu sozinha, de jeito nenhum! Não foi ela que matou todos eles com as próprias mãozinhas bonitas, não foi mesmo!

— Por quê? Porque ela é mulher?

Eternidade Mortal

— Não. Porque grana não é o grande barato dela. Paixão, sim, amor, sim, inveja também. Então, talvez ela tenha assassinado Pandora em um acesso de fúria e ciúme, mas eu não engulo ela ter acabado com os outros três. Não sem ajuda. Não sem um empurrão. Então, a gente espera, volta a interrogar, até conseguirmos fazer com que ela entregue Justin ou Paul Redford, ou os dois. Aí, sim, vamos ter tudo.

— Acho que você está errada.

— Sua opinião ficou anotada — disse ela, com energia. — Agora vá, vá preencher a sua queixa interdepartamental, vá dar uma volta para acalmar o facho, mas saia da minha frente!

Os olhos dele piscaram, e a raiva continuava neles, a todo vapor. Mas ele se afastou, dizendo:

— Vou esfriar a cabeça.

E saiu ventando, mal lançando um olhar para Peabody.

— Seu amigo está com menos charme esta noite — comentou Eve.

Peabody podia dizer que o mesmo valia para a sua oficial superior, mas segurou a língua.

— Todos nós estamos sofrendo muita pressão, Dallas. Resolver este caso significa muito para ele.

— Sabe de uma coisa, Peabody? Conseguir justiça significa um pouco mais para mim do que uma estrelinha de ouro no currículo ou a porcaria de um distintivo de capitão. E se você quiser correr atrás do seu namorado para afagar o ego dele, ninguém a está impedindo.

O queixo de Peabody se contraiu, mas sua voz estava firme.

— Não vou a lugar algum, tenente.

— Ótimo! Então fique por aqui se fazendo de vítima, porque eu... — no meio da frase, Eve parou e sugou o ar. — Desculpe. Você é um alvo bem cômodo neste momento, Peabody.

— E isso faz parte do meu trabalho, senhora?

— Você tem sempre uma resposta boa na ponta da língua. Vou acabar odiando você por isso. — Mais calma, Eve colocou a mão sobre o ombro da auxiliar. — Desculpe o que eu falei e me desculpe também por deixar você em uma posição tão desconfortável. Trabalho e emoções pessoais não combinam muito bem.

— Consigo lidar com tudo isso. Ele estava errado em atacá-la daquela forma, Dallas. Consigo entender como ele se sente, mas isso não faz com que esteja certo.

— Talvez não. — Eve se encostou na parede e fechou os olhos. — Só que ele estava certo a respeito de uma coisa, e é isso que está me corroendo por dentro. Eu não me senti satisfeita com o que fiz com Jerry no interrogatório. Não gostei quando me vi fazendo aquilo, quando ouvi a minha própria voz martelando a cabeça dela e tentando dobrá-la, mesmo vendo que ela estava sofrendo. Mas fiz o que devia, porque esse é o meu trabalho, e atacar a jugular quando a presa está ferida é exatamente o que eu devia fazer.

Eve abriu os olhos e fitou a porta atrás da qual Jerry Fitzgerald estava levemente sedada.

— Às vezes, Peabody, este trabalho fede!

— Sim, senhora. — Pela primeira vez, Peabody esticou a mão e a colocou sobre o braço de Eve. — É por isso que você é tão boa no que faz.

Eve abriu a boca, sentindo-se surpresa, quando uma risada escapou.

— Mas que droga, Peabody, eu realmente gosto de você!

— Gosto de você também — e esperou um segundo. — O que há de errado conosco?

Mais animada, ela colocou o braço em volta dos ombros rígidos de Peabody e convidou:

— Vamos arrumar alguma coisa para comer. Jerry Fitzgerald não vai a parte alguma esta noite.

Nisso os instintos de Eve estavam errados.

A ligação a acordou pouco antes das quatro da manhã, tirando-a de um sono profundo e, felizmente, sem sonhos. Seus olhos estavam

Eternidade Mortal

345

ardendo e a língua parecia grossa por efeito do vinho que ela se permitira tomar para fazer companhia a Mavis e Leonardo. Conseguiu dar um resmungo quando atendeu o *tele-link*.

— Aqui fala Dallas. Puxa vida, será que ninguém consegue dormir em paz nesta cidade?

— Eu me pergunto a mesma coisa o tempo todo. — O rosto e a voz que surgiram no *tele-link* lhe pareciam vagamente familiares. Eve tentou focar melhor os olhos e pesquisar os discos de memória em sua cabeça.

— Ora... doutora... Ambrose? — As lembranças foram voltando lentamente, camada por camada. Doutora Ambrose, alta e esguia, mulata clara e chefe do Departamento de Quimiodependentes do Centro de Reabilitação para Drogas, no centro da cidade. — A senhora ainda está aí? Jerry Fitzgerald já está acordando?

— Não exatamente. Tenente, temos um problema aqui. A paciente Jerry Fitzgerald está morta.

— Morta? Como assim, morta?

— Assim, tipo falecida — disse a doutora Ambrose, com um leve sorriso. — Como tenente de homicídos, imagino que a senhorita conhece bem o termo.

— Mas como, droga! O sistema nervoso dela apagou, ela pulou da janela, o que houve?

— Pelo que consegui determinar, ela ingeriu uma overdose, por conta própria. Conseguiu alcançar a amostra de *Immortality* que estávamos usando para determinar o tratamento mais apropriado para ela. Tomou tudo, acompanhado de algumas outras drogas que nós temos em estoque aqui. Sinto muito, tenente, ela se foi. Não podemos trazê-la de volta. Vou lhe fornecer mais detalhes assim que a senhorita e a sua equipe chegarem.

— Ah, mas vai fornecer mesmo, com certeza! — atirou Eve, e desligou.

* * *

Assim que chegou, Eve foi verificar o corpo, como se quisesse se certificar de que tudo aquilo não era um terrível engano. Jerry estava deitada na cama, vestindo um roupão do hospital que ia até o meio das coxas, identificado por uma cor especialmente codificada: azul-claro para dependentes na primeira fase de tratamento.

Ela jamais chegaria na fase dois.

Sua beleza estava de volta, estranhamente lúgubre, no rosto branco como cera. As olheiras haviam desaparecido, e a mancha já não estava em volta da boca. A morte era o calmante definitivo, afinal. Havia leves marcas de queimadura em seu peito, nos locais em que a equipe médica de ressuscitação trabalhara nela, além de uma marca roxa bem fraca nas costas da mão, onde a agulha do soro estivera enfiada. Sob o olhar cauteloso da médica, Eve examinou o corpo por completo, mas não encontrou sinal algum de violência.

Ela morrera, Eve imaginava, tão feliz quanto jamais conseguiria estar.

— Como isso aconteceu? — quis saber ela, de forma direta.

— Foi uma combinação de *Immortality* e, pelo que conseguimos determinar a partir do que está faltando no estoque, doses de morfina e Zeus sintético. A autópsia vai confirmar.

— E vocês mantêm um estoque de Zeus aqui, na clínica de reabilitação? — essa idéia fez Eve esfregar a mão no rosto. — Meu Deus!

— É para pesquisas e reabilitação — explicou a doutora Ambrose, com firmeza. — Os dependentes precisam de um período lento e supervisionado de ingestão para a diminuição gradual da droga.

— Então, onde é que estava esta tal de supervisão, doutora?

— A senhorita Fitzgerald estava sedada. Não esperávamos que ela fosse ficar consciente até as oito da manhã. Já que ainda não compreendemos por completo as propriedades da *Immortality*, minha hipótese é a de que a quantidade que ainda havia em seu organismo contrabalançou o sedativo.

— Então ela se levantou, foi direto até o lugar onde vocês guardam as drogas e se serviu à vontade.

Eternidade Mortal

— Algo desse tipo. — Eve quase conseguia ouvir os dentes da médica rangendo.

— E quanto à segurança e à enfermagem? Ela ficou invisível e passou bem na frente delas sem ser notada?

— A senhorita pode verificar estas questões de segurança com a própria policial de vocês que estava de serviço aqui, tenente Dallas.

— Ah, mas pode ter certeza de que é o que eu vou fazer, doutora Ambrose.

A médica rangeu os dentes novamente e a seguir suspirou, dizendo:

— Olhe, não quero jogar toda a culpa nela, tenente. Houve uma grande confusão aqui há algumas horas. Um dos nossos pacientes com tendências violentas atacou a responsável pela enfermaria, depois de escapar das correias que o prendiam. Tivemos muito trabalho e tumulto aqui, por alguns minutos, e a policial que estava fazendo a segurança nos ajudou. Se ela não tivesse vindo nos acudir, a enfermeira que foi atacada estaria agora, provavelmente, diante das Portas do Paraíso, em companhia da senhorita Fitzgerald, em vez de estar apenas com algumas costelas e a perna quebradas.

— Vocês tiveram uma noite movimentada, doutora.

— Uma noite que eu gostaria que não se repetisse tão cedo — e passou os dedos pelos cabelos castanhos encaracolados. — Olhe, tenente, este centro possui uma excelente reputação. Nós ajudamos as pessoas. Perder uma paciente, desse modo, faz com que eu me sinta tão arrasada quanto a senhorita. Ela deveria estar dormindo, droga! E a policial da segurança não ficou longe do seu posto por mais de quinze minutos.

— Novamente, um cálculo exato de tempo. — Eve olhou mais uma vez para Jerry e tentou sacudir dos ombros o peso da culpa. — E quanto às suas câmeras do sistema de segurança?

— Não temos câmeras aqui. Tenente, consegue imaginar quantas imagens poderiam chegar às mãos da mídia se gravássemos os nossos pacientes, alguns deles pessoas famosas? Seguimos as leis de proteção à privacidade aqui.

— Que ótimo, sem discos de segurança. E ninguém a viu dar o seu último passeio. Onde fica o depósito das drogas, onde ela tomou a overdose?

— Nesta mesma ala, um andar abaixo de nós.

— Mas que diabos, como é que ela conhecia essa informação?

— Isso, tenente, eu não sei dizer. Da mesma forma que não sei explicar como foi que ela destrancou a porta, não só da sala dos medicamentos, como também do armário onde eles ficavam guardados. E ela fez isso. O servente da noite foi quem a encontrou quando fazia a limpeza. A porta estava aberta.

— Destrancada ou aberta?

— Aberta — confirmou a médica. — Como também estavam as duas portas do armário. Ela estava no chão, mortinha da silva. Tentamos os procedimentos usuais para ressuscitação, é claro, mais pela tentativa do que por alguma esperança que tivéssemos.

— Vou precisar conversar com todas as pessoas desta ala, tanto com os funcionários quanto com os pacientes.

— Tenente...

— Danem-se as leis de proteção à privacidade, doutora! Eu estou passando por cima delas. Quero falar com o servente da noite, também. — O pesar sacudia os nervos de Eve enquanto ela tornava a cobrir o corpo. — Alguém veio aqui ou tentou visitá-la? Alguém ligou para verificar as condições em que ela estava?

— A encarregada da ala em que ela estava internada pode lhe fornecer esta informação.

— Então vamos começar por ela. Por favor, reúna os outros. Há alguma sala que eu possa usar para interrogatório?

— A senhorita pode usar a minha sala. — A doutora Ambrose olhou novamente para o corpo e falou por entre os dentes: — Era uma mulher linda. Jovem, com fama e fortuna ao alcance das mãos. As drogas curam, tenente. Elas aumentam a qualidade de vida e prolongam a existência. Acabam com a dor e aliviam uma mente conturbada. Procuro sempre me lembrar disso quando vejo o que mais elas podem fazer. Se quer saber, acho que ela estava destinada a

Eternidade Mortal

349

vir para cá a partir do momento em que experimentou aquele lindo suco azul pela primeira vez.

— É... Só que chegou aqui bem mais depressa do que era de esperar.

Eve saiu da sala, avistou Peabody no corredor e perguntou:

— E Casto?

— Já entrei em contato com ele. Está vindo para cá.

— Isto está uma tremenda confusão, Peabody! Vamos fazer o possível para limpar tudo. Providencie para que esta sala... Ei, você! — Ela viu a policial que abandonara o posto no fundo do corredor. Eve apontou o dedo para ela como se fosse uma lança. Viu que seu gesto foi compreendido pelo jeito com que ela estremeceu, antes de tirar qualquer expressão do rosto e vir na direção da sua oficial superior.

Eve soltou o verbo, fazendo-lhe uma severa repreensão. Ela não precisava saber que Eve não ia recomendar nenhuma ação disciplinar contra ela. Era melhor deixá-la sofrer um pouco.

No fim, quando a moça já estava suando, totalmente pálida, Eve olhou para as terríveis marcas de arranhões na clavícula da policial.

— Foi o paciente com tendências violentas que fez isso em você?

— Sim, senhora, antes de eu conseguir imobilizá-lo.

— Vá cuidar desses ferimentos, pelo amor de Deus! Você está em um hospital. E quero que esta porta seja vigiada. Entendeu bem desta vez? Ninguém entra, ninguém sai!

— Sim, senhora. — Ela demonstrava atenção total ao olhar de forma patética para Eve, que achou que ela parecia um cachorrinho que acabou de levar uma bronca. Sua aparência era de quem mal tinha idade para comprar bebidas alcoólicas, avaliou Eve, balançando a cabeça.

— Fique de guarda aqui, policial, até que eu lhe dê ordem para sair — e girou o corpo, fazendo um gesto para que Peabody a acompanhasse.

— Se você algum dia ficar assim tão pau da vida comigo — disse Peabody com sua voz calma —, saiba que prefiro levar um soco na cara a sofrer uma esculhambação dessas...

— Está anotado. Casto, fico feliz por você ter decidido se juntar a nós.

A camisa dele estava amarrotada, como se tivesse vestido a primeira coisa que caiu em sua mão. Eve bem sabia como eram essas coisas. Sua própria blusa parecia ter ficado guardada por uma semana no bolso de alguém.

— O que houve aqui? — quis saber ele.

— É isso que nós descobriremos. Vamos nos instalar na sala da doutora Ambrose e interrogar todos os funcionários, um de cada vez. No caso dos pacientes, provavelmente vamos ter de percorrer quarto por quarto. Tudo deve ser gravado, Peabody, a começar de agora.

Em silêncio, Peabody pegou o gravador, prendeu-o na lapela e avisou:

— Gravando, senhora.

Eve acenou com a cabeça para a doutora Ambrose, seguiu atrás dela pelas portas de vidro reforçado, indo por um pequeno corredor até uma sala pequena e desarrumada.

— Aqui fala a tenente Eve Dallas. Estamos fazendo investigações em busca de possíveis testemunhas da morte de Jerry Fitzgerald. — Olhando para o relógio, recitou a data e a hora exata. — Também presentes o tenente Jake T. Casto, da Divisão de Drogas Ilegais, e a policial Delia Peabody, atuando como auxiliar da encarregada do caso. Todo o interrogatório vai acontecer na sala da doutora Ambrose, do Centro de Reabilitação para Drogas, no centro da cidade. Doutora Ambrose, queira mandar entrar a encarregada da enfermaria. E permaneça na sala, por favor.

— Como foi que ela morreu? — quis saber Casto. — Seu organismo não agüentou? O que houve?

— De certo modo, foi isso. Vou lhe contando à medida que formos em frente.

Ele pensou em dizer alguma coisa, mas se controlou e perguntou apenas:

— Podemos conseguir algum café aqui, Eve? Ainda não tomei a minha dose.

— Experimente aquilo — e indicou com o polegar um Auto-Chef muito velho, antes de se sentar atrás da mesa.

As coisas não melhoraram muito. Ao meio-dia, Eve já interrogara pessoalmente todos os funcionários que estavam de serviço naquela ala, conseguindo quase os mesmos resultados em todas as vezes. O paciente com tendências violentas do quarto 6027 conseguira se soltar de suas correias, atacou a enfermeira do setor e causou o maior tumulto. Segundo as informações que conseguiu reunir, as pessoas saíram correndo em direção ao corredor como rios que correm para o mar, deixando o quarto de Jerry desguarnecido por um intervalo de tempo entre doze e dezoito minutos.

Tempo mais do que suficiente, imaginou Eve, para uma mulher desesperada fugir. Mas como ela sabia onde encontrar a droga pela qual ansiava e como conseguiu ter acesso a ela?

— Talvez alguns dos funcionários tivessem conversado a respeito disso no quarto dela. — Casto mastigava com vontade uma macarronada com molho vegetariano durante o intervalo para o almoço, na lanchonete do centro de reabilitação. — Um novo tipo de droga sempre levanta um bocado de interesse. Não é muito difícil de imaginar que a enfermeira e uma ou duas atendentes estivessem fofocando a respeito disso. Jerry, obviamente, não estava tão apagada quanto todos imaginaram. Ela escuta a conversa e, assim que tem uma chance, vai correndo buscar a droga.

Eve avaliou a teoria entre uma garfada e outra do seu frango grelhado.

— É, isso é possível — concluiu. — Ela soube por alguém aqui de dentro. Estava desesperada, e era esperta. Dá para aceitar que ela tenha conseguido um modo de descer sem ser vista. Mas, que diabos, como foi que ela conseguiu abrir as fechaduras eletrônicas? Onde conseguiu a senha?

Ele remexeu a comida e olhou com cara feia para o prato. Um homem precisava de carne, droga! Um bife grande e vermelho. E aqueles centros de saúde cheios de frescura tratavam a carne como se ela fosse veneno.

— Ela não poderia ter pego um cartão-mestre em algum lugar? — especulou Peabody. Ela estava comendo apenas salada verde, sem molho, para se livrar de alguns quilinhos extras. — Ou quem sabe um cartão decodificador?

— Nesse caso, onde é que o cartão está? — rebateu Eve. — Ela caiu dura e já estava morta quando eles a encontraram. Os técnicos da polícia não acharam cartão algum na sala.

— Então, talvez a porta do armário já estivesse aberta quando ela chegou lá. — Sem vontade de comer aquilo, Casto empurrou o prato para o lado. — Do jeito que anda a nossa sorte...

— Isso já são coincidências demais para a minha cabeça! Tudo bem, ela escuta um papo a respeito da *Immortality* e descobre que a droga é guardada em um armário para pesquisas. Está na maior fissura, provocada pela abstinência, apesar dos remédios que tomou para aliviar a necessidade do organismo. Precisa muito da droga. Então, como um presente dos céus, acontece um tumulto lá fora. Eu não gosto de presentes dos céus, não os desse tipo — murmurou Eve —, mas tudo bem, vamos seguir essa teoria, por enquanto. Ela se levanta, a policial de guarda saiu do posto e está longe. Jerry desce até o armário das drogas, embora eu não consiga imaginar os funcionários lhe indicando o caminho. Enfim, ela chega lá, já aceitamos isso. Só que, para entrar na sala...

— O que está achando, Eve?

— Que ela teve ajuda — e levantou os olhos para Casto. — Alguém tinha interesse em que ela conseguisse chegar lá.

— Você acha que um dos funcionários a conduziu até lá, para que ela pudesse se servir à vontade?

— É uma possibilidade. — Eve afastou com a mão o tom de dúvida na voz de Casto. — Uma propina, uma promessa, um fã.

Eternidade Mortal

E quando cruzarmos as informações de todos os funcionários pode ser que topemos com um elo fraco na história. Nesse meio tempo... — parou de falar para atender ao comunicador: — Aqui é Dallas falando!

— Aqui é Lobar, um dos técnicos. Achamos um objeto interessante em uma das latas de lixo aqui do andar de baixo, tenente. É um cartão-mestre e está todo coberto de impressões digitais de Jerry Fitzgerald.

— Registre e guarde-o, Lobar. Já estou descendo!

— Isso explica muita coisa — reagiu Casto. A notícia estimulou tanto o seu apetite que ele começou novamente a se interessar pelo macarrão. — Alguém a ajudou, como você disse. Ou ela pegou o cartão-mestre em uma das centrais de enfermagem durante a confusão.

— Garota esperta... — murmurou Eve. — Muito esperta. Calculou o tempo como se tivesse um cronômetro, desceu, destrancou as portas e pegou o que queria, e ainda reservou um tempinho para se livrar do cartão-mestre. Ela estava mesmo raciocinando com toda a lucidez, não é?

Peabody tamborilou com os dedos sobre a mesa e disse:

— Se ela tomou uma dose da *Immortality* primeiro, e parece que foi o que ela fez, a droga provavelmente a trouxe de volta com força total. Talvez, então, ela tenha compreendido que corria o risco de ser pega ali com o cartão. Livrando-se dele, ela podia alegar que vagou pelos corredores porque estava confusa.

— É... — Casto lançou-lhe um sorriso. — Isso faz sentido para mim.

— Então por que ficar ali? — quis saber Eve. — Depois de conseguir a dose que queria, por que ela não correu de volta para o quarto?

— Eve... — a voz de Casto estava calma e séria, como os seus olhos. — Há uma possibilidade que nós não consideramos aqui. Talvez ela quisesse morrer.

— Uma overdose deliberada? — Eve já pensara nisso, mas não gostou do que a idéia fez com os músculos do seu estômago. Uma sensação de culpa desceu sobre ela, como uma névoa pegajosa. — Mas por quê?

Compreendendo a reação de Eve, Casto colocou a mão de leve sobre a dela, dizendo:

— Ela estava em um beco sem saída. Você a pegou. Ela sabia que ia passar o resto da vida na cadeia... em uma cela — acrescentou ele — e sem acesso a drogas. Ficaria velha, ia perder a beleza, ia perder tudo o que mais importava para ela. Foi uma forma de escapar, um jeito de morrer jovem e linda.

— Suicídio. — Peabody pegou as pontas soltas e tentou juntá-las.

— A combinação de drogas que ela ingeriu era letal. Se ela estava lúcida o suficiente para chegar até o armário, também estava para ter consciência disso. Por que enfrentar o escândalo, a prisão, uma nova crise de abstinência se ela podia escapar de forma rápida e limpa?

— Já vi isso acontecer — acrescentou Casto. — Na área em que trabalho, não é incomum. As pessoas não conseguem viver com a droga e também não conseguem viver sem ela. Então, tiram a própria vida.

— Sem deixar um bilhete? — insistiu Eve, com teimosia. — Sem deixar uma mensagem?

— Ela estava deprimida, Eve. E, como você mesma disse, desesperada. — Casto brincou um pouco com a xícara de café. — Se ela fez isso por impulso, se foi algo que ela sentiu que precisava fazer, e fazer depressa, talvez nem tenha pensado em deixar um bilhete. Eve, ninguém a forçou. Não há sinais de violência nem de luta no corpo. Foi auto-induzida. Pode ter sido um acidente, mas também pode ter sido deliberado. Você provavelmente não vai conseguir determinar qual dos dois.

— Isso não resolve os assassinatos. Ela não cometeu aqueles crimes sozinha, de jeito nenhum.

Casto trocou um olhar com Peabody e disse:

— Talvez não. Mas o fato é que a influência da droga pode explicar que ela tenha feito tudo aquilo. Você pode até continuar martelando mais um pouco em cima de Paul Redford e Justin

Eternidade Mortal

355

Young. Só Deus sabe que nenhum dos dois devia escapar ileso disso. Só que você vai ter que fechar o caso, cedo ou tarde. Acabou — e pousou a xícara. — Dê uma folga a si mesma.

— Ora, que cena linda! — Justin Young apareceu neste instante ao lado da mesa. Seus olhos, fundos e vermelhos, se fixaram em Eve. — Nada tira o seu apetite, não é, sua vadia?

Quando Casto fez menção de se levantar, Eve elevou um dedo, fazendo-lhe sinal para que permanecesse sentado, e deixou a pena de lado.

— Seus advogados conseguiram liberar você, Justin? — perguntou ela.

— Isso mesmo! Só foi preciso que Jerry morresse para eles conseguirem me liberar sob fiança. Minha advogada afirmou que, diante desses novos desdobramentos, e foram essas as palavras exatas que usou, com esses novos desdobramentos, o caso está praticamente fechado. Jerry é uma assassina múltipla, uma viciada em drogas, uma mulher morta, e eu estou livre. Cômodo, não é?

— É?... — perguntou Eve, no mesmo tom.

— Você a matou. — Ele se inclinou sobre a mesa e, com a força de suas mãos, os talheres estremeceram. — Foi o mesmo que enfiar uma faca na garganta dela. Ela precisava de ajuda, de compreensão, um pouco de compaixão. Mas você continuou forçando a barra, golpeando-a sem parar, até que ela desmontou. Agora ela está morta. Você consegue compreender isso? — Lágrimas começaram a aparecer em seus olhos. — Ela está morta, e você vai conseguir uma linda estrela para colocar ao lado do seu nome. Acabou com a carreira de uma louca assassina. Só que eu tenho novidades para você, tenente. Jerry nunca matou ninguém. Quem matou foi você. Isso ainda não acabou. — E passou o braço sobre a mesa, lançando longe os pratos e os talheres, formando no chão uma mistura confusa de cacos e comida espalhada. — Isso ainda não chegou ao fim, não!

Eve soltou um longo suspiro enquanto ele saía da lanchonete, dizendo:

— Não, eu acho que ainda não acabou.

Capítulo Vinte

Eve jamais tinha visto uma semana passar tão rápido. E se sentiu brutalmente só. Todos consideraram o caso encerrado, inclusive a promotoria e o seu próprio comandante. O corpo de Jerry Fitzgerald foi cremado e o interrogatório final, arquivado.

A mídia fez o alvoroço de sempre. A vida secreta de uma top model. A assassina por trás do rosto perfeito. Busca pela imortalidade deixa uma trilha de mortes.

Eve tinha outros casos para acompanhar, e certamente havia outras obrigações a cumprir, mas ela passava cada minuto de seu tempo livre revendo o caso, analisando minuciosamente as provas e experimentando novas teorias, até o ponto em que a própria Peabody lhe sugeriu que desistisse.

Ela tentou se desembaraçar de todos os pequenos detalhes do casamento que Roarke lhe pedira para resolver. Mas o que sabia ela a respeito de bufês, seleção de vinhos e esquemas informando onde os convidados deveriam ser acomodados? No fim, engoliu o próprio orgulho e entregou toda a confusão aos cuidados de Summerset e a seus olhares de desdém.

Eternidade Mortal

E teve que ouvir dele, em tons didáticos, que a esposa de um homem tão importante quanto Roarke deveria aprender bons modos sociais.

Ela mandou que ele enfiasse os modos e foi cada um para o seu lado, satisfeitos por ficarem às voltas com o que sabiam fazer de melhor. Por trás de todos os conflitos com Summerset, Eve estava quase temerosa com a possibilidade de eles estarem começando a gostar um do outro.

Roarke saiu do seu escritório e entrou no de Eve. E balançou a cabeça. Eles iam se casar no dia seguinte. Em menos de vinte e quatro horas. E a noiva estava às voltas com seu vestido de casamento, banhando-se com perfumes e óleos aromáticos, sonhando acordada com a nova vida que ia começar?

Não, ela estava debruçada no computador, resmungando diante da tela, com os cabelos desgrenhados pelo constante enfiar dos dedos através deles. Havia uma mancha em sua blusa, no lugar onde ela derramara um pouco de café. Um prato com os restos do que parecia ter sido um sanduíche estava pousado ao lado, no chão. Até mesmo o gato evitava chegar perto daquilo.

Ele foi até junto dela e viu, como já imaginava, o caso Fitzgerald na tela.

A determinação de Eve o fascinava e o seduzia também. Ficou se perguntando se ela deixava que alguém mais soubesse o quanto estava sofrendo com a morte de Jerry Fitzgerald. Se conseguisse, ela teria escondido aquele fato até mesmo dele.

Roarke sabia que o sentimento de culpa estava ali, e a pena também. E o senso de dever. Tudo aquilo a levava para a frente e prendia uma parte dela ao caso. Aquele era um dos motivos pelos quais a amava, a imensa capacidade de sentir emoções encapsulada em uma mente lógica e inquieta.

Ele começou a se inclinar para beijar-lhe o alto da cabeça no momento exato em que ela se levantou. Os dois soltaram um palavrão no instante em que a cabeça de Eve bateu com força no queixo de Roarke.

— Minha nossa! — dividido entre a diversão daquilo e a dor, Roarke pegou um lenço e o apertou contra os lábios. — Você faz uma cena romântica virar uma coisa perigosa.

— Você é que não devia chegar assim sorrateiramente por trás de mim. — Franzindo a testa, ela esfregou o alto da cabeça. Era mais um ponto que ia começar a latejar. — Achei que você, Feeney e alguns dos seus amigos sedentos de prazer iam sair para saquear as casas noturnas e violar moças.

— Uma despedida de solteiro não é uma invasão viking. Ainda tenho algum tempo antes que as barbaridades comecem. — Encostando-se na quina da mesa, ele olhou para ela. — Eve, você tem que dar uma trégua nisso.

— Já vou fazer uma trégua de três semanas, não vou? — e sugou o ar ao ver que ele apenas levantou as sobrancelhas, com paciência. — Desculpe, estou sendo rabugenta... Não consigo engolir isso, Roarke! Tentei deixar o caso de lado uma meia dúzia de vezes durante esta semana, mas ele continua voltando à minha cabeça.

— Diga o que está pensando em voz alta. Às vezes, ajuda.

— Certo. — Ela se afastou da mesa e quase pisou no gato. — Ela podia ter ido até aquela boate. Algumas pessoas elegantes às vezes freqüentam esse tipo de lugar.

— Pandora freqüentava.

— Exato. E as duas faziam parte da mesma tribo. Então, sim, pode ser que ela tenha ido até a boate e pode ter se encontrado com Boomer lá. Pode ser até que ela tivesse um contato para avisá-la quando ele aparecesse. Isso tudo, supondo que ela o conhecesse, o que não foi definitivamente comprovado. E talvez ela estivesse trabalhando com ele ou através dele. Ela o encontra lá, e percebe que ele está entregando o ouro. Ele é uma ponta solta, deixou de ser útil e agora é um peso morto.

— Até agora, tudo me parece lógico.

Ela concordou com a cabeça, mas não parou de andar.

Eternidade Mortal

— Certo — continuou ela —, então ela o avista no momento em que ele sai do quarto com Hetta Moppett. Jerry fica preocupada em saber o que foi que ele contou. Pode ser que ele tenha se gabado, vangloriando-se de sua ligação com Jerry para impressionar a mulher. Como Boomer era esperto o bastante para saber que estava encrencado, some por uns tempos. Hetta é a primeira vítima. Foi eliminada porque devia saber de alguma coisa. Foi morta de forma rápida e brutal, e ficou parecendo um assassinato casual, causado por um acesso de fúria. Levaram a sua identidade. Isso significa que vai levar mais tempo para a polícia identificá-la e conectá-la com a boate e com Boomer. Se é que alguém vai se dar ao trabalho de pesquisar isso, o que é pouco provável.

— Só que eles não contavam com você.

— Aí é que está. Boomer tinha uma amostra da substância, conseguiu a fórmula. Ele tinha dedos leves quando queria, e era bom em furtos. Discernimento não era o seu ponto forte. Talvez ele tenha feito pressão para conseguir mais dinheiro, uma fatia maior do bolo. Mas ele era bom em seu trabalho. Ninguém mais sabia que ele era um informante, a não ser um punhado de pessoas ligadas ao Departamento de Polícia de Nova York.

— E aqueles que sabiam disso não devem ter imaginado o quanto você leva a sério, em nível pessoal, uma parceria — e virou a cabeça para o lado. — Sob circunstâncias normais, eu diria que a morte dele seria atribuída a uma transação de drogas que deu errado, um ato de vingança de um dos comparsas dele, e a coisa seria deixada de lado.

— É verdade, só que Jerry não se mexeu tão depressa. Nós encontramos o bagulho no apartamento de Boomer e começamos a trabalhar por esse ângulo. Ao mesmo tempo eu tive uma apresentação em primeira mão do jeito que Pandora tratava as pessoas. Você sabe da história e também já ouviu o resumo da situação na noite em que ela morreu. Jogar a culpa do crime em Mavis foi um golpe de sorte e de azar. Deu mais tempo a Jerry e lhe trouxe um bode expiatório bem conveniente.

— Um bode expiatório que, por acaso, era amiga íntima e muito querida da encarregada do caso.

— Esse foi o azar da pessoa que cometeu o crime. Quantas vezes vou entrar em um caso já sabendo que a suspeita mais provável é completamente inocente? Apesar de todas as provas em contrário, apesar de tudo? Isso nunca mais vai acontecer.

— Não sei. Comigo não foi assim há alguns meses.

— No seu caso, eu não sabia, apenas pressentia. Depois de algum tempo, eu soube com certeza. — Eve enfiou as mãos nos bolsos e as retirou novamente. — No caso de Mavis eu sabia, desde o início, eu sabia! Assim, abordei o caso todo a partir de um ângulo diferente. De repente, encontrei três suspeitos em potencial, e todos eles, como ficou provado, tinham motivos, oportunidades e meios de cometer o crime. Uma das suspeitas, comecei a desconfiar, está viciada na mesma droga que deu início a toda a história. Justamente quando eu estava achando que dava para tomar isso tudo como definido, um traficante do East End é eliminado. Mesmo *modus operandi*. Por quê? Esse é um dos lances dessa história que ficou na minha cabeça, Roarke, um dado que eu não consegui entender. Eles não precisavam do Barata. As possibilidades de Boomer confiar nele e ter fornecido alguns dados são tão pequenas que chegam a ser microscópicas! Mas a verdade é que ele é eliminado e existem traços da droga em seu organismo.

— Pode ter sido um estratagema. — Roarke pegou um cigarro e o acendeu. — Algo para distrair a sua atenção.

Pela primeira vez em muitas horas, ela sorriu.

— É disso que eu gosto em você, Roarke. A sua mente criminosa. Vamos lançar uma pista falsa para confundir tudo. Deixe que os tiras fiquem suando para conseguir achar uma ligação lógica com o Barata. Nesse meio tempo, Paul Redford está fabricando uma variedade da *Immortality*, por conta própria, e a entrega a Jerry. Juntamente com um monte de grana. Só que ele consegue o dinheiro todo de volta, sugando o sangue dela em cada garrafa da substância, a partir dali. Sendo um homem de negócios muito esperto, ele se

Eternidade Mortal

deu ao trabalho e assumiu o risco de encomendar um espécime da flor na colônia em Éden.

— Dois — disse Roarke, e teve o prazer de ver o rosto intenso de Eve ficar sem expressão.

— Dois o quê?

— Ele encomendou dois espécimes. Dei uma passada em Éden quando estava voltando para a Terra e conversei com a filha da doutora Engrave. Perguntei-lhe se ela tinha tempo disponível para fazer um cruzamento de informações. Paul Redford encomendou o primeiro espécime há nove meses, usando outro nome e uma licença falsificada. Só que o número das duas identidades é o mesmo. Ele pediu para que a planta fosse entregue em um florista de Vegas II, com reputação duvidosa por envolvimento com contrabando de plantas. — Fazendo uma pausa, ele bateu as cinzas do cigarro em um cinzeiro de mármore. — Eu diria que dali ela foi enviada para um laboratório, onde o néctar foi destilado.

— E por que diabos você não me contou isso antes?

— Estou lhe contando agora. Tudo isso só foi confirmado há cinco minutos. Você pode entrar em contato com a segurança de Vegas II e pedir que o florista seja interrogado.

Ela estava xingando quando ligou o *tele-link* e deu ordens para que aquilo fosse feito de imediato.

— Mesmo que eles consigam alguma coisa, vão se passar semanas antes que eu consiga me desvencilhar da burocracia para conseguir trazê-lo até a Terra, a fim de interrogá-lo pessoalmente. — Mas ela esfregou as mãos de contentamento, antecipando aquele momento. — Você podia ter mencionado que estava fazendo tudo isso.

— Se não desse em nada, você não ficaria desapontada. Em vez disso, você agora tem que demonstrar gratidão — e seus olhos ficaram sérios. — Eve, isso não modifica a situação em nada.

— Mas significa que Paul Redford já estava trabalhando com isso há muito mais tempo do que queria que soubéssemos. Significa... — ela parou de falar e se atirou em uma poltrona. — Eu sei que ela podia ter feito tudo aquilo, Roarke. Sozinha. Podia escapar sorrateiramente do apartamento de Justin sem ser vista. Podia tê-lo deixado dormindo para depois voltar e limpar tudo. Em todas as vezes. Ou pode ser que ele soubesse. Ele era capaz de ir até o fim por ela, e é um ator. Entregaria Paul Redford aos lobos em um piscar de olhos, mas não se isso envolvesse Jerry.

Abaixando a cabeça por alguns instantes, ela passou os dedos com força em cima da sobrancelha.

— Eu sei que ela poderia ter feito tudo — continuou ela. — Sei que poderia ter pressentido a oportunidade para ir até o armário das drogas. Pode ter decidido acabar com tudo do jeito dela, isso combina com a sua personalidade. Só que nada disso me soa bem.

— Você não pode se culpar pela morte dela — disse Roarke, baixinho. — Pelo motivo óbvio de que não tem culpa alguma e também por um motivo que você vai aceitar: o sentimento de culpa encobre a lógica.

— Sim, eu sei. — Ela tornou a se levantar, inquieta. — Eu estive fora do meu ritmo em todo este caso. Por causa de Mavis, por causa das lembranças do meu pai. Deixei passar detalhes, insisti sem necessidade em coisas sem importância. Tudo por causa dessas distrações.

— Incluindo o casamento? — sugeriu ele.

— Estou tentando não pensar muito nisso — e conseguiu dar um sorriso fraco. — Nada pessoal.

— Considere a cerimônia uma formalidade. Um contrato, se preferir, com alguns enfeites.

— Você já parou para pensar que um ano atrás a gente nem mesmo se conhecia? Que estamos morando na mesma casa, mas em grande parte do tempo é como se estivéssemos em andares diferentes? Que todo esse... lance que sentimos um pelo outro pode não ser, na verdade, o tipo de coisa que se sustente a longo prazo?

— Você vai me deixar irritado na véspera de nos casarmos? — perguntou ele, olhando para ela com firmeza.

— Não estou tentando irritá-lo, Roarke. Foi você que tocou no assunto, e já que esta foi uma das coisas que me deixaram distraída

Eternidade Mortal 363

nessas últimas semanas queria esclarecer tudo. São perguntas razoáveis que merecem respostas razoáveis.

Seus olhos ficaram sombrios. Ela reconheceu o aviso e colocou os braços em volta do corpo à espera da tempestade. Em vez disso, ele se levantou e perguntou com tanta frieza que ela quase estremeceu:

— Você vai desistir, tenente?

— Não. Já disse que vou me casar. Acho apenas que nós devíamos... pensar — disse ela, com a voz fraca, e se odiou por isso.

— Bem, então fique aqui pensando e encontre suas respostas razoáveis. Eu tenho as minhas — e olhou para o relógio. — Já estou atrasado. Mavis está esperando por você lá embaixo.

— Para quê?

— Pergunte a ela — respondeu ele, com uma ponta de irritação na voz, enquanto saía.

— Droga! — ela chutou a mesa com tanta força que Galahad ficou olhando para ela de cara feia. Deu outro chute, porque a dor a fazia se sentir melhor, e então foi mancando se encontrar com Mavis.

Uma hora depois, ela se viu sendo arrastada para a Boate Baixaria. Agüentou todas as ordens de Mavis para que trocasse de roupa, ajeitasse o cabelo e o rosto, a fim de melhorar o astral. No instante, porém, em que a música e o barulho a atingiram como um golpe, ela hesitou.

— Puxa, Mavis. Por que aqui?

— Porque é bem indecente, por isso. Despedidas de solteiro têm que ser indecentes. Nossa, olha só aquele cara no palco! O pinto dele é tão grande que parece uma estaca! Ainda bem que eu pedi ao Crack que reservasse a mesa bem da frente. O lugar parece uma lata de sardinhas, e a noite mal começou...

— Eu tenho que me casar amanhã! — explicou Eve, achando, pela primeira vez, que aquela era uma boa desculpa.

— Essa é a idéia! Puxa, Dallas, relaxe! Olhe, lá está o nosso grupo.

Eve já estava habituada a levar choques, mas aquilo a deixou abismada. Era mais do que a sua credibilidade podia suportar ver uma mesa bem embaixo de um dançarino que balançava seus imensos dotes sobre as cabeças de Nadine Furst, Peabody, uma mulher que ela imaginou que fosse Trina e, Deus Todo-Poderoso... a doutora Mira!

Antes que conseguisse fechar a boca, Crack apareceu de repente por trás dela e a levantou no ar, dizendo:

— Oi, branquela magricela! Vamos cair na gandaia! Trouxe uma garrafa de champanhe para vocês, por conta da casa!

— Se você tiver champanhe de verdade nessa espelunca, meu chapa, eu juro que vou mastigar a rolha.

— Bem, pelo menos tem borbulhas... O que mais você quer? — ele a girou de leve no ar e a jogou para cima, para delírio da multidão, pegando-a de volta em pleno ar e colocando-a sentada em uma das cadeiras da mesa. — Senhoras, quero que todas se divirtam como nunca esta noite, senão eu vou ficar sabendo, hein?

— Você tem amigos tão interessantes, Dallas! — comentou Nadine, soltando a fumaça do cigarro. Ninguém ia se preocupar com restrições ao fumo ali. — Tome um drinque — levantando a garrafa de uma substância desconhecida, ela a serviu no que pareceu ser um copo razoavelmente limpo. — Nós já estamos bem à frente de você, por causa da bebida.

— Tive que obrigá-la a trocar de roupa — Mavis forçou o caminho com os quadris para chegar na cadeira. — Ela empentelhou o tempo todo! — e então seus olhos se encheram de lágrimas. — E só acabou vindo por minha causa. — Pegou o drinque de Eve e o entornou de um gole só. — Nós queríamos lhe fazer uma surpresa.

— E conseguiram. Doutora Mira. A senhora é a doutora Mira, não é?

— Pelo menos era quando entrei aqui. — Mira sorriu com todos os dentes. — Só que, a esta altura, eu estou meio confusa a respeito dos detalhes.

— Temos que fazer um brinde. — Meio bamba, Peabody usou a mesa para manter o equilíbrio. Conseguiu levantar o copo sem derramar mais do que a metade sobre a cabeça de Eve. — Para a policial mais porreta de toda esta cidade fedorenta, que vai se casar com o filho-da-mãe mais sexy sobre o qual pessoalmente já pus os olhos e que, por ser tão esperta, arranjou para que eu fique permanentemente ligada à Divisão de Homicídios. Que é o lugar ao qual pertenço desde o início, como qualquer panaca cego podia ver. É isso aí! — entornou o resto do drinque, caiu para trás de volta na cadeira e ficou rindo com cara de boba.

— Peabody — disse Eve, passando o dedo sob os olhos —, nunca fiquei tão comovida!

— Eu sou atrevida, Dallas.

— As evidências estão apontando para este fato. Dá para comer alguma coisa por aqui que não pareça ptomaína? Estou morrendo de fome!

— A noiva quer comer. — Ainda sóbria como uma freira, Mavis se colocou em pé. — Deixe que eu cuido disso. Não precisa se levantar.

— Ah, e outra coisa, Mavis — Eve a puxou de volta e murmurou em seu ouvido —, arranje alguma coisa para eu beber que não seja letal.

— Mas, Dallas, isso é uma festa!

— E vou aproveitar. Vou mesmo, só que eu quero estar com a cabeça limpa amanhã. É importante para mim.

— Que coisinha mais doce! — Começando a chorar novamente, Mavis escondeu o rosto no ombro de Eve.

— É... eu sou a substituta do açúcar. — Por impulso, ela levantou o rosto de Mavis e pregou-lhe um beijo na boca. — Obrigada, Mavis. Ninguém mais teria pensado em uma festa dessas.

— Roarke pensou. — Mavis enxugou os olhos com a franja cintilante que pendia de sua manga. — Planejamos tudo juntos.

— Ele é mesmo capaz de fazer isso, não é? — Sorrindo ligeiramente, Eve deu mais uma olhada nos corpos nus que giravam sobre o palco. — Ei, Nadine! — E completou o copo da repórter. —

Aquele cara ali com penas vermelhas espetadas no traseiro está de olho em você.

— Ah, é? — Nadine olhou sem expressão em volta.

— Duvido!

— Duvida o quê? Que eu suba ali em cima? Ah, isso não é nada!

— Então faça! — Eve se inclinou e sorriu para ela. — Vamos ver um pouco de ação.

— E você acha que eu não vou? — Levantando-se, Nadine perdeu ligeiramente o equilíbrio, mas conseguiu se firmar. — Ei, gostoso! — berrou para o dançarino que estava mais perto. — Ajude-me a subir aí!

A multidão a adorou, Eve decidiu. Especialmente quando Nadine se empolgou e, entrando no espírito da coisa, tirou a roupa e ficou só de calcinha e sutiã roxos. Eve suspirou enquanto tomava água mineral. Ela sabia mesmo como escolher as amizades.

— E então, como vão as coisas, Trina?

— Estou vivenciando uma experiência extracorpórea. Acho que estou no Tibete.

— Hã-hã... — Eve lançou um olhar para a doutora Mira. Do jeito que ela estava aplaudindo, Eve achou que era bem capaz de ela subir no palco também. Pensando bem, nenhuma delas ia querer guardar aquela lembrança de si mesma na memória. — Peabody! — Eve teve que apertar os dedos no braço de Peabody com toda a força para conseguir uma reação leve. — Vamos ver se a gente consegue um pouco mais de comida.

— Eu bem que gostaria de fazer aquilo! — murmurou ela.

Seguindo o seu olhar, Eve olhou para Nadine, que estava em uma dança do tipo bate-coxa com um negro de mais de dois metros de altura e corpo todo pintado. — Aposto que gostaria, minha cara. Você ia fazer a casa vir abaixo.

— Só que eu estou com este pneuzinho. — Ela cambaleou e Eve a segurou pelo braço. — Jake diz que é a minha barriguinha de gelatina. Estou juntando dinheiro para fazer uma lipo.

Eternidade Mortal

— Faça alguns abdominais. Não precisa fazer lipo.

— É hereditário.

— Hereditário?

— É. — Peabody balançou o corpo para a frente e para trás e sacudiu a cabeça, enquanto Eve a levava em meio à multidão. — Todo mundo na minha família tem uma barriguinha dessas. Jake prefere as magricelas. Como você.

— Então transe com ele.

— Já fiz isso. — Peabody riu, e então se apoiou no balcão do bar. — Transamos até ficarmos vesgos! Só que isso não é o mais importante, você sabe, não sabe, Evinha?

— Peabody! — suspirou Eve. — Não quero socar a cara de uma colega de farda quando ela está fora do seu normal. Portanto, não me chame de Evinha.

— Certo. Você sabe o que é mais importante?

— Comida — pediu ela ao andróide que servia de garçom. — De qualquer tipo, em grande quantidade, para a mesa três. O que é mais importante para quê, Peabody?

— O que é mais importante... É aquilo que você e o Roarke têm. Isso é o que é mais importante. Ligações. Ligações internas. Sexo é apenas um fator extra.

— Claro. Você e o Casto estão com problemas?

— Não. Só que não temos nos encontrado muito, agora que o caso foi encerrado. — Peabody balançou a cabeça e lhe pareceu que as luzes explodiam diante dos seus olhos. — Nossa, eu estou mal! Preciso ir ao banheiro.

— Vou com você.

— Eu posso ir sozinha. — Mostrando dignidade, Peabody tirou a mão de Eve do seu braço — Não faço questão de vomitar na frente de minha superior, se você não se importa.

— Fique à vontade.

Mas Eve ficou vigiando-a com olhos de lince, enquanto Peabody caminhava, trôpega, pelo salão. Elas já estavam ali há quase três horas, avaliou ela. Apesar de a noite estar muito divertida, ela ia ter que levar um pouco de comida para as suas amigas e providenciar para que todas conseguissem transporte a fim de voltar para casa.

Sorrindo, ela se encostou no bar e ficou observando Nadine, ainda com as roupas de baixo roxas, sentada à mesa e tendo uma conversa muito séria com a doutora Mira. Trina, com a cabeça sobre a mesa, provavelmente estava se comunicando com o Dalai-Lama.

Mavis, com os olhos brilhando, cantava em cima do palco com a voz esganiçada, improvisando um número que estava balançando a pista de dança.

Puxa, pensou Eve, sentindo um bolo na garganta, ela adorava o bando todo. Inclusive Peabody, decidiu, e resolveu dar uma olhadinha no banheiro para se certificar de que a sua auxiliar não tinha desmaiado nem se afogado.

Já conseguira atravessar quase metade da boate quando foi agarrada. Como já vinha acontecendo praticamente a noite toda, quando os freqüentadores atacavam-na em busca de parceiros, começou a se desvencilhar do estranho, de forma natural.

— Hoje não, meu amigo. Não estou interessada. Ei! — A fisgada que sentiu no braço pareceu-lhe a dor de uma injeção. Aquilo não a machucou, mas deixou-a irritada. Só que a sua visão já estava falhando quando ela foi empurrada pela multidão que assobiava e jogada para dentro de um dos quartos privados da boate.

— Mas que droga! Eu já disse que não estava interessada! — Esticou a mão para pegar o distintivo, mas errou o bolso por completo. Levou uma leve cotovelada e caiu de costas em uma cama estreita.

— Relaxe um pouco, Eve. Temos que conversar. — Casto se lançou ao lado dela e cruzou as pernas na altura dos calcanhares.

Roarke não estava muito disposto a se divertir, mas como Feeney se dera ao imenso trabalho de criar uma atmosfera monstruosa que

Eternidade Mortal

tentava transmitir uma sensação de prazer, ele fez a sua parte. Estavam em uma espécie de salão cheio de homens, muitos deles surpresos por se verem participando de uma festa que mais parecia um ritual pagão. Mesmo assim, Feeney, com sua capacidade de mexer com eletrônicos, conseguira descobrir alguns dos sócios mais próximos de Roarke, e nenhum deles queria correr o risco de ofender alguém da importância de Roarke não comparecendo ao evento.

Assim, ali estavam eles, os ricos, os famosos e diversos outros tipos de pessoas, apertados em um salão fracamente iluminado, com telões que exibiam corpos nus em vários e criativos atos de frenesi sexual, um trio de dançarinas já devidamente despidas, além de cerveja e uísque suficientes para afundar a Sétima Frota e toda a sua tripulação.

Roarke tinha que reconhecer que aquilo tinha sido um gesto simpático e estava dando o melhor de si para corresponder às expectativas de Feeney, desempenhando o papel de um homem que aproveitava a sua última noite de liberdade.

— Aqui está, garotão, outro uísque para você! — Depois de tomar várias doses da bebida irlandesa, Feeney falava, de forma descontraída, com o sotaque do país que jamais visitara. O país que, para falar a verdade, nem os seus bisavós conheceram. — Um brinde aos rebeldes, hein?

Roarke levantou uma sobrancelha. Ele, sim, era natural de Dublin e vagara por suas ruas e becos durante a maior parte de sua juventude. Apesar disso, não tinha o apego sentimental que Feeney exibia pela terra irlandesa e suas rebeliões.

— *Slainte!* — disse Roarke, brindando em dialeto celta para agradar o amigo e provando a bebida.

— Isso, meu rapaz! Agora escute aqui, Roarke, essas moças à nossa volta são apenas para olhar. Nada de pegar nelas.

— Vou tentar me controlar ao máximo.

Feeney sorriu e deu um tapa nas costas de Roarke, com força suficiente para desequilibrá-lo.

— Ela é uma jóia, não é? A nossa Dallas?

— Ela é... — Roarke olhou com cara feia para o uísque — ... especial — concluiu.

— Ela vai manter você sempre ligado. Ela mantém todo mundo ligado, o tempo todo. A cabeça dela parece a de um predador, sabe, focada em um objetivo, até conseguir alcançá-lo. Para ser franco, este último caso a deixou quase pirada.

— E ela ainda não desistiu — murmurou Roarke, sorrindo de modo frio quando uma loura nua chegou ao lado e começou a passar a mão em seu peito. — Você vai ter melhor sorte com aquele sujeito ali — disse-lhe ele, apontando para um homem com olhos vidrados que vestia um terno risca-de-giz cinza-escuro. — Ele é o dono da Stoner Dynamics.

Diante do olhar sem expressão dela, Roarke se desvencilhou com gentileza das mãos que já estavam começando a descer abaixo da sua cintura e explicou melhor:

— Ele é rico.

Ela saiu rebolando lentamente e passou na frente de Feeney, que ficou olhando para ele com um ar sonhador.

— Eu sou um homem muito bem casado, Roarke.

— Foi o que me disseram.

— É humilhante admitir, mas eu bem que sinto vontade de dar uma cavalgada rápida em um quarto escuro com uma dessas coisinhas lindas!

— Você está acima dessas coisas, Feeney.

— É verdade — suspirando baixinho, ele voltou ao assunto anterior. — Dallas, com essa viagem de algumas semanas, vai deixar a história de lado. Quando voltar, vai se ligar no próximo caso.

— Ela não gosta de perder, e acha que perdeu. — Roarke tentou colocar o assunto de lado. Não queria passar a véspera do casamento analisando homicídios. Xingando baixinho, levou Feeney para um canto. — Escute, o que você sabe sobre aquele traficante que foi morto no East End, Feeney?

— O Barata? Não tem muita coisa para saber. Traficante, um pouco esperto, um pouco burro. É incrível como muitos desses

Eternidade Mortal

caras são espertos e burros ao mesmo tempo. Ele protegia o próprio território e gostava de uma grana rápida e fácil.

— Ele era informante também? Como Boomer?

— Antigamente, era. Só que o policial que utilizava os serviços dele se aposentou no ano passado.

— O que acontece com o informante quando um policial se aposenta?

— Outro tira continua a usar os serviços dele ou então ele é deixado de lado. Eu não encontrei nenhum tira novo para continuar com o Barata.

Roarke queria esquecer o assunto, mas não conseguia.

— E o policial que se aposentou? Ele trabalhava com alguém?

— Ei, você acha que eu tenho chips de computador na cabeça?

— Acho.

Sentindo-se elogiado, Feeney se aprumou, dizendo:

— Bem, para falar a verdade, eu me lembro que antes de se aposentar ele trabalhava com um velho amigo meu. Danny Riley. Isso foi há muito tempo, em 2041. Depois, passou a ser parceiro de Mari Dirscolli por alguns anos, até 2048. Ou será que foi em 2049?

— Deixe pra lá — resmungou Roarke.

— Depois, ele trabalhou com Casto por uns dois anos.

A atenção de Roarke voltou de repente.

— Casto? — perguntou ele. — Ele trabalhou com Casto quando usava os serviços do Barata?

— Trabalhou, mas só um dos dois tiras usa o informante, é claro — murmurou Feeney, com a testa franzida. — O procedimento usual é assumir os contatos do parceiro, quando ele se aposenta, mas Casto não fez isso, que eu saiba. Ele tinha os próprios informantes.

Roarke disse a si mesmo que era bobagem sua, um ataque ridículo de ciúme, mas ele não se importava.

— Nem tudo fica registrado, Feeney. Você não acha coincidência demais dois informantes que trabalharam com Casto terem sido mortos, sendo que os dois tinham ligações com a *Immortality*?

— Mas nós não estamos dizendo que Casto usava o Barata. E não se trata de coincidência. Se você trabalha na Divisão de Drogas Ilegais, sempre vai ter casos e informantes relacionados entre si.

— Que outra conexão você encontrou que possa ligar o Barata aos outros assassinatos, além de Casto?

— Nossa, Roarke! — e passou a mão no rosto. — Você é igual a Dallas. Olhe, um monte de tiras da Divisão de Drogas Ilegais acaba consumindo drogas. Casto, porém, é limpeza total! Tem uma boa reputação, está para ser promovido a capitão, e não é segredo algum que isso é o que ele quer. Casto não ia entrar nesse tipo de furada.

— Às vezes, um homem se vê um pouco tentado, Feeney, e não se segura. Vai me dizer que é a primeira vez que um tira da Divisão de Drogas Ilegais procura algum lucro por fora?

— Não. — Feeney tornou a suspirar. Ele já estava ficando sóbrio com aquele papo. E não estava gostando disso. — Não há nada de que possamos acusá-lo, Roarke. Dallas estava trabalhando junto com ele. Se ele fosse um tira suspeito, Eve teria farejado longe. Ela é boa nessas coisas.

— Ela tem andado meio distraída. Fora do ritmo — murmurou Roarke, repetindo as palavras de Eve. — Pense bem nessa história, Feeney, não importa a rapidez com que ela se mexesse, sempre parecia chegar um passo atrás. Se alguém soubesse dos movimentos dela, poderia agir sempre à frente. Especialmente alguém com a cabeça de um tira.

— Você não gosta dele porque ele é bonitão, assim, que nem você — replicou Feeney, com um tom amargo.

Roarke não deu importância a isso e perguntou:

— Quanto você pode cavar a respeito dele, esta noite?

— Esta noite? Meu Deus, você quer que eu vá remexer nos arquivos de um colega para procurar sujeiras e invadir os seus arquivos pessoais só porque alguém apagou dois dos informantes dele? E quer que eu faça isso esta noite?

— Podemos usar o meu equipamento — disse Roarke, colocando a mão no ombro de Feeney.

Eternidade Mortal

— Vocês vão formar uma boa dupla — reclamou Feeney, enquanto Roarke o empurrava pela multidão. — Os dois são predadores.

A vista de Eve ficou embaçada, como se ela tivesse acabado de cair em um reservatório cheio d'água. Através da névoa, ela conseguia enxergar Casto, dava para sentir o cheiro doce de sabonete que vinha de sua pele. Só não dava para entender o que ele fazia naquele lugar.

— O que aconteceu, Casto? Nós recebemos algum chamado? — Com o olhar sem expressão, ela olhou em volta, à procura de Peabody, e viu as cortinas vermelhas pregueadas que estavam ali para acrescentar um ar de sensualidade a um quarto planejado para sexo rápido e barato. — Espere um momento!

— Relaxe. — Ele não queria dar mais uma dose a Eve, ainda mais por cima das bebidas de sua festa só para meninas. — A porta está trancada, Eve, e você não pode ir a parte alguma. E já está ligada o bastante para facilitar as coisas — e colocou uma almofada com a borda em cetim atrás das próprias costas. — Seria ainda mais fácil se você tivesse deixado tudo como estava. Só que você não fez isso. Jamais o faria. Meu Deus, não posso acreditar que você foi pressionar Lilligas.

— Quem... o quê?

— O florista de Vegas II. Assim já é chegar perto demais! Eu tenho usado os serviços daquele canalha, pessoalmente.

O estômago de Eve se contorceu de forma cruel. Quando sentiu um gosto de bile no fundo da garganta, ela se inclinou para a frente, colocou a cabeça entre os joelhos e começou a inspirar e expirar bem devagar.

— Ingerir drogas deixa algumas pessoas meio enjoadas. Da próxima vez, eu vou tentar algo diferente.

— Eu não saquei você! — Ela tentava se manter focada a fim de não colocar para fora a comida pesada e gordurosa que comera nas últimas horas, em vez de bebida. — Eu não saquei mesmo!

— É... — Ele sabia que ela não se sentia satisfeita por aquilo. — Você não estava à procura de outro tira. Afinal, por que estaria? E ainda tinha os próprios problemas para resolver. Você quebrou as regras, Eve. Sabia que a encarregada de um caso não deve nunca, jamais, se deixar envolver em nível pessoal. Mas você ficou preocupada demais com a sua amiga. Eu, no fundo, admiro isso, mesmo sabendo que é burrice.

Ele a agarrou pelos cabelos e puxou-lhe a cabeça para trás. Depois de olhar com atenção para as pupilas dela, decidiu que a dose inicial ia conseguir mantê-la inativa por mais um pouco. Ele não queria correr o risco de aplicar-lhe uma overdose. Pelo menos não até que tivesse terminado com tudo.

— Eu admiro você de verdade, Eve.

— Seu filho-da-mãe! — Sua voz estava arrastada e a língua parecia inchada. — Você os matou!

— Cada um deles. — Mais relaxado, ele cruzou as pernas na altura dos tornozelos. — Tem sido difícil segurar tudo isso só para mim, sou obrigado a reconhecer. É duro, para o meu ego, não conseguir mostrar a uma mulher como você o que um homem esperto como eu pode conseguir. Sabe, Eve, eu fiquei um pouco preocupado quando soube que era você que estava encarregada da investigação da morte de Boomer. — Ele esticou a mão e fez deslizar um dos dedos do queixo de Eve até um ponto próximo dos seus seios. — Achei que podia jogar um charme em cima de você. Vamos lá, reconheça que você se sentiu um pouco atraída por mim.

— Tire os dedos de mim! — ela tentou dar um tapa na mão dele, mas errou por uma distância muito grande.

— Seu senso de espaço está alterado. — Ele riu. — As drogas deixam a pessoa zureta mesmo, Eve. Pode acreditar. Eu vejo isso todo dia nas ruas. Fiquei enjoado de tanto ver isso acontecer. Foi por causa disso que tudo começou. Todos aqueles caras metidos, enchendo os bolsos com lucros absurdos sem nem mesmo sujar as pontas dos dedos! Por que eu não podia entrar nessa também?

— Então foi por dinheiro...

Eternidade Mortal

375

— Claro, por que mais seria? Descobri todo o esquema da *Immortality* há uns dois anos. Parecia até coisa do destino. Bem no início eu esperei, segui as regras direitinho, usei uma fonte na Colônia Éden para me conseguir uma amostra. O coitado do Boomer farejou tudo e descobriu a respeito da nova droga através da minha fonte na colônia.

— E então contou tudo a você.

— Claro que contou. Sempre que pintava alguma coisa nova no mercado de drogas ilegais ele me contava. Naquela época, ele ainda não sabia que eu já estava por dentro do lance. E eu fiquei na minha. Não sabia que Boomer tinha uma cópia da porcaria da fórmula. Nem suspeitava que ele estava só esperando para dar o bote, em busca de uma fatia maior.

— Você o matou. Fez picadinho dele.

— Não até a morte dele se tornar absolutamente necessária. Nunca faço nada drástico, até que seja necessário. A culpa foi de Pandora, entende, aquela piranha linda.

Eve continuava ouvindo e tentando readquirir controle sobre o cérebro e a coordenação motora, enquanto Casto lhe contava uma história de sexo, poder e lucro.

Pandora reparara nele na boate. Melhor dizendo, um reparou no outro. Ela gostou de saber que ele era um tira, especialmente o tipo de tira que ele era. Sendo daquela área, ele tinha como conseguir um bocado de mercadorias, não é? Por ela, ele seria capaz de fazer qualquer coisa. Ele se encantara por ela, estava obcecado e, sim, viciado nela. Não havia mal algum em admitir isso agora. Seu erro tinha sido contar a ela o que sabia a respeito da *Immortality* e depois dar ouvidos às idéias dela de conseguir um lucro com aquilo. Lucros gigantescos, ela previra. Mais dinheiro do que ele ia conseguir gastar ainda que vivesse três vidas. Além de juventude, beleza e energia sexual. Pandora se viciou na droga bem depressa, queria sempre mais, e o usara para conseguir.

E ela tinha sido muito útil também. Com sua carreira e a sua fama, foi fácil para Pandora viajar e trazer mais do que na época em que a substância ainda estava sendo fabricada exclusivamente na Estação Starlight, em um pequeno laboratório particular.

Foi então que ele descobriu que Pandora colocara Paul Redford no negócio. Ficou furioso com ela, mas ela conseguiu enrolá-lo com sexo e promessas. Além do dinheiro, é claro.

Só que as coisas começaram a dar errado. Boomer começou a forçar a barra para conseguir mais dinheiro, e embolsou um pacote da droga sob a forma de pó.

— Eu devia ter conseguido lidar com ele. Aquele verme! Eu o segui até aqui. Ele estava circulando pela boate, falando demais e gastando o dinheiro que eu lhe dera como se fosse água. Eu não sabia o que foi que ele contara para aquela piranha safada. — Casto encolheu os ombros. — Deu para sacar, não é? Foi um caso típico de lugar certo, mas pessoa errada, Eve. Tive de eliminá-la. Já dera muitas mancadas, não podia arriscar. Ela era apenas uma prostituta.

Eve encostou a cabeça na parede. Ela tinha quase parado de girar. Agradeceu a Deus pela dose ter sido pequena. Casto estava envolvido com a história. Ela podia fazer com que continuasse a falar. Se ela não saísse dali por conta própria, alguém na boate ia começar a procurar por ela.

— Então você foi atrás de Boomer.

— Eu não podia ir até o apartamento dele e arrastá-lo para fora. Minha cara é muito conhecida naquelas bandas. Esperei algum tempo e entrei em contato com ele. Disse que estava a fim de negociar. Falei que precisávamos que ele continuasse do nosso lado. Ele foi burro o bastante para engolir a história. Então, acabei com ele.

— Mas primeiro o torturou. Você não o matou de forma rápida.

— Precisava descobrir o quanto ele deixara escapar por aí e com quem poderia ter conversado. Ele não suportava muito a dor, o nosso amigo Boomer. Contou tudo. Foi quando eu soube da fórmula. Aquilo me deixou realmente revoltado. Não planejei fazer um purê da cara dele, como no caso da piranha, mas perdi a cabeça. Simples assim. Pode-se dizer que fiquei emocionalmente envolvido.

Eternidade Mortal

— Você é um canalha frio — murmurou Eve, fazendo a voz parecer fraca e arrastada.

— Ah, isso não é verdade, Eve! Pergunte só a Peabody. — Ele sorriu e passou a mão de leve sobre o seio dela, fazendo com que a raiva lhe revirasse ainda mais o estômago. — Comecei a dar em cima de DeeDee quando percebi que não ia conquistar você, envolvida como estava com aquele canalha irlandês rico e ligada demais nele para olhar para um homem de verdade. E DeeDee, veja só, estava ali, prontinha para ser colhida. Só que, através dela, não deu para eu conseguir muita coisa sobre os seus planos. DeeDee é uma policial certinha demais. Tive que colocar uma pequena ajuda no vinho dela para ela cooperar mais.

— Você drogou Peabody?

— De vez em quando, só para ver se conseguia um ou outro detalhe que você poderia ter deixado de fora no relatório oficial. E para deixá-la dormindo como um anjo quando precisava dar uma saidinha pela noite. DeeDee era um álibi perfeito. Continuando, você descobriu tudo sobre o caso de Pandora. As coisas foram bem parecidas com o que você deduziu. Só que eu estava de tocaia na porta da casa dela naquela noite. Peguei-a bem na hora em que saiu do prédio, soltando fagulhas. Queria ir até o ateliê do figurinista. Naquela altura, nós já havíamos terminado o nosso relacionamento sexual. Eram só negócios. Então, eu pensei, por que não acabar com ela? Eu já sabia que ela planejava me deixar de fora do lance. Pandora queria tudo só para si mesma. Achou que não ia precisar de um tira de rua colado nela, mesmo sabendo que era ele que conseguia o bagulho todo, para começo de conversa. E sabia de Boomer também, mas isso não a preocupava. Por que se importar com um rato de sarjeta? E jamais pensou, nem por um momento, que eu poderia machucá-la.

— Mas foi o que fez.

— Eu a levei até aonde ela queria ir. Não sabia muito bem o que ia fazer naquele momento, mas, no instante em que vi a câmera de segurança quebrada, aquilo me pareceu um sinal. Então, quando subimos, o lugar estava vazio. Estávamos só ela e eu. Todo mundo ia colocar a culpa no figurinista, não é? Ou naquela garota com quem ela se atracara. Então eu a atingi. O primeiro golpe a derrubou, mas ela conseguiu se levantar. Aquele troço a deixava mais forte e valente. Foi preciso que eu continuasse batendo, batendo sem parar. O sangue começou a espirrar. Até que ela ficou quieta, de vez. Foi quando a sua amiguinha entrou. O resto você já sabe.

— É, eu sei o resto. Você foi até a casa dela e pegou a caixa com os tabletes. Por que levou também o seu *tele-link* portátil?

— Porque ela sempre o usava para se comunicar comigo. O meu número devia estar registrado no aparelho.

— E o Barata?

— Foi só para colocar um ingrediente extra. Para tornar as coisas mais confusas. O Barata estava sempre doido para experimentar qualquer droga nova que aparecesse. Você estava atirando para todos os lados e eu precisava de mais uma morte, em um momento em que tivesse um álibi bem forte. Foi por isso que usei DeeDee.

— E foi você que matou Jerry também, não foi?

— Fácil como tirar doce de criança! Agitei um pouco um daqueles pacientes da ala dos violentos, com uma dose rápida, e fiquei só esperando o caos se instalar. Apliquei um estimulante em Jerry, tirei-a da cama e levei-a para o armário das drogas antes mesmo que ela compreendesse o que estava acontecendo. Prometi-lhe uma dose de *Immortality*, e ela chorou como um bebê! Dei-lhe um pouco de morfina antes para que ela não se recusasse a cooperar. Depois, a *Immortality* e, por fim, o Zeus. Ela morreu feliz, Eve, me agradecendo.

— Você é um sujeito humanitário, Casto...

— Não, Eve, eu sou um cara egoísta que quer ser o melhor, e não tenho vergonha disso. Já passei doze anos andando pelas ruas, vendo sangue, vômitos e sexo. Já paguei tudo o que devia. Agora, esta droga vai me dar tudo o que eu sempre quis. Vou ser promovido a capitão e, com conexões como as minhas, vou encher o bolso

Eternidade Mortal

por uns quatro ou cinco anos. Depois vou me aposentar, mudar para uma ilha tropical e tomar *mai tais* o dia inteiro!

Ele já estava terminando a história, dava para perceber pelo tom de sua voz. A empolgação e a arrogância haviam dado lugar ao lado prático.

— Você vai ter que me matar primeiro — afirmou ela.

— Sei disso, Eve. É uma pena... Eu lhe entreguei Jerry Fitzgerald na bandeja, mas você não se convenceu — e passou a mão pelo cabelo dela, quase como um gesto de afeição. — Vou tornar as coisas mais fáceis no seu caso. Trouxe um troço comigo que vai apagar você bem devagar. Não vai dar para sentir nada.

— Puxa, quanta consideração, Casto!

— Eu lhe devo isso, querida. De tira para tira. Se você tivesse deixado as coisas como estavam, depois que conseguiu livrar a sua amiga... Mas você não fez isso. Gostaria que as coisas tivessem sido diferentes, Eve, eu estava realmente interessado em você — e se inclinou na direção dela, colocando o rosto tão perto que deu para ela sentir a respiração dele acima dos seus lábios, como se ele realmente estivesse disposto a beijá-la.

Lentamente ela semicerrou os olhos, olhando através das pestanas para o rosto dele, e disse, baixinho:

— Casto.

— Oi. Fique bem relaxada agora. Não vai levar muito tempo — e levou a mão ao bolso.

— Vá se foder! — e levantou o joelho com toda a força. Seu senso de distância continuava ligeiramente alterado. Em vez de acertá-lo entre as pernas, atingiu-lhe o queixo, com toda a violência. Ele caiu de costas na cama e o injetor por pressão que estava em sua mão escorregou pelo chão.

Os dois mergulharam para pegá-lo.

— Mas onde é que ela se enfiou? Eve não ia cair fora da própria festa. — Mavis fazia barulho com o salto-agulha no chão, sem parar, enquanto continuava a olhar em volta, por toda a boate. — E o pior é que ela é a única do grupo que não está de porre.

— Quem sabe no banheiro? — sugeriu Nadine, enfiando a blusa por cima do sutiã rendado, meio a contragosto.

— Peabody já foi lá olhar duas vezes. Doutora Mira, será que ela vai fugir da raia? Eu sei que ela está nervosa, mas...

— Não, ela não é do tipo que foge da raia. — Embora sua cabeça estivesse ainda girando, Mira fez um esforço para manter a fala compreensível. — Vamos dar mais uma olhada. Ela deve estar por aqui, em algum lugar. A boate está tão cheia!

— Continuam à procura da noiva? — rindo de orelha a orelha, Crack se movia pesadamente. — Pelo jeito, ela quis aproveitar uma última transa antes de casar. Um cara lá atrás viu quando ela entrou em um dos quartos privados acompanhada por um sujeito bonitão.

— Dallas? — Mavis soltou uma risada só de pensar naquilo. — Duvido!

— O que é que tem? Ela está celebrando! — Crack levantou os ombros. — Ainda temos um monte de quartos vazios, meninas, se vocês também estiverem a fim.

— Qual foi o quarto em que ela entrou? — quis saber Peabody, já sóbria, depois de colocar para fora tudo o que tinha na barriga, inclusive, lhe pareceu, uma boa parte da mucosa estomacal.

— Número cinco. Ei, se vocês estiverem a fim de uma festinha em grupo, posso arranjar uns rapazes legais para vocês. Temos caras de todas as cores, tamanhos e formatos — e balançou a cabeça enquanto saía, resolvendo que era melhor ir tomar conta do salão.

Os dedos de Eve escorregaram do injetor e a cotovelada que levou no rosto lhe enviou ondas de dor por todo o rosto, atingindo até os dentes. Ainda assim, ela dera o primeiro golpe, e o choque de ver que ela estava pronta para lutar o havia abalado.

— Você devia ter me dado uma dose maior — e acompanhou a afirmação com um direto violento na traquéia de Casto. — Eu não bebi nada esta noite, babaca! — e conseguiu cair por cima dele. — Vou me casar amanhã — e pontuou esta informação arrancando sangue do nariz dele. — Este aqui foi por Peabody, seu canalha!

Ele a agarrou pelas costelas e a atirou para o lado. Eve sentiu o injetor passar junto do seu braço e ser atirado para o ar pelo impacto de sua coxa no momento em que ela tombou. Ela jamais vai saber se foi por pura sorte, pela falta de senso de profundidade ou simples erro de cálculo, mas o fato é que ele se desviou para evitar o chute na barriga e os pés de Eve, subindo como dois pistões hidráulicos, o atingiram direto no rosto.

Os olhos de Casto subiram e sua cabeça foi projetada para trás, batendo no chão com um baque forte e muito satisfatório.

Mesmo assim, ele ainda conseguiu injetar um pouco mais da droga nela. Ela se arrastou de gatinhas, deixando-se levar pela sensação de estar nadando em uma calda dourada, afundando lentamente. Conseguiu chegar à porta, mas a fechadura e o cartão magnético pareciam estar a três metros acima da sua mão esticada.

Foi quando arrombaram a porta e instalou-se a confusão.

Ela se sentiu sendo levantada e acalmada. Alguém dava ordens com a voz alta e descontrolada para que ela recebesse oxigênio. Ela começou a dar risadinhas descontroladas. Sentia-se voando agora, e isso era tudo em que conseguia pensar.

— O canalha matou todos eles — repetia sem parar. — O canalha os matou. Eu não saquei nada. Onde está Roarke?

Suas pestanas foram abertas à força e ela podia jurar que seus olhos começaram a rodar como duas bolas de gude flamejantes. Ao escutar a palavra "hospital", começou a se debater como uma tigresa.

Roarke desceu as escadas com a boca apertada e um ar sombrio. Ele sabia que Feeney ainda estava no andar de cima, catando em todos os lugares, mas ele já se convencera. Um esquema de distribuição para uma droga com o potencial da *Immortality* exigia um especialista no assunto e a coordenação feita por alguém dentro da polícia. Casto preenchia os dois requisitos.

Era possível que Eve nem quisesse ouvi-lo mencionar esta possibilidade; portanto, ele não ia dizer nada a ela. Feeney ia ter três semanas para xeretar tudo o que quisesse, enquanto eles estivessem em lua-de-mel. Se é que ia haver realmente uma lua-de-mel.

Ao ouvir a porta se abrir, virou o rosto. Eles iam ter que resolver aquele assunto naquele instante, de uma vez por todas, decidiu ele. Ali e agora. Desceu mais dois degraus e então se precipitou correndo pelo resto da escadaria.

— Mas o que foi que aconteceu com Eve? Ela está sangrando! — seus próprios olhos estavam vermelhos no instante em que ele a pegou, ainda tonta, dos braços de um sujeito negro de mais de dois metros de altura e que usava apenas uma sunga prateada.

Como todo mundo começou a falar ao mesmo tempo, Mira bateu palmas com vigor, como uma professora em uma sala lotada de alunos bagunceiros.

— Ela precisa ir para um lugar calmo — explicou. — Os paramédicos já resolveram o problema da droga que ela ingeriu, mas ainda há efeitos residuais. E ela não deixou que eles tratassem os cortes e contusões.

— Que droga? — perguntou Roarke, com a cara fechada. Seus olhos se voltaram para Mavis. — Onde foi que você a levou?

— Não foi culpa dela. — Ainda com os olhos vidrados, Eve envolveu o pescoço de Roarke com seus braços. — Casto. Foi Casto, Roarke. Sabia?

— Bem, para falar a verdade...

— Fui burra, muito burra por não ter percebido. Trabalhei muito mal. Posso ir para a cama agora?

— Leve-a para cima, Roarke — disse Mira, com toda a calma. — Eu posso ficar para cuidar dela. Acredite em mim, ela vai ficar bem.

— Vou ficar bem — concordou Eve, enquanto subia, flutuando, pelas escadas. — Vou lhe contar tudo. Eu posso contar tudo para você, não é? Porque você me ama, seu bobo!

Eternidade Mortal

Havia apenas uma pequena informação que Roarke queria naquele momento. Colocando Eve sobre a cama, deu uma boa olhada na marca escura em seu rosto, examinou a boca inchada e perguntou:

— Ele está morto?

— Não. Mas eu arrebentei a cara dele. — Ela sorriu, notou o olhar dele e balançou a cabeça para os lados, lentamente. — Não, não, de jeito nenhum. Nem pense nisso! Vamos nos casar em poucas horas...

— Vamos mesmo? — e colocou para trás um pouco do cabelo dela que lhe caíra sobre o rosto.

— Eu cheguei à conclusão... — era difícil para ela se concentrar, mas muito importante. Levantando as mãos, colocou-as dos dois lados do rosto dele para mantê-lo em foco. — ... de que não se trata apenas de uma formalidade. E também não é um contrato.

— E o que é então?

— Uma promessa. Não é tão difícil prometer algo que é exatamente o que a gente já quer. E se eu for uma esposa relaxada, você vai ter que agüentar isso. Eu jamais quebro minhas promessas. E tem mais uma coisinha...

— Que coisinha, Eve? — Ele podia ver que ela estava quase apagando quando virou ligeiramente o próprio rosto para que Mira pudesse tratar do corte na bochecha.

— Eu amo você. Às vezes, pensar nisso me dá dor de estômago, mas até que eu gosto. Estou cansada, vou para a cama. Eu amo você.

Ele se afastou um pouco para deixar Mira continuar cuidando dela e perguntou:

— É aconselhável que ela durma assim, direto?

— É a melhor coisa para ela. Vai estar bem quando acordar. Talvez com uma espécie de ressaca, o que é injusto, já que ela passou a noite sem beber nada. Disse que queria estar com a cabeça limpa para a cerimônia.

— Ela disse isso? — Ela não parecia calma enquanto dormia, notou Roarke. Era sempre daquele jeito. — Ela vai se lembrar de alguma coisa do que aconteceu aqui? Das coisas que ela estava me dizendo?

— Talvez não — respondeu Mira, com ar divertido. — Só que você vai, e isso já é o bastante.

Ele concordou e deu um passo para trás. Ela estava novamente a salvo. Escapara mais uma vez. Ele olhou para trás para Peabody, perguntando:

— Policial, posso contar com você para me explicar todos os detalhes do que aconteceu?

Eve acordou com ressaca e não ficou muito satisfeita com isso. Seu estômago parecia ter vários nós engordurados, e seu maxilar doía. Com os produtos de Mira e a magia de Trina no uso dos cosméticos, as marcas roxas nem apareciam. Para uma noiva, ela avaliou, observando o reflexo, até que ela estava passável.

— Você está demais, Dallas! — suspirou Mavis, dando uma volta completa ao redor da obra-prima de Leonardo. O vestido reluzia, deslizando por seu corpo com elegância, como era para ser. O tom de bronze acrescentava calor à pele de Eve, e o feitio ressaltava sua silhueta alta e esbelta. A simplicidade do vestido longo era como uma declaração de que a mulher dentro dele é que importava.

— O jardim está lotado! — continuou Mavis, alegremente, enquanto o estômago de Eve se revirava todo. — Já olhou pela janela?

— Já vi gente amontoada antes.

— Ainda há pouco, havia até uns sujeitos da imprensa voando por cima da casa, gravando tudo. Não sei o que Roarke fez, mas eles pararam na mesma hora.

— Que bom!

— Você está legal, não está, Eve? A doutora Mira garantiu que você não ia ter nenhum efeito colateral, mas eu.

— Estou legal, sim. — Aquilo era mentira só em parte. — Encerrar o caso, conhecer toda a verdade, afinal, tornou as coisas mais fáceis. — Eve pensou em Jerry e sofreu com a lembrança.

Eternidade Mortal

Olhou para Mavis, seu rosto fulgurante, o cabelo com pontas prateadas, e sorriu. — Você e Leonardo estão mesmo pensando em morar juntos?

— Estamos na minha casa, por enquanto. Vamos procurar um lugar maior, onde ele tenha um espaço melhor para trabalhar. E eu vou voltar a trabalhar novamente, também, cantando em casas noturnas. — Pegando uma caixa na penteadeira, Mavis a entregou para Eve. — Roarke mandou isso aqui para você.

— É?... — Ao abrir a caixa, Eve sentiu fisgadas de prazer e preocupação. O colar era perfeito, é claro. Duas voltas de cobre trançado, entremeado com pedras coloridas.

— Eu comentei com ele, por acaso... — explicou Mavis.

— Aposto que sim. — Dando um suspiro, Eve o colocou sobre a cabeça e prendeu os dois brincos em forma de pingente, que completavam o conjunto, nas orelhas. E se sentiu assim como uma estranha. Uma guerreira pagã.

— Ah, e tem mais uma coisa!

— Mavis, eu não agüento mais nada! Ele precisa entender que eu... — e parou de falar no momento em que Mavis pegou a caixa branca sobre a mesa e tirou lá de dentro um elaborado buquê de flores brancas. Petúnias. Petúnias simples, do tipo que se via em jardins caseiros.

— Ele sempre sabe... — murmurou Eve. Todos os músculos em sua barriga começaram a relaxar e os nervos se acalmaram. — Ele simplesmente sabe.

— Acho que, quando alguém entende você assim completamente — comentou Mavis —, pode-se dizer que é muita sorte.

— É... — Eve pegou as flores com todo o carinho. O reflexo no espelho já não parecia mais o de uma pessoa estranha. Parecia apenas, pensou ela, Eve Dallas no dia de seu casamento. — Roarke vai engolir em seco quando colocar os olhos em mim.

Rindo, ela pegou o braço de Mavis e saiu apressada para fazer as promessas.

Este livro foi impresso no
Sistema Digital Instant Duplex da Divisão Gráfica da
DISTRIBUIDORA RECORD DE SERVIÇOS DE IMPRENSA S.A.
Rua Argentina, 171 - Rio de Janeiro/RJ - Tel.: (21) 2585-2000